中華民國新聞史

（1912～1949）

倪延年　主編

第 5 冊

| 第三卷 |

民國南京政府前期的新聞業

（1927～1937）（上冊）

劉 繼 忠 等著

花木蘭文化事業有限公司

國家圖書館出版品預行編目資料

民國南京政府前期的新聞業（1927～1937）・第三卷／劉繼忠
等著 ─ 初版 ─ 新北市：花木蘭文化事業有限公司，2020〔
民 109〕
目 6+274 面；19×26 公分
（中華民國新聞史（1912～1949）：第 5 冊）
ISBN 978-986-518-135-2（上冊：精裝）
1. 新聞業 2. 民國史
890.9208   109010353

ISBN-978-986-518-135-2

中華民國新聞史（1912～1949）
第 五 冊　第 三 卷　　ISBN：978-986-518-135-2

民國南京政府前期的新聞業
（1927～1937）（上冊）

作　　者　劉繼忠等著
叢書主編　倪延年
出　　版　花木蘭文化事業有限公司
發 行 人　高小娟
總 編 輯　杜潔祥
副總編輯　楊嘉樂
編　　輯　許郁翎、張雅淋　美術編輯　陳逸婷
聯絡地址　235 新北市中和區中安街七二號十三樓
　　　　　電話：02-2923-1455／傳真：02-2923-1452
網　　址　http://www.huamulan.tw 信箱 hml810518@gmail.com
印　　刷　普羅文化出版廣告事業
初　　版　2020 年 9 月
全書字數　448066 字
定　　價　共 10 冊（精裝）新台幣 30,000 元　　　版權所有・請勿翻印

中華民國新聞史（1912～1949）
第三卷・民國南京政府前期的新聞業
（1927～1937）（上冊）

劉繼忠 等著

作者簡介

劉繼忠，博士，南京師範大學新聞與傳播學院副教授、碩士生導師。研究方向為新聞傳播史、新媒體研究。完成國家重大項目子課題一項，省、部級哲學社會科學基金課題項目兩項。發表近 50 篇論文，出版專著兩部，合著一部、參著多部。兩個在研項目：國家社科後期資助項目《社會化媒體空間表達與治理研究》和江蘇省社科基金重點項目《黨報群眾路線的百年實踐研究（1920～2020）》。2014 年獲「新聞傳播學國家學會獎」優秀學術獎三等獎。

提　　要

　　本書是國家社科基金重大項目「中華民國新聞史」（項目編號：13&ZD154）的最終成果《中華民國新聞史》（第 3 卷）。全書在方漢奇、丁淦林等老一輩新聞史學家及諸多新聞史才俊的研究基礎上，首次多側面完整和清晰的展現了中華民國南京政府前期（1927 年 4 月至 1937 年 8 月）新聞業的歷史全貌，對國民黨統治區、紅色革命根據地、東北日偽佔領區內的新聞報業、廣播業、通訊業、圖像業以及少數民族新聞業、軍隊新聞業、外國在華新聞業的複雜格局與生態作了比前人更深入，更全面的描述，對本時期新聞業的管理體制、經營管理以及新聞團體、新聞教育、新聞學術研究也有全面的爬梳與描述，有諸多拾遺補缺、調整與突破。全書堅持歷史唯物主義和辯證唯物主義的立場和觀點，既突出民國南京政府這一客觀存在的主體，也用歷史事實客觀再現和闡釋了代表民國南京政府新聞業（國民黨新聞業）繁盛表像下「漸失人心」的趨向和中國共產黨新聞業「順應民心」曲折發展的歷史必然性。

此項研究得到國家社會科學基金重大項目
「中華民國新聞史」（編號：13&ZD154）資助

《中華民國新聞史》學術顧問委員會

主任委員

方漢奇 中國人民大學榮譽一級教授，中國新聞史學會創會會長，中國人民大學新聞學院教授，博士研究生導師。

執行主任委員

趙玉明 中國傳媒大學教授，博士生導師，中國新聞史學會第二任會長，北京廣播學院原副院長。

副主任委員

朱曉進 南京師範大學教授，博士生導師，副校長，中國民主促進會江蘇省主委，政協江蘇省副主席。

程曼麗 北京大學教授，博士生導師，中國新聞史學會會長，北京大學華文傳媒研究中心主任。

委員（按姓氏漢語拼音為序）

顧理平 南京師範大學教授，博士生導師，南京師範大學新聞與傳播學院院長。

黃 瑚 復旦大學教授，博士研究生導師，復旦大學新聞學院常務副院長，中國新聞史學會副會長。

李 彬 清華大學教授，博士研究生導師，清華大學新聞與傳播學院學術委員會主任。

劉光牛 新華通訊社高級編輯，新華社新聞研究所副所長。

劉 昶 中國傳媒大學教授，博士研究生導師，中國傳媒大學新聞傳播學部新聞學院院長。

馬振犢 中國第二歷史檔案館副館長，研究員，中國近現代史史料學會副會長。

倪 寧 中國人民大學教授，博士研究生導師，中國人民大學新聞學院執行院長。

秦國榮 南京師範大學教授，博士研究生導師，南京師範大學社會科學學術委員會秘書長，南京師範大學社會科學處處長。

吳廷俊（常設）華中科技大學二級教授，博士生導師，中國新聞史學會副會長，中國新聞史學會新聞教育史分會會長。

二〇一四年三月

—1—

《中華民國新聞史》編纂委員會

主任委員

吳廷俊　華中科技大學二級教授，博士研究生導師，中國新聞史學會副會長暨新聞教育史分會會長。項目常設顧問。

執行主任委員

倪延年　南京師範大學教授，博士研究生導師，中國新聞史學會特邀理事，南京師範大學民國新聞史研究所所長。主編《中華民國新聞史》（第1卷），協助主任委員完成項目研究組織協調工作。

副主任委員

張曉鋒　南京師範大學教授，博士研究生導師，中國新聞史學會常務理事，中國新聞史學會臺灣與東南亞華文新聞傳播史研究會副會長，南京師範大學新聞與傳播學院執行院長。協助主任委員完成項目組織協調工作。

委員（以姓氏漢語拼音為序）

艾紅紅　中國傳媒大學教授，博士研究生導師，中國新聞史學會常務理事，主編《中華民國新聞史》（第5卷），負責全書「民國時期的新聞廣播業」特約專題稿和《民國新聞專題史研究叢書・民國時期的新聞廣播業》分冊撰稿。

白潤生　中央民族大學教授，中國新聞史學會特邀理事，負責全書「民國時期的少數民族新聞業」特約專題稿和《民國新聞專題史研究叢書・民國時期的少數民族新聞業》分冊撰稿。

鄧紹根　中國人民大學教授，博士生導師，中國新聞史學會副秘書長。負責全書「民國時期的外國在華新聞業」特約專題稿和《民國新聞專題史研究叢書・民國時期的外國在華新聞業》分冊撰稿。

方曉紅　南京師範大學教授，博士研究生導師。負責全書「民國時期的新聞管理體制」特約專題稿和《民國新聞專題史研究叢書・民國時期的新聞管理體制》分冊撰稿。

郭必強　中國第二歷史檔案館研究室主任，研究員，中國近現代史史料學會常務理事、副秘書長。負責協助有關史料的查閱和審核工作。

韓叢耀　南京大學教授，博士研究生導師。負責全書「民國時期的圖像新聞業」特約專題稿和《民國新聞專題史研究叢書・民國時期的圖像新聞業》分冊撰稿。

何　村　渤海大學教授。協助首席專家完成相關工作。

李建新　上海大學教授，博士研究生導師，中國新聞史學會常務理事。負責全書「民國時期的新聞教育」特約專題稿和《民國新聞專題史研究叢書・民國時期的新聞教育》分冊撰稿。

李秀雲　天津師範大學教授，博士生導師，新聞傳播學院副院長，中國新聞史學會常務理事。參加全書「民國時期的新聞學研究」特約專題稿和《民國新聞專題史研究叢書・民國時期的新聞學研究》分冊撰稿。

劉　亞　南京政治學院教授，博士研究生導師。主編《中華民國新聞史》（第4卷），負責全書「民國時期的軍隊新聞業」特約專題稿和《民國新聞專題史研究叢書・民國時期的軍隊新聞業》分冊撰稿。

劉繼忠　南京師範大學副教授，博士。南京師範大學民國新聞史研究所副所長。主編《中華民國新聞史》（第3卷）。

徐新平　湖南師範大學教授，博士研究生導師，中國新聞史學會常務理事。負責全書「民國時期的新聞學研究」特約專題稿和《民國新聞專題史研究叢書・民國時期的新聞學研究》分冊撰稿。

萬京華　新華通訊社新聞研究所研究員，新聞史論研究室主任，中國新聞史學會常務理事。負責全書「民國時期的新聞通訊業」特約專題稿和《民國新聞專題史研究叢書・民國時期的新聞通訊業》分冊撰稿。

王潤澤　中國人民大學教授，博士研究生導師，新聞學院副院長，中國新聞史學會副會長兼會刊《新聞春秋》主編。主編《中華民國新聞史》（第2卷）。

張立勤　華南師範大學副教授，博士。負責全書「民國時期的新聞業經營」特約專題稿和《民國新聞專題史研究叢書・民國時期的新聞業經營》分冊撰稿。

二〇一八年十二月

目

次

圖 2-1　《中央日報》1932 年 5 月 8 日改版號《敬告讀者》社論

圖 2-2 《中央日報》1931 年 9 月 20 日版

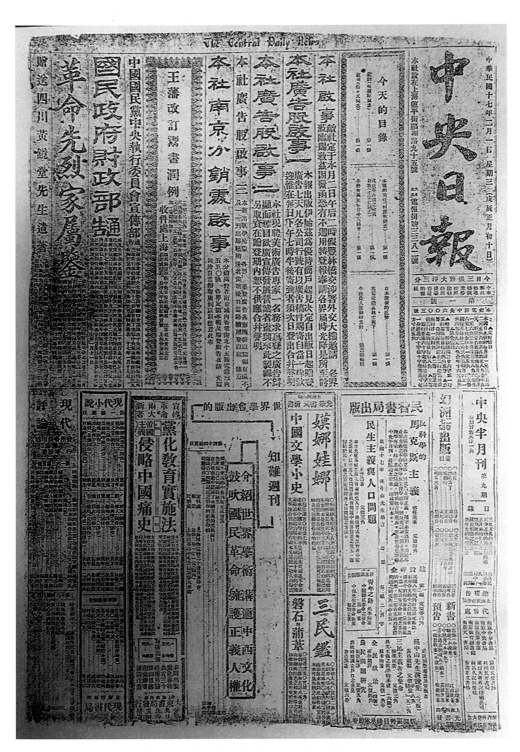

圖 2-3　《中央日報》1928 年 2 月 1 日版

圖 2-4 陳公博　　　　　　　　圖 2-5 程滄波，引自百度百科

圖 2-6《革命行動》第一期　　　　圖 2-7《革命評論》第一期

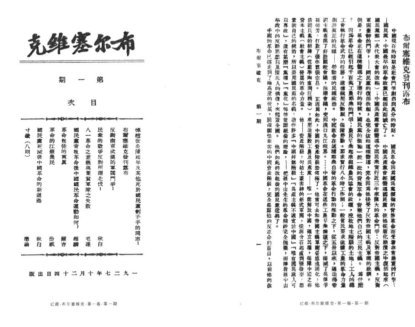

圖 3-1　《布尔塞維克》刊發露布　1927 年 10 月 24 日第 1 期

圖 3-2　《北方紅旗》第 2 期　　　　圖 3-3　《紅旗週報》第 1 期

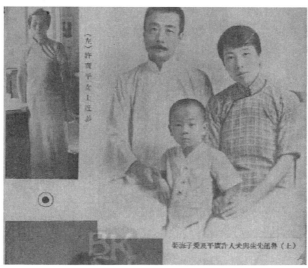

圖 3-4 引用《作家（上海）》第 2 卷第 2 期

圖 3-5　《魯迅自傳》，引用《大美畫報》第 2 卷第 3 期

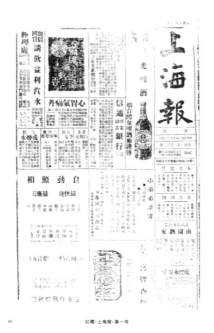

圖 3-6 《上海報》第 1 號

圖 3-7 《紅色中華》創刊號

圖 3-8 《紅星報》

圖 3-9 《青年實話》創刊號

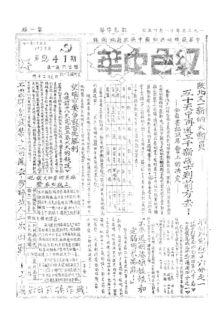

紅色中華
第241期

圖 3-10 《紅色中華》241 期

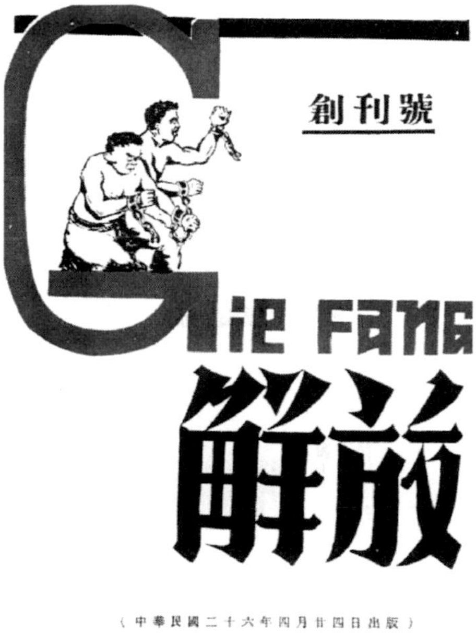
創刊號
Gie Fang
解放
（中華民國二十六年四月廿四日出版）

圖 3-11 《解放週刊》創刊號

解放週刊第一卷第一期
目　錄

時事短評
上海愛國領袖被起訴了!（烈）
日本當前的政潮（志）
關於西班牙戰局（志）

論著
迎接對日直接抗戰的偉大時期的到來　洛甫
備戰政策下的佐藤外交　亮萍
肅清托洛茨基主義——日寇侵略的別動隊　高烈
日本的議會解散和其政治趨勢　思錦

翻譯
德國人民陣線的號召（梅）

通訊
鐵蹄下的東北　關外征夫

來件專載
中國共產黨中央委員會致國民黨三中全會通電
中國共產黨中央委員會為沈章諸氏被起訴宣言

文藝
一顆沒有出鏜的槍彈　丁玲

圖 3-12 《解放週刊》第 1 卷第 1 期

全民月刊
L'OPINION — CYAN MIN
1re ANNÉE • No 1 et 2 (Mensuel) 15 MARS 1936
第一卷　第一二期合刊
要目
創刊宣言　論壇五篇
抗日救國和全民統一戰線
最後關頭與唯一出路
國共第二次合作之推測
學生救國運動（五篇）
日帝宰割下之東北同胞慘狀
日英美在遠東之矛盾
蘇俄全蘇聯之斯塔漢諾夫運動
阿比西尼亞之歷史與文學
日本迫害全球華僑
創刊特大號
民國二十五年三月十五日出版

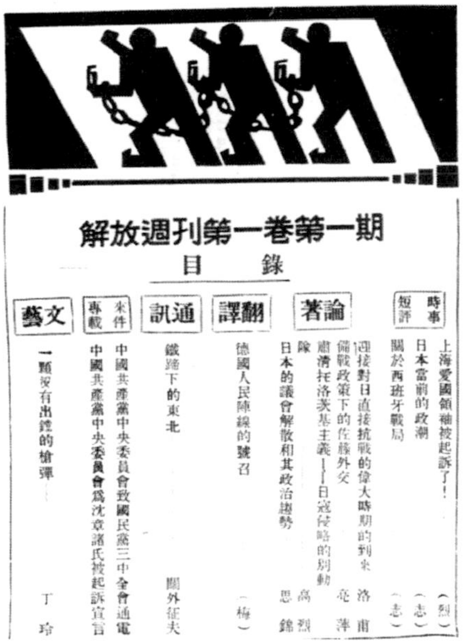

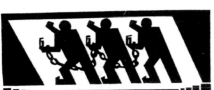

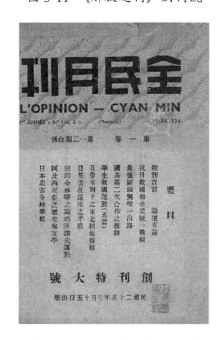

圖 3-13 《全民月刊》創刊號

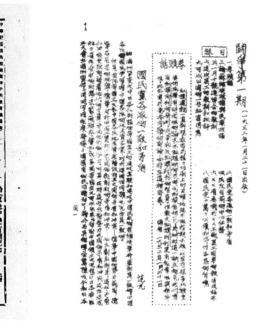

圖 3-14 《紅色中華》1933 年第 100 期　　圖 3-15 《鬥爭》（上海版）第 1 期
　　　　目錄

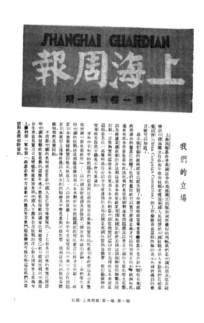

圖 3-16 《福建紅旗》第 1 期　　　　圖 3-17 《上海周報》第 1 期

圖 4-1　《立報》1935 年 9 月 20 日正式
　　　　創刊號

圖 4-2　《新聞報》1929 年 1 月 13 日

圖 4-3　史量才，引用《良友》
　　　　1934 年第 99 期第 9 頁

圖 4-4　吳鼎昌

圖 4-5　張季鸞

圖 4-6　胡政之

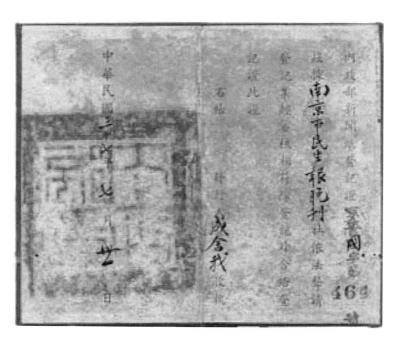

圖 4-7　《民生報》登記證

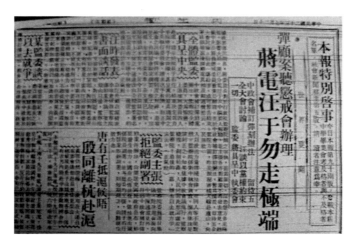

圖 4-8　《民生報》勿走極端

圖 4-9　《社會日報》第 1 號

圖 4-10 《申報》1931 年 9 月 20 日

圖 4-11　范長江　　　　　　　　　　圖 4-12　鄒韜奮

圖 5-1　國民黨中央廣播電臺全景（上圖）、播音室（下圖）。引用《無線電月報》1928 年 1 卷第 4 期第 4 頁

圖 5-2　中央廣播電臺播音員劉俊英

圖 5-3　中央廣播電臺鳥瞰圖，引用《廣播週報》1934 年第 1 期第 3 頁（晚清民國資料庫）

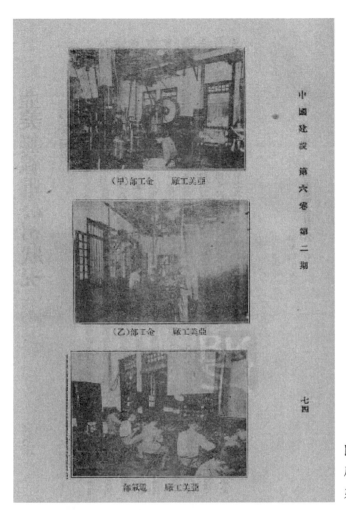

圖 5-4　亞美無線電臺，引
用《中國建設》，1932 年
第 6 卷第 2 期

圖 5-5　蕭同玆

圖 5-6 南京中央通訊社總社

圖 5-7 《紅色中華》通訊社電臺舊址

圖 5-8 嚴諤聲

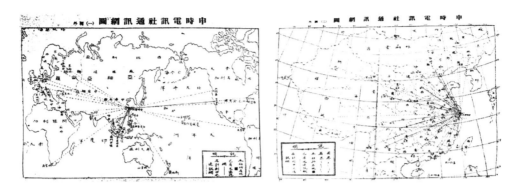

圖 5-9　1934 年申時電訊社國外通訊網圖，引用《十年——申時電訊社創立十週
　　　　年紀念特刊》

圖 5-10　偽「滿洲國通訊社」和偽「滿洲弘報協會」所在的建築，當時被稱為「國
　　　　通大廈」

圖 5-11 《文華》封面

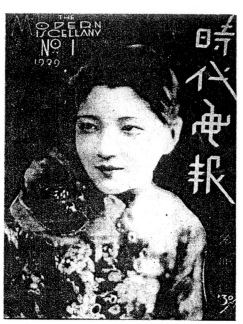

圖 5-12 《時代畫報》第一期封面

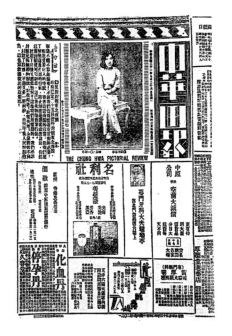

圖 5-13 《中華畫報》封面

圖 5-14 《良友》畫報編輯出版的
《戰事畫刊》封面

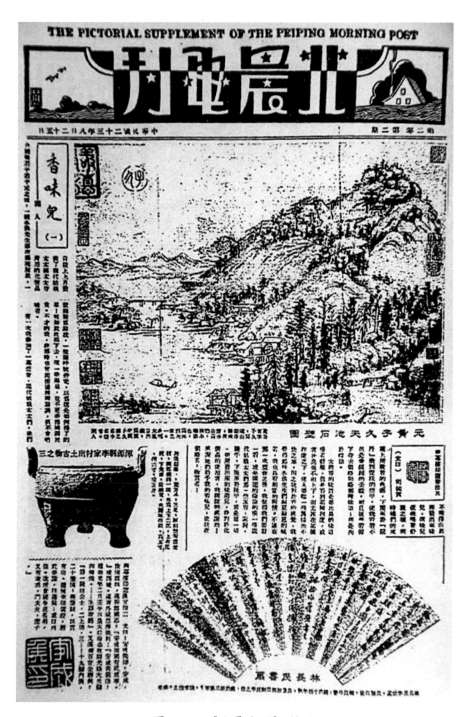

圖 5-15　《北晨畫刊》封面

圖 5-16 抵抗的呼聲，舒少南攝，引用《良友》1933 年第 77 期

圖 5-17　中國軍隊誓死抗戰。《攝影畫報》1932 年第 340 期

圖 5-18　1932 年上海一二八事變：正在用高射機槍打日軍
　　　　　飛機的中國軍人

圖 5-19 皇姑屯車站避難之難民，戈公振寄，引用《上海畫報》1931
年 10 月 12 日

圖 5-20 汪子美繪漫畫界重陽登高圖，又名《京滬漫畫界》，引用《漫
畫界》1936 年 10 月 25 日第 7 期「全國漫畫展覽會第一屆出品專號」。
（畫面上漫畫家自右至左排序如下：上排：蔡若虹、丁聰、陸志庠、
張志超。中排：張樂平、高龍生、魯少飛、胡考、張正宇、張光宇、
黃堯、特偉、朱金樓、魯夫、汪子美。下排：黃苗子、葉淺予、梁白
波、王敦慶。）

圖 6-1　《綏遠蒙文週刊》1925 年
8 月 15 日第 3 期

圖 6-2　原新疆省政府主席楊增新

圖 6-3　《新疆日報》1936 年 12 月
8 日

圖 6-4 《新疆日報》1936 年 12 月 19 日

圖 6-5 《新疆日報》1939 年 11 月 30 日

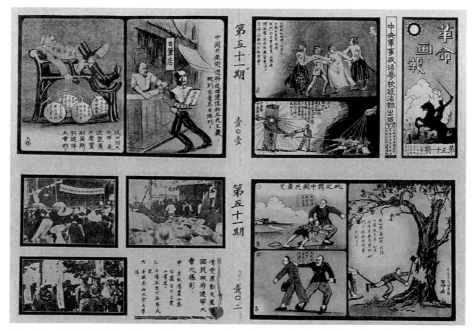

圖 6-6 《革命畫報》第 51 期，1927 年 5 月，引用黃埔軍校政治部主辦的《革命畫報》，創刊於 1926 年 5 月 5 日，已知出版至 1927 年 7 月 16 日第 60 期

圖 6-7《掃蕩報》1935 年 11 月 11 日第 1 版，
原名《掃蕩三日刊》，1931 年 5 月在南昌創
刊，1932 年 6 月 23 日改名《掃蕩日報》，
1935 年 5 月 1 日改名《掃蕩報》

圖 6-8 《西京民報》1936 年 12 月 13 日第 1、4 版，西北「剿匪」副總司令
代總司令張學良出資創辦的《西京民報》，1936 年 6 月 18 日創刊於
西安

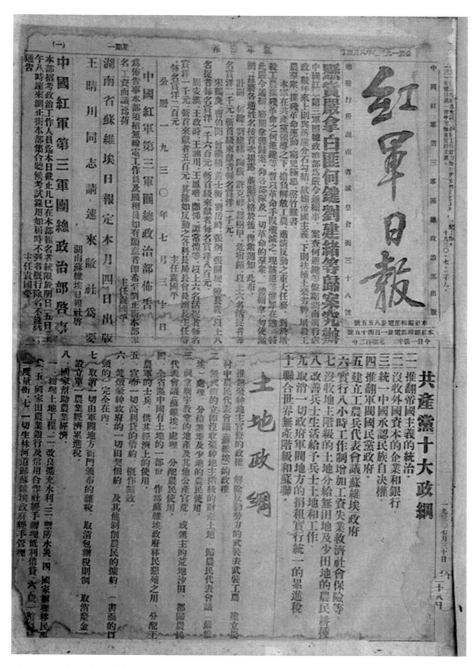

圖 6-9 《紅軍日報》1930 年 8 月 4 日第 1 版，紅三軍團 1930 年 7 月底攻佔
湖南省城長沙，從 7 月 29 日至 8 月 4 日共出版了 6 期《紅軍日報》

圖 6-10　《紅星報》創刊號第 1 版，1931 年 12 月 11 日，中華蘇維埃中央革
命軍事委員會機關報《紅星報》，1931 年 12 月 11 日創刊於江西瑞
金，長征途中繼續出版

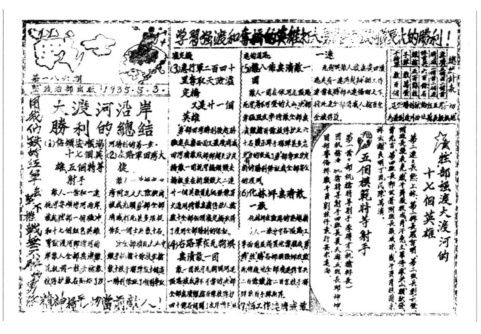

圖 6-11 《戰士》報第 186 期，1935 年 5 月 3 日，紅一軍團 1930 年創辦的《戰士》
報，長征途中堅持出版

圖 6-12 愛德格・斯諾（Edgar Snow，1905～1972）在延安採訪

圖6-13　1937年秋，彭德懷（中）與史沫特萊（右一）、斯特朗（左二）等人在漢口

圖6-14　1936年的《滿鐵調查月報》
　　　　封面

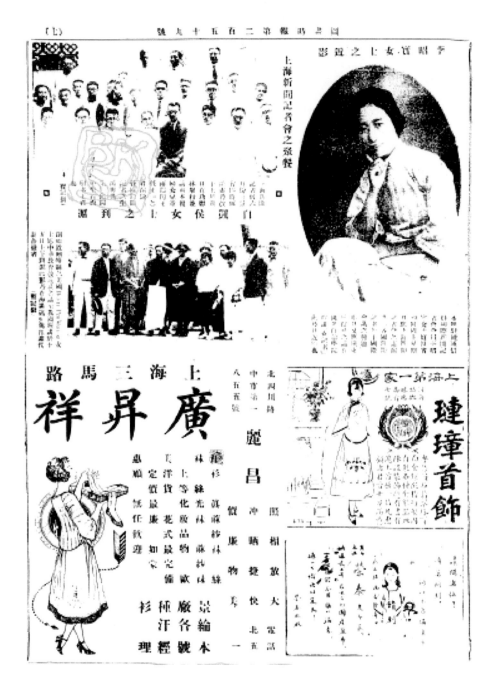

圖 8-1　上海新聞記者會之聚餐

圖 8-2　上海新聞記者聯合會舉行年會

圖 8-3 《時報圖畫週刊》上海新聞記者聯歡會

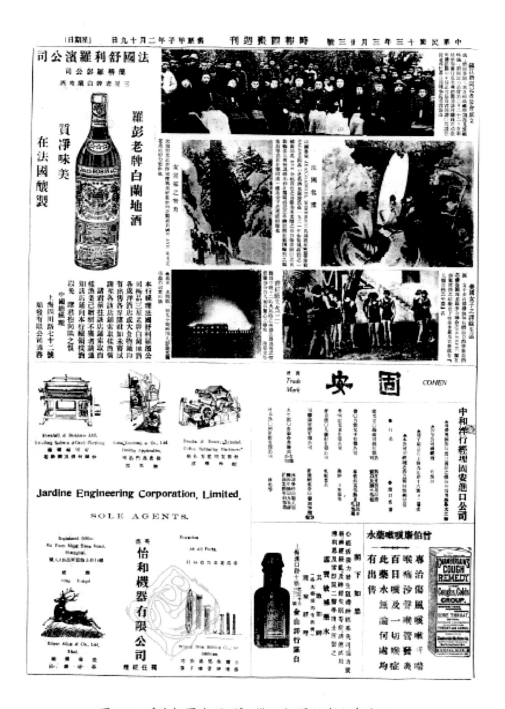

圖 8-4　《時報圖畫週刊》鎮江新聞記者公會成立

圖 8-5 北平燕京大學新聞學系全體師生

圖 8-6 北平燕京大學新聞學系主任
梁士純先生

圖 8-7 北平燕京大學新聞學系女生
籃球隊

圖 8-8　燕京大學新聞學系職教員的照片，來源《良友》1930 年第 47 期 24 頁。

圖 8-9　1929 年復旦大學新聞學系同學合影

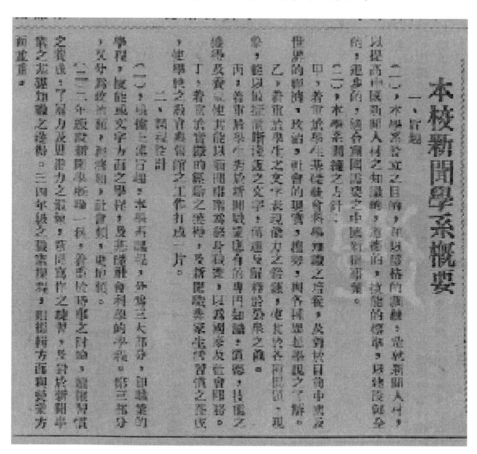

圖 8-10　中央政治學校新聞學系概要

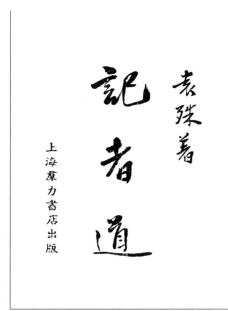

圖 8-11　袁殊：《記者道》，引自
　　　　 CADAL 資料庫

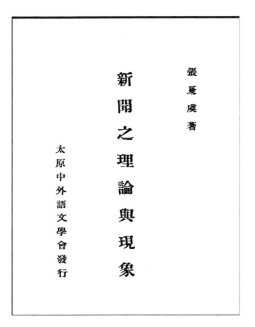

圖 8-12　張友虞：《新聞之理論與現
　　　　 象》，引自 CADAL 資料庫

圖 8-13　戈公振：《中國報學史》

圖 8-14　郭步陶：《本國新聞事業》，
　　　　 引自 CADAL 資料庫

第一章　民國南京政府前期新聞業發展的社會背景

特定社會生活中的新聞事業是當時社會生活中多種因素發展到一定階段並綜合作用下的產物。那些與新聞事業共同發展並相互作用的社會因素，就成為社會新聞事業產生發展的社會背景。民國南京政府前期新聞事業發展的社會背景主要有以下幾個方面因素構成。

第一節　民國南京政府前期新聞業發展的政治背景

民國南京政府 1927 年 4 月 18 日成立一年 8 個月零 11 天後的 1928 年 12 月 29 日，張學良宣布東北「遵守三民主義，服從國民政府，改旗易幟」，標誌著蔣介石國民黨集團主導的中華民國國民政府（俗稱「民國南京政府」）實現了政令軍令「統一」，同時意味著由北洋軍閥們掌控的民國北京政府實際終結。政治結構是新聞事業的底層結構，「新聞媒介所呈現出來的各種現象總是當時政治鬥爭活動的一種反映」。[1]本時期，國家統一局面的初步形成，中國各派政治、軍事力量卻陷入派系紛爭、戰爭不斷，權鬥不息，掌握「正統」的蔣介石集團以其實力，縱橫捭闔，削弱地方實力派、剪除異己。日本帝國主義改變東亞格局、蠶食中國的野心改變了中國社會的基本矛盾，左右了民國南京政府前期的政治格局的走向。1937 年 7 月日本製造盧溝橋「七七事變」，發動全面侵華戰爭後，各派政治力量暫且放下歷史恩怨合作抗日，最終形成了全民抗戰的政治格局。

1　趙雲澤：《作爲政治的傳播・中國新聞傳播解釋史》，中國人民大學出版社，2017 年版，第 274 頁。

一、蔣介石集權地位的確立與國民黨內的派系紛爭

　　東北易幟後，「自辛亥革命以來，中國第一次在形式上實現了統一」[1]，蔣介石的統治地位卻未眞正確立和穩定。國民黨「清黨」政策嚴重打擊了共產黨，也重創了自身，蔣介石不僅未彌合與「西山會議」派、元老派的裂痕，又新添了第三黨、改組派、再造派及在「二次北伐」中形成的李宗仁、馮玉祥、閻錫山等競爭對手。民國南京政府實際有效控制的區域不過蘇、浙、皖、贛、閩數省而已，其他區域大都在地方實力派控制之下。廣東、廣西始終處於半獨立狀態，雲、貴、川、康、陝等省在 1932 年前幾乎沒有中央權力的介入。「二次北伐」完成時，全國軍權大致形成了南京、廣州、武漢、開封、太原、瀋陽六大軍事中心。[2]

（一）蔣介石集權地位的確立

　　1928 年 6 月，國民黨二屆五中全會通過胡漢民《訓政大綱草案》等提案，決定依《建國大綱》成立五院制政府。同年 10 月國民黨中央政治會議、中央常務會議議決《國民政府組織法》和《訓政綱領》六條，任命蔣介石爲國民政府主席，譚延闓等人爲五院院長，公布了行政、司法、考試、監察各院組織法。10 月 10 日，蔣介石和國民政府各委員宣誓就職。26 日國民政府發表《訓政時期施政宣言》。1929 年 3 月，國民黨第三屆全國代表大會通過《確定訓政時期黨、政府、人民行使政權治權之分際及方略案》，將「總理主要遺教」定爲「訓政時期中華民國最高根本法案」。6 月 15 日國民黨三屆二中全會通過《訓政時期之規定案》，決定「訓政時期規定爲六年，至民國二十四年完成」。[3]至此，民國南京政府的制度建設基本完成。

（二）國民黨內部派系的紛爭

　　「南京政權是在派系鬥爭和流血中誕生的」[4]這深刻影響了民國南京政府的人事安排和權力分配。蔣介石和胡漢民合作組建五院制政府，把汪精衛、

1　楊奎松：《中國近代通史・第八卷內戰與危機（1927～1937）》，江蘇人民出版社，2007 年版，第 1 頁。

2　蔣永敬：《胡汪蔣分合關係演變》，近代史研究所編：《近代中國歷史人物論文集》，臺北，1993 年版，第 17～18 頁。

3　《訓政時期之規定案》，轉引自榮孟源主編：《中國國民黨歷次代表大會及中央全會資料》（上），光明日報出版社，1986 年版，第 799 頁。

4　〔美〕費正清、費維凱編《劍橋中華民國史》（下），中國社會科學出版社，2006 年版，第 117 頁。

西山會議派等反蔣政治派別及地方實力派排除在外[1]，爲鄧演達的「第三黨」、以汪精衛爲精神領袖的改組派、西山會議派的政治反蔣埋下伏筆。「居中央者說是求統一，在地方者說是反獨裁，不論是何種名義，皆爲國民黨的內部之戰，其由來並非一朝一夕」。[2]1929 年 1 月 1 日，醞釀半年的「國軍編遣會議」在南京開幕。編遣會議使馮玉祥、閻錫山、李宗仁等看透了蔣介石以「編遣裁軍」爲名削弱地方派實力的意圖。由是拉開了國民黨新軍閥混戰的序幕。同年 3 月蔣桂戰爭爆發，隨後蔣馮、蔣唐（生智）、蔣張（發奎）戰爭相繼爆發。1930 年 5 月 11 日，閻、馮、桂系聯合反蔣的「中原大戰」正式爆發，最後以張學良入關支持蔣介石方告結束。中原大戰後，蔣介石基本穩定了統治地位。張學良東北軍進入華北「取代馮、閻的地位，全國由六大軍事中心轉變爲北平與南京兩大中心」。[3]1931 年 2 月 28 日，因蔣介石囚禁胡漢民出現寧粵對峙。在寧粵雙方軍事敵對時，「九一八」事變爆發，日本侵略東北造成中國國難危亡，促使雙方收斂軍事敵對，轉入政治談判。寧粵談判以蔣介石下野、孫科上臺組閣等條件達成和解，孫科內閣因得不到蔣、汪、胡及地方實力派支持，無法解決東北問題。蔣隨之拉汪、排胡責難孫科政府，於 1932 年 1 月 28 日再次出山，形成「蔣主軍、汪主政」的合作局面。[4]1935 年 11 月 1 日，汪精衛在國民黨第五屆全國代表代會召開當日遇刺受傷後請辭行政院長。蔣介石以軍事委員會委員長身份兼任行政院院長。至此，蔣介石徹底實現黨、政、軍權集於一身，成爲眞正的獨裁者。

　　1932 年 1 月 28 日至 1935 年 11 月，蔣介石提出並貫徹「攘外必先安內」政策：（1）對日本侵略取妥協退讓政策。與日本簽訂《淞滬停戰協定》、《塘沽停戰協定》、《秦土協定》，同時「借刀」肢解張學良的東北軍勢力，暗中加強抗戰準備，推進國防建設。（2）對共產黨紅軍取「剿滅」政策，先後發動五次「圍剿」紅軍的戰爭，共產黨在第五次反「圍剿」失利後戰略大轉移到

1　曾業英等：《中華民國史·第七卷（1928～1932）》，中華書局，2011 年版，第 153 頁。
2　金沖及：《二十世紀中國史綱》（第一卷），北京社會科學文獻出版社，2009 年版，第 284 頁。
3　蔣永敬：《胡汪蔣分合關係演變》，近代史研究所編：《近代中國歷史人物論文集》，臺北，1993 年版，第 17～18 頁。
4　1931 年 12 月 26 日國民黨中央通過《修正國民政府組織法》規定國民政府主席爲中華民國元首，對內對外代表國民政府，但不負實際政治責任。行政院獨立行使行政權，向國民黨中政會負責。

陝北建立陝甘寧根據地。蔣介石的企圖是「一石三鳥」，第一隻「鳥」是通過「圍剿」根據地紅軍，削弱工農紅軍的實力，減緩工農紅軍對國民黨統治的實質威脅，第二隻「鳥」是通過驅使地方派軍隊「圍堵」和與紅軍作戰，削弱雲、川、貴、康、陝等地方派的軍事實力；第三隻「鳥」是國民黨中央軍以「追剿」紅軍名義進入以往不能進入的由地方實力派控制的四川、雲南、貴州等地區，將民國南京政府的勢力和行政權力滲透到了這些地區。（3）對地方實力派、反蔣派取分化瓦解策略，通過平定福建事變、解決兩廣事變，瓦解察哈爾抗日同盟軍等事件，進一步擠壓和限制地方實力派和反蔣同盟的活動空間。儘管蔣介石炮彈、銀彈交叉出手壓平了地方實力派和反蔣聯盟等眾多外部山頭，遺憾的是他自己統領的國民黨右翼集團卻由於利益和權力之爭分裂爲 CC 系、黃埔系等派系，相互杯葛，內耗不斷，成爲其「心病」。

二、革命根據地的曲折發展與紅軍長征

1927 年上海「四一二」和武漢「七一五」反革命政變後，共產黨人被迫舉行武裝起義以反對國民黨右派的血腥鎮壓。先後在國民黨地方實力派控制薄弱的山區或農村組織百餘次起義或暴動。1927 年 10 月毛澤東率領工農革命軍第一軍第一師建立了井岡山革命根據地。1928 年 4 月，朱德和陳毅率領起義部隊到井岡山與毛澤東會師。同年 12 月，彭德懷和騰代遠率紅五軍主力由湘鄂贛地區達到井岡山。井岡山根據地的建立和發展，揭開了中國共產黨「農村包圍城市」的土地革命序幕。1928 年 6 月 18 日至 7 月 11 日在莫斯科召開的中共第六屆全國代表大會，通過的《政治決議案》等文件批判了陳獨秀「右傾」投降主義和瞿秋白「左傾」冒險主義，指出當前革命形勢處於兩個高潮之間的低潮時期，中共策略是爭取群眾、準備武裝起義而不是立即舉行全國性起義，並將「發展蘇維埃的根據地」作爲「今後的任務」之一。

（一）革命根據地的曲折發展

1929 年 1 月至 1930 年 10 月是蔣介石武力削弱地方實力派的派系戰爭時期。共產黨與工農紅軍在此期間迅速發展。1930 年 1 月，贛西南地區先後建立 14 個縣蘇維埃政權並組建了紅六軍，[1] 3 月贛西南、閩西蘇維埃政府相繼成立。6、7 月間，紅一、三軍團成立，並攻佔長沙。8 月紅一、三軍團在瀏陽

---

1 譚客繩主編：《中國革命根據地史》（上），福建人民出版社，2007 年版，第 66 頁。

永和會師合編爲紅一方面軍（即中央紅軍）。毛澤東任總前委書記兼總政委，朱德任總司令，全軍近 4 萬人，占全國紅軍的 1／3 以上。[1]到 1930 年上半年，全國紅軍發展到十三個軍，近十萬人，槍約六萬多支，開闢了大小十五個革命根據地，分布於江西、福建、湖南、湖北、安徽、河南、廣東、廣西、浙江、江蘇、陝西等十多個省份。[2]中共中央領導層的「左傾」冒險思想再次抬頭。1930 年 6 月 11 日，李立三在上海主持召開的中共中央政治局會議通過《新的革命高潮與一省或幾省首先勝利》決議案。不久製定以武漢爲中心的全國總暴動和集中全國紅軍進攻中心城市的冒險計劃，提出「會師武漢」、「飲馬長江」等口號。李立三「左傾」冒險路線使革命力量遭到重大損失。二打長沙失利後，毛澤東領導紅一方面軍撤圍長沙，揮師江西並建立江西省蘇維埃政府，奠定了建立中央根據地的基礎。10 月 24 日中共中央將全國蘇區劃分爲贛西南、湘鄂贛、贛東北、湘鄂邊、鄂皖邊、閩粵贛邊和左右江等七大特區，明確規定贛西南蘇區爲「中央蘇區」。1931 年 9 月，贛南、閩西根據地連成一片，正式形成以瑞金爲中心的中央革命根據地。到 1931 年 11 月，中央蘇區有 50 個縣級蘇維埃政府。[3]1931 年 11 月 7 日，中華蘇維埃第一次全國代表代會在瑞金召開。大會宣告中華蘇維埃共和國和蘇維埃臨時中央政府成立。毛澤東任主席，項英、張國燾任副主席。蘇維埃臨時中央政府的行政機關爲人民委員會。同時成立中華蘇維埃共和國中央軍事委員會，朱德任主席，王稼祥、彭德懷任副主席。蘇區黨的最高領導機構是中共蘇區中央局，周恩來任書記。

（二）紅軍被迫進行長征

　　1931 年 1 月 7 日在上海召開的六屆四中全會在共產國際代表米夫控制下，王明等人實際掌握了中共中央領導權。1931 年 12 月至 1933 年 8 月，中央蘇區發展雖受到王明錯誤路線干擾，毛澤東被迫離開紅軍領導崗位，一些紅軍幹部受到錯誤處置，但中央紅軍在毛澤東軍事思想的影響和周恩來、朱德指揮下仍然取得了第四次「反圍剿」勝利。1933 年 9 月下旬，蔣介石調集 50 萬重兵對中央蘇區發動空前規模的第五次「圍剿」。這時王明「左」傾錯誤已全面推行，博古和共產國際軍事顧問李德在第五次反「圍剿」中堅持推行

1　李小三主編：《中央革命根據地簡史》，江西人民出版社，2009 年版，第 3 頁。

2　曾業英等：《中華民國史‧第七卷（1928～1932）》，中華書局，2011 年版，第 388
　　～389 頁。

3　孫弘安主編：《中央蘇區歷史大講壇》，南京大學出版社，2012 年版，第 37～39 頁。

「左」傾冒險主義，指令紅軍同國民黨強敵「打正規戰」。1934 年 10 月 10 日，國民黨重兵已推進至中央根據地腹地，中央紅軍被迫實行戰略轉移。長征歷時兩年，紅軍經過 14 個省，翻越 18 座大山，跨過 24 條河，行程數萬里。1935年 10 月，中央紅軍到達陝北與陝北紅軍會師。1936 年 10 月紅二、紅四方面軍到達甘肅會寧地區，與第一方面軍會師。紅軍三大主力會師標誌著萬里長征的勝利結束。長征是人類歷史上的偉大奇蹟。中國共產黨領導工農紅軍的萬里長征，在大半個中國撒下了革命種子，確立了以毛澤東爲代表的正確軍事路線和政治路線，挽救了黨和紅軍，長征成爲中國共產黨和中國革命走向勝利的歷史轉折點。

三、社會「中間勢力」的形成和發展

對於「中間勢力」學界尚未有明確公認的定義。有人認爲其主要特點是「動搖、不斷分化」[1]。他們在政治上既不認同蔣介石集團的個人獨裁，也不認同中共的階級鬥爭和蘇維埃政權，主張在中國實行資產階級民主政治。在經濟上要求中國走資本主義道路，厭惡南京政權的官僚資本主義，不認同中共的土地革命。在思想上認同孫中山的三民主義，不認同社會主義道路。在革命道路上反對帝國主義對中國的侵略，不贊成以革命方式解決現代中國所遇到的歷史問題。「中間勢力」儘管不擁有武裝力量，但社會能量很大，號召力也很強，是決定國共兩黨勝負的重要因素。毛澤東說，「在中國，這種中間勢力有很大的力量，往往可以成爲我們同頑固派鬥爭時決定勝負的因素」。1927 年 7 月至 1931 年 9 月「九一八」事變爆發前，有組織形態的中間勢力主要有鄧演達的第三黨、汪精衛的國民黨改組派、中國青年黨（1929 年 8 月正式定名）及胡適爲代表的新月派等。

（一）鄧演達與「第三黨」的抗爭

「第三黨」的領袖鄧演達（1895～1931），廣東惠陽縣（今惠州市惠陽區）人。早年加入中國同盟會，畢業於保定陸軍軍官學校，曾任黃埔軍校教育長，北伐開始時任國民革命軍總政治部主任，當選國民黨二屆中央執行委員、國民黨中央政治委員會委員、中央軍事委員會主席團成員和中央農民部長等職。「四一二」和「七一五」事變後，鄧演達不滿蔣、汪倒行逆施去了蘇聯，

---

1 「從五四運動到人民共和國成立」課題組：《胡繩論「從五四運動到人民共和國成立」》，社會科學文獻出版社，2001 年版，第 4 頁。

1927 年 11 月 1 日與宋慶齡、陳友仁等聯名發表《對中國及世界革命民眾宣言》，指責蔣、汪爲「軍閥之工具、民眾之仇敵」，表示有必要組織「中國國民黨臨時行動委員會」，以實現孫中山三民主義的革命綱領。不久，鄧演達與譚平山、章伯鈞等秘密籌建新黨。1928 年春，中華革命黨在上海成立，鄧演達爲中央總負責人，譚平山暫時代理。該黨公開宣稱「是勞動平民階級的政黨」「耕者有其田，是中華革命黨的中心政策」。鄧演達 1930 年 9 月 1 日回國後，在上海召開中華革命黨全國幹部會議決定將黨名改爲「中國國民黨臨時行動委員會」，以吸引更多國民黨內左傾分子。中國國民黨臨時行動委員會既反對蔣介石集團的獨裁統治，也反對共產黨的武裝暴動，主張建立平民政權，時人稱爲「第三黨」。鄧演達還秘密組織黃埔革命同學會，擬定全國武裝起義反蔣計劃，對蔣介石集團造成巨大威脅。因叛徒洩密，鄧演達於 1931 年 8 月 17 日在上海被抓獲。蔣介石在被迫下野前夕的 11 月 29 日下令將其秘密殺害。鄧演達被害後，「第三黨」群龍無首，漸趨消亡。

（二）國民黨改組派的興亡

國民黨改組派形成於 1928 年冬，正式名稱是「中國國民黨改組同志會」核心成員是汪精衛及其主要擁護者陳公博、王樂平、王法勤、甘乃光、顧孟餘、潘雲超、陳樹人，朱霽青等。該派出現於寧漢合流後，蔣介石主導的國民黨二屆四中全會將汪精衛排擠出國民黨權力中樞，導致國民黨內中下層幹部和黨員對蔣介石專制獨裁、排斥異己不滿。1928 年 3～4 月間，陳公博在孫伏園的《貢獻》期刊上發表《國民革命的危機和我們的錯誤》爲改組派言論之先聲。隨後，陳公博《我對第三黨的態度》、《我所謂革命的主張》等文主張以 1924 年孫中山改組國民黨爲榜樣改組國民黨，「差不多京滬和各省都震動了」。[1]同年 5 月 7 日，陳公博創辦《革命評論》週刊，6 月 1 日顧孟餘創辦《前進》半月刊，8 月陳公博等在上海創辦「大陸大學」，建立組織、培養人才，促成改組派形成。對此南京當局無法忍受，勒令《革命評論》《前進》停刊。改組派在國民黨二屆五中全會所提《重新確立黨的基礎案》遭到冷遇，使他們決意與蔣介石分道揚鑣。1928 年底，「中國國民黨改組同志會」第一次全國代表大會在上海召開，會議通過《中國國民黨改組同志會會章》，正式宣告中國國民黨改組同志會成立。同志會總部設在上海，內分總務、組織、宣

---

1 陳公博：《哭笑錄》，香港現代史料編刊社，1981 年版，第 122 頁。

傳部，總務部由王法勤、陳公博負責，組織部由王樂平、朱霽青負責，宣傳部由顧孟餘、陳公博負責。[1]改組派是汪精衛與蔣介石權力鬥爭的一個工具。「改組派在黨內的抗爭，與其說是對蔣介石軍事專制的反抗，不如說是汪精衛一派人失去權力後在政治上的一種發洩。真正從政治理念上向國民黨的專制統治公開發出抗議的，最初反倒是以胡適為首的一批自由派知識分子」。[2]

（三）胡適「新月派」的起落

新月派由不滿國民黨統治現狀的大學教授組成，以胡適所辦的《新月》月刊和新月書店為陣地，因主張人權而聞名。成員主要有胡適、徐志摩、聞一多、丁西林、葉公超、潘光旦、劉英士、梁實秋、羅隆基等。南京政權成立，他們對國民黨殘酷「清黨」頗有不滿。因 1929 年 3 月上海特別市教育部部長陳德徵提出「凡經省級特別市黨部書面證明為反革命分子，法院或其他法定之受理機關應以反革命罪處分之」[3]的嚴厲處理反革命案，引起了一場以《新月》雜誌和國民黨《中央日報》等對陣的「人權與約法」大論戰。國民黨中宣部密令焚毀刊有胡、羅文章的《新月》雜誌。上海警備司令部 1930 年 11 月逮捕羅隆基。在高壓下，胡適離滬去平，應北京大學之邀出任文學院院長兼中國文學系系主任。人權與約法之爭漸趨平靜。這一階段，以梁漱溟為代表的「鄉村建設派」和中國青年黨在 1930 年前後也產生過一定影響。

四、日本局部侵華戰爭推進與中國政治態勢的變化

「九一八」事變爆發後，中國共產黨積極呼籲團結禦敵一致抗日，長征中的紅軍公開打出「北上抗日」的大旗，蔣介石國民黨集團及民國南京政府因對日本的侵略心存幻想而取妥協退讓之策，同時違逆民意繼續全力「圍剿」共產黨紅軍，實行所謂「攘外必先安內」政策。隨著日本局部侵華戰爭的推進，中日民族矛盾上升為中國社會主要矛盾，國內階級矛盾降為從屬地位。挽救民族危亡，團結抗日，成為時代主題。

---

1 楊奎松：《中國近代通史·第八卷內戰與危機（1927～1937）》，江蘇人民出版社，2007 年版，第 173 頁。
2 楊奎松：《中國近代通史·第八卷內戰與危機（1927～1937）》，江蘇人民出版社，2007 年版，第 166 頁。
3 《處置反革命分子案》，《申報》，1929 年 3 月 26 日 4 版。

（一）日本推進局部侵華戰爭與全國性抗日救亡運動

中間勢力的政治態度開始發生明顯分化，反對蔣介石集團不抵抗主義及獨裁政治，要求改變「攘外必先安內」政策，結束獨裁統治，開放民主，建立全民族抗日聯合戰線，在國統區興起了轟轟烈烈的抗日救亡運動。這一時期就其階層和政治分野來說，大致有以下幾種類型：一是由民族工商業者發起組織的，「東北救亡總會」、「上海抗日救國會」、「上海地方維持會」、「廢止內戰大同盟」爲其主要代表。二是由國民黨內民主派和地方實力派發起組織的，「中國民權保障同盟」、「生產人民黨」、「中華民族革命同盟」及「中華民族解放行動委員會」爲主要代表，三是由文化教育界知名人士及著名民主人士發起組織，「國難救濟會」、「上海文化界救國會」「上海各界救國會」「全國各界救國聯合會」爲主要代表，四是由少數資產階級右翼及其知識分子發起組織，以「中國國家社會黨」爲主要代表。[1]也有學者認爲這一時期的中間勢力包括「九個政黨、七個政團、八大地方實力派。還有一些有代表性的無黨派人士也屬於中間勢力，如丁文江、吳景超、王芸生等」。[2]其中產生重要影響的是由宋慶齡 1932 年出面組織的中國民權保障同盟、胡漢民的新國民黨、馮玉祥爲首的察哈爾抗日同盟軍、陳銘樞和李濟深 19 路軍將領組織的生產人民黨及福建人民革命政府以及李宗仁、白崇禧爲首的新桂系等。

（二）「抗日民族統一戰線」廣受歡迎

「九一八」事變後，中國共產黨就呼籲「一致對外，共同抗日」。紅軍長征到陝北根據地後，中國共產黨人準確把握由於日本軍國主義的侵略，中國社會的主要矛盾已由工農無產階級和地主資產階級間的階級矛盾轉變爲中華民族和日本侵略者之間民族矛盾的新形勢，及時提出「國共合作，共同抗日」的政治主張。1935 年 11 月國民黨第五屆全國代表大會召開時，此時已沒有政治力量能夠挑戰蔣介石的個人權威，但大部分中間勢力的政治離心態勢也已形成。中國共產黨在瓦窯堡會議上正式確立抗日民族統一戰線政策。這一政策契合了中間勢力挽救國難危亡的共同心聲。1936 年 12 月西安事變發生後，共產黨爲了團結全國所有黨派和民眾投入反對日本侵略的戰爭，暫且擱置國

1　魯廣錦：《略論現代中國的中間勢力》，《東北師大學報（哲學社會科學版）》，1994
　　年版。

2　汪新：《試析中間勢力在土地革命戰爭時期的初步形成》，《中共黨史研究》，2000
　　年版。

民黨背叛大革命運動屠殺共產黨人和革命工農的階級仇恨，為了挽救中華民族於危亡之際積極推動國共合作抗日；蔣介石集團和民國南京政府也順從民意承認共產黨和紅軍的合法地位。由是國民黨軍隊及民國南京政府、共產黨與工農紅軍及革命根據地政權和中間勢力等在抗日民族統一戰線旗幟下走到一起，開始全民族抗日戰爭，最終奪取了抗日戰爭的徹底勝利。

第二節　民國南京政府前期新聞業的經濟環境

經濟是新聞事業的「血液」，決定了一個時期新聞業的整體發展水平。本時期，資本主義列強對華經濟侵略持續加深，外國在華資本進一步擴張。國民黨統治區的資本主義經濟發展水平有了明顯的提高，各個行業的各項經濟指標在 1936 年都達到了歷史上的最高水平[1]，出現了「超越層層障礙的黃金十年」[2]。共產黨領導的革命根據地經濟，儘管在國民黨軍隊的反覆「圍剿」下損失慘重，但新民主主義經濟在蘇維埃共和國體制下得到廣泛實踐，為抗戰時期新民主主義經濟的成長積累了寶貴經驗；「九一八」事變後，東北三省的經濟淪為日本殖民地經濟，成為日本帝國主義經濟侵略、掠奪中國的重要組成部分。

一、西方列強對民國經濟的約束與侵略

西方列強對民國經濟的約束與侵略在本時期主要表現為外債的強力約束，外國資本對南京國民政府經濟命脈的控制，以及日本帝國主義對東北等淪陷區的經濟殖民化三個方面。

（一）外債對民國南京政府經濟的強力束縛

為使各國承認民國南京政府並續借外債，國民黨當局包下了民國北京政府積欠的內外債務和清政府的對外賠款，使民國南京政府成立時就是財政破落戶。1928 年，除以關稅作擔保的外債，中國其他外債基本上均無法按期償還，這一年按時償還的債務相當於 41800 萬美元，拖欠未還的本金相當於 47500 萬美元（不包括東北鐵路債務）。[3]另據統計，1928 年 7 月至 1937 年 6 月，國

1　周天度等：《中華民國史·第八卷（1932～1937）》（下），中華書局，2011 年版，第 859 頁。

2　卓遵宏等：《中華民國專題史第六卷：南京國民政府十年經濟建設》，南京大學出版社，2015 年版，第 428 頁。

3　〔美〕恩·楊格：《一九二七年至一九三七念中國財政經濟情況》，中國社會科學出版社，1981 年版，第 121～122 頁。

民政府中央一級機構（不包括九一八以後東北地區借款）前後共舉借外債 87 項，債額約合 207306977 美元（合法幣 691023256 元），實際借款額 161187603 美元（合法幣 537292010 元）。[1]

　　民國南京政府償還外債相當賣力。除 1929 年成立整理內外債務委員會專門審議和處理償債問題外，還專門從關稅、鹽稅中撥出款項成立還債基金。1927～1933 年的七年間，民國南京政府共償還「有確定擔保債款」債務有銀元 2.49 億餘元。而「無確實擔保之外債」已承認「整理」者，截止 1934 年 6 月底，總計各項外債債額當在 30 億元以上[2]。另據全國經濟委員會統計，截止 1935 年底，中國國債總數為 57.95 億元，在這近 58 億元國債中，內債大約為 25 億元，外債實數約為 33 億元。[3]到 1937 年，民國南京政府所欠外債已清償了相當大一部分。如庚子賠款由 1928 年 1.28 億美元減少到 1937 年 0.33 億美元；財政部負責經管的外債償還了 0.72 億（其中包括津浦鐵路借款和湖廣鐵路借款等），鐵道部和財政部共同負責經管的債務償還了 0.7 億美元；鐵道部單獨負責的外債償還了 1.12 億美元，交通部負責的外債償還了 0.17 億美元。政府在 1927～1937 年間共計償還外債額達 2.75 億美元。[4]如按當時中國貨幣每元等於 0.3 美元計算，政府十年之間償還外債額共合國幣 8.25 億元，平均每年償還外債接近一億元。[5]償還外債和內戰軍費開支占民國南京政府財政支出的 70% 以上。[6]1927～1937 年間，民國南京政府真正用於投資生產建設性的支出，估計平均每年沒有超過稅收總額實數的 4%，其中如實業費和交通費的支出都不到 1%，建設費和文化教育費稍多一點，但也都超不過 2%。[7]

1　件鄭會欣：《戰前國民政府舉借外債的數額及其特點》，張憲文主編：《民國研究》第 1 輯，第 139 頁。

2　周天度等：《中華民國史・第八卷（1932～1937）》（下），中華書局，2011 年版，第 782 頁。

3　李立俠：《中國外債之檢討》，《東方雜誌》第 34 卷 14 號。

4　〔美〕恩・楊格：《一九二七年至一九三七年中國財政經濟情況》，中國社會科學出版社，1981 年版，第 155 頁。

5　周天度等：《中華民國史・第八卷（1932～1937）》（下），中華書局，2011 年版，第 783 頁。

6　周天度等：《中華民國史・第八卷（1932～1937）》（下），中華書局，2011 年版，第 777～778 頁。

7　周天度等：《中華民國史・第八卷（1932～1937）》（下），中華書局，2011 年版，第 777 頁。

（二）外國在華資本擴張與對民國南京政府經濟命脈的控制

本時期，世界主要資本主義國家已進入壟斷資本主義時期，資本替代商品成爲掠奪殖民地、半殖民地國家的主要工具。民國南京政府成立後財政緊缺，外資進入中國享有特權保護，外國在華資本擴張態勢絲毫未減，儘管也受到 1929 年世界經濟危機的影響。

1、外國在華資本的擴張

1920～1936 年是外國在華投資增加最多的時期，16 年間增加了 95%，達 39.4 億美元。增長最快的是 20 年代，到 30 年初已甚慢，顯然係受資本主義世界經濟危機影響。[1]這一時期，外國在華資本以日本投資最多位居第 1 位，1930 年達 14.89 億美元，1936 年達 18.18 億美元增長最快，年增長率 8.9%。原爲第一的英國屈居第二，1930 年爲 10.08 億美元，1936 年至 10.20 億美元，年增長率僅 2.0%，美、法、德、俄（蘇聯）投資少於日、英兩國，大都在 2 億美元左右，其中美國在華投資增長最快，由 1930 年 2.64 億美元增長至 1936 年的 3.28 億美元，年增長率達 6.4%，其 1936 年投資占各國總額的 8.3%。法國投資由 1930 年 2.46 億美元增長至 1936 年 2.76 億美元，德和蘇聯投資減少，其他國的投資由 1930 年的 2.34 億美元增長至 1936 年的 3.35 億美元。[2]

2、外國在華資本在中國經濟中的地位

這一時期外資的增長主要是直接投資，政府借款僅增加 36%，[3]外資主要集中於關鍵的部門和大企業或集團，在資金融通和溝通國內外市場上具有優勢，加之帝國主義在華特權和政治勢力的保護，使其在金融、外貿、現代化運輸、能源、鐵路等資源上佔有壟斷地位，進而控制了中國的經濟命脈。如沙遜、哈同等外國房地產公司在上海房地產業中有壟斷地位。銀行業的國際匯兌仍由外國銀行壟斷，並操縱匯率。保險業的外國資本具有壟斷地位。貿易業的外國企業投資 22.3%，居第 2 位，中國進出口貿易仍然幾乎全爲外商洋行壟斷。據日本人 1936 年推測，中國出口的 80% 和幾乎全部進口仍爲洋行經

1　這一估計可參照的有雷麥對 1931 年的估計是 32.43 億美元，侯繼明對 1936 年的估計社會 34.83 億美元。參見許滌新、吳承明：《中國資本主義發展史》（第三卷），社會科學文獻出版社，第 29～31 頁。

2　許滌新、吳承明：《中國資本主義發展史》（第三卷），社會科學文獻出版社，2007 年版，第 30～31 頁。

3　許滌新、吳承明：《中國資本主義發展史》（第三卷），社會科學文獻出版社，2007 年版，第 30～31 頁。

營。鐵路方面，1931 年外國資本（含直接投資和借款）在關內投資建築的鐵路共有 12285 公里，占中國鐵路投資的 88%，1937 年外資建築鐵路共有 19797 公里，占中國鐵路投資的比重上升到 91%。輪船運輸中外商占絕對優勢，不包括東北各關，1936 年中國船比重增到 32.5%，外洋航線全為外商壟斷。1936 年中國的 4 家航空公司均有外國資本滲入。電力方面，1936 年中國電力公司數量達 447 家，資本額達 10896 萬元，僅占電力資本總額的 35.4%，外國資本有 10 家，資本額達 18800 萬元，占資本總額的 61.1%，另外 4 家中外合資，占資本總額的 3.5%。鐵礦及冶鐵業除土鐵外，幾乎全部為日本資本所控制。[1] 全面抗日戰爭爆發前，列強輸入中國的資本約有 16.24 億美元，而從中國取回的企業利潤和借款本息達 30.22 億美元，為輸入資本的 1.86 倍，同時在中國還保有 36.13 億美元的投資。1928 年至 1936 年，列強輸入中國資本 2.942 億美元，獲取利潤和本息達 6.41 億美元。[2]中國的經濟命脈完全被外國資本控制。

3、世界性「白銀危機」與中國的「法幣改革」

在 1929～1933 年間爆發的西方經濟危機中，西方列強為轉嫁經濟危機和壟斷世界金融，先後放棄金本位。1931 年 8 月英國放棄金本位，12 月日本停止金本位，英匯、日匯急遽下跌。1933 年 3 月羅斯福就任總統後也放棄金本位，同年 12 月改用「金三銀一」使美元貶值，並出臺一系列購銀政策，高價購銀 13 億，以實現「壟斷世界金融之大權，籍此執世界盟主之企圖」。[3]在這場「白銀」貨幣戰中，西方列強尤其是美國通過抬高國際銀價，從中國掠奪了海量財富，為不使民國南京政府垮臺失去以後掠奪中國的機會，又幫助民國南京政府實施了法幣改革。「白銀危機」嚴重削弱國民政府的政治、經濟、外交能力。經濟遭受重創，國內通貨緊縮和經濟衰退嚴重，加深了中國內政矛盾和衝突，外國資本勢力在華滲透加強。

（三）日本帝國主義對東北等淪陷區經濟的殖民化

本時期，日本替代英美諸列強成為侵略與威脅中國經濟的頭號帝國主義。在於它以突然襲擊方式發動「九一八事變」侵佔東三省，扶植出籠「滿洲國」後，通過各種手段對中國尤其是東北三省進行經濟侵略和掠奪。

1　見許滌新、吳承明：《中國資本主義發展史》（第三卷），社會科學文獻出版社，2007年版，第 33～38 頁。

2　許滌新、吳承明：《中國資本主義發展史》（第三卷），社會科學文獻出版社，2007年版，第 44～45 頁。

3　《白銀課稅問題》，《銀行週報》，第 18 卷 41 期第 840 號，第 21 頁。

1、日本侵略者對中國經濟的掠奪

日本侵略者對中國經濟進行掠奪的方式主要有三種：一是對東北、臺灣、熱河等日本軍事佔領區，將其經濟改造成殖民地型經濟，使之成爲日本宗主國經濟的附庸，日本發動軍事侵華戰爭的經濟基礎。二是對華北等民國南京政府控制邊緣地區，策動地方實力派「自治」，加大經濟滲透與經濟掠奪。三、民國南京政府有效控制的非佔領區，除和英美等國同樣的資本與商品輸入外，還以「非法」走私白銀、販賣鴉片，以及持續展開大範圍經濟調查等手段掠奪中國，加深中國經濟的半殖民地性，爲「滅亡中國」做戰爭準備。東北是日本經濟掠奪的重災區。1931年「九一八」事變前日本在東北投資有15～17億日元之多（杜恂誠估計是 15.84 億日元，「日本滿史會」估計是 17.57億日元，李頓調查團統計是 17.15 億日元）[1]。「九一八」事變後，奉系的官僚資本、東北的民族資本俱陷敵手，民國南京政府損失慘重。1932 年 3 月僞滿洲國成立，日本執行「工業日本，原料滿洲」的殖民經濟政策，「統制」東北經濟，使東北完全淪爲殖民地型經濟。

2、日本對東北三省經濟實行「殖民化」政策

東北經濟政策由日本關東軍參謀部制定，假手僞「滿洲國」執行。1933年 3 月炮製《滿洲國經濟建設綱要》，1934 年通過《日滿經濟統制方策要綱》，明定實行統制經濟。爲大肆掠奪東北戰略資源，服務日本宗主國經濟發展與滿足侵華戰爭需要，日本以「滿鐵」爲中心不斷強化東北的經濟統制。一是成立「滿洲中央銀行」和「滿洲興業銀行」全面統制東北金融業，爲日本「開發」東北掠奪工礦資源提供資金支持。二是攫取鐵路控制交通。1932～1937年，日本在東北修築 4258 公里鐵路，使其鐵路運營增長至 1.127 萬公里，占1937 年中國鐵路總長 21761 公里的 45%。[2]三是發展工礦業，掠奪東北戰略資源。強制規定交通通訊、鋼鐵、煤炭、電業等 14 種行業由特殊公司經營，受日本政府特殊保護與監督。按 1926 年不變價估計，工業（包括礦業）總產值 1932 年爲 3.19 億日元，1936 年增爲 5.10 億日元，1942 年達到最高峰9.47 億日元。[3]四是移民東北，掠奪東北農業。「九一八」前日本在東北移民

---

1 許滌新、吳承明：《中國資本主義發展史》（第三卷），社會科學文獻出版社，2007年版，第 288～289 頁。

2 許滌新、吳承明：《中國資本主義發展史》（第三卷），社會科學文獻出版社，2007年版，第 67～68 頁。

3 許滌新、吳承明：《中國資本主義發展史》（第三卷），社會科學文獻出版社，2007年版，第 307 頁。

爲 24 萬人，1945 年東北的日本移民達到 318000 人。[1]日寇佔領東北後，雖然耕地面積由 1931 年 2.24 億畝增爲 1940 年的 2.62 億畝，但整個僞滿時期穀物產量遠未能恢復到 1930 年的水平。大豆產量劇降，高粱維持原有水平，玉米增產，小麥曾長期減產。[2]1932 年～1936 年日本對滿投資 11.55 億日元，匯回日本的投資利潤高達 4.21 億日元，1937～1944 年，日本對滿投資 79.13 億日元，匯回日本利潤高達 27.98 億元日元。[3]其強度遠遠高於英美諸國。

二、中國資本主義的畸形發展

　　民國南京政府形式上統一全國，爲中國資本主義的發展提供了相對和平的發展環境，如上所述，本時期中國資本主義發展受外債、歐美列強在華資本對民國經濟命脈的控制、日本帝國主義在東北淪陷區的掠奪等強力約束，另外，蔣介石集團龐大的軍費開支，消耗掉了大量建設資金，是中國資本主義發展的毒瘤，使中國資本主義仍畸形向前發展。其主要表現是，農業經濟發展雖「已步上起飛之路」[4]，農村卻仍在凋敝狀態；工礦業雖有明顯長進，但多集中在港口城市與沿江沿海省份，邊遠地區多未開發，且仍以輕工業的衣食產品爲主，重工業仍尚無客觀成就。當然，本時期，國民黨當局對經濟建設也有所作爲。其表現主要有三，一是整理外債和實行關稅自主政策，確立了新的財政經濟制度，使西方列強對中國經濟的干擾有所減少；二是建立現代金融體制，壟斷金融業，推行幣制改革，應對了「白銀危機」，形成了國家金融資本的絕對壟斷地位；三是設立實業部、全國經濟委員會、資源委員會等機構，在軍工、工礦、商業、交通等重要領域建立國營經濟，扶持民營企業，推廣合作事業，開展國民經濟建設運動，努力復興農業，使中國資本主義發展水平明顯提高。各項經濟指標在 1936 年都達到了歷史上的最高水平[5]，出現了「超越層層障礙的黃金十年」[6]，爲抗戰勝利奠定了經濟基礎。

1　于繼之：《日本帝國主義與東北殖民地經濟》，《史學月刊》，1985 年第 2 期。

2　許滌新、吳承明：《中國資本主義發展史》（第三卷），社會科學文獻出版社，2007 年版，第 307 頁。

3　許滌新、吳承明：《中國資本主義發展史》（第三卷），社會科學文獻出版社，2007 年版，第 307 頁。

4　卓遵宏、姜良芹、劉文賓、劉慧宇：《中華民國專題史第六卷：南京國民政府十年經濟建設》，南京大學出版社，2015 年版，第 431 頁。

5　周天度等：《中華民國史·第八卷·下（1932～1937）》，中華書局，2011 年版，第 859 頁。

6　卓遵宏、姜良芹、劉文賓、劉慧宇：《中華民國專題史第六卷：南京國民政府十年經濟建設》，南京大學出版社，2015 年版，第 428 頁。

（一）民國南京政府財政管理制度的確立

民國北京政府的財政制度混亂不堪，矛盾重重。為鞏固統治，民國南京政府建立後通過整頓稅制，理順中央與地方的財政權責關係，加強中央政府的財力與財權；為財政管理立法，形成完整的財政管理體制；解決海關行政與收回關稅主權等嚴峻問題，在本時期建立了現代化的財政管理制度。

1、理順中央與地方財政關係。

本時期，民國南京政府的財政大權主要掌握在宋子文、孔祥熙的手中，在其努力下基本解決了中央與地方財政關係混亂的頑疾。1928 年宋子文被任命為財政部長。在江浙資本集團的支持下，宋子文的財政改革方案（下簡稱「宋案」）獲得認可，同年 11 月民國南京政府正式公布實施《劃分國家收入地方收入標準案》和《劃分國家支出地方支出標準案》。「宋案」將稅源較大的關、鹽、釐金（1931 年後改統稅）等稅劃歸中央，使「關、鹽、統」成為政府的三大稅源；將田賦、契稅、營業稅及雜項等劃歸地方收入，使地方財政收入有一定保障。宋案還規定，軍費支出由中央控制，經濟上掌握了地方實力派的餉糈來源，利於控制各地軍閥。但宋案對縣財政沒有明確規定，[1]為縣財政的越權徵稅，亂攤派留了後門。孔祥熙出任財長後，著手整頓田賦，廢除苛雜，並於 1934 年召開第二次全國財政會議，確定縣為自治單位，將土地稅（田賦附加）等劃分縣收入，1935 年各省市縣財政預算相繼建立。至此，中央、省、縣三級財政管理體制形成。

2、建立財政管理體制，依法管理全國財政。

財政部成立於 1927 年 5 月，為「管理全國財政事務」的最高機關。該部成立後，其組織隨職權擴大而頻繁改組，組織架構趨於完善，另有設計委員會、固定稅則委員會等附屬機構為其出謀劃策。1928 年民國南京政府頒布《審計法》，審計權最初直屬於審計院，1931 年設立審計部後改隸監察院，對達官貴人、大資本家、地主豪強的重大違法行為卻沒有認真審計過。此外，本時期還出臺了一系列的財政法規。主要有：《劃分國家收入地方收入標準案》、《劃分國家支出地方支出標準案》、《省縣收支標準》、《審計法》、《國民政府監督地方財政暫行法》、《預算法》等。本時期，民國南京政府的各項稅收法則不斷變化。公債條例方面亦如此，每發行一種債券，就公布一項發行條例。這

---

1 孫文學主編：《中國近代財政史》，東北財經大學出版社，1990 年版，第 325～326 頁。

一時期財政部發行的債券共有 35 種，頒布的公債條例也在 35 項以上，地方財政法規更是繁多。到 1934 年底，上海、南京、青島、漢口、江蘇、福建、浙江、河南等省市頒布的地方財政法規有四十五項之多。[1]

3、整頓與改革稅制

整頓與改革混亂的稅制，才能真正理清中央與地方財政關係，統一財權。民國南京政府多管齊下基本解決了這個問題。（1）裁撤釐金，創辦統稅。釐金創辦於 1853 年，為中國三大惡稅。1928 年全國總計有名目繁多的釐卡 735 個，且章程混亂，稅率不一，每過一卡，就要繳納釐金一次。[2]民國南京政府宣布「關稅自主」同時就決定裁撤釐金。1930 年各國都以裁釐為條件答應關稅自主，同年 5 月中日關稅新約簽訂，裁釐條件具備。1931 年 1 月 1 日，財政部明令廢止釐金及子口稅，並從即時實施。裁釐後，民國南京政府開徵統稅。統稅是「一物一稅」為原則的新稅，捲煙業最早開徵統稅，後棉紗、火柴、水泥、麥粉等商品開徵統稅，為民國南京政府第三大稅源。（2）實行關稅自主政策。鴉片戰爭後，中國喪失關稅自主權。民國北京政府嘗試收回，未果。民國南京政府成立後採用多種手段基本解決了這一問題。首先是改革海關行政，監督約束海關洋人職權。其次是利用關稅契約到期時機，與美、英等國單獨談判重訂關稅新約。1928 年 7 月《中美關稅新約》簽訂，隨後英、法、荷蘭、瑞典等 11 國相繼與中國簽訂相關條約。最後是日本多次要挾，遲遲不訂新約。1929 年田中內閣倒臺，中國對日作重大讓步，方於 1930 年 5 月與日簽訂關稅協定。1933 年 5 月，中國收復關稅自主權後即於 1933 年訂立第三個國定稅則。關稅自主，保護了國內市場，利於中國國際貿易；大幅增加了民國南京政府的財政收入。（3）整理鹽稅。鹽稅為中國三大惡稅。1931 年 3 月，民國南京政府著手整頓鹽稅，抗戰爆發前夕，基本完成了鹽稅的整理與改革。鹽稅整頓後，鹽稅收入大為增加，十年間鹽稅收入平均占稅收總額的 29%，[3]成為民國南京政府第二大財源。（4）整理與改革地方稅制。地方稅系統以土地稅為主，包括契稅、屠宰稅、營業牌照稅、房捐及各種附加、攤派

---

1 孫文學編：《中國近代財政史》，東北財經大學出版社，1990 年版，第 330 頁。

2 卓遵宏、姜良芹、劉文賓、劉慧宇：《中華民國專題史第六卷：南京國民政府十年經濟建設》，南京大學出版社，2015 年版，第 222 頁。

3 楊蔭溥：《民國財政史》，中國財政經濟出版社，1984 年，轉卓遵宏、姜良芹、劉文賓、劉慧宇：《中華民國專題史第六卷：南京國民政府十年經濟建設》，南京大學出版社，2015 年版，第 47 頁。

和雜捐等種稅。孔祥熙任財長期間整頓與改革地方稅制，多次明令廢除田賦附加稅等。抗戰前夕，各省市先後廢除部分苛捐雜稅，綜計 7000 多種，稅款達 6000 餘萬元，[1]但積弊已久，各地仍有繁多的苛捐雜稅，且有些地方實行預徵制。「竭澤而漁」式的掠奪農民，是民國南京政府失去民心的重要因素。

（二）現代化金融體制的建立與官僚金融資本的形成

金融關係國計民生。為鞏固統治，國民黨蔣介石在「國民政府各項建設中，以對現代財政金融制度最為重視」。[2]民國南京政府成立即著手創建最高的貨幣管理機構：中央銀行，以謀求實現金融壟斷。1928 年 11 月，中央銀行在上海正式開業，在中央銀行開幕式上，蔣介石稱「中國經濟破產，民生凋敝，無非為經濟沒辦法，政治不得進行。今中央銀行開幕，即可進行經濟建設……為國家銀行，中央政府基礎鞏固，政治之建設，實有賴此。」[3]宋子文稱創設中央銀行的目的是統一國家幣制、統一全國之金庫，調劑國內之金融。[4]然而，此時中央銀行難以勝任國家銀行的重任，老資格的中國銀行和交通銀行分別承擔了發行兌換券、經理國庫、募集和經理公債等原本屬於中央銀行的職能。對此，民國南京政府採取了多種策略建立了以四行二局（中央銀行、中國銀行、交通銀行、中國農民銀行及郵政儲金匯業局、中央信託局）為核心的國家金融組織壟斷體系，確定了中央銀行的金融壟斷地位。一是以國家力量為後盾，用種種措施增強中央銀行的勢力，完善其職能，使中央銀行迅速發展，實力猛增，成為名副其實的國家銀行。二是改組、控制並削弱中國銀行和交通銀行。中國銀行和交通銀行是華資銀行的領導者，具有國家銀行和商業銀行的雙重屬性，民國南京政府通過 1928 年和 1935 年兩次增資入股、人事上的控制及專業化改組，基本完成了對兩行的實際控制。三是改組與控制規模較大，且有一定影響力的民族資本銀行、行莊。本時期因經營困難，被民國南京政府控制或兼併的銀行主要有中國通商銀行、四明商業儲蓄銀行和中國

1 《財政年鑑》續編第 13 編，第 5 章社，賦稅整頓概況，第 151 頁。卓遵宏、姜良芹、劉文賓、劉慧宇：《中華民國專題史第六卷：南京國民政府十年經濟建設》，南京大學出版社，2015 年版，第 435 頁。

2 John K.Fairbank, Edwin O.Reischauer, Albert M, Craig，East Asia: The Modern Transformation, Boston, Houghton Mifflin, 1965, p.962。卓遵宏、姜良芹、劉文賓、劉慧宇：《中華民國專題史第六卷：南京國民政府十年經濟建設》，南京大學出版社，2015 年版，第 288 頁。

3 《申報》1928 年 11 月 2 日。

4 《中央銀行開幕記》，《銀行週報》1928 年第 12 卷 43 期。

實業銀行等。四是增設新的國有金融機構，構建更爲完整的金融壟斷組織體系，除中央銀行外，民國南京政府還相繼成立了中國農民銀行、中國國貨銀行、郵政儲金匯業局，中央信託局和中國建設銀行公司等。其中，中國農民銀行於 1935 年成立，前身是 1932 年成立的，豫鄂皖三省「剿匪」司令部下設的四省農民銀行，因蔣介石的特殊扶持，該行發展迅速，成爲專司全國農業金融的機構，法幣改革後與中央、中國、交通三行同時掌握貨幣發行權。郵政儲金匯業總局 1930 年在上海成立，中央信託局 1935 年 10 月成立，兩局發展迅速，都很快成爲民國南京政府實現構建國家壟斷金融體系的重要組成部分。五是通過 1933 年的廢兩改元，1935 年法幣改革等措施削弱了錢莊、典當等舊式金融機構的中心地位。1933 年的廢兩改元使錢莊失去了對「銀拆」和「洋釐」的決定權，銀爐、公估局、零兌莊等基本退出了歷史舞臺，同時將廣泛運用的錢莊莊票統一改爲銀行本票。1935 年法幣改革又取消了錢莊買賣白銀的權力，同時借 1935 年上海白銀風潮順勢成立上海錢業監理委員會，實現了對上海錢業的有效監督和控制。

到 1935 年底，民國南京政府已出臺 30 多個金融法規，金融統制框架初步建立，中央銀行制度逐步完備，以四行二局爲核心的國家金融組織壟斷體系形成。然而，民國南京政府構建的國家金融壟斷體系，實質掌握在宋子文、孔祥熙爲首的官僚資本家族手中。因此，國家金融組織壟斷體系的形成，也意味著官僚金融資本的形成。

三、共產黨與中央革命根據地的經濟建設

隨著革命根據地廣泛創建，尤其是 1931 年中央革命根據地的建立，在國民黨嚴屬的經濟封鎖、連續不斷的戰爭、小農經濟形態的根據地區域內，在中國共產黨及中華蘇維埃共和國臨時中央政府的領導下，中央蘇區等革命根據地在進行政權建設、開展土地革命的同時也廣泛動員群眾展開了全面的經濟建設。根據地經濟建設以發展革命戰爭、鞏固蘇維埃政權爲首要任務。中國共產黨發揚艱苦創業的革命精神，自力更生，白手起家，在經濟基礎十分薄弱、生產力落後的根據地摸索和積累了新民主主義經濟建設的寶貴經驗。

中央根據地成立後，中共黨內「左傾」錯誤的領導人認爲「革命戰爭已經忙不了，哪裏還有閒工夫」[1]搞經濟建設。他們批評主張經濟建設者爲「右

---

1 毛澤東：《必須注意經濟工作》，1933 年 8 月 12 日，《毛澤東選集》（第一卷），人民出版社，1991 年版，第 119 頁。

傾」，竭力推行「左」的經濟政策，依靠打土豪、剝奪地主和富農資產等方式籌集資金，嚴重影響了蘇區經濟建設。在毛澤東主持與努力下，糾正了中央蘇區經濟建設的「左傾」錯誤。通過《長岡鄉調查》、《才溪鄉調查》、《必須注意經濟工作》、《粉碎五次「圍剿」與蘇維埃經濟建設任務》等報告與演說，毛澤東精闢闡述了發展革命戰爭與加強經濟建設的辯證關係，並指出在根據地展開經濟建設運動的正確領導方式和工作方法。1933 年 4 月 11 日，蘇維埃中央政府國民經濟部正式成立，標誌著中央蘇區經濟建設的全面展開。爲推動中央蘇區經濟建設，蘇維埃中央政府制定了工農商、財政稅收、投資租借等 50 餘件法令法規，召開了中央蘇區南部十七縣，中央蘇區北部十一縣的經濟建設大會，並利用黨報黨刊廣泛動員群眾參與蘇區經濟建設運動。

發展農業生產，是中央蘇區經濟建設的首要任務。廣大貧困農民在土地革命中分得土地，生產積極性提高。各級蘇維埃政府積極組織群眾實行耕種互動。根據地普遍組織了勞動互助社（組）、耕田隊、犁牛站（合作社）、農具合作社、種糧合作社，與此同時蘇維埃政府還發動群眾興修水利、開墾荒地、改良土地、推廣先進技術等促進農業生產，組織糧食合作社，調劑糧食。中央根據地的糧食產量大增，不僅滿足了蘇區軍民的糧食需要，每年還有大宗糧食輸出到國統區，換回食鹽、布匹等根據地緊缺的物質。

蘇維埃政府還努力發展工業、商業和財政金融事業。根據地的工業由國有、集體和私營組成，工業基礎甚爲薄弱，大量是作坊式的手工業生產，少量軍需工業是半機械化生產。國有工業主要是軍需工業和礦產開採業。1933年 3 月不完全統計，中央根據地有較大的軍需工廠 33 座，代表有中央兵工廠、紅軍服裝廠、中央衛生材料廠、中華蘇維埃鎢砂公司、中華商業公司造紙廠等。民用工業有製糖、製鹽、紡織、煤炭、煉鐵、造船、農具及紙張、煙草、樟腦、肥料、醫藥等工業。商業方面主要是 1934 年春成立的中華商業公司，該公司同福州、廈門和廣州等地進行大宗貿易。合作社由工農群眾集資合股組成。工業方面蘇維埃政府組織了鑄鐵、造紙、石灰、鎢砂、煤炭、造船等合作社。據 1934 年 9 月江西、福建兩省 17 個縣的統計，合作社有 1423家。[1]私營企業數量很少，蘇維埃政府一方面鼓勵私營企業發展，同時對其也採取監督的辦法。

1　《中華蘇維埃共和國第二次全國蘇維埃代表大會關於蘇維埃建設的決議案》（1934年 1 月），《中央革命根據地史料選編》，江西人民出版社，1982 年版，第 327 頁。

財政方面，蘇維埃政府的財政來源主要有三，一是向地主富農籌款。在早期，打土豪籌款是主要的財政來源，二是稅收，主要是商業稅和農業稅。商業稅根據商業資本大小和盈餘多少徵收統一的累進稅，農業稅依靠農民自願繳納。三是發展經濟來增加財政收入。財政支出方面主要用於供給紅軍和革命戰爭所需，厲行節儉、反對貪污浪費，並建立了審計制度。根據地的金融機構從無到有、從小到大發展，先後建立了東固平民銀行、閩西工農銀行、江西工農銀行等。1932 年 2 月 1 日中華蘇維埃共和國國家銀行在瑞金創立，各根據地的銀行歸併於國家銀行，成為其組成部分。國家銀行發行多種形式的硬幣和紙幣，有一定數量的白銀作為儲備金，曾多次發行公債，支持了根據地的革命戰爭與經濟建設。

蘇維埃地區的經濟建設是建立在消滅農村封建剝削制度，土地革命運動解放農業生產力的基礎上，使根據地的社會經濟結構發生了深刻的變化。在革命戰爭的環境下，根據地的經濟建設對支持革命戰爭、打破國民黨經濟封鎖、鞏固紅色政權、改善群眾生活、培養經濟建設人才等方面發揮了重要作用。根據地的經濟建設也曾受到「左」傾錯誤思潮的干擾，推出了許多「左」的經濟政策，對根據地經濟建設造成重大損失，成為紅軍第五次反「圍剿」失利而被迫長征的經濟因素。

第三節　民國南京政府前期新聞業的社會文化環境

文化、觀念及社會思潮是制約新聞業發展的軟力量，影響了一個時期新聞業的價值取向。民國南京政府前期處於五四新文化運動掀起的各種思潮異常活躍與抗日民族主義思潮獨領風騷的過渡階段，可謂「後五四新文化運動」時期。「九一八」事變後，日本加快侵華步伐，迅速把中國推向民族存亡的邊緣。對日「戰」或「不戰」及如何「戰」，成為中國各政治力量必須面對的現實問題。文化教育事業、科學技術事業、新聞傳播事業等均有所發展，為這一時期文化、觀念及社會思潮的興起提供了社會土壤，出現了國家民族主義、保守狹隘民族主義、激進民族主義、投降民族主義等多種「主義」和學派，並發生過民主與獨裁、中國社會性質和社會發展史及中國經濟發展道路等問題的論戰。

一、國民黨各派對「三民主義」的多種詮釋

三民主義是民族主義、民生主義、民權主義的合稱，由孫中山先生所創制，分舊三民主義和新三民主義兩個歷史階段，其中，「聯俄、聯共、扶助農工」是國共兩黨合作的政治思想基礎。經孫中山先生長期不懈努力，三民主義成為中國各政治力量共同認同的政治符號。1924 年後中國政治文化亦由傳統「道統」轉型為新型「黨統」。[1]孫中山去世後，國民黨左派、右派，共產黨在「扶助農工」等政治路線的認知分歧及政治利益間的尖銳衝突導致孫中山三民主義名存實亡。「三民主義」成為各政治力量宣傳或標榜的政治符號，但內涵由各政治力量重新賦予。控制民國南京政府的國民黨右派認同孫中山的舊三民主義，排斥新三民主義，內部對三民主義又有不同詮釋，占主導地位的是戴季陶主義、胡漢民的「連環三民主義」，及雜糅戴、胡思想形成的蔣介石「三民主義」。

（一）戴季陶主義與民國南京政府的輿論工具

戴季陶主義是戴季陶基於解釋孫中山三民主義形成的政治哲學，形成於1925 年。這年 6、7 月間戴季陶相繼發表《孫文主義之哲學的基礎》、《國民革命與中國革命黨》、《孫文主義民生哲學系統表》等著述，系統闡釋他與孫中山政治思想之間的差異，並將「戴季陶主義」稱之為「純正三民主義」，藉以排斥孫中山三民主義的其他解釋者。孫中山在世時，戴季陶雖然不認同「聯俄、聯共、扶助農工」政策，但懾於孫中山威望不敢冒犯。孫中山去世後，為將「聯俄、聯共、扶助農工」政策從孫中山三民主義剔除出來，戴季陶從儒家政治範疇雙管齊下，一方面批判性審視孫中山三民主義「規撫歐洲之學說事蹟者」，另一方面則無限拔高孫中山思想中「因襲吾國固有之思想者」和「吾所獨見而創獲者」[2]部分，鼓吹「民生社會歷史的中心，仁愛是民生的基礎」。斷定民族主義是「三民主義革命的第一步工作」、是「實行民生主義的基礎」，民權主義社會要人民自身來解決民生問題，需要全體人民男女的普遍直接民權；民生主義是三民主義的本體，因為「離卻民生，沒有文化，離了民生，沒有道德」，形成三民主義民生哲學的邏輯框架，以此批評中共、國民黨左派的思想主張，鼓吹「要圖中華民國的生存，先要圖中國國民黨的生存，

1　李劍農：《最近三十年中國政治史》，太平洋書局，1931 年版，第 531 頁。

2　孫中山在《中國革命史》文中說：「余之謀中國革命，其所持主義，有因襲吾國固有之思想者，有規撫歐洲之學說事蹟者，有吾所獨見而創獲者」。《孫中山全集》第 7 卷，第 60 頁。

要圖中國國民黨的生存，一定要充分發揮三民主義的中國國民黨之生存欲望所必須具備的獨佔性、排他性、統一性、支配性」，提出排斥國民黨內的中共組織「純化」國民黨、強化國民黨一黨集權。戴季陶的主張得到了西山會議派、孫文主義學會及胡漢民、蔣介石等國民黨右派的擁護與讚譽，成為其分共「清黨」的輿論工具，並奠定了民國南京政府意識形態的哲學基礎，戴季陶也因此坐穩了國民黨「師爺」的寶座。

（二）胡漢民「連環三民主義」與民國南京政府的正統威權

胡漢民與戴季陶一樣，都長期追隨孫中山卻不認同「聯俄、聯共、輔助農工」政策。不同於戴季陶從儒家倫理範疇解釋孫中山三民主義，胡漢民從社會進化論即「古今中外所有革命的歷史事實」範疇解釋孫中山三民主義，將之神聖化，使孫中山三民主義成為「以世界歷史的中心為綱領」的唯一主義。胡漢民在《三民主義之認識》（1927）、《三民主義的連環性》（1928）、《三民主義的精神》、《三民主義的心物觀》等著述中論證民族主義、民權主義、民生主義社會猶如「三棱角水晶體」，具有三面一體和三面相同的連環性：（一）民族主義，必須要是民權主義的和民生主義的民族主義，才不會變為帝國主義。（二）民權主義，必須要是民族主義的民生主義的民權主義，才不會變為虛偽的資產階級民主政治。（三）民生主義，必須要是民族主義的民權主義的民生主義，才不會變為資本主義。[1]認為這個三棱角水晶體的頂點「貫著世界進化的定律」，底邊是「救國主義大而言之是大同主義」。胡漢民建構的「連環三民主義」包羅了「所有」主義，「世界主義是民族主義的理想，民族主義是世界主義的實行」，「無政府主義是民權主義的理想，民權主義是無政府主義的實行」，「共產主義是民生主義的理想，民生主義是共產主義的實行」，認為將孫中山三民主義「馬克思化、釋迦化、術士化、流氓化」及「儒家化」都是孫中山革命理論的「最大的敵人」。[2]只有經胡漢民闡釋的孫中山三民主義才是「博大的無所不包的世界進化定律為總樞紐」，解決了「世界進化的行程，自古以來就生出民族民權民生的三大問題」的「最完備的革命主義」。胡漢民「連環三民主義」目的是佔據國民黨政治理論的話語制高點，以之為資本與蔣合作，乃至制衡蔣的軍權。胡漢民企圖以黨權遙控蔣介石軍權的意圖與行動被蔣介石識破，最終導致蔣介石借「約法」問題將胡漢民囚禁於湯山。

1　胡漢民：《三民主義之認識》，《中央半月刊》，1929 年第 1 卷 1 期。

2　胡漢民：《三民主義的心物觀》，《三民主義月刊》，1933 版，第 35～43 頁。

（三）蔣介石「三民主義」與民國南京政府的精神權威

蔣介石是軍人出身，文字功底不如戴季陶、胡漢民，最初沒有重視爭奪孫中山三民主義的話語解釋權，直至國民黨第三次全國代表大會，蔣才公開宣稱只有他對孫中山三民主義的解釋才是正確的，除此之外均是錯誤，正式把孫中山三民主義的解釋權收歸到一人所有。[1]實際上蔣介石「對三民主義儒學化的主要闡釋基本源自戴季陶的說辭，有些演講甚至是戴氏捉刀代筆的，因此，蔣介石對三民主義並沒有任何理論創新」。[2]但因蔣在本時期的特殊地位與身份使其成為孫中山三民主義儒學化、意識形態化的最高推手，在這方面的功勞遠大於戴季陶。證據主要有：一是蔣公開宣稱是總理信徒，在其演講、談話中高度讚揚並大段引用孫中山原話。二是蔣介石將儒家倫理道德與孫中山三民主義融為一體讚譽孫中山的政治品德，讚譽「總理的遺教是淵源於中國固有的政治與倫理哲學之正統思想」[3]；「三民主義的基本精神就是『忠、孝、仁、愛、信、義、和、平』八德，而實現八德的途徑就是要實踐『禮、義、廉、恥』四維」；將孫中山《建國方略》中的心理建設、物質建設、社會建設細分為心理建設、倫理建設、物質建設、政治建設、社會建設、經濟建設等。[4]三是恢復孔孟之道，強化黨員和國民的道德教化，推行新生活運動。蔣介石於 1927 年 4 月 23 日親率官僚親赴曲阜朝拜孔子；將《大學》、《中庸》、《論語》、《孟子》、《易》、《書》、《詩》、《禮》、《春秋》等編為教科書；將 8 月 27 日定為「孔子誕辰紀念日」並舉辦紀念活動；把「四維」、「八德」定為國民黨黨員守則，將「四維」視為「軍心賴以維繫之道」，「智信仁勇嚴」視為衡量軍人的「武德」[5]；1934 年 2 月發動「新生活運動」，以「四維」、「八德」教化民眾。四是用王陽明心學改造孫中山「知難行易」學說推出力行哲學，從哲學層面樹立蔣介石的精神權威，使力行哲學成為蔣介

1 庚平：《蔣介石研究——解讀蔣介石的政治理念》，團結出版社，2001 年版，第 15 頁。

2 崔之清：《國民黨政治與社會結構之演變 1905～1949》（中編），社會科學文獻出版社，2007 年版，第 652 頁。

3 蔣介石：《國父遺教概要》，張其昀主編：《蔣總統集》第 1 冊，第 2 頁。

4 蔣介石：《國父遺教概要：中華民國二十四年九月十四日至十九日在峨眉軍訓團講》，又見《國父遺教概要：附錄一：三民主義之體系及其實行程序（中華民國二十八年五月七日在中央訓練團講）》。

5 參見庚平：《蔣介石研究——解讀蔣介石的政治理念》，團結出版社，2001 年版，第 3 頁、第 26～38 頁。

石集團的行動指南。[1]在《科學的中庸》、《軍人的精神教育》、《抵禦外侮與復興民族》、《革命軍人的哲學提要》等演講、談話中反覆強調「誠」，將「誠」上升到國家復興、革命成功的眞正藥方的高度。[2]

蔣介石壟斷孫中山三民主義解釋權的意圖是整合國民黨，製造文化霸權，服務於個人獨裁。蔣介石利用孫中山三民主義爲自己增強權威和權力，一再標榜自己是孫中山的忠實信徒和繼承者，但孫中山三民主義及其解釋者的各取所需造成人們思想的混亂，無法有效抗衡來自自由主義、國家主義、馬克思主義、法西斯主義對國民黨員、民眾的爭奪。蔣介石只得一面打壓國家主義、馬克思主義，抑制自由民主主義，一面利用法西斯主義，因而法西斯主義在 20 世紀 30 年代的中國興盛一時。

二、馬克思主義的廣泛傳播與初步中國化

經五四新文化運動和國民革命運動的洗禮，「走俄國人的路」[3]成爲中國共產黨人的自覺。國民黨政治領域獨尊三民主義，將馬克思主義、國家主義等視爲異端學說，但在學術領域爲馬克思主義傳播留下了活動空間，白色恐怖下的共產黨人及左翼知識分子在思想文化領域利用這個空間與之抗爭，社會思想文化潮流呈現多元化。1928 年至 1931 年，國統區出現翻譯和出版馬克思、恩格斯、列寧著作的熱潮，歷史唯物主義和辯證唯物主義等馬克思主義學術思想成爲一些城市知識分子分析問題的理論依據，思想界出現了長達十年的社會性質問題的大爭論。在文藝領域形成左翼文化運動，對國民黨三民主義意識形態形成有力的衝擊。在革命根據地的共產黨人，努力把馬克思列寧主義基本原理作爲指導革命實踐的行動指南，並在革命實踐中將馬克思列寧主義初步中國化。

（一）馬克思主義在國統區的傳播

民國南京政府成立後的蔣介石集團一手厲行「清黨」，大力推行黨治和訓政，獨尊三民主義，視馬克思主義爲異端學說並加以禁止，另一方面爲標榜「言論出版自由」在學術領域給知識分子留下一些空間。1928 年至 1931 年間的國

1　對蔣介石力行哲學的研究甚多，評論各異。本書主要參考了黃道炫的《力行哲學的思想脈絡》（《近代史研究》，2002 年版）、白純的《簡論二十世紀三十年代蔣介石力行哲學》（《南京社會科學》，2003 年版），等。

2　參閱崔之清：《國民黨政治與社會結構之演變 1905～1949》（中編），社會科學文獻出版社，2007 年版，第 675～769 頁。

3　毛澤東：《論人民民主專政》，《毛澤東選集》（第四卷），1991 年版，第 1470～1471 頁。

統區，馬、恩、列著作被大量翻譯出版。據統計，1928 年至 1930 年，僅新翻譯出版的馬恩著作有近 40 種。[1]1927 年 8 月到 1937 年 6 月，國內翻譯出版的馬克思、恩格斯、列寧、斯大林等人的著作達 113 種之多。《資本論》（第一卷）、《反杜林論》、《政治經濟學批判》、《唯物主義與經驗批判主義》等著作的第一個中文全譯本都是在 20 世紀 30 年代前期問世的。[2]馬克思、恩格斯、列寧的重要著作均被翻譯到國內，有些還出版了多個譯本。書店樂於出版發行馬克思主義方面的著作，如上海泰東書局 1928 年下半年起出版發行了 1 套 10 冊「馬克斯研究叢書」。左翼知識分子創辦傳播馬克思主義的刊物。1928 年成仿吾等組織創造社創辦《文化批判》月刊，被禁後改爲《思想》月刊，先後發表《科學的社會主義觀》、《辯證法的唯物論》等介紹馬克思主義的文章。在翻譯出版馬克思著作方面，李達的貢獻最爲突出。20 年代末至 30 年代中期，李達出版翻譯了 13 本馬克思主義理論書籍，累計近 5000 多頁[3]，其中合譯的《辯證法唯物論教程》被毛澤東在 1936 年 11 月至 1937 年 4 月做了 12000 多字批註，後發展爲光輝著作《實踐論》。[4]自 1929 年起，李達在上海政法學院、暨南大學講授馬克思主義哲學、社會學和政治經濟學，1932 年到北平後，同時擔任北平大學商學院教授、中國大學經濟系主任、朝陽大學教授，在高校傳播馬克思主義。

馬克思主義在國統區的廣泛傳播與宣傳，產生了多方面社會影響。一是不可避免地加劇了各派知識分子對國民黨統治合法性與共產黨暴力革命合理性的懷疑與爭論。「中國社會性質如何」、「中國往何處去」的問題現實地擺在城市知識分子面前，由是形成了長達數年的中國社會性質問題大論戰。二是對三民主義意識形態造成強烈衝擊，國統區社會思想文化氛圍日漸左轉和多元化，甚至公開出現主張「普羅文學」[5]的左翼文化運動。三是傳播了共產黨的政治理念，爲中共在國統區統戰工作奠定了思想文化基礎。

---

1 中共中央馬克思、恩格斯、列寧、斯大林著作編譯局馬恩室編：《馬克思恩格斯著作在中國的傳播》，人民出版社，1983 年版，第 272 頁。

2 中共中央黨史研究室：《中國共產黨歷史（第一卷上，1921～1949）》，中共黨史出版社，2002 年版，第 469 頁。

3 宋鏡明：《李達》，河北人民出版社，1997 年版，第 128 頁。

4 郭化若：《在毛主席身邊見聞的片段》，《毛澤東同志八十五誕辰紀念文選》，人民出版社，1979 年版，第 127 頁。

5 「普羅文學」即無產階級文學。「普羅」係法語、英語「無產階級」一詞的音譯。「普羅文學」是 1928 年「革命文學」論爭中提出來的。指在馬克思主義指導下，宣傳無產階級革命思想，爲無產階級革命事業服務的文學。《辭海》（第六版縮印本），第 1457 頁。

（二）革命根據地馬克思主義中國化的初步實踐

中共二大《加入第三國際的決議案》承認中共是共產國際的一個支部，接受共產國際的領導。共產國際章程規定「在各國進行工作的黨只不過是它的獨立支部而已」。[1]支部如「拒不執行共產國際執行委員會的決定」，[2]共產國際執行委員會有權將其開除。[3]共產國際派駐各國的機構及代表不受所在國共產黨中央的領導，有權對各國共產黨執行共產國際決議的情況進行監督。在嚴格的紀律下，中共對共產國際的指示只能無條件地執行。共產國際從成立到解散共存在 24 年（1919～1943 年），這 3 個 8 年對中國革命是「兩頭好，中間差」。[4]民國南京政府前期是「中間差」階段。本階段，共產國際在某種程度上成爲斯大林國際政治戰略的工具，它一方面在大革命失敗後幫助中共制定實行土地革命、開展武裝鬥爭的總方針，完成了中國革命方針的轉變，同時對中共進行思想禁錮和組織控制。瞿秋白「左傾」盲動主義、李立三「左傾」冒險主義及王明「左傾」教條主義爲代表的三次「左傾」錯誤，主要是共產國際指導下的產物。

在共產國際通過王明等人以教條化的馬克思主義理論指揮中國革命實踐的同時，以毛澤東爲代表的中國共產黨人努力將馬克思主義普遍眞理與中國革命的具體實踐相結合，對中國革命道路進行了艱苦卓絕的探索，形成了「包括人民軍隊建設，黨的建設，革命武裝鬥爭、政權建設、農村革命根據地建設等方面內容的中國革命理論，創造性發展了馬克思列寧主義」，[5]寫下了馬克思主義中國化發展史上重要的一章。這一時期馬克思主義中國化的主要表現有：

一是「農村包圍城市」道路的開闢。大革命失敗後，中共黨內在如何進行武裝鬥爭的道路選擇上出現嚴重分歧，一種是共產國際和在上海的黨中央

1　珍妮·德格拉斯編：《共產國際文件》（第一卷），世界知識出版社，1964 年版，第 21 頁。

2　珍妮·德格拉斯編：《共產國際文件》（第一卷），世界知識出版社，1964 年版，第 486 頁。

3　中共中央黨史研究室第一研究部譯：《共產國際、聯共（布）與中國革命檔案資料叢書》（第二卷），北京圖書出版社，1998 年版，第 150～151 頁。

4　周恩來：《共產國際和中國共產黨》，《周恩來選集》（下卷），人民出版社，1984 年版，第 300 頁。

5　胡錦濤：《在中華蘇維埃共和國臨時中央政府創建七十週年紀念大會上的講話》，人民日報，2001 年 10 月 25 日。

堅持發動城市工人武裝起義奪取政權的「城市中心論」。一種是以毛澤東等為代表共產黨人主張通過工農武裝割據，走農村包圍城市，武裝奪取政權的道路。為說服黨內同志並回答「紅旗到底能打多久」的質疑，毛澤東在 1928 年 5 月和 10 月先後召開中共湘贛邊界第一、二次代表大會，用事實辯駁中共中央「二月來信」即《四五覆信》中的錯誤觀點，使中央政治局通過了《中共中央給紅軍第四軍前委的指示信》。「農村包圍城市」的革命道路既堅持了馬克思主義的暴力革命原則，又豐富和發展了這一原則，為中國革命道路後來能夠擺脫「城市中心論」奠定了基礎。1935 年遵義會議後，中共領導的中國革命徹底擺脫了「城市中心論」，從此開始「走自己的道路」。[1]

二是馬克思主義「實事求是」思想路線新論斷。這一時期在黨內始終存在兩條對立的思想路線，一條是教條主義、主觀主義的思想路線，一條是「從實際出發」的馬克思主義思想路線。前者以共產國際、中共中央「左傾」領導層為主要代表，教條化推行蘇俄經驗模式，提出並實行一系列「左」的政策。後者是以毛澤東為代表的中國共產黨人在革命實踐中多次批判宗派主義、本本主義、主觀主義，教條主義錯誤。1929 年 6 月 14 日，毛澤東針對紅四軍黨內的思想狀態寫了《給林彪的信》，深入分析了紅四軍黨內的錯誤思想與問題，揭示了形式主義、教條主義的根源和實質，強調必須用唯物史觀指導思想與行動，並在黨的歷史第一次使用了「思想路線」的概念。[2]《古田會議決議》提出要「教育黨員使黨員的思想和黨內的生活都政治化、科學化」。[3]1930 年 5 月，毛澤東在尋烏縣進行十多天的社會調查後寫了《調查工作》一文[4]，提出「沒有調查，就沒有發言權」的論斷，是中國化馬克思主義認識路線的典型表述。1931 年 4 月 2 日毛澤東又提出「不做調查沒有發言權」和「不做正確的調查同樣沒有發言權」觀點，補充發展了「沒有調查，就沒有發言權」的思想。

---

1 李根壽：《中央蘇區時期馬克思主義中國化研究》，南昌大學博士學位論文，2011 年版，第 85 頁。

2 李根壽：《中央蘇區時期馬克思主義中國化研究》，南昌大學博士學位論文，2011 年版，第 90 頁。

3 毛澤東：《毛澤東選集》（第一卷），北京，人民出版社，1991 年版，第 92 頁。

4 《調查工作》一文曾在紅軍中和中央蘇區印成小冊子，後因「圍剿」而失傳。1957 年 2 月，福建上杭縣茂山公社農民賴茂基將自己珍藏了 27 年的一本《調查工作》獻出來。1964 年收入《毛澤東著作選讀》時，改名《反對本本主義》。

　　三是注重「思想建黨」。在工業極不發達、工人階級人數較少、農民和其他小資產階級占人口絕大多數的舊中國，如何發展黨員，如何實現黨的無產階級化，是共產黨迫切需要解決的現實問題。大革命時期中共黨員的構成以知識分子為主，工人較少，黨的建設方面曾出現「政治上的右傾投降主義」和組織上的「黨內家長制」兩大失誤。井岡山等農村根據地，黨員的最直接和最大來源是農民。紅四軍 1929 年 5 月有黨員 1329 人，其中工人成分占23.4%，農民成分占 47%，小商成分占 8%，學生成分占 14%，其他占 7%，農民和其他小資產階級出身的黨員共占 7%。[1]1930 年贛西南根據地的黨員中，農民出身占 80%，知識分子、小商人出身占 10%，工人出身占 10%。[2]農民意識等非無產階級思想傾向嚴重地腐蝕黨和紅軍的肌體。1929 年 12 月的《古田會議決議案》回答並解決了這一問題。《決議》強調黨的思想建設、組織建設的重要性，認為黨的無產階級化的根本途徑是加強思想建設，思想建設的主要內容是在黨內堅持不懈地進行馬列主義基本理論的教育和無產階級意識的教育，並為紅軍黨的建設制定制度和政策，規定「黨員發展的路線，以戰鬥士兵為主要對象」，「每連建設一個支部，每班建設一個小組，這是軍中黨的組織的重要原則之一」。《古田會議決議案》標誌毛澤東注重思想建黨原則的形成，是馬克思列寧主義黨建學說中國化的新成果。

　　四是在革命根據地初步實踐馬克思列寧主義的國家學說。共產黨領導的紅軍每到一地就開展以「打土豪、分田地」為主要內容的地方政權建設。「打土豪」主要依託的是有紅軍協助組織起來的農會和農民自衛隊，「分土地」主要由以貧雇農為主導的紅色政權負責進行。隨著紅軍的不斷壯大，根據地也不斷擴大，在更大的區域建立起了工農革命政權（當時稱「蘇維埃政權」），直至在 1931 年 11 月在江西瑞金建立「中華蘇維埃共和國臨時中央政府」，成為與國民黨蔣介石集團主導的民國南京政府分庭抗禮的「中央政府」。建立了相對穩定的根據地和根據地政權，所以就出現了中華蘇維埃共和國臨時中央政府機關報《紅色中華》等紅色新聞報刊，隨著紅色中華通訊社及無線電廣播的運行，中國土地上出現了與國民黨蔣介石集團掌控的為大地主大資產階級利益服務的官辦新聞業完全不同的人民新聞業，中國新聞事業進入一個嶄新的發展階段。

1　段瑞華等：《蘇區思想發展歷程》，南昌，江西高校出版社，1990 年版，第 173 頁。
2　中共中央黨史研究室：《中國共產黨歷史（1921～1949）》（第一卷），中共黨史出版社，2002 年版，第 465 頁。

三、自由主義知識分子的文化抗爭與文化論戰

中國先進知識分子接受、吸收西方自由主義，目的是抨擊封建專制文化，意圖在西方列強不平等條約的束縛下實現民族獨立，建立類似歐美等資本主義國家的現代中國。在康、梁爲首的資產階級改良派、孫中山爲代表的資產階級革命派的鼓吹和改造以及五四新文化運動的推動下，自由主義在民國南京政府前期已成爲一種社會性思潮，爲民族資產階級及其知識分子、小資產階級知識群體、大學教授、民營報紙記者、編輯等追崇。自由主義者希望中國走資本主義道路，希望傚仿歐美建立民主憲政中國，希望實現民族和國家獨立。民國南京政府的成立，自由主義者似乎看到國民黨通過「訓政」在中國實現民主憲政、發展資本主義的可能，便表現出擁護國民黨統治，排斥蘇俄「威權」模式，反對中共「暴力」革命的傾向。但國民黨蔣介石集團以「訓政」爲名行專權獨裁之實，肆意剝奪人民的自由和權利，以官僚資本主義擠壓民族資本主義發展空間，多次延期結束訓政、實行憲政的時限，遭致了自由主義知識分子精英的不滿和抗爭。其中產生較大影響的是以胡適、羅隆基等「新月派」人士發起的「人權運動」及在自由主義知識分子內部興起的「民主與獨裁」之爭和「中西文化之爭」。

（一）以「人權運動」爲標誌的文化抗爭

最早公開向國民黨專制統治進行文化抗爭的是以胡適爲代表的新月派。成員主要有胡適、羅隆基、徐志摩、聞一多、丁西林、葉公超、潘光旦、劉英士、梁實秋、丁文江等，他們以新月社、新月俱樂部、平社等爲活動紐帶，以新月書店和《新月》月刊爲陣地，提倡資產階級的文學主張，發表政見，抨擊專權，鼓吹人權，因而被稱爲「人權派」。1928 年 3 月，胡適等創辦《新月》月刊，倡導沒有階級性的文化運動。國民黨通過《共產黨自首法》《防止共產黨辦法》等法案限制人民自由。還在保障人權令中高談「依法」保護人權和財產。1930 年 5 月 6 日胡適在《新月》發表《人權與約法》等文章，抨擊以黨劃線，諷刺國民黨的保障人權令，呼籲「快快制定約法以確定法治基礎，快快制定約法以保障人權！」[1] 發起「人權運動」，觸到國民黨的痛點。國民黨《中央日報》、《民國日報》、《新生命》公開批評胡適，一些地方黨部要求查封新月書店、嚴懲「反革命之胡適」。民國南京政府教育部 10 月奉令警

---

1 胡適：《人權與約法》，《人權論集》，新月書店，1930 年版，第 4 頁。

告胡適，國民黨中宣部 11 月出版《評胡適反黨義近著》。1930 年 11 月 4 日，上海公安局以「侮辱總理」、「共產嫌疑」等罪名拘留羅隆基，教育部 1931 年 1 月 1 日下令解除羅隆基光華大學教職。新月派爭取保障人權運動迅速退潮。胡適離滬去平後，「人權運動」基本就偃旗息鼓。

（二）圍繞「民主與獨裁」的論辯

「九一八」事變後，日趨深重的國難等使胡適等自由主義者由批評國民黨一黨專權轉而擁護國民黨政府，希望政府負起責任、完成統一，建立有力的中央政府，改良政治，完成「建國」第一步。1932 年 5 月 22 日，由蔣廷黻、胡適等倡議的《獨立評論》在北平創刊，以「不依傍任何黨派，不迷信任何成見，用負責的言論來發表我們個人思考的結果」[1]相標榜，社員主要有胡適、傅斯年、蔣廷黻、丁文江、吳景超等。因擁護「攘外必先安內」政策，《獨立評論》被准許「自由」地發表政見並「研究中國當前的問題」。其中「民主與獨裁」之爭在當時產生過重要影響。福建事變後，蔣廷黻 12 月 10 日發表《革命與專制》一文提出中國須用武力方能達成統一，用專制才能「建國」的主張，引發了《獨立評論》學人關於建國是否必須由武力達成統一？專制是否爲建國之必要階段？是民主建國還是獨裁建國？中國的出路在哪裏？等問題的論辯。論爭者主要分爲兩派，一派是民主憲政派，以胡適爲首；一派是開明專制派，以蔣廷黻、丁文江、錢端生等爲代表。「民主與獨裁」之爭是自由知識分子關於中國「建國與統一、使政治上軌道」問題思考的邏輯延伸，也是他們追求自由民主的一個「重要延伸」。[2]論爭持續數年，論辯雙方都試圖爲國難危亡中的國民黨當局提供一條迅速解決危機的出路，力圖以言論推動民國南京政府的政制改革。即胡適所稱「爲政府做一個諍友」，然論爭焦點停留在政治運作方式上，最終成了一場喋喋不休的實行難易之爭。[3]

（三）關於「中西文化」的論爭

20 世紀 30 年代的「中西文化論爭」的原因是「西學東漸」造成的中西文化大碰撞。於是圍繞中國需要建設一個什麼樣的文明與文化的問題，出現了

1　《獨立評論》創刊號引言，1932 年 5 月 22 日。
2　張灝：《幽暗意識與民主傳統》，新星出版社，2006 年版，第 323 頁。
3　張憲文：《中華民國史》（第二卷），南京大學出版社，2006 年版，第 441 頁。

大相徑庭的兩派。一為「西化派」，以陳序經、胡適、張佛泉、張熙若、熊夢飛等為代表。一為「本位派」，1935 年 1 月，以發表《中國本位的文化建設宣言》的「十教授」為代表，他們提出「建設中國本位文化」的口號與「西化者」對立。「西化派」強調文化的普遍性和時代性；「本位派」強調文化的民族性和特殊性，他們從各自眼中的現實出發，相互詰難。「西化派」普遍貶低傳統文化，斷定傳統文化根本上不若西洋文化優美，傾向於用西方所謂先進文化來改造和取代中國傳統中的落後文化，提出「全盤西化」口號；「本位派」固守「中國文化本位」的立場，對「西學」取排斥態度，提出「存其所當存，去其所當去」，主張在「堅持本位」前提下認同東方文化的可改性，「實乃張之洞『中體西用』的翻版和『最新式的化裝出現』」。[1]中西文化論爭持續時間不長，爭論中出現的兩難困境和結局，「正是其時中國知識分子主體在文化轉型中的矛盾困惑心理的寫照」。[2]

第四節　民國南京政府前期新聞業的科學技術環境

新聞報業自誕生起，就與科學技術結下不解之緣，並隨著科學技術及相關業態的演進而演進，其中印刷、造紙、攝影、廣播、電影等技術及其行業與新聞業的內在生態演進最為密切，交通、郵電技術及其各屬行業與新聞傳遞，報刊發行區域、範圍等密切相關。

一、印刷、造紙技術及其各屬行業

（一）印刷技術與印刷業

印刷術最早發明於我國，到近代卻因長期停滯落後要從西方引入新式印刷技術。「凸版印刷術輸入最早，平版印刷術次之，最遲者為凹版印刷術」。[3]中國的傳統印刷技術逐漸被現代印刷工業所取代。「數十年間，印刷人才輩出，凡外國印刷之能事，國人今皆自任之而有餘，其技術之精者，直可與外來技師抗衡，印刷界先進借材異地改革印刷之苦心，幸稍成功」[4]。但新式印刷機械、設備、材料、洋紙等因國內工藝不振「皆仰給於外國」，每年進口不下數

1　胡適：《試評所謂〈中國本位的文化建設〉》，《獨立評論》第 145 號。
2　張憲文：《中華民國史》（第二卷），南京大學出版社，2006 年版，第 437 頁。
3　賀聖鼐、賴彥於：《近代印刷術》，商務印書館，1947 年版，第 2 頁。
4　賀聖鼐、賴彥於：《近代印刷術》，商務印書館，1947 年版，第 29 頁。

千萬元（見表 1-1）。自製印刷機械、材料、洋紙等與進口設備相比「實有天
壤之別」[1]。

表 1-1　歷年輸入印刷器材、洋紙總額一覽表（1927～1935）[2]

年　份	1927	1928	1929	1930	1931	1932	1933	1934	1935
印刷機器進口（兩）	434528	796093	1319953						
鉛印石印材料（擔）	978810	1781792	1550368						
洋紙（兩）	25416384	29048825	24245715	37409293	45402664	91500000	133950000		123000000

這一階段，印刷技術、人才與印刷業地區分布嚴重不均衡，上海、北平、
天津、南京等大都市的新聞機構、出版機構大都採用了現代機械印刷技術。「輪
轉機者，尚未普遍全國」，就上海言，「報館採用各種機器之先後，最初為 Goss，
次 Hoe，均為美製。其次為 Deipler，英製；其次為 Vomag，德製；最後 Scott，
美製。則後起之秀也。其他則 Linotype and Machidery 之 Pony Autoplate Vomag
之鉛版機 Frankentahl，Vomag，Winklar 之紙版機 Thompson 之鑄字機 Rowe
之膠印機等」「亦未遑多讓」。[3]

在山西等內地偏遠城市，西方傳入的石版印刷術大有市場。石版印刷術
1796 年在德國的巴伐利亞省發明，該技術優於凹版印刷，能便捷的在平面印
版上完成複製。約十九世紀三十年代傳入中國。1843 年麥都思在上海開設的
墨海書局，就採用石版印刷技術。1883 年石版印刷術傳入山西，到 1937 年，
山西各地方的石印作坊（含官辦或民辦）多達 135 家，印刷範圍包括官方公
文、布告、講義等，幾乎涵蓋了所有印刷品種類。[4]有實力的山西各縣市報社
也多購買石印機。如 1924 年山西祁縣創辦《明報》，在 1926 年購買一臺二號

1　賀聖鼐、賴彥於：《近代印刷術》，商務印書館，1947 年，29 頁。
2　此表以賀聖鼐、賴彥於《近代印刷術》商務印書館，第 29～35 頁為主，1930 年後
　的數據源自《長岳關月刊》1931 年版，《報學季刊》1935 年 1 卷第 3 期，《中華實
　業月刊》1936 年第 3 卷第 2 期，《錢業月報》1934 年第 14 卷第 6 期，《國貨月報（上
　海 1934）》，1934 年第 1 卷第 4 期等刊物。
3　趙君豪：《中國近代之報業》，商務印書館，1940 年版，第 119 頁。
4　李楠：《石版印刷術在山西的傳入及影響──清光緒九年（1883 年）至民國二十六
　年（1937 年）》，《設計藝術研究》，2018 年版。

石印機自行印刷，版面也改爲對開 2 版 1 張。1928 年又購買了一臺三號石印機。[1]

因技術封鎖，蠟印、油印、石印等傳統印刷技術在中國共產黨革命根據地、國統區革命報刊、東北抗日游擊區仍大有市場。江西中央蘇區及南方抗日根據地的報刊大多使油印、蠟印、石印，機械印刷的非常少。1927 年 8 月 21 日，中共中央通告第四號《關於宣傳鼓動工作》規定「對內的刊物都用油印出版，《嚮導》及理論的小冊子用鉛印，各地鼓動的機關報最好用鉛印，不能則用石印，再不能油印亦可（只要能出版）」。[2]東北抗日游擊區的抗日報刊大多是蠟紙油印，少量鉛印，機械印刷幾乎沒有。

「我國習慣，對於出版業和印刷業向來界限不分」。[3]商務印書館的營業「出版占十分之六，印刷占十分之三」，「中華書局在全國第二的位置，彩印且占第一的位置」。[4]本時期，我國印刷業較之清末民初有較大發展，但仍遠遠落後於歐美。「一二八」事變，我國印刷工業遭到重創，商務印書館毀於戰火。1928 年至 1931 年，上海出版業迎來「狂飆時期，新書局的增加，出版物的繁盛，爲從來所未有」。[5]「四馬路之文化出版業，不僅是上海灘之領袖，而且當可稱雄於整個中國」。[6]這時出版機構數量眾多，種類多種多樣，但有實力的出版機構不多：商務印書館、北新書局、中華書局、大東書局，開明書局及良友印刷公司。

據統計，全國出版期刊數量由 1927 年的 656 種猛增到 1937 年的 1914 種，10 年間年均出版期刊 1483 種，爲五四時期的 5.4 倍。[7]另據王雲五估算全國出版物總數自 1927 年的 1323 冊增長到了 1936 年的 6717 冊，特別是自 1932 年

---

1 李楠：《石版印刷術在山西的傳入及影響——清光緒九年（1883 年）至民國二十六年（1937 年）》，《設計藝術研究》，2018 年版。

2 轉自洪榮華主編：《紅色號角 中央蘇區新聞出版印刷發行工作》，福建人民出版社，1993 年版，第 37 頁。

3 陸費逵：《六十年來中國之出版業與印刷業》，《申報月刊》，1932 年第 1 卷第 1 號，第 13～19 頁。

4 陸費逵：《六十年來中國之出版業與印刷業》，《申報月刊》，1932 年第 1 卷第 1 號，第 13～19 頁。

5 王哲甫：《中國新文學運動史》，傑成印書局，1933 年版，第 86～87 頁。

6 胡根喜：《四馬路》，學林出版社，2001 年版，第 156 頁。

7 葉再生：《中國近現代出版通史》（第二卷），華文出版社，2002 年版，第 1032～1033 頁。

後每年增長數量以千位數計，可謂興盛。[1] 1933 年有人指出我國出版業「較之光緒年間，其機械能力，已增加至十年倍，較之民國初年，亦以增加五倍」，「上海印刷業每歲不過三四千萬元」，但較爲美國紐約印刷業「四萬萬美金」相去霄壤。[2]「海關貿易，印刷機械、印刷用紙，印刷油墨，印刷藥品等，每年總在百萬萬元以上。」[3]故不少印刷專家、學者呼籲發展本國印刷業。報館卻不大重視印刷機械，將之悉數委託一般工人，印刷材料浪費甚巨。「許多報館之虧折，主因不在營業之不振，而在印刷浪費之多故」。[4]

有志之士呼籲加強印刷人才的培育和印刷民族工業的建設。如 1936 年秋，《中國印刷學會》理事、《中國印刷》主編柳溥慶在上海創辦了華東美術印刷傳習所。該所是比較規範的專科學校，主要傳授照相技術、修版技術和曬版等印刷技術。[5]

（二）造紙技術與造紙業

紙張是新聞報業的重要原料。本時期，絕大多數仍屬於手工造紙，機器造紙產量高，數量卻少，生產能力嚴重不足。抗戰前夕，全國機製紙年生產能力爲 65447 噸，僅占當時全國紙張消費總量的 10%左右。[6]這一時期，據統計，除東北和臺灣外，中國有機器造紙廠 32 家（見表 1-2）。佔據「全國總產額第一位」[7]的江西造紙業在 20 世紀 30 年代逐漸衰落。上海是機器造紙工業比較集中的地方，其工廠數量和生成能力分別占全國的 31.25%和 39.97%。其他沿海各省造紙工廠總數和總生產能力分別占全國的 65.63%和 59.80%，內地造紙工業較爲落後，分別只占 3.12%和 0.23%。[8]

1　王雲五：《十年來的中國出版事業》，宋原放：《中國出版史料（現代部分）》第一卷下冊，山東教育出版社，2000 年版，第 426 頁。

2　楊大金：《近代中國實業通志》，中國日報印刷所印刷，1933 年版，第 338 頁。

3　高元宰：《日本「照相凹版印刷業」紀要》，1934 年《印刷畫報》創刊號。

4　趙君豪：《中國近代之報業》，申報館，1938 年版，第 119 頁。

5　柳百琪、柳倫：《民國時期創辦的「華東美術印刷傳習所」》，《中國印刷》，2013 年版。

6　白壽彝：《中國通史》第 21 冊，上海人民出版社，1999 年版，第 494 頁。

7　浙江省政府設計會：《浙江之紙業》，浙江省政府設計會出版，1930 年版，第 62 頁。轉引自楊勇：《民國江西造紙社業述論》，《江西師範大學學報》（哲學社會科學版），2001 年版。

8　邵金耀：《造紙工廠內遷對內地造紙業發展的影響》，《民國檔案》2003 年第 1 期。

表 1-2：抗戰前中國機械造紙工廠概況[1]

地名	工廠		生產能力		工廠名稱
	實數	%	噸	%	
上海	10	31.25	26160	39.97	龍章、竟成、天章（東、西）、江南寶山、源泰、上海、大中華、光華
江蘇	3	9.38	14900	22.77	大華、利用、華盛益記
浙江	2	6.25	11500	17.57	民豐、華豐
廣東	3	9.38	2803	4.28	江門、鹽步、廣州
山東	1	3.12	900	1.38	華興
四川	1	3.12	150	0.23	嘉樂
湖南	1	3.12	150	0.23	湖南
江西	1	3.12	150	0.23	益宜
福建	1	3.12	1500	2.29	福建
山西	3	9.38	1682	2.57	新華、晉恒、西北
北京	2	6.25	492	0.75	初起、燕京
天津	2	6.25	4700	7.18	振華、新成
青島	2	6.25	360	0.55	太湖、得成
合計	32	100	65447	100	

　　新聞紙市場主要依靠進口，國產新聞紙的比重相當低。「每年洋紙之輸入之巨，爲數實極驚人」。[2]僅新聞紙的輸入一項在 1933 年就有 6.26 億兩。洋紙輸入始於 19 世紀 70 年代，數量不斷增加，1903 年約爲 14667 噸，1913 年約爲 60785 噸，一次大戰及戰後幾年數量有所下降，至 1923 年增至 101250 噸，1937 年爲 208076 噸。在國內機製紙市場中，國產紙比重是很低的。1913 年只占 7.8%，1919 年爲 14.1%，1937 年也只占 23.9%，[3]其餘部分均爲洋紙所佔據。中國機器造紙工業的產品無法與進口洋紙競爭，只能生產低品級的紙張，主要是與手工業紙同類的連史紙，毛邊紙及版紙等粗紙類，個別廠只是偶而生產少量低級洋式紙張。

1　邵金耀：《造紙工廠內遷對內地造紙業發展的影響》，《民國檔案》2003 年第 1 期。
2　《我國造紙業統計》，《銀行週刊》，1934 年第 18 卷第 46 期。
3　上海社科院經濟所主編：《中國近代造紙工業史》，上海社會科學院出版社，1990 年版，第二部分，第一章，轉杜恂誠：《民族資本主義與舊中國政府》，上海人民出版社，2014 年版，第 187 頁。

二、攝影、廣播、電影技術及其各屬行業

（一）攝影技術與照相業

攝影技術發明之前，影像由畫師繪製、保存。1839 年攝影術發明後很快傳入中國，攝影逐漸取代畫師，成為靜態影像傳播的重要方式。1843 年法國海關總檢察官於勒·埃迪爾，乘戰艦抵達中國，用達蓋爾法為兩廣總督耆英拍攝了肖像，為最早來中國拍攝照片的外國人。隨著西學東漸，濕版法、乾版法、銀版法、卡羅法、安布羅法等攝影方法都及時介紹到中國，攝影操作流程也由繁雜向簡化方向演進。五四以來到 1937 年中國已出版 50 餘種攝影技術的專著[1]，攝影教育也出現了，故在民國南京政府前期攝影技術漸趨普及，照相業趨於繁榮。1925 年上海已有人仙、小廣寒、中華等 53 家照相館。1930年前後，重慶正在營業的照相館有寶記、大中華、儼然等 15 家，貴陽市有 12家，到三十年代中葉，廣州有阿芳、民族、影業（公司）、豔芳等 33 家，寧波有天勝、明星、生生等 13 家。北平有照相館 61 家。抗戰前夕，福州的照相館已增至二十餘家，煙台有六七家、昆明有十家，徐州也有五六家。全國兩千多個縣，除交通閉塞、文化極端落後的縣份外，其他大多數的縣都開設了照相館，「雖說不上窮鄉僻壤都有，但已星羅棋佈、編及全國」。抗戰前夕如果按 2000 家計算，每家平均 5.5 人，全國照相業的從業人員，當在 10,000人以上。實際上恐怕還不止於這個數字。[2]其中著名的照相館，上海有王開、寶記、兆芳、中華等，北平有大北、同生，天津有鼎章，北平有同生，武漢有顯真樓、廣州有豔芳等。[3]數以千計的照相館承接人像、生活照片，也為報紙、雜誌、畫報提供包括新聞照片在內的多種題材的照片，乃至自辦畫報。

攝影技術的普及與照相館的興盛，還表現在攝影雜誌、攝影團體的出現。攝影雜誌方面，自 1922 年中國第一本攝影雜誌在廣州問世後，到 1937 年先後在上海、漢口等地出現了 15 種攝影期刊，其中國人編輯 12 種，外國照相器材商出版 3 種。代表有廣州攝影工會出版的《攝影雜誌》（1922），上海王凡青主編上海攝影學月報社發行的《攝影學月報》（1924），上海天鵬藝術會

1　馬運增、陳申等編著：《中國攝影史（1840～1937）》，中國攝影出版社，1987 年版，第 244～246 頁。

2　馬運增、陳申等編著：《中國攝影史（1840～1937）》，中國攝影出版社，1987 年版，第 296～297 頁。

3　馬運增、陳申等編著：《中國攝影史（1840～1937）》，中國攝影出版社，1987 年版，第 299 頁。

創辦的《天鵬》（1928）》，及《中華攝影雜誌》（1931）、《華昌攝影月刊》（1934）》、《長虹》、《晨風》、《飛鷹》等幾家攝影刊物，此外還有外商柯達公司創辦的《柯達商報》、《柯達雜誌》、《柯達畫報》等，其中《柯達雜誌》（1930年7月至1937年）是本時期刊行較長、發行量最大的攝影雜誌。[1]攝影團體方面主要有北京光社、中華攝影學社、黑白影社、廣州攝影工會、三友影會等。

攝影技術的普及與照相業的興盛，加之銅版印刷的普及，共同推動了畫報、攝影圖片出版物的繁榮。二三十年代出版的畫報約有350種，其中專業性質的畫報230種，綜合性畫報120種，[2]影響較大者有《良友畫報》《北洋畫報》《時代畫報》《大眾畫報》《美術生活》等。照相、攝影技術也隨之得到不斷改進，如照相製版術就從「單色印刷」向「彩色照相版」方面發展。[3]賀聖鼐指出「自照相製版術出，圖畫印刷，乃得一大革新」。1934年，黃天鵬將中國「五十年來之畫報」劃分為「繪畫石印時期、攝影銅板時期，影寫版時期」。[4]

本時期國內所有相機都是大、中畫幅，最小畫幅的是120相機，德國徠茲公司在華出售的135相機的鼻祖——徠卡相機，體積小，便於攜帶，解像力極高，但價格昂貴，僅為少數攝影家擁有。[5]當時攝影器材如輕便照相機、感光片、感光紙以及沖洗藥品、膠片等幾乎全部依靠進口，主要有美國柯達（Kodak）和德國的愛克發（Agfa）等，這些公司在華設立分廠，直接經營攝影器材。不完全統計，1928年我國各口岸進口照相器材的總值為2,483,300兩，1931年為3,840,294元（折合海關銀為4,516,133兩），1932年為3,246,003元（折合海關銀3,853,789兩）。[6]在進口照相器材的衝擊下，民族照相工業奄奄一息，但有志之士也努力改變中國攝影工業的落後狀態，他們在黑白感光片、感光紙、攝影藥物、照相器械等方面的研製工作也取得了不少成就，如錢景華的「景華環像攝影機」具有世界先進水平，萬國攝影公司發明的以光學製版法，利用光學原理四分鐘內可製成版[7]等，但因缺乏政府支持，不得不將專

---

1 趙俊毅：《中國攝影史拾珠》，中國民族攝影藝術出版社，2013年版，第3頁。

2 馬運增、陳申等編著：《中國攝影史（1840～1937）》，中國攝影出版社，1987年版，第282頁。

3 文溶：《照相與印刷》，《中國印刷》，1936年1月。

4 黃天鵬：《五十年來之畫報》，《時代》，1934年版。

5 趙俊毅：《中國攝影史拾珠》，中國民族攝影藝術出版社，2013年版，第81～82頁。

6 馬運增、陳申等編著：《中國攝影史（1840～1937）》，北京：中國攝影出版社，1987年版，第282頁。

7 東：《光學製版法》，《科學畫報》1935年版。

利賣給外人。[1]照相、攝影器材的進口在一定程度上抑制了新聞圖像業的進一步發展。

（二）無線電廣播技術與廣播器材業

　　無線電廣播是民國南京政府時期逐漸走向主流的新興媒體。無線電廣播技術的發明是多國科學家共同努力的結晶。中國使用無線電報始於清末，但廣播電臺的誕生幾乎與歐美同步，這在於第一次世界大戰後西方列強急於將戰爭剩餘物質之一的無線電及廣播器材輸入中國。1922 年 12 月，美國人奧斯邦將無線電廣播發送設備由美國運到上海，並於 1923 年 1 月開辦廣播電臺，以推銷無線電器材，揭開了中國廣播業的序幕，在中國掀起了無線電熱。民國南京政府成立時，中國廣播器材業處於萌芽狀態，無線電廣播技術正處於日新月新的大發展時期，新的廣播技術、器材不斷更新換代，廣播器材業發展成熟，其產品不斷輸入中國。1922 年中國誕生了第一部無線電發射機，1929年 12 月，上海亞美無線電股份有限公司成功製作了我國第一部 50W 無線電廣播發射機，[2]當年中國約有 14 座廣播電臺。然到 1937 年 6 月，中國共有官辦、民營廣播電臺 78 座，總發射功率近 123 千瓦，新聞廣播業已成為新聞業的重要組成部分。然而我國廣播發射機幾乎全部從西方進口，高功率的發射機尤其如此，1929 年國民黨曾費 40 多萬元鉅資從德國購買了 75 千瓦的發射機一臺，少數低功率的發射機由國人研製或由進口的軍用無線電話機改造而來。廣播發射機等技術的滯後，嚴重限制了民國廣播業的發展。收音機方面，我國最早的收音機是 20 世紀 20 年代由日本引進的電子管直放式收音機，價格也相當昂貴，當時 6 管收音機賣到 300 元，4 管收音機售價 100 元以上，3 管收音機也在 100 元的價位上。據估計，1927 年全國由收音機約為 1 萬臺左右。本時期，民國南京政府重視廣播器材、收音機等無線電器材的國有化建設，然而受制於技術、人才等因素，我國生產收音機廠家僅有上海電機製造廠、上海亞美公司、上海中華無線電研究社及中國電工企業公司四家；裝配播音機的廠家，僅有中國無線電業公司、利達公司、合作無線電研究社及中華無線電研究社等四家。1936 年，中國才裝配了第一臺收音機，即湖南長沙中央無線電製造廠（南京無線電廠前身）用進口元件裝配的「環球牌」五燈（五

1　馬運增、陳申等編著：《中國攝影史（1840～1937）》，中國攝影出版社，1987 年版，第 303 頁。
2　金文中、李建新：《廣播影視科技發展史概略》，中國廣播電視出版社，2013 年版，第 82 頁。

隻電子管）收音機。[1]據 1936 年 4 月統計，我國無線電材料進口總值年達 200 萬金。有材料表明，1937 年，我國收音機總量不及百萬，約爲人口 0.25%，與歐美各國相比，相差太遠。上海在抗戰前，收音機已達 10 餘萬具，抗戰時聽眾達到 60 萬至 72 萬人之間，廣播、收音機成爲上海的一種大眾化媒介。由於廣播能瞬間穿越時空，可大大節省消息傳遞的時間與成本，故廣播業的興起對民國新聞報業產生了深遠影響。另外，需要一提的是，隨著電視技術在西方的發展，電視技術在本時期也被引入中國。1927 年 6 月《科學》第六期刊登《電視之進步》，最早將電視技術介紹到中國。1932 年機電工程學家南京中央大學理學院楊簡初教授在蔡元培支持下於 1934 年完成電視樣機的研製工作，但因抗戰爆發，電視沒有在民國南京政府時期誕生。

（三）電影攝製技術與電影業

電影是現代工業的產物，在西方國家誕生，在電影誕生的第二年即 1896 年，電影就傳入了中國。同年 8 月 11 日，上海徐園「又一村」茶樓放映了「西洋影戲」，成爲中國電影放映的開端。1905 年，豐泰照相館的老闆任景豐用從德國照相器材洋行買來的法國木製機箱、手搖驅動攝影機，在北京拍攝了中國第一部電影《定軍山》，標誌著中國電影的誕生。早期電影都是無聲片，中國亦然，使用的都是手搖驅動攝影機，有百代攝相機、貝爾浩（Bell&Howell）木殼攝相機、米契爾（Mitchell）攝相機，得到的歐奈曼（Onemain）攝相機，阿里（Arnold &Richter）攝相機，法國的迪布里（Debrie）攝影機等。[2]膠片絕大部分是進口膠片，主要是 AGFA（阿立發）產品，如 AGFA B333，AGFA G334。膠片的沖洗掌握在外人手中。[3]

1927 年民國南京政府成立的當年，世界電影以《爵士歌王》的誕生宣告了無聲片時代的結束，次年，美國拍攝了百分之百的有聲片《紐約之光》，從此電影進入了有聲片攝製的新紀元。[4]當時，聲音和畫面是分別錄製的，不是今天所指的聲音和畫面同時記錄在膠片上。有聲電影傳入中國僅比它在美國

1　金文中、李建新：《廣播影視科技發展史概略》，中國廣播電視出版社，2013 年版，第 106 頁。

2　李念蘆、李銘、張銘：《中國電影專業史研究：電影技術卷》，中國攝影出版社，2006 年版，第 35 頁。

3　李念蘆、李銘、張銘：《中國電影專業史研究：電影技術卷》，中國攝影出版社，2006 年版，第 38 頁。

4　李念蘆、李銘、張銘：《中國電影專業史研究：電影技術卷》，中國攝影出版社，2006 年版，第 44 頁。

放映遲了 4 個月，1926 年 12 月 16 日，上海中央大戲院首次放映了有聲電影。1929 年開始，上海的電影院陸續上映美國的有聲片《飛行將軍》《可歌可泣》《舞女血案》《愛國男兒》《歌舞升平》及《百老匯之歌》等。這些有聲片的還音分別使用了維塔風和莫維通兩種機型。[1]1931 年底，上海反映的有聲電影的影院已有 27 家（1931 年上海影院共有 53 家[2]），北京的影院已發展到 30 餘家。而該年美國輸入中國的有聲片已達 89%。此時的有聲片已經是光學錄音的方法錄製了，放映機也更換爲帶有光學還音裝置的有聲片放映機。[3]

　　有聲片的傳入給剛剛建立起來的中國無聲片電影市場以巨大衝擊。在徬徨、猶豫、爭論中，中國人也開始購買外國設備，嘗試拍攝自己的有聲片，並逐漸發展爲研究自製的聲音製作設備。天一公司於 1929 年首次開始研製有聲片，1930 年初使用蠟盤錄音的方法是試製了有聲短片《鐘聲》。實力最大的明星公司率先拍攝了中國首部有聲電影《歌女紅牡丹》，並於 1931 年 3 月首次在上海新光大戲院上映，盛況空前，備受歡迎。[4]同一時期，友聯公司拍攝了蠟盤發音的有聲片《虞美人》，天一公司拍攝了《歌場春色》（1931 年 10 月上映），明星公司聘請美國技師，購買全套的攝影、錄音、照明、剪輯、洗印和放映設備，開始拍攝《舊時京華》（1932 年 1 月上映）、《啼笑姻緣》（1932 年）。後其他公司也開始了光學錄音法的有聲片拍攝。中國從此步入了有聲片製作的時代。[5]

　　當時，西方錄音設備的賣價很高，且附有苛刻條件，爲滿足中國有聲電影拍攝的市場需要，中國人開始研製自己的機器。1930 年明星公司附屬的華威貿易公司研製成功了「四達通」電影還音裝置。1931 年中央研究院物理研究所的留美學生石世磐試製了一臺「愛絲通」錄音機，竺清賢試製了「清賢通」錄音機，並用它拍攝了《春風楊柳》一片（1933 年公映）。1932 年亨生影片公司的創辦人顏鶴鳴研製成功取名「鶴鳴通」錄音機，並成功拍攝了《春

1　李念蘆、李銘、張銘：《中國電影專業史研究：電影技術卷》，中國攝影出版社，2006年版，第 46 頁。

2　趙樂山：《上海錄音技術發展史稿》，上海市內部期刊《上海電影史料》，1995 年版。

3　李念蘆、李銘、張銘：《中國電影專業史研究：電影技術卷》，中國攝影出版社，2006年版，第 45～46 頁。

4　李念蘆、李銘、張銘：《中國電影專業史研究：電影技術卷》，中國攝影出版社，2006年版，第 48 頁。

5　李念蘆、李銘、張銘：《中國電影專業史研究：電影技術卷》，中國攝影出版社，2006年版，第 48～49 頁。

潮》（導演鄭應時，1933 年 10 月上映）有聲片，後來，其他公司也使用了「鶴鳴通」拍攝有聲電影。同期留美工程師司徒逸、司徒慧敏、馬建德等合作研製成功「三友牌」電影錄音機。此錄音機爲電影《漁光曲》、《大路》、《新女性》、《桃李劫》等影片錄音，效果很好，其中《桃李劫》主題歌《畢業歌》成爲全國流行的著名抗日歌曲。後來又有中華無線電研究社試製的「中華通」錄音機、上海亞洲電器公司的「摩司」四路輸入光學錄音機、「宗義通」錄音機、「武鼎」錄音機等。這一時期，中國人自己研製的錄音機爲我國三四十年代電影的輝煌做出了重大貢獻。[1]

然而，當時各大製片公司和影戲院所用製片設備和放映設備，幾乎都是外國進口，主要是從美國、德國、法國和日本購買。膠片仍然是阿克發和柯達產品。大批設備的使用需要維修，因此，維修的職業和廠家應運而生。1932年我國第一家電影機械企業——中西電影公司在上海成立，該公司承擔電影機械設備的維修及零配件加工製造業務。1933 年，上海盈昌機器廠成立，該廠主要生產倒片機、燈箱等。1935 年富家子弟，天一影片公司的攝影師鄭崇蘭，創辦了一個規模不大的「維納氏」照相器材廠，專門生產一些照相器材，如印相機、擴印（放大）機、燈具等。放映機自製方面，上海交大電機科畢業的金堅，於 1928 開始研製中國自製的放映機並生產出了樣機。從 1931 年至 1935 年，中國共安裝了進口 35 毫米固定式放映機 76 套。1937 年，上海增泰電影機器廠成立，該廠主要生產放映設備。[2]電影設備的大量購買、電影技術的自製，加之電影具有的感染力和宣傳力對抗戰宣傳的巨大作用，使 20 世紀三四十年代，中國電影迎來了發展史上的輝煌時期。

三、交通運輸業與郵政電信業

交通和郵電是報刊內容（新聞消息傳遞）和報刊發行的物質條件和重要基礎設施。本時期中國交通事業有了很大發展，但在整體上仍然很落後，並在很大程度上制約著民國新聞報業的發展，使民國時期報紙發行量始終無法突破其瓶頸，其發行均無法覆蓋全國各省市區，發行量最高的《申報》、《新聞報》等大報實際上都是地方性日報。

---

1 李念蘆、李銘、張銘：《中國電影專業史研究：電影技術卷》，中國攝影出版社，2006
　年版，第 49 頁。

2 李念蘆、李銘、張銘：《中國電影專業史研究：電影技術卷》，中國攝影出版社，2006
　年版，第 51 頁、53 頁、252～253 頁。

（一）民國南京政府前期交通運輸業的發展

民國時期的交通事業分陸路、水路、航空等方面，其中水路交通又包括海運和內河航運；陸路交通包括公路和鐵路；還有數量不多占比也不高的航空運輸業。

1、鐵路建設方面

自 1911 年實行鐵路國有化以後，除外國資本直接修築和經營之外，我國鐵路基本屬官僚資本或國家資本主義性質。1928 年民國南京政府接管北洋政府的國有鐵路，設鐵道部，主管全國鐵路建設事業，鐵路建設有了較快發展，1928 年中國累計修築鐵路 13577 公里。[1]1931 年全國國有鐵路 1396 公里，其中約 40%在東北。除外國直接經營之外，中國自營的有 9594 公里，其中約 18%在東北，計 1718 公里[2]。為加快鐵路建設，民國南京政府擬定修建計劃，並通過整理鐵路債務、發行鐵路公債、向國內外銀行借款等籌集鐵路修築資金。1927～1937 年民國南京政府平均每年修築鐵路 418 公里，平均每公里借用外債 4.2 萬元。[3]1928 年至 1937 年全國累計新修築鐵路 8614 公里，其中中國修築 4179 公里，外國修築 4435 公里，到 1937 年中國累計有鐵路 21761 公里。[4]修建的鐵路主要有浙贛路（杭州—南昌—萍鄉）、粵漢路（株洲—韶關）、隴海路（靈寶—西安—寶雞）、湘桂路等。東北有齊齊哈爾—克山，洮南—索倫等路，閻錫山在山西修築同浦路 970 餘公里。[5]此外，還建成南京輪渡碼頭和錢塘江鐵橋，使津浦、京滬杭甬、浙贛諸鐵路連成一線。「九一八」事變後東北鐵路全部落入日本之手。1937 年全國鐵路 21761 公里中，東北占 45%，民國南京政府控制 11419 公里，占總數 52.5%，其餘全在外國資本控制之下。[6]鐵路運營方面，1928 年至 1937 年，我國國有鐵路

1　許滌新、吳承明主編：《中國資本主義發展史》（第三卷），社會科學文獻出版社，2007 年版，第 66 頁，表 2～15。
2　許滌新、吳承明主編：《中國資本主義發展史》（第三卷），社會科學文獻出版社，2007 年版，第 65～66 頁。
3　許滌新、吳承明主編：《中國資本主義發展史》（第三卷），社會科學文獻出版社，2007 年版，第 65 頁，表「鐵路與外債」。
4　許滌新、吳承明主編：《中國資本主義發展史》（第三卷），社會科學文獻出版社，2007 年版，第 66 頁，表 2～15。
5　許滌新、吳承明主編：《中國資本主義發展史》（第三卷），社會科學文獻出版社，2007 年版，第 65 頁。
6　許滌新、吳承明主編：《中國資本主義發展史》（第三卷），社會科學文獻出版社，2007 年版，第 67 頁。

累積共運營機車 8391 臺，貨車 111,957 輛，貨運量累計達 3358188 萬噸公里，客車 14057 輛，客運量累計達 278497 萬人公里。[1]鐵路是民國南京政府國營事業中唯一年年有贏利的事業，據統計，1928～1935 年民國南京政府向鐵路（鐵道部）提款共 12695 萬元，平均占鐵路營業淨收入的 30%以上，1933、1934 年竟占營業淨收入的 59.5%和 55.2%。[2]鐵路負債也很高。1928～1935 年，鐵路外債本息按固定匯率應付 21168 萬兩，而按各年實際匯率須付 3.026 億關兩，即須多付 43%。[3]綜上可見，這一時期中國鐵路事業有長足發展，但仍無法滿足經濟發展需要，並在很大程度上制約了民國新聞事業的整體發展水平。

2、公路建設方面

1928 年全國有公路 29127 公里，到 1930 年約有 4.5 萬公里。[4]至 1933 年11 月，全國修築了京杭、滬杭、京蕪、蘇嘉、杭徽、宜昆六條公路，使蘇浙皖三省公路聯結成網。1933 年全國通車里程除東北外有 63406 公里。[5]為配合國民黨「交通剿匪」政策和國防建設需要，民國南京政府在蔣介石支持下加快了在東部、西部省份修築公路。1934 年全國約有公路 8.5 萬公里，內蘇、浙、皖、粵、桂、閩、魯、遼、吉、黑 10 個東部省有 43510 公里，占 51.2%，西部 10 省只有 14789 公里，占 17.4%。其後，紅軍轉戰西部，1935～1936 年民國南京政府又修築西蘭公路（西安—蘭州）約 700 公里，西漢公路（寶雞—漢中）250 餘公里，漢寧公路（漢中—七盤山）150 餘公里，共耗資 460 萬元，其中由全國經濟委員會貸款 300 萬元。到 1936 年底，全國共有公路 108117公里，1932～1936 年全國經濟委員會向 15 個省提供公路貸款 1200 萬元，[6]支持各省公路建設。抗戰前夕，全國通車里程擴展到 1095 萬公里，[7]中國公路網

1　許滌新、吳承明主編：《中國資本主義發展史》（第三卷），社會科學文獻出版社，2007 年版，第 67 頁，表 2～16「國有鐵路的營運（1924～1947 年）」統計。

2　據許滌新、吳承明主編：《中國資本主義發展史》（第三卷），社會科學文獻出版社，2007 年版，第 70 頁。

3　轉引許滌新、吳承明主編：《中國資本主義發展史》（第三卷），社會科學文獻出版社，2007 年版，第 71 頁。

4　由於國路、省市路交錯，中國公路里程有不同統計。這個數據主要據全國經濟委員會公路處：《中國公路交通圖表匯欄》的 1935 年統計及 1939 年《中國年鑑》，英文版，第 513～514 頁。轉自許滌新、吳承明主編：《中國資本主義發展史》（第三卷），社會科學文獻出版社，2007 年版，第 71 頁。

5　孫健：《中國經濟史——近代部分》，中國人民大學出版社，1989 年版，第 473 頁。

6　趙祖康：《中國的公路與運輸》，1937 年版，第 157 頁。

7　孫健：《中國經濟史——近代部分》，中國人民大學出版社，1989 年版，第 473 頁。

基本形成。民國南京政府修築公路主要著眼於軍事與戰略需要而非促進經濟發展，其所修築公路只有約 35%有路面，且主要是砂石路面，維修很差，軍運需要過後多無人管理。整個民國時期，中國幾乎沒有石油和汽車工業，所需均靠進口。1927～1936 年石油進口由 1300 萬加侖增至 4600 萬加侖，客貨汽車平均每年進口四五千輛。按車輛登記數字，1927 年客車 16020 輛，卡車 1901 輛，公共汽車 1015 輛。1936 年客車 27565 輛，卡車 11917 輛，公共汽車 8060 輛（軍車除外）。至 1937 年全國約有公路營業客車一萬輛，並在長沙、南京、漢口、南昌等地設立汽車機械廠，汽車配件廠和輪胎廠。[1]除軍車外，公路運輸主要是客運，貨車只占車輛總數的 25%，擁有貨運汽車 100 輛以上的省市不到半數。[2]另據估算，1933 年關內有公路 63406 公里，登記汽車 32283量，內公路汽車 5214 輛，營業收入 3479 萬元。抗戰前夕關內有公路 19.95 萬公里，登記汽車 58344 輛，分別是 1933 年的 173%和 181%。[3]

3、航空與航運方面

飛機的商用始於 20 世紀初。民國南京政府前期，中國航空業有所發展，中國航空公司、歐亞航空公司、西南航空公司、惠通航空公司先後成立，這四公司開闢了民國南京政府前期的主要航空線。

中國航空公司。民用航空歸政府交通部管轄。中國航空公司 1929 年 5 月1 日成立，前身是中國交通部 1929 年 5 月成立的滬蓉航空線管理處，1930 年7 月改組為中美合資公司，資本 1000 萬，交通部占 55%，美國占 45%，同時撤銷滬蓉航空線管理處，將其業務併入中航。1933 年由泛美航空公司接辦，中國航空公司由是淪為美國泛美航空公司的一個子公司。1936 年中航將上海—廣州的航線延伸到香港，使中國通美、英兩國之間的聯運航程分別縮短為八天和十天。到 1936 年底，中航的航線里程共有 6100 多公里，1936 年末營業收入達到 500 萬元。[4]抗戰前開闢的主要航線有滬蓉線、滬平線、滬粵線及重慶—昆明線等。

1　張公權：《抗戰前後中國鐵路建設的奮鬥》，傳記文學出版，1974 年版，第 235 頁。
2　A.N.楊格：《一九二七至一九三七年中國財政經濟情況》，第 360 頁。轉自許滌新、吳承明主編：《中國資本主義發展史》（第三卷），社會科學文獻出版社，2007 年版，第 72 頁。
3　許滌新、吳承明主編：《中國資本主義發展史》（第三卷下），社會科學文獻出版社，2007 年版，第 807 頁。
4　陳爭平主編：《中國經濟發展史》（第四冊），中國經濟出版社，1999 年版，第 2271 頁。

　　歐亞航空公司。由交通部與德國漢沙航空公司合作成立於 1931 年 2 月成立，原定資本 300 萬，後增爲 900 萬，交通部占 2／3，德方占 1／3。德方藉此打入中國航空市場。歐亞公司主要經營從中國境內出發經蘇聯前往歐洲各國的 3 條航空線。其中在中國境內各航班的經停點爲滬滿、滬迪（迪化）、滬庫（庫倫）三個航段。但 3 條航線的開闢並不順利。後歐亞增開了北平—洛陽，北平—包頭—銀川航線，北平—太原—洛陽—漢口—長沙—廣州航線、蘭州—銀川航線、西安—成都航線，1936 年 4 月延伸到昆明。

　　西南航空公司。1933 年 6 月由廣東、廣西省政府合組創辦，得到雲、貴、閩三省政府支持，共籌資本 150 萬（一說 200 萬），主要經營華南航運，對抗國民政府的中航公司，闢有廣州—龍州，廣州—欽廉、廣州—福州、梧州—貴縣、廣州—南寧和南寧—昆明等航線，1937 年與法國航空公司合作，開闢了廣州—廣州灣（今稱湛江）—河內國際航線，與法航的歐洲航線銜接，使從南京、上海以及中國內陸各大城市寄往各大城市的郵件在時間上大大縮短。該公司有客機三架，遊覽機一架，1934 年 5 月正式載客飛行，1937 年 7 月停辦。

　　滿洲航空公司。東北淪陷後，日本在東北修築了 30 處機場，於 1932 年 9 月成立滿洲航空公司，1936 年 11 月成立惠通航空公司。滿洲航空爲日資，1936 年該公司擁有飛機 61 架，開闢 34 條航線，通航里程 6780 公里，把持了東北各省的航線。惠通航空名義上中日合辦，資本 270 萬元，中方出資 50 萬，實際完全由日本人經營管理，總公司設在北平，經營與僞滿國之間的航運，有天津—大連、北平—天津—錦州、天津—北平—承德、天津—北平—張家口、北平—瀋陽 5 線，總長 2500 公里。因與僞滿通航，引發輿論界抗議。[1]此外，還有中蘇航空公司，僅有兩架飛機。[2]

1　本目主要依據許滌新、吳承明主編：《中國資本主義發展史》（第三卷），社會科學文獻出版社，2007 年版，第 73 頁。

2　本目主要依據許滌新、吳承明主編：《中國資本主義發展史》（第三卷），社會科學文獻出版社，2007 年版，第 73 頁，《當代中國的民航事業》，當代中國出版社，香港祖國出版社，2009 年版，第 1～8 頁。陳爭平主編：《中國經濟發展史》（第四冊），中國經濟出版社，1999 年，2270～2274 頁。原始資料主要《十年來之中國經濟建設》第 3 章第 36、42 頁，《一九二七至一九三七年中國財政經濟情況》，第 361～363 頁。日本東亞研究所：《日本の對支投資》（上），1941 年版，第 553 頁。

4、水路航運方面

民國南京政府成立後，交通部 1928 年設立航政司，管理航運行政、船舶海事及海員等各項事務，中國始有正式的航政管理機關。早在 1921 年前後，中國的航運業已建立起初具規模的國內輪船航運體系，航運業成爲國民經濟不可或缺的組成部分。本時期，民國南京政府加強航運業的管理與建設，如制定各種航政法規，建築葫蘆島、連雲港，籌建東方大港及北方大港，疏濬海河、淮河、揚子江、遼河，整頓招商局將之收歸國營，交給交通部管理，建立水陸聯運，發展民營航運，1927～1936 年先後成立 25 家航業公司等，但發展速度放慢。據統計，1935 年全國有各種輪船 3895 艘，比 1921 年增長了 67.0%，總噸位 67.5 萬噸，比 1921 年僅增長 38.0%。平均每艘船的噸位從 209.7 噸降到了 173.3 噸。

航運企業主要有官營、官商合辦、商辦三類，其中官營企業最大的是輪船招商局，到抗戰前夕，招商局已有大小船舶 53 艘，8.638 萬餘噸，[1]占全國輪船總噸位 57.7 萬噸的 15%。商辦經營較好的有虞洽卿的航運業資本集團，盧作孚的民生實業公司等。帆船運輸在內河航運，特別是短途航運中仍有一定地位。1931 年 7 月起，在交通部登記的載重量 200 擔以上的帆船僅有 1700 艘，11.25 萬噸，1935 年有 9350 艘，載重量共 46.94 萬噸。[2]另據 1936 年 3 月統計，全國各地註冊的帆船有 1.4417 萬艘，共 665.7441 萬噸，[3]約爲輪船噸數十倍。

交通業與新聞業的發展有直接的重要關係。主要表現在對當時中國新聞業的發展具有直接的推動或制約作用，以公路交通爲例，一是公路網不發達，汽車等交通工具及運費的高昂，使很多報刊機構只有依託郵局發行，或在本地區依託報童建立本地區的發行網，只有少數有經濟實力的諸如《申報》、《新聞報》、《大公報》、《中央日報》等新聞機構才有可能跨域經營。這進而使民國新聞報業經營嚴重依賴於郵局、報販和無線電廣播。二是蘇浙皖公路網的形成使上海《申報》《新聞報》等大報的經營與發行可覆蓋蘇浙皖地區，使上海報業的影響力輻射到蘇浙皖地區，獲得了全國報業中心的桂冠。而中西部

1　《國營招商局七十五週年紀念刊》，國營招商局檔案四方八 ②／590 卷，中國第二歷史檔案館藏，第 85 頁。

2　陳爭平主編：《中國經濟發展史》（第四冊），中國經濟出版社，第 2279 頁。

3　張玉法：《中國現代史》（下冊），臺北東華書局，1979 年版，第 543 頁。

內陸省份的報業只能侷限於當地一隅，成為影響力僅限於某地的地方性報紙。三是公路建設的滯後，使國民黨控制郵局即可控制全國報紙有了操作空間。通過掛號郵寄等方式，國民黨控制了民國報業發展的咽喉。再如航空運輸的發展及主要城市開闢了航空線，使「航空通信」成為民國「新聞」的新品種被《申報》、《新聞報》、《中央日報》及中央通訊社採用，加快了新聞稿件的傳遞速度。然因航空業發展的滯後，雖然報社開闢航空版，異地印刷出版發行有了現實可能，但這一時期尚未見有報社創辦航空版。

（二）民國南京政府前期的郵政電信業

中國近代郵電業始於清末，主要由外國人經辦。民國時期逐漸收回郵電主權獨立辦理郵件及電信傳遞業務。郵電業是民國時期報紙發行、消息傳遞的重要通道，其發展水平客觀制約著民國報業的整體發展水平。郵電業包括郵政、電信兩部分。

1、民國南京政府前期的郵政業建設和發展

這一時期，郵政業發展比較平穩，沒有大的建設，也沒有北洋時期那些事故，郵政基本由民國南京政府管理，「唯仍推行法國人黎帛等所定的郵區和全程全網通信制度，有較嚴格的服務規章，郵件能安全、準時投遞、職工穩定，是唯一效率較高的國營事業」。[1]

民國南京政府的郵政建設主要是建立遍布全國的郵政網絡。首先是增設郵政局所，交通部在內地及邊遠省區增設郵局，使內地郵務有所發展。1928年全國各類郵政局所有 4.1675 萬所，1937 年 6 月底增加到 7.269 萬所，十年間增加 3.1015 萬所。[2]其次是拓展郵路，過去郵路向以郵差郵路為主。1928年全國各種郵路 45.8051 萬公里，到 1937 年 6 月增加到 58.5816 公里，十年間共增加 12.6755 萬公里。[3]三是拓展郵政業務。1920～1929 年，郵政平均每年遞送郵件 5.36 億件。[4]除了遞送郵件外，郵政總局還開辦代訂刊物、「平快」郵件、代售印花稅、代購書籍等業務，其資費也趨於統一。

---

1 許滌新、吳承明主編：《中國資本主義發展史》（第三卷），社會科學文獻出版社，2007 年版，第 75 頁。
2 陸仰淵等：《民國社會經濟史》，第 474 頁。轉自《中華民國史》第 8 卷，第 844 頁。
3 張玉法：《中國現代史》（下冊），臺北東華書局，1979 年版，第 548 頁。轉自《中華民國史》第 8 卷，第 844 頁。
4 許滌新、吳承明主編：《中國資本主義發展史》（第三卷），社會科學文獻出版社，2007 年版，第 75 頁。

1928～1936 年，普通郵件除 1932 年、1933 年因東北各類郵局停辦，郵遞數量有較大幅度下降外，其他年份的郵寄量均呈上升態勢。到 1936 年普通郵件達到 881,634,000 件，比 1928 年的 634,564,340 件，增加了 247,087,660 件。包裹亦是如此。航空郵件從 1931 年的 3740500 件增長到 1936 年 6563600 件，郵傳電報自 1930 年的 26220 件增長到 1936 年的 56800 件。[1]1930～1936 年遞送郵件增至 7.83 億件，同期間，平均年收入由 2400 萬元增至 4070 萬元。1929 年據估計郵政全部資產 2000 萬元，1936 年連同郵政儲金匯業局，當在 1 億元以上。[2]

2、民國南京政府前期的電信業建設和發展

中國近代電信業起步於 19 世紀 70 年代末，包括有線電報，無線電報，市內電話及長途電話四個方面，民國南京政府成立時電信業已有 50 年歷史，發展滯後，電信管理紊亂，各自為政現象突出，電信線路、設備陳舊老化且損毀嚴重，外人長期把持國際電信，電信外債數量龐大等諸多積弊。為此，民國南京政府以整頓與改革為基點建設電信業。以「重在整頓，相機擴充，但步驟不求其急」為指導方針，使本時期電信業發展比較平穩。

民國南京政府採取整頓電信管理機構，成立交通部電政管理局統一管理；出臺《電信條例》等法規，完善電信管理制度；整頓電信內外債務，收回部分電信主權；加快電信材料建設，開展電信教育等措施，基本解決了電信業的積弊，使電信業獲得較大發展。有線電報線路得到大規模的修整添設。1928～1936 年，交通部平均每年修線 4000 公里以上，每年添設線數在幾百公里至幾千公里之間，「十年中間，……廢除重建，前後共計約修整線路四萬三千公里」，電報設備方面引入效率稍高的韋斯登機、新式克林特機與打字電報機。[3]1936 年，電報線路仍維持在 9.4 萬公里（不計東北），電報局所發展到 1272 處，發報設備 2443 臺（1935）；遞送電報量由 1922 年的 250 萬件增為 1934 年的 400 萬件。官電、軍電比重由前期的 1／3 減少這一時期的 1／5 強，

---

1 此表資料來源有：《交通年鑒》郵政編，第 14 頁，1935 年 12 月出版；《中華民國二十二、二十三、二十四、二十五年度郵政事物年報》，郵政總局檔案 137／1186，中國第二歷史檔案館藏。轉自《中華民國史》第 8 卷，第 845 頁。

2 許滌新、吳承明主編：《中國資本主義發展史》（第三卷），社會科學文獻出版社，2007 年版，第 75～76 頁。

3 張政：《國民政府與民國電信業（1927～1949）》，廣西師範大學碩士論文，2006 年版，第 20 頁、32 頁。

欠資和截留報費減少。[1]全國電報局所數目由 1927 年的 1132 所增至 1937 年 5 月的 1461 所。[2]

無線電報方面。1928 年交通部所辦無線電報臺約 26 處，1933 年時增為 44 處。1934 年將電報局與無線電臺合併，1936 年交通部所辦無線電臺只剩 24 處。無線電收發報機方面，1928 年約為 104 部，抗戰前全國大中小型無線電機約 171 部。[3]短波電臺建設。當時通往國際的海底電報線路基本由英國大東、丹麥大北等外國電報公司控制。[4]「九一八」事變後，通往歐美的電報線路主要是丹麥大北公司的由上海向南經香港到歐美線路。民國南京政府在收回國際電政主權時，著力國際無線電報建設。1932 年前，民國南京政府在瀋陽建立了瀋陽大功率短波電臺，在上海建設了真茹國際電臺、楓林橋國際電臺和劉行收報臺等。瀋陽短波電臺 1928 年竣工，東北淪陷後落入敵手。真茹國際臺係北洋政府借外債建設，1931 年 2 月交通部將所轄國際通信大電臺籌備處與中菲電臺、楓林橋支臺等合併成立國際電臺，直接經營國際無線電通信事業。1932 年後能進行國際通信的僅有上海國際電臺一座。該臺先後開放中越（1931）、中瑞（1932）、中蘇（1933）、中英、中日（1934）、中意（1935）等電路，到 1937 年 6 月，國際無線電臺開放的直達電路已達 14 條，加上地方政府及交通部所辦線路，國際通信直達電路共有 24 條。[5]1936 年交通部所屬電信職工共 2.07 萬人。[6]

長途電話方面。民國南京政府提出建設全國長途電話網及九省長途電話幹線等建設計劃，其中九省長途電話建設計劃規模最大，投入最大，取得的成效也較大。1933 年國民政府成立九省長途電話工程處，籌設蘇、浙、皖、冀、魯、豫、湘、鄂、贛等省全國長途電話網，1934 年 1 月提出「九省長途

1 許滌新、吳承明主編：《中國資本主義發展史》（第三卷），社會科學文獻出版社，2007 年版，第 76 頁。

2 俞飛鵬：《十年來的中國電信事業》，中國文化建設協會：《十年來的中國》，第 372 ～373 頁

3 張政：《國民政府與民國電信業（1927～1949）》，廣西師範大學碩士論文，2006 年版，第 35 頁。

4 謝彬：中國郵電航空史。上海三聯書店，2014 年版，第 223 頁。

5 俞飛鵬：《十年來的中國電信事業》，中國文化建設協會：《十年來的中國》，第 396 ～402 頁。

6 許滌新、吳承明主編：《中國資本主義發展史》（第三卷），社會科學文獻出版社，2007 年版，第 76 頁。

電話聯絡計劃」，到 1936 年 2 月，九省長途電話網除濟南、徐州一段未修外，其餘全部完成。[1]據統計，1928 年全國長途電話線路有 6564.08 公里，線條 17593.19 公里，到 1936 年分別增長至 43890.25 公里，78160.40 公里[2]，分別增長 37326.17 公里，60567.21 公里。市內電話方面：市內電話原多屬商辦，這一時期，漸由交通部統一設局經營，較完備者有 25 個城市。1937 年電話交換機總容量 104404 門，並有長途電話線路 5.3 萬公里，唯市內電話用戶不過 7.3 萬多戶，還談不上普及，交換設備也屬落後。[3]據統計，1927 年交通部所轄市內電話共 20 處，到 1936 年增至 36 處（原設於東北之三處未予以統計），通話局所達 72 所，裝機容量 7.338 萬號，用戶數為 5.2617 萬戶。[4]另據統計，1928 年市內電話有線路 2375.24 公里，用戶數 37713。到 1936 線路增長至 3490.70 公里，用戶數 74404。[5]

　　民國南京政府制定的電信發展政策和進行的電信建設，為這一時期新聞業的全國性增長提供了重要的物質保障條件，一方面加快了新聞消息，另一方面為新聞報刊的社會性流通創造了更快捷的途徑，為這一階段新聞報業的全國性發展以及全面抗戰爆發後的抗日新聞宣傳事業發展奠定了物質基礎。然在世界範圍內，這一時期的中國的電信業仍處於較低的水平。電信建設發展不平衡，以東南沿海和南京、上海、廣州等大城市為中心，廣大鄉村及較偏遠的地區如貴州、新疆、青海、四川、西藏等省份的電信業遠落後東部各大城市；電信基礎設置規模小，遠低於世界較發達國家水平；民眾電信使用率偏低，1936 年中國的百人發電平均此數僅為 1.5 次左右，為世界最末位。[6]

1 郵電史編輯室編：《中國近代郵電史》，人民郵電出版社，1984 年版，第 185～186 頁。

2 張政：《國民政府與民國電信業（1927～1949）》，廣西師範大學碩士論文，2006 年版，第 34 頁。

3 許滌新、吳承明主編：《中國資本主義發展史》（第三卷），社會科學文獻出版社，2007 年版，第 76 頁。

4 國民黨中央黨部國民經濟計劃委員會：《十年來之中國經濟建設》上編第 3 章，第 19 頁。

5 張政：《國民政府與民國電信業（1927～1949）》，廣西師範大學碩士論文，2006 年版，第 33 頁。

6 張政：《國民政府與民國電信業（1927～1949）》，廣西師範大學碩士論文，2006 年，42 頁。

第二章 民國南京政府前期的國民黨新聞報業

民國南京政府前期的國民黨新聞報業由兩大塊構成，一塊是掌握「黨統」以《中央日報》為代表的國民黨新聞報業。一塊是宣稱服從國民黨「黨統」，形式上服膺南京政權，實則稱霸一方的地方實力派新聞報業。前者是國民黨新聞報業的主體部分，由國民黨蔣介石集團掌控的輿論喉舌。後者是國民黨新聞報業的重要補充，由地方實力派掌控的與蔣介石集團鬥爭的新聞輿論工具。

第一節 《中央日報》的創辦與發展

《中央日報》和中央通訊社、中央廣播電臺是國民黨新聞媒體的三大臺柱子，《中央日報》尤為重要，為國民黨新聞業的龍頭。本時期，《中央日報》經程滄波改革後，真正奠定了國民黨中央黨報的地位，可與《申報》《新聞報》等民營報業相爭鋒。

一、《中央日報》創辦與遷寧

蔣介石國民黨集團承認的首個中央黨報是上海《中央日報》，不是 1927 年 3 月創刊的武漢《中央日報》。[1] 上海《中央日報》1928 年 2 月 1 日創刊，

---

1 武漢《中央日報》由中央宣傳部部長顧孟餘兼任社長，陳啓修任總編輯。報紙由汪精衛集團掌控，忠實傳達了武漢國民黨中央的聲音，曾發表《請看今日之蔣介石》等大量反蔣和民國南京政府的文章，「分共」後成為擁汪擁蔣的輿論工具，1927 年 9 月 15 日國民黨中央決定停刊，和南京國民黨中央並無直接關係。臺灣方面的新聞史多以上海《中央日報》為開端而對武漢《中央日報》不予顧及。理由是「當時武漢政治局勢，甚為混亂，報紙無保存可查」。見《我國現代報業的先驅》，臺灣《中央日報》1978 年 2 月 18 日。

由陳布雷關係密切的《商報》全部機器生財爲底子，國民黨中央撥款近 5 萬鉅款創辦。[1]社長丁惟汾[2]、總經理潘宜之（時任東路軍總指揮部政治部主任）、總經理陳君樸，代理主任彭學沛[3]，胡漢民、吳稚暉、戴季陶、李石曾、陳布雷、葉楚滄、蔡元培、楊杏佛等任編輯部委員。日出兩大張，報頭四個字採集自孫中山先生墨寶。何應欽撰寫的發刊詞稱該報爲「代表本黨之言論機關，一切言論，自以本黨之主義政策爲依歸」。[4]《中央日報》創刊時初定每月 14366 元，後經第二屆 124 次中常會議決每月撥款 5000 元，經第二屆 127 次、135 次中常會議決 3 至 6 月按每月 9000 元撥付。[5]因經營不善，「職工欠薪，煤炭費用等欠歇，爲數頗巨」。[6]

1928 年 6 月《設置黨報條例》頒布後，國民黨第二屆第 176 次中常會以條例規定首都應設中央日報爲由將該報遷往南京。同年 11 月 1 日，上海《中央日報》停刊。[7]國民黨定都奠定南京，確實需要一份中央級黨報。上海是全國輿論中心，在上海辦中央級黨報，更能發揮輿論引導效應。因此，以首都需要一份中央黨報將《中央日報》遷寧，僅是一個冠冕堂皇的藉口，眞正原因是掌握上海《中央日報》的丁惟汾、彭學沛，其言論常常表現出與南京中央政權的離異傾向，讓蔣介石大爲不滿。

1　劉繼忠：《新聞與訓政：國統區新聞事業研究（1927～1937）》（上），花木蘭文化出版社，2014 年版，第 163 頁。

2　《中國國民黨黨報歷史研究》和《七十年中國報業史》說是潘宜之任社長，曾虛白《中國新聞史》說潘是總經理，《中國新聞事業通史》中稱當時任中宣部部長的丁惟汾任社長，並說臺灣新聞著作中均不提丁惟汾。經查丁惟汾確主持復刊事。然而 1928 年 3 月 30 日國民黨第 124 次中常會通過「中央宣傳部秘書兼代理部長葉楚傖呈報於本月廿六日到部視事請校備案」。見：《中國國民黨中央執行委員會常務委員會會議錄》（第四冊）4 頁。但丁是否曾任中宣部部長仍待查。

3　關於彭學沛職務，《中國新聞事業通史》第 2 卷說是主筆，《中國國民黨黨報歷史研究》說是總編輯，國民黨中央執行委員會常委會第 124 次會議稱其是「代理主任」。見中國第二歷史檔案館編：《中國國民黨中央執行委員會常務委員會會議錄》（第四冊），廣西師範大學出版社，2000 年版，第 12 頁。

4　何應欽：《本報的責任》，《中央日報》，1928 年 2 月 10 日。

5　中國第二歷史檔案館編：《中國國民黨中央執行委員會常務委員會會議錄》（第四冊），廣西師範大學出版社，1999 年版，第 12 頁、97～98 頁、202～203 頁。

6　程滄波：《廿四年中的一段》，臺灣《中央日報》1952 年 2 月 1 日。

7　《中國國民黨黨報研究》稱，1928 年 10 月 31 日，上海《中央報》在出版最後一張後終止發行。以彭學沛爲首的全體編校、經理 26 人發表聲明，稱自即日起全部「脫離中央日報職務」，「一切契約及往來帳目由繼任者負責清理」。見《本社同仁啓事》，《中央日報》1928 年 10 月 31 日。

南京《中央日報》於 1929 年 2 月 1 日復刊，初設在南京珍珠橋邊。序號接上海《中央日報》，日出 3 大張 12 版，售價 3 分 5 釐，版面依上海舊例。中宣部部長葉楚傖、副部長邵力子分別兼任社長、副社長，不問事；事務由總編輯嚴慎予（1931 年 6 月由賴璉接任）、總經理曾集熙（周邦式、賀壯予先後接任）實際負責。[1]言論方針以「擁護中央、消除反側、鞏固黨基、維護國本」為職責。[2]復刊之初，有最高黨報之譽，但設備簡陋、體制鬆散、人員很少，業務幾乎全靠中央社和路透社稿件。1929 年發行量僅達 2 萬份。

二、《中央日報》的改組

南京《中央日報》的簡陋狀態一直到蔣介石任命程滄波為社長止。客觀原因是「九一八」、「一二八」事變給國民黨宣傳造成的極大被動，迫切需要國民黨強化黨營媒體，強佔全國輿論制高點；直接動因是《中央日報》在「九一八」、「一二八」事變期間的新聞宣傳處於輿論被動狀態，無法引領全國輿論，其影響力難以企及民營大報，為蔣介石所嚴重不滿，且本身「報閥」色彩濃厚，宣傳效果低下；深層政治原因是戴季陶、丁惟汾、葉楚傖、劉蘆隱等歷任中宣部部長非蔣介石集團嫡系，不利於蔣介石直接控制《中央日報》。[3]上述種種因素促使蔣介石著手改組《中央日報》。在蔣介石指示下，國民黨第三屆中央執行委員會特地召開臨時全體會議，通過了「改進宣傳方略案」、「改進中央黨部組織案」，著手改革國民黨中央新聞事業。按照《改進宣傳方略案》精神，《中央日報》率先實行社長制，由程滄波任社長，負責全面改組《中央日報》；《中央日報》也由過去隸屬中宣部改為直屬中常會。[4]

程滄波（1903～1990），原名曉湘，又名中行，字滄波，江蘇武進人。1918年考入上海聖約翰大學，後轉入復旦大學並於 1925 年畢業。讀書期間在陳布雷引導下步入報壇，1928 年任《時事新報》主筆，1930 年赴英倫敦政治學院留學，師從拉斯基教授，次年回國，任國民會議秘書，1932 年 5 月被任命《中央日報》首任社長，主政《中央日報》八年半。程滄波上任後提出「經理部

1　劉繼忠：《新聞與訓政：國統區新聞事業研究（1927～1937）》（上），花木蘭文化出版社，2014 年版，第 163 頁。

2　賴光臨：《七十年中國報業史》，臺灣中央日報社，1981 年版，第 124 頁。

3　劉繼忠：《新聞與訓政：國統區新聞事業研究（1927～1937）》（上），花木蘭文化出版社，2014 年版，第 164 頁。

4　方漢奇：《中國新聞事業通史》（第二卷），中國人民大學出版社，1996 年版，第 365頁。

要充分營業化、編輯部要充分學術化、整個事業當然要制度化效率化[1]」口號，著手整頓《中央日報》。（1）組織上：得到蔣介石批准名義上脫離國民黨中宣部，社長直接向國民黨中常會負責，使報社行政獨立，成爲形式上的獨立法人，減少了報社內部的人事內耗。（2）報紙公開言論定位上：以改組社論《敬告讀者》形式將「本報爲代表本黨之言論機關，一切言論，自以本黨之政策爲依歸」的蠻橫風格改爲「本報爲黨之喉舌，即爲人民之喉舌」溫情風格，淡化政黨媒介色彩。（3）新聞業務上取「多登新聞的政策」[2]：除通訊員外全部改爲專任記者，提出「人人做外勤，個個要探訪」口號，擴大南京和其他城市的新聞採集網，專人比較《中央日報》與其他報紙的新聞，力爭不遺漏國內重大新聞，同時加強國際新聞。版面由兩大張擴大爲三大張，並增闢《讀者之聲》專欄和《中央副刊》，請滬上書法家譚澤凱題寫報名等以刷新版面。（4）媒介經營與報社設施上：整頓會計制度，強化廣告發行單據、修訂各地分銷處簡章和廣告刊例，催收各地拖欠的廣告費和訂報款，改進廣告設計；打破報販操縱，在南京城內外各處設立銷報公站，出報後直接將報紙送至訂戶等。（5）基礎設施建設方面，在國民黨中央扶持下，先後以 2 萬元購置天津《庸報》印報機一臺，1935 年爭取中央財政撥款 17 萬建成中央日報大樓，引進新式輪轉機和其他印刷設備。

程滄波的改革不僅確立了《中央日報》最高黨報的地位，[3]還爲國民黨中央黨報「奠定一完善之制度」。[4]《中央日報》的日發行量由改組前 9000 份左

---

1 程滄波：《七年的經驗》，轉引程其恒主編：《記者經驗談》，天地出版社，1944 年版，第 56 頁。

2 程滄波曾回憶說，「我進《中央日報》的政策，第一是要把報辦好，在新聞報導上，在言論上，乃至廣告發行上，先把這份報紙站在國內新聞界可以不愧爲一個領導的報紙。我當時深切認定要造成報紙的領導地位，不能依賴政治力量，而要靠報紙本身站得住站得出。我針對一個官報的弊病，確立辦報要多登新聞的政策。《中央日報》編經兩部的職員，要使他們都負有採訪新聞的責任，然後由量的增加而去淘煉質的精選。務使《中央日報》的讀者，披開報紙沒有官報的印象，而當天的新聞不但不能較其他各報落後，且要超出」。見程滄波：《四十年前的回顧》，轉蔡登山：《一代報人——程滄波其人其文》，《全國新書信息月刊》（臺灣），1999 年版。

3 陶希聖曾說：「在抗戰以前，能夠代表中央發言，是程滄波先生的時代」。見陶希聖：《邀遊於公卿之間的張季鸞先生》，臺灣《傳記文學》第 30 卷第 6 期。

4 臺灣學者徐詠平評價道：「中央日報改採社長制，並與中央通訊社同時成爲獨立經營的黨的新聞事業單位，爲中央黨報奠定一完善之制度。嗣後各地中央黨報能有自力更生的精神而且趨發展者，實由於此一制度之確立也」。見徐詠平《中國國民黨中央直屬黨報發展史略》，李瞻《中國新聞史》，臺灣學生書局，1979 年版，第 324 頁。

右躍升到 3 萬份以上，爲南京大報之冠。1932 年 9 月創辦《中央夜報》，11
月創辦《中央時事週報》，1933 年後每月營業收入增爲 15000 元，加上每月津
貼 8000 元，尚有 2000 元盈餘。[1]1937 年 6 月發行《中央日報》廬山版，爲該
報第一個國內分版。《中央日報》由是成爲國民黨內實力最雄厚的黨報。

三、《中央日報》的業務與宣傳特色

　　《中央日報》1932 年改革後的業務顯現出專業化辦報趨向，新聞和言論
逐漸增多。1932 年 5 月 8 日，《中央日報》刊發程滄波撰寫的改版社論——《敬
告讀者》說「中央日報在系統上爲黨的報紙，是其職守，應爲黨之主義言，
爲黨的創造者之遺教言，……本報不諱爲本黨主義之辯護人」；「本報一本其
批評政府之勇氣以爲政府辯護。報紙之生命在聲名，吾人未敢遂云忘懷清名，
吾愛清名，吾尤愛眞理。惟愛眞理者有大勇，亦惟有大勇者能爲政府辯護，
此吾人所沾沾自喜以爲不同流俗者，端在於是」。強調該報言論立場和新聞編
排原則是「爲政府辯護」。如在 1933 陳獨秀公審事件中，程滄波執筆的《今
日中國之國家與政府》《再論今日之國家與政府》兩篇社論均強調國民黨一黨
專政的合法性，表現出《中央日報》的辦報宗旨和宣傳理念。

　　注意從「黨報」和「政府」的立場來規劃副刊、專刊。葉楚傖任社長時，
《青白》《大道》副刊提倡「黨義」文藝。程滄波任社長後的副刊、專刊大大
增加。除儲安平主編的綜合性副刊《中央日報副刊》外，還有《中央公園》《戲
劇週刊》《藝術副刊》《文學週刊》《電影副刊》《詩刊》等文藝副刊，及《學風》
《文史》《民風週刊》等學術副刊，後者依託齊魯大學、中央大學、北京大學
等資源，比較學院化。這些副刊也積極展開「黨治」文化宣傳，如《中央公園》
副刊就曾大力配合民國南京政府宣傳尊孔、新生活、本位文化等運動。

　　始終堅持以「爲政府辯護」爲宗旨。1932 年 5 月 8 日《中央日報》改版
社論《敬告讀者》強調「中央日報在系統上爲黨的報紙，是其職守，應爲黨
之主義言，爲黨的創造者之遺教言，……本報不諱爲本黨主義之辯護人」；「本
報一本其批評政府之勇氣以爲政府辯護。報紙之生命在聲名，吾人未敢遂云
忘懷清名，吾愛清名，吾尤愛眞理。惟愛眞理者有大勇，亦惟有大勇者能爲
政府辯護，此吾人所沾沾自喜以爲不同流俗者，端在於是」。[2]爲達到「爲政府

1　《中國國民黨年鑒（民國二十三）》，宣傳（丁），1934 年版，第 34 頁。
2　蔡銘澤：《中國國民黨黨報歷史研究（1927～1949）》，花木蘭文化出版社，第 110 頁。

辯護」的目標，《中央日報》一方面努力遏制日益高漲的爭取民主自由運動，爭奪言論的領導權，另一方面利用一切有利時機宣傳國民黨黨的主義，維護中國國民黨政權的法理基礎。先後發起過批評胡適「人權運動」，壓制學生運動，大造「剿共」輿論，鼓吹「攘外必先安內」等「爲政府辯護」的宣傳活動。

第二節　國民黨黨報體系的建立與發展

　　爲防止「黨內之野心分子，死灰復燃」，除了《中央日報》外，國民黨還在其他派系管轄的重要省、特別市設立直屬黨報，以「使黨的輿論健全發展」。1928 年 7 月 23 日，代理宣傳部長葉楚傖提議的《設置黨報辦法四項》獲得第 158 次中常會通過，決定在「首都、上海、漢口、重慶、天津或北平、廣州或開封、太原、西安各地設一黨報，由中央直接管理，各省省黨部得於其所在地設一黨報歸各該省省黨部負責、經理、指導，惟在已有黨報區域，不必另設」。中央直屬黨報經費由中央支出，省級黨報由省黨部支出，「黨員創辦之報，除已經中央核准補助外，非有特殊成績及必要狀況，概不予以補助。海外黨部及黨員創辦之報不在次限」。[1]基本勾勒了國民黨黨報體系的行業結構。此後，北平、武漢、廣州、天津、濟南、西安、福建、上海等重要城市先後通過創建、接受、改組等形式都建立起直屬中央的地方黨報，由省級黨部主辦的省級黨報亦陸續建立，形成了《中央日報》、地方直屬中央黨報、省級黨部及市、區、縣及特別黨部黨報、黨員報的報業行業結構。

一、國民黨直屬黨報體系的建立與發展

（一）《華北日報》等直屬黨報的創辦

　　《華北日報》從籌備到正式創辦歷經近 5 月，其組織大綱、經費預算、設備器材、人員組成、發刊詞、社址均由國民黨中央宣傳部一手操辦。1928 年 9 月 6 日，國民黨第 165 次中常會以「北平地方重要，黨報之設置刻不容緩」爲由，由中宣部派遣沈君陶去北平籌備辦報事宜，決議還函請國民政府撥付辦報所需的器材、場所。[2]後因交通、財政兩部所允撥發印刷機，未能移

1　中國第二歷史檔案館編：《中國國民黨中央執行委員會常務委員會議錄》（第五冊），廣西師範大學出版社，1999 年版，第 430～431 頁。

2　中國第二歷史檔案館編：《中國國民黨中央執行委員會常務委員會議錄》（第六冊），廣西師範大學出版社，1999 年版，第 115～116 頁。

交，遂於同年 11 月 28 日「加撥開辦費 3000 元」。[1]沈君陶爲國民黨中宣部人員，1928 年 11 月被任命爲中宣部出版科主任[2]，其任務主要是組織編輯班子、網絡社會名流以爲筆陣。9 月 13 日國民黨中常會第 167 次會議通過《北平日報社組織大綱及開辦費經常費預案》，確定開辦費爲 5000 元。[3]然而未得到執行。同年 12 月 20 日中常會第 188 次會議又決議由胡漢民、戴季陶、葉楚傖審查《華北日報》修正後的組織大綱和預算書（經和李石曾協商確定），規定《華北日報》爲委員制，附設通俗小報，每月經費 9056 元，於 1929 年 1 月 1 日正式出版。[4]

《華北日報》社址在北平王府井大街，報名由國民政府主席譚延闓書寫。李石曾、段錫朋、沈君默、蕭瑜等爲報務委員會，實際由安馥音、沈君默負責。報紙日出 3 大張 12 版，以政治、經濟和黨務要聞爲主，另附出《華北畫報》《現代國際》《邊疆週刊》等專刊。創刊號刊有蔣介石、胡漢民、蔡元培、閻錫山等人祝詞或文章。因郵寄遲延，中宣部的發刊詞 1 月 4 日刊登。發刊詞強調反共，聲稱要剷除北方專制與封建遺毒，恢復美德，「使黨部、政府與人民三方面一致合作，使建設事業徹底完成」。發刊詞與蔣介石祝詞「廓清氛霧、正誼延伸；作我新民，以黨建國」相互參照的政治隱喻，[5]表明《華北日報》的使命是向閻錫山、馮玉祥控制的北方區域宣達「黨義政策」，由此注定孤懸幽燕的《華北日報》的曲折命運。

《華北日報》開辦不久就面臨嚴峻生存壓力。同年 4 月中宣部提議撥給 4000 元特別費案，結果是「下次再議」擱置。[6]7 月中宣部又請求核發添設印機臨時費 3000 元。[7]9 月，《華北日報》稱截止本年 5 月底欠河北電政局報

1　筆者注，此項決議爲「存」，尚不得知是否通過。中國第二歷史檔案館編：《中國國民黨中央執行委員會常務委員會議錄》（第六冊），廣西師範大學出版社，1999 年版，第 409 頁。

2　中國第二歷史檔案館編：《中國國民黨中央執行委員會常務委員會議錄》（第六冊），廣西師範大學出版社，1999 年版，第 376～377 頁。

3　中國第二歷史檔案館編：《中國國民黨中央執行委員會常務委員會議錄》（第六冊），廣西師範大學出版社，1999 年版，第 164～165 頁。

4　中國第二歷史檔案館編：《中國國民黨中央執行委員會常務委員會議錄》（第六冊），廣西師範大學出版社，1999 年版，第 467 頁。

5　見蔡銘澤：《中國國民黨黨報歷史研究》，花木蘭文化出版社，2013 年版，第 52 頁。

6　中國第二歷史檔案館編：《中國國民黨中央執行委員會常務委員會議錄》（第八冊），廣西師範大學出版社，1999 年版，第 120 頁。

7　中國第二歷史檔案館編：《中國國民黨中央執行委員會常務委員會議錄》（第九冊），廣西師範大學出版社，1999 年版，第 82 頁。

費 16941.92 元，中宣部不得不函請交通部轉飭河北電政局仍准該社繼續記帳。[1]同月，《天津商報》就借河北民國日報由中央接受移津接辦之機，散佈華北日報將歸河北北平省市黨報接辦的謠言，迫使中央社予以闢謠。[2]可見該報面臨生存壓力之大。報紙創辦之初，正逢蔣、馮大戰及蔣、閻、馮中原大戰。在蔣馮之戰開始時，《華北日報》不能貫徹中宣部「聲討馮系軍閥禍國殃民之罪」。直到從 3 月 1 日才投入擁蔣反閻的宣傳戰。然很快因其報導遭到閻錫山檢扣。從 3 月 1 日至 9 日，報紙共出現 15 處「天窗」，3 月 7 日的要聞版（第二版）上半版全部被檢扣，出現了半張的大空白。該報改以曲筆傳達南京方面的聲音。[3]3 月 18 日該報被閻錫山查封，並連帶查封了國民黨中央在平津的所有黨報。中原大戰結束後，《華北日報》於 10 月 10 日復刊，並給予原有經費預算。復刊後的《華北日報》，重彈「反共」、「訓政」老調，在宣傳國民黨中央的政策、路線方面，態度趨於保守。1931 年 3 月，中宣部因金價上漲函請自 5 月起增加經常費每月 1000 元直至金價低落後停止，[4]結果又是「調查後再議」。[5]1931 年 3 月 8 日，國家主義青年派 50 餘人衝擊華北日報社，致使該社停刊一日，職工重傷 4 人。[6]中宣部於同年 4 月核發該報損失費 1181 元。[7]1932 年 6 月，國民黨中央宣傳委員會把《華北日報》社委員制改為專任社長制並委派沈尹默為社長。[8]1934 年 5 月 31 日，該報在國內頭條要聞版以「東北通車通郵案由汪全權處理」大標題報導敏感的東北通車通郵事，6 月 3 日被國民黨中宣部勒令停刊，社長劉真如被逮捕解往南京訊辦，總編輯陳國廉自行到京請罪。7 月 1 日東北通車通郵，《華北日報》

1　中國第二歷史檔案館編：《中國國民黨中央執行委員會常務委員會議錄》（第九冊），廣西師範大學出版社，1999 年版，第 310 頁。

2　《華北日報未改組》，天津《益世報》9 月 4 日第 1 張 3 版。

3　見蔡銘澤：《中國國民黨黨報歷史研究》，花木蘭文化出版社，2013 年版，第 53 頁。

4　中國第二歷史檔案館編：《中國國民黨中央執行委員會常務委員會議錄》（第十四冊），廣西師範大學出版社，1999 年版，第 409～410 頁。

5　中國第二歷史檔案館編：《中國國民黨中央執行委員會常務委員會議錄》（第十五冊），廣西師範大學出版社，1999 年版，第 250 頁。

6　《北平〈華北日報〉為國家主義派青年衝擊而停刊》，蔡翔、孔一龍主編：《二十世紀中國通鑒》，改革出版社，1994 年版，第 167 頁。

7　中國第二歷史檔案館編：《中國國民黨中央執行委員會常務委員會議錄》（第十五冊），廣西師範大學出版社，1999 年版，第 14～15 頁。

8　中國第二歷史檔案館編：《中國國民黨中央執行委員會常務委員會議錄》（第十七冊），廣西師範大學出版社，1999 年版，第 170 頁。

奉令於 7 月 3 日復刊。[1]冀察政務委員會成立後，該報處境極爲艱難。盧溝橋事變發生后倉促停刊，報社主持人赴西安參加《西京日報》工作。作爲國民黨中宣部直屬黨報的《華北日報》至此畫上歷史句號。北平淪陷後，《華北日報》資產被敵僞劫收改出《武德報》，不久又和合併其他各報改出《華北新報》。

　　爲加強國民黨中央在華中地區的輿論存在，在國民黨中央漢口特別市黨部接受和改組《中央日報》基礎上，國民黨中宣部派遣武漢中央直轄黨報專員、前武漢《中央日報》負責人曾集熙負責籌集創辦的《武漢日報》於 1929 年 6 月 10 日創刊。社址在原《國民新報》原址，即現江漢路 192 號，[2]後遷江漢路 468 號。中宣部核准開辦費 2000 元，經常費 8997 元，國民黨中央每月撥款 5000 元。[3]報頭由時任民國南京政府立法院院長胡漢民題寫，社長由中宣部部長兼任，總編輯蕭若虛。籌集人曾集熙、張廷休、蕭若虛及劉蘆隱（中宣部副部長），均爲胡漢民一派。胡漢民被軟禁後，劉蘆隱下臺，曾集熙、張廷休、蕭若虛相繼離開《武漢日報》。國民黨中宣部副部長方治指派中宣部新聞科科長崔唯吾遙領《武漢日報》社長一職，實際由總編輯胡伯玄代理。[4]創辦初期，設備簡陋，人員很少，發行量僅有 2000 份左右。胡伯玄恪盡職守，長於報業經營與管理。他效法《大公報》改革報紙版面，頭號新聞用超號醒目標題，稿件力求精練、迅速、準確；增聘全國各大報駐各大城市特派員兼本報特約記者，開闢「星期評論」欄，約請武漢大學教授王星拱、周鯁生、

1　孫百里：《〈華北日報〉停刊內幕》，中國人民政治協商會議北京市委員會文史資料委員會編：《文史資料選編》第 13 輯，北京出版社，1982 年版，第 102〜103 頁。

2　徐叔明《〈武漢日報〉概述》稱《武漢日報》社址是原《漢口民國日報》社址。方鳴《國民黨華中喉舌──〈武漢日報〉》稱，社址是 1912 年創辦的《國民新報》原址，即現江漢路 192 號（泰寧街口）。《國民新報》由北洋軍閥王占元督鄂時的財政廳長李華堂精英，李於 1925 年興建了當時漢口華界內唯一的一座新聞大廈──《國民新報》大廈。1926 年 10 月，北伐軍光復武漢後，《國民新報》停刊，此後在這座大廈辦過《民國日報》、《湖北日報》、《中山日報》等報紙。

3　中國第二歷史檔案館編：《中國國民黨中央執行委員會常務委員會議錄》（第八冊），廣西師範大學出版社，1999 年版，第 472〜473 頁。

4　徐叔明：《〈武漢日報〉概述》，《湖北文史集萃》，湖北人民出版社，1999 年版，第 53 頁。一說。1930 年國民黨改組《武漢日報》，由胡伯玄爲社長、王亞明爲總經理，王亞明是經同鄉何應欽與谷正倫、谷正綱、谷正鼎推薦，當了《武漢日報》總經理。見方鳴：《國民黨華中喉舌──〈武漢日報〉》，另一說法是，《武漢日報》在創刊以後很長一段時間你一直沒有社長，由國民黨中央宣傳部直接控制，由總編輯胡伯玄、宋漱石負責。直到 1935 年大局已經穩定，中央宣傳部才正式任命中央通訊社武漢分社社長王亞明任該社社長。見蔡銘澤：《中國國民黨黨報歷史研究》，花木蘭文化出版社，2013 年版，第 54 頁。

皮宗石、陳西瀅等撰寫專輪，因不合國民黨黨報的「體裁」不久停刊。效法上海《新聞報》，注重社會新聞、廣告，約請張恨水撰寫長篇連載小說《屠沽列傳》。此外用分期付款方式購買國產捲筒機、各種字體、銅模，解決報紙印刷設備問題。[1] 胡氏改革後，《武漢日報》日出對開 3 大張 12 版，其中新聞和副刊 8 版，其餘為廣告。1933 年 6 月增出晚刊，因內容貧乏銷售不暢於 1934 年 4 月停刊。1934 年創刊 5 週年之際又增出 4 開一張的《星期畫刊》用銅版套色精印，隨報附送。[2] 發行量迅速上升，由 7000 份上升到 23000 份，在華中地位居於首位，[3] 發行點遠至南京、上海、北平、天津。[4] 奠定了《武漢日報》在華中地區的地位，成為國民黨中宣部直轄黨報的「四大金剛」之一。[5] 1949 年武漢解放時後停刊。

　　除《華北日報》、《武漢日報》外，國民黨中央宣傳部在各地創辦的直轄黨報還有天津《民國日報》、西安《西京日報》、北平英文《北平導報》、濟南《民國日報》、福州《福建日報》等。扼要簡述如下。[6]

　　《天津民國日報》。原為 1928 年 6 月 1 日創刊於北平的河北省黨部機關報《河北民國日報》，1929 年秋因故停刊。國民黨中央以北平已有直屬中央黨報，且天津地處要津，遂令《河北民國日報》所有器材移設天津，改稱《天津民國日報》，魯蕩平負責。1930 年 3 月，中原大戰期間被閻錫山封閉，1930 年 11 月 1 日復刊。1933 年 5 月《塘沽協定》簽訂後，報紙受日本壓迫停刊，部分設備遷西安，另創《西京日報》，部分設備留津。「七七」事變後，該報被敵偽接受，併入偽天津《華北新報》。抗戰勝利後，該報奉令於 1945 年 9 月 6 日復刊。

1　徐叔明：《〈武漢日報〉概述》，《湖北文史集萃》，湖北人民出版社，1999 年版，第 53 頁。
2　武漢市地方志編纂委員會主編：《武漢市志·新聞志》，武漢大學出版社，1991 年版，第 60～61 頁。
3　徐叔明：《〈武漢日報〉概述》，《湖北文史集萃》，湖北人民出版社，1999 年版，第 55 頁。
4　方漢奇主編：《中國新聞事業通史》（第二卷），中國人民大學出版社，1996 年版，第 359 頁。
5　當時，國民黨中央宣傳部直轄四大黨報是南京《中央日報》、北平《華北日報》、廣州《中山日報》、漢口《武漢日報》。唐惠虎，朱英主編的《武漢近代新聞史》（下）稱，上述四大報為「四大金剛」。見唐惠虎，朱英主編的《武漢近代新聞史》（下），武漢出版社，2012 年版，第 380 頁。
6　以下各報簡介主要參考蔡銘澤：《中國國民黨黨報歷史研究（1927～1949）》，花木蘭文化出版社，2013 年版，第 54～55 頁。徐詠平：《中國國民黨中央直屬黨報發展史略》，李瞻：《中國新聞史》，臺灣學生書局，1979 年版，第 315～340 頁。

　　《西京日報》。1933 年 3 月 10 日創刊，目的是配合國民黨開發西北計劃。社址在西安市五味街，社長郭英夫，主筆趙建新。報紙日出 2 大張半，共 10 版，附出副刊 10 種，兼辦《中央日報》西京分社業務，最高發行達 12500 份。西安事變期間被張學良、楊虎城派兵接收，改名《解放日報》繼續出版。西安事變結束後國民黨中央軍進駐西安，《西京日報》1937 年 3 月 1 日恢復出版。《中央日報》西京分社業務與該社正式分立。1939 年，因南鄭處於抗戰關中前線，爲配合抗建宣傳，該報在南鄭創辦漢中版，1946 年初停刊。

　　英文《北平導報》（The Peking Leader）。唯一直屬國民黨中央宣傳部的外文報紙。該報原由美國人柯樂文註冊的《北京導報》。1929 年國民黨中央宣傳部購買後於 1930 年 1 月 10 日改名《北平導報》。社址在北平梁家園，刁作謙[1]、張明煒負責。中原大戰期間被閻錫山查封，戰後復刊。1932 年 2 月，因發表《高麗獨立黨宣言》聲援朝鮮人民抗日鬥爭，其中有涉及天皇詞句，被日本大使館以「煽動革命、侮辱天皇」爲由向北平綏靖公署施壓，要求「報紙永久停刊」，懲罰刁作謙，綏署主任（張學良）公開道歉。張學良無奈之下予以查封。同年夏，因顧維鈞陪李頓調查團抵平勾連數日，不可無英文日報，中宣部指示將報紙更名爲《北平時事日報》於 6 月 7 日恢復出版，仍由刁作謙實際主持，並請在華辦報 30 多年的英人舍爾頓・李治（W.SheldonRidge）負責。冀察政務委員會成立後，該報呈請中央與李治簽訂假合同，由李治代爲經營，其「言論方針，仍遵照中央指示」。北平淪陷後，該報堅持出版 3 個月被日軍劫收，仍以英文《北平時事日報》出版。太平洋戰起，李治被捕並死於獄中，抗戰勝利後國民黨中央曾明令褒揚。抗戰勝利後於 1945 年 10 月 1 日復刊，增至每日三大張，附出《時事週報》。1948 年 6 月增出天津版，平津解放後於 1948 年底與天津版一起停刊。

　　山東《民國日報》。1928 年 6 月創版，日出 3 大張 13 版，日發行 8000 份左右，爲國民黨中宣部在華北地區創設較早的一家直屬黨報。社址在濟南城內東華街 9 號，李江秋、黃星炎負責。

1　刁作謙（1880～？）字成章。廣東興寧人。加拿大聖約翰大學畢業，後留學英國，獲劍橋大學法學博士學位，清末曾任翰林院編修，外務部行走。民國建立後，一直從事外交工作。國民政府建立後，先後任外交部條約委員會顧問、國聯調查團中國代表辦事處參議、《北平導報》總經理、《時事日報》指導員、駐新加坡總領事、外交部駐兩廣特派員等職。

《福建民報》。1828 年 11 月創辦，初由國民黨福建省黨部主持的《福建民報》，社址在福州市虎節路 22 號。數易報名，曰《福建新報》、《新福建報》、《福建民國日報》後，於 1934 年 3 月復改稱《福建民報》，採社長制，並直屬國民黨中央，由中央通訊社總幹事和中央宣傳委員會特約編輯劉正華任社長。報紙日出 2 大張，附出 11 種副刊，最高發行量爲 6000 份。七七事變後，該報增出晚刊及新聞半月刊，1938 年 7 月遷永安，於福州出分版。福州淪陷後停刊，9 月福州收復後分版復刊。1941 年 4 月改名《福建中央日報》，廈門解放後，該報於 1949 年 10 月 16 日停刊。

此外，國民黨中央直轄黨報還有廣州《民國日報》、廣州《中山日報》及上海《民國日報》、《東方日報》等，但山東《民國日報》、上海《民國日報》、《東方日報》是否爲中央直轄黨報，學界有爭議。[1]

（二）上海《民國日報》等傳統黨報的改屬

國共合作期間，國民黨得到中國共產黨幫助在全國創辦了許多黨報。這些黨報分屬於國民黨內不同派系，或名義爲國民黨黨報，實際由國民黨黨員、中國共產黨及其他敵視南京中央的派系、團體或個人所有，由南京國民黨中央直接掌控的黨報數量相對較少。民國南京政府成立後，爲佔領輿論宣傳陣地，實現輿論統一，國民黨中央加緊了對異己黨報的改組，使之歸爲己有，成爲國民黨當局宣傳系統的重要組成部分。國民黨中央對異己黨報的改組，一般採取奪取報社印刷機器設備、房產，在其原址或遷址改名出版；或改組或重新組建編輯部，以原報名繼續出版；或原有黨報負責人宣稱歸順國民黨中央，經國民黨認同後，允許其繼續出版三種模式。

上海《民國日報》是國民黨在上海的重要輿論陣地，是國民黨黨報史上繼《民立報》後影響較大的一家黨報。1916 年 1 月 22 日創刊，中華革命黨黨務部長陳英士負責創辦，葉楚傖、邵力子實際負責，社址在上海法租界天主堂街 59 號。[2]創刊之初，當時以「反袁」爲主要目標。1919 年 6 月 16 日，副刊《覺悟》創刊，邵力子主編，陳望道助編，刊登馬克思、羅素、杜威等著述，宣傳新文化運動，批判無政府主義，成爲新文化運動中的「四大副刊」

---

1 方漢奇等主編的《中國新聞事業通史》（第二卷）把山東《民國日報》歸到一般地方黨報。蔡銘澤、王凌霄認爲它是直屬黨報。王凌霄認爲《東方日報》也是直屬黨報，蔡銘澤將其歸於地方黨報。上海《民國日報》是否直屬中央待考。

2 1926 年 12 月，曾暫遷愛多亞路 151 號，1928 年 1 月，設置遷至山東路 202 號，直到停刊。

之一。1924 年 1 月，國民黨第一次全國代表大會後成爲國民黨機關報，國共合作期間，爲宣傳大革命運動做出貢獻。孫中山去世後，該報爲「西山會議」派把持並成爲其喉舌，國民黨中央執行委員會斷絕《民國日報》的經費補貼後，於 1926 年 10 月 26 停刊。隨著北伐軍勝利進軍長江中下游，國民黨迫切需要恢復上海輿論陣地，停刊僅 20 天的《民國日報》11 月 7 日復刊。復刊後的《民國日報》成爲葉楚傖實際控制的國民黨中央喉舌。當時上海在孫傳芳控制下，該報不爲孫傳芳所容被迫於 1927 年 1 月 10 日停刊。同年 3 月 21 日國民革命軍進抵上海，《民國日報》3 月 22 日復刊，《本報復活宣言》稱本報「本先總理革命之精神，闡發三民主義，……爲三民主義之宣傳，做全國民意之代表」，[1]成爲國民黨上海特別市黨部和國民革命軍東路軍指揮部在上海的唯一機關報，東路軍給予經費補助並派員檢查稿件。民國南京政府成立後，葉楚傖到國民黨中央宣傳部任職，《民國日報》被迫認爲正式黨報直屬國民黨中央宣傳部。[2]《民國日報》由葉楚傖、管際安、嚴慎予、陳德徵、吳子琴等組成的報務委員會領導。葉楚傖遙領，編輯業務由陳、嚴負責，經理由管、吳負責，實由陳德徵主持。陳爲國民黨上海市黨部常委、宣傳部長，兼任上海市教育局局長，掌控上海市文教大權，紅極一時。這一時期《民國日報》的言論傾向都與陳德徵有關。1930 年秋，陳德徵因故被貶離開《民國日報》，[3]政治生命隨之結束。嚴慎予成爲《民國日報》主要負責人。

　　《民國日報》政治宣傳基本遵從國民黨中央宣傳指令，進行擁蔣反共、反對改組派、反對馮、閻、桂系的宣傳。1929 年初《新聞報》股權風波中撻伐史量才，阻止其購買《新聞報》股權。有時也刊載有違國民黨中央的言論，如 1931 年 5 月 4 日借鄧澤如、林森、蕭佛成、古應芬等人的《鄧林蕭古卅電》，批評蔣介石「猜忌爲心，險恨成性」、「違法叛黨，劣跡昭著」，列舉蔣六大罪狀。[4]對外報導方面，該報表現出比國民黨其他黨報更爲激進的民族主義色彩。濟南慘案中強烈譴責日本暴行，組織抵制日貨運動，開展反日民意測驗；中東路事件中聲討俄國武裝侵犯東北，並做反俄民意測驗。1930 年持續關注上海大光明電影院放映辱華影片《不怕死》及遭租界巡捕拘留的當場抗議者戲

1　《本報復活宣言》，上海《民國日報》，1927 年 3 月 22 日，第 1 張第 2 版。

2　對於上海《民國日報》是否屬於國民黨中央直屬黨報，有爭議。

3　據說，陳德徵搞了一次「選舉中國偉人」的「民意測驗」，結果陳德徵爲第一名，蔣中正第二名，由此惹怒蔣介石，被蔣藉故關押在南京，後經吳敬恒保釋，被貶爲永久不得重用。

4　《中央監委會，覆鄧林蕭古四委員》，上海《民國日報》，1931 年 5 月 4 日第 1 張 3 版。

劇家洪深。「九一八」事變後，以「武力禦暴」、「不抵抗乃自殺」爲宣傳主旨，其愛國激情超過南京《中央日報》，由是被日本記恨在心，指爲「筆鋒時走於排日」。1932 年 1 月，「一二八」事變前夕，日本海軍陸戰隊藉口該報刊登《韓人刺日皇未中》一文觸犯天皇，及該報對日本浪人焚燒三友實業工廠、搗毀北四川路商店、毆傷華捕事件的詳細報導，強迫國民黨查封該報。在戰爭威脅下《民國日報》1 月 26 日接受上海公共租界工部局通告，於 27 日自行停刊。5 年間，《民國日報》努力適合上海新聞界的競爭生態，業務不斷改進，由日出 1 張增至 3 大張，乃至 4 大張，增出星期評論、農工商週刊、文藝週刊、青年婦女、科學週刊、教育週刊、衛生週刊、電影週刊等 8 種週刊，成爲上海五大報紙之一。《民國日報》停刊後不久改名《民報》繼續出版。上海淪陷後，《民報》拒絕敵僞新聞檢查於 1937 年 12 月 9 日自動停刊。抗戰勝利後，於 1945 年 10 月 6 日以原名復刊，接 1932 年 1 月《民國日報》發行號數，續出第 5666 號。1947 年 1 月 31 日終刊。

二、國民黨地方黨報體系的建立與發展

（一）國民黨地方黨報體系形成

國民黨地方黨報的大規模建設始於 1928 年 6 月頒布的「設置」、「指導」、「補助」黨報的三個條例。[1]規定「爲發揚本黨主義使民眾瞭解政策政綱及領導輿論起見，中央及各級宣傳部得設置日報雜誌或酌量津貼本黨黨員所主辦之日報雜誌」（《設置黨部條例》第一條）。按照條例要求，各省、特別市、縣、區及海外各級黨部在原有地方報刊基礎上著手構建省、市、縣級黨報系統。「到1935 年底，一個遍布東西南北的國民黨地方黨報網絡已經基本建立起來。」[2]

國民黨的地方黨報在 20 世紀 30 年代中期建設完成。大致分爲三個時期：1928 年前爲第一時期，這一時期的黨報主要是在孫中山領導下，爲捍衛辛亥革命成果創辦的一批地方黨報，國共合作期間得到中國共產黨的協助。國共分裂後，這批黨報大部分被查封，約不到 20 家經改造後保留。比較重要的有廣東《國民日報》、《嶺東民國日報》、江西《民國日報》等。1928 年 6 月到 1930 年爲第二時期。1928 年 6 月，國民黨中常會頒布了設置、指導補助黨報的三個條例，形成國民黨各級黨部興建黨報的第一個高潮。江蘇、浙江、湖北、廣東、湖南

---

1 劉繼忠：《新聞與訓政：國統區新聞事業研究（1927～1937）》（上），花木蘭文化出版社，2014 年版，第 168 頁。
2 蔡銘澤：《中國國民黨黨報研究（1927～1949）》，團結出版社，1998 年版，第 77 頁。

等華南、華東各省迅速建立一大批省、市、縣級黨報。從 1930 年到 1935 年前後為國民黨地方黨報體系成型期。這一時期，黨報不僅在東部沿海城市快速發展，中西部、東南部偏遠縣城也有了黨報。河南 21 家、河北 36 家、山東 57 家、甘肅 15 家和晉陝綏察等省的地方黨部，及湘西、贛南閩西、浙西南和蘇北地區的縣級黨報都是在這一時期建立起來。主要原因是中原大戰後國民黨各派系的鬥爭趨於緩和，經濟有較大發展，出現了比較穩定的社會環境；中央通訊社和中央廣播電臺業務的拓展，為地方黨報源源不斷地提供了消息來源；各級黨部在國內的迅速拓展也為地方黨報的紛紛創建提供了組織基礎。

（二）國民黨地方黨報體系的基本特點

國民黨地方黨報，由國民黨各級黨部或本黨黨員主持或主辦，亦接受各級黨部或地方政府的津貼和管制，本時期形成了以下主要特徵。

1、種數雖占全國 1468 家報刊的 40.8%，期發行量卻僅占全國 551 萬份的 21.1%，為 116.3 萬份，如加上國民黨津貼地方黨部及黨政部門公費訂閱等因素，地方黨報的期發行量很不樂觀，可見國民黨黨報不能「領導全國輿論」。另據統計，1937 年的國民黨黨報約有 23 萬銷路，約占全國報紙銷量 6.6%，[1]此時《中央日報》發行量為 3.2 萬份，已遍及全國，但 1／3 的訂戶是政府單位。[2]

2、地區經濟發達程度決定各地區黨報分布數量，明顯「東重西輕」現象。江蘇最多為 103 家，江蘇、湖南、山東、浙江、江西、廣東、湖北、福建、安徽及南京、上海兩市的黨報總數達 475 家。幾乎占國民黨全國黨報的 80%。西部的雲南、廣西、察哈爾、綏遠、青海、山西、寧夏、貴州的黨報都在 10 家以下，新疆最少，國民黨尚未創建黨報。但也有例外，西部的甘肅黨報有 15 家（有待核實），東部的上海有 6 家、北平有 4 家。上海為全國報業中心，創辦新報成本高，競爭壓力大；1936 年的北平已處在日偽的威脅下，黨報少是由現實的政治壓力決定的。

---

1 伍爾崗、穆爾（Wolfgang Mohr）著，韋正光譯：《現代中國報業史》，（影印本，中央圖書館藏），51～52 頁。轉王凌霄，《中國國民黨新聞政策之研究（1928～1945）》，中國國民黨中央委員會黨史委員會出版，1996 年 3 月 29 日初版，第 94 頁。

2 根據民國 26 年出版的英文年鑒，The Council of International Affairs, ed. The Chinese Year Book, 1937 Issue（Shanghai：The Commercial Press Limited, 1937）1098～1099。轉王凌霄，《中國國民黨新聞政策之研究（1928～1945）》，中國國民黨中央委員會黨史委員會出版，1996 年 3 月 29 日初版，第 94 頁。

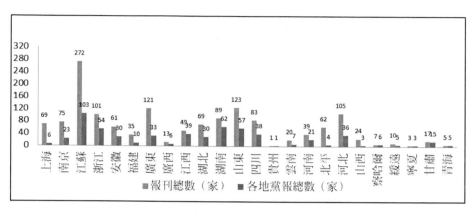

圖 2-2　全國報刊和國民黨地方黨報的地區分布數量圖（1936 年 6 月止）[1]

　　圖 2-2 可見，國民黨地方黨報的地區數量走勢和全國報刊的地區數量走勢基本吻合，符合新聞媒介發展由政治、經濟、文化狀況決定的基本規律。

　　3、層級結構清晰，性質相當複雜。按照國民黨中宣部的規定，國民黨黨報體系是層級式的結構，即中央、省、市、區各級黨部管轄的黨報結構，眞正實行的只有蘇、浙、粵三省，其他省份要麼只有省黨報和縣黨報，要麼只有省黨報而無區黨報。性質上，國民黨中宣部把黨報分爲「黨報」、「本黨報」、「準黨報」三種。實際是「本黨報」、「準黨報」及民營報紙界限相當模糊，被定爲「準黨報」的陳銘德南京《新民報》就成了民營報紙。從圖 2-3 看，「黨報」數量遠高於「本黨報」和「準黨報」，表明國民黨各級黨部是創建、主持地方黨報的主力。

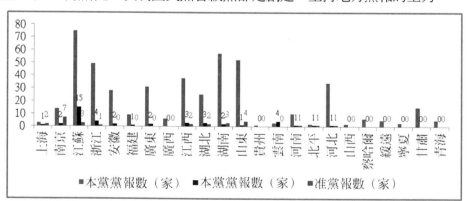

圖 2-3　國民黨各地區「黨報」、「本黨報」、「準黨報」的數量分布圖[2]

1　劉繼忠：《新聞與訓政：國統區新聞事業研究（1927～1937）》（上），花木蘭文化出版社，2014 年版，第 170 頁。
2　劉繼忠：《新聞與訓政：國統區新聞事業研究（1927～1937）》（上），花木蘭文化出版社，2014 年版，第 171 頁。

4、黨報「名稱」不統一，因地而異。市級黨報常常以某某「民國日報」命名，一時「民國日報」泛濫。1930 年左右，國民黨爲減少黨報的工具色彩，以「取其口吻似出自社會輿論，其收效當較宏大也」的理由出臺「各地黨部應切實整頓並避用民國日報名稱案」，自此「民國日報」的稱謂有所減少。湖南、湖北、安徽等省改用「中山日報」等名，至於區、縣黨報更是名目繁多，以「民國日報」名者有之，以「民報」名者有之，以、「XX 黨聲」、「XX 黨訊」、「XX 週報」命名者亦有之。[1]

5、地方黨報的報格隨主政當地的派系利益搖擺。按照國民黨「訓政」理念，地方黨報本應是灌輸主義、宣傳政綱政策，訓導市、縣、區的人民行使「四權」的教化主力，但地方黨報一般均是地方派系的喉舌。當南京中央與地方派系衝突時，地方黨報往往首先成爲犧牲品，面臨被停郵、查禁乃至改組、停刊、查禁的命運。如改組派、「再造派」、「第三黨」等派系報紙對蔣介石集團的攻擊，鼓吹法西斯主義的報刊對蔣介石的鼓吹及被查封，均是顯著例證。

第三節　國民黨內反蔣派和地方實力派新聞報業

民國南京政府前期，掌握實權的蔣介石在黨內有汪精衛、胡漢民、孫科等文人反對派，地方有李宗仁、白崇禧、馮玉祥、閻錫山等軍人反對派。中原大戰後，地方實力派被大大削弱，武力反蔣空間被壓縮，新聞媒介就成爲反蔣的重要工具。反蔣派在其勢力範圍內利用國民黨新聞管理體制的漏洞，建立自己的新聞報業，掀起了陣陣反蔣輿論。總體來看，反蔣派新聞報業受到了國民黨中央的嚴厲管制，發展相當曲折。

一、國民黨內反蔣派的新聞報業

（一）汪精衛與改組派新聞報業[2]

改組派是民國南京政府初期在國民黨內有相當影響力和廣泛群眾基礎的

1　蔡銘澤：《論中國國民黨地方黨報的建立和發展》，《廣州師院學報》（社會科學版），1995 年版。

2　此節參照曹必宏：《國民黨改組派出版宣傳活動述略》，《檔案史料與研究》1993 年版，田守業博士論文《國民黨改組派研究》（中國社會科學院研究生院博士學位論文，2001 年）第二章「改組派的理論與政綱」。

政治派別。在國民黨右派「清黨反共」後，部分國民黨人尤其是「少壯派」對國民黨陷入失望、無出路的「思想苦悶」。汪精衛等國民黨原「左派」、粵方委員[1]在 1928 年 2 月國民黨二屆四中全會上失勢後產生反蔣情緒。陳公博、顧孟餘在上海創辦《革命評論》和《前進》刊物，鼓吹恢復 1924 年國民黨改組精神，並於 1928 年冬在上海秘密成立「中國國民黨改組同志會」，主要成員是汪派國民黨中央委員，實際負責是王法勤、顧孟餘、陳公博、王樂平、潘雲超等。[2]組織系統與國民黨黨章規定一致，分中央與地方兩級，設總部（在上海）、各省市級海外支部、支部下設分部、小組。通過國民黨組織系統以秘密渠道發展地方組織，南京、上海、北平、天津、哈爾濱、江蘇、浙江、江西、廣東、市場、湖南、湖北、河南、山東、河北、山西、綏遠、遼寧、安徽及香港、法國均建有支部，「極盛時期全國有一萬多會員」。[3]

　　報刊是改組派進行理論宣傳、攻擊政敵、凝聚反蔣力量的輿論工具。國民黨二屆四中全會後，汪精衛被排擠出局後出國遊法，秉持「合則留，不合則打，打不過才去（歐美）」的陳公博決意擇定上海為鬥爭場所，以「看看蔣先生有沒有誠意」實現汪蔣合作的心態[4]，撰寫了《國民革命的危機和我們的錯誤》長文，1928 年 3 月連續發表上海《貢獻》旬刊上，[5]文章以「肅清共產理論」使「革命復興」的理由「檢討」國民革命失敗及國民黨所犯「錯誤」。文中指出「黨內除充滿了地方主義和個人主義外，找不到三民主義、黨綱、政策，中國國民黨今日只有一條出路，就是黨的改組」，鼓動國民黨人「打從民國十三年重新幹起」。此文被「一般國民黨的少壯派」視為「國民革命以來

1　粵方委員，也稱在粵委員。這是一個帶有地域性的特定政治名詞，簡單地說是汪派的骨幹，主要有屬粵籍的陳公博、何香凝、陳樹人等，也有不是粵籍的顧孟餘（今屬北京人）、王樂平（山東）、王發勤（河北）、宋霽青（遼寧）、白雲梯（熱河生）、甘乃光（廣西）等。參見田守業：《國民黨改組派研究》，中國社會科學院研究生院博士學位論文，2001 年版，第 8 頁。

2　據考證，暫以粵方委員（汪派中的二屆中委）組成領導機構，主要有王法勤、陳公博、顧孟餘、王樂平、朱霽青、潘雲超、白雲梯、郭春濤 8 人，何香凝、經亨頤、柏文蔚、甘乃光等對之同情但皆為加入。田守業：《國民黨改組派研究》，中國社會科學院研究生院博士學位論文，2001 年版，第 29 頁。

3　何漢文：《改組派回憶錄》，《文史資料選輯》第 17 輯，1989 年版，第 173 頁。

4　陳公博：《哭笑錄》，東方出版社，1939 年版，第 121～122 頁。

5　上海《貢獻》旬刊是孫伏園主編的文藝性刊物，該文於 1928 年 3 月 15 日、25 日、4 月 5 日、15 日，分四次連載刊登在《貢獻》旬刊第 2 卷 2 至 5 期。1928 年 5 月，《國民革命的危機和我們的錯誤》一文結成小冊子刊行。

第一次的總檢討」。[1]加之 1927 年 10 月陳公博所寫小冊子《國民黨所代表的是什麼？》取得「京滬和各省都震動了」的社會反響，陳公博在「一班革命黨員要求的聲浪」[2]中決定創辦刊物。刊物經費由粵方委員以「汪蔣合作」名義請求時任財政部長補助，後因陳公博、顧孟餘在署名問題上產生分歧，決議分開創辦，由陳辦《革命評論》週刊，所有文章都署名，顧孟餘辦《前進》半月刊（第 4 期改為月刊），署名與否聽其自便。[3]決定之後，陳公博找宋交涉，結果宋答應每月「補助」3500 元，其中 2000 元辦《革命評論》，1500 元辦《前進》。此為改組派兩大刊物的由來。

　　《革命評論》週刊於 1928 年 5 月 7 日創刊，負責人陳公博。社址在上海環龍路花園別墅 28 號，「革命評論社」編輯兼發行，總發行處是上海復旦書店（並代收信件，報款），各大書坊代售，每冊售價 1 角，批發 5 分。刊物 16 開，除第 2 期外，多為 50 多頁（版），最後 1 期 69 版（廣告版除外）。刊物 16 開，封面印有國民黨青天白日黨徽，開始只有論文、讀者呼聲等欄，後陸續增設《討論》、《通知》、《讀者論壇》、《通訊》、《來函》、《專載》等欄，[4]同年 9 月 2 日出完 18 期後停刊。撰稿多為陳公博在上海創辦大陸大學的教員如施存統、許德衍、馬瀋、劉侃元、蕭淑寧、黃惠平等。

　　《革命評論》以改組國民黨為宗旨先後刊發了 100 多篇論文，[5]涉及到國民黨改組理論、中國革命理論、階級理論、黨派立場，民眾運動、青年運動、第三黨、軍閥割據、濟南慘案、共產黨、國民政府政治、經濟與社會建設等

---

1 陳公博：《苦笑錄》，東方出版社，1939 年版，第 122 頁。陳公博：《寒風集》，漢京文化出版，1980 年，甲 271 頁。

2 陳公博：《寒風集》，漢京文化出版，1980 年，甲 272 頁；陳公博：《苦笑錄》，現代史料編刊社，1981 年版，第 123 頁。

3 《苦笑錄》，現代史料編刊社，1981 年版，第 123 頁；《寒風集》，漢京文化出版，1980 年版，第 272 頁。從出版後的情況看，《革命評論》本社的撰稿人用真名或簡稱（如陳公博、存統等），讀者來稿則多用化名（如 CC、WWW 等）；《前進》主要為化名（筆名），如顧孟餘本人就用公孫愈之，公孫、愈之、記者等，但偶而也用真名，如顧孟餘、汪精衛等。見田守業：《國民黨改組派研究》，中國社會科學院研究生院博士學位論文，2001 年版，第 37 頁。

4 據田守業考證，該刊自第 2 期起刊登書刊廣告，第 3 期起陸續開設《讀者論壇》（讀者投稿）、《討論》（讀者來信與陳公博答覆）、《讀者呼聲》、《編輯後的短訊》（陳公博等簡單答覆讀者來信）、《通訊》（類似《討論》）欄；第 15、17、18 期設《專載》欄（陳公博與吳稚暉之筆戰）等。

5 曹必宏的統計是 118 篇，田守業統計是 102 篇。田守業：《國民黨改組派研究》，中國社會科學院研究生院博士學位論文，2001 年版，第 42～44 頁。

內容。《革命評論》主張恢復 1924 年國民黨改組精神，使國民黨以農工小資階級爲基礎恢復民眾運動，主張中央集權和黨的團結統一，強調黨的紀律、法統，反對封建主義、帝國主義，共產主義、第三黨，軍閥割據，抨擊胡派、西山會議派（吳稚暉）、張靜江、張繼、李石曾、黃郛等「投機」、「腐化」勢力。[1]可見，《革命評論》試圖在共產黨、蔣介石之間探索一套改良主義道路。同一時期在上海秘密出版的中共機關刊物《布爾什維克》連續刊發《論國民黨改組派》、《國民黨的新理論家——陳公博》等文，揭穿了《革命評論》改良主義的幻想性，指出《革命評論》的實質是妄圖和蔣系共享權力。

《革命評論》「左」的論調在青年學生和部分知識分子產生了一定的影響。該刊出版 2 月後，接到各地來函 200 餘通，國內遠自甘肅，國外遠自澳洲，其中半數發自黃河、長江流域的黨部。[2]截止 8 月 27 日，收到贊同改組主張的信件升至 3252 通，陳公博由此認爲其主張已成普遍要求。[3]發行方面，第 1 期只印 3000 份，應讀者要求又翻印數次，後每期印 15000 冊。《革命評論》成爲當時很出風頭的一種刊物。《字林西報》頭版介紹說成 35000 冊，並云按中國人 5 人看 1 份算，讀者當有 18 萬人左右。[4]路透社將之刊發國外，倫敦《泰晤士報》予以轉載，影響及於國外。[5]

《前進》1928 年 6 月 1 日創刊，16 開，初爲半月刊，第 9 期改爲月刊。負責人顧孟餘，「前進雜誌社」編輯兼發行，通信處爲上海馬浪路新民村 27 號。總發行所上海四馬路泰東圖書局，各地各大書坊代售，每冊零售大洋 1 角，每月出 2 期，1 日、16 日出版。第一期稱《創刊號》，第 3 期起稱第 X 卷第 X 號，前幾期每期 80 版左右，除正篇外設有《附件》、《附錄》、《專件》（專登汪精衛電、函、文章；粵方委員致中央電、文等）、《讀者論壇》、《短評》、《通訊》等欄目。約出 11 期後於 1929 年 1 月停刊。撰稿人主要有顧孟餘、潘雲超、觀復、王樂平、高一涵、覺庵、余思漢等。

與《革命評論》一樣，《前進》亦多是政論性文章，所涉領域與《革命評論》差不多，其立場有同有不同。在反帝、反軍閥割據、反共、反投機腐化

1 田守業：《國民黨改組派研究》，中國社會科學院研究生院博士學位論文，2001 年版，第 42～44 頁。
2 陳公博：《黨的改組原則》，《革命評論》第 10 期，1928 年 7 月 8 日，第 1 頁。
3 陳公博：《黨的改組方法和時期》，《革命評論》第 18 期，1928 年 9 月 2 日，第 1 頁。
4 陳公博：《苦笑錄》，現代史料編刊社，1981 年版，第 124、177 頁。
5 陳公博：《苦笑錄》，現代史料編刊社，1981 年版，第 124 頁。

勢力、主張民眾運動等方面並無根本不同，《革命評論》著重「民生革命」，
主張國民革命及國民黨應以農、工、小資產階級為基礎，《前進》著重「民主
革命」，主張用「小市民」代稱「小資產階級」。《革命評論》認為「黨的力量」
可以調和以至消滅階級鬥爭，《前進》注重用「職業」、「界」替代「階級」。
刊物風格方面，《革命評論》理論性強，對南京當局的批評較為委婉、含蓄，
矛頭未直指蔣介石，言辭激進。《前進》針砭性、戰鬥性強，批評直白、鮮明，
直指南京當局，《前進》對時局明顯不滿，有鮮明的「在野」批評、建議之態，
言辭卻較溫和。二者之間的不同，實質是陳公博、顧孟餘兩人改組國民黨理
念的不同、個人為人處世風格的不同。陳善交際，在青年中的影響、聲望比
顧大些，顧不苟言笑，青年人見之多有敬而遠之感。另據陳回憶，顧「身
弱多病」，講 1 小時要睡一天，「怕麻煩，怕談話，怕見客」。[1] 由是《前進》多
是少數上層失意政客和高級知識分子，銷數比《革命評論》少，影響也小。
另外，《前進》作者匿名，《革命評論》作者實名，《前進》為半月刊、月刊，
《革命評論》為週刊，亦是《革命評論》比《前進》發行量大，影響大的重
要因素。

　　在《革命評論》、《前進》影響下，與其「同聲相求」的刊物不斷出現。
據田守業統計，1928 至 1930 年，海內外出現 62 種改組派報刊。[2] 改組派報刊
活動呈現如下特點。

　　1、改組派報刊的主要活躍期在 1928 年 5 月至 1931 年 1 月，歷時兩年半。
1928 年 5 月《革命評論》創刊到 1928 年冬中國國民黨改組同志會成立，改組
派報刊主要在上海活動，《革命評論》和《前進》是旗幟，起到了發起和醞釀
改組運動的組織作用，還有《奮進週刊》、《檢閱》等，並出現了《青年出路》、
《青年戰士》、《婦女呼聲》、《國民週刊》、《新生命》、《新鋒半月刊》、《現代
中國》、《夾攻》週刊、《幹》旬刊、《疾風》週刊、《黨鋤》、《民眾呼聲》、《三
民半月刊》等十餘種同路刊物。改組同志會內設宣傳機構，由陳公博、顧孟
餘、潘雲超等負責，報刊出版活動非常活躍。此時改組派上層刊物主要有《民

1　陳公博：《苦笑錄》，現代史料編刊社，1981 年版，第 179 頁。
2　田守業的統計來源有司馬仙島：《北伐後之各派思潮》，《中國現代政治史資料彙編》
　　第 2 輯第 42 冊，查建瑜編：《國民黨改組派資料選編》，何漢文：《改組派回憶錄》，
　　武和軒：《我對改組派的一知半解》等。田守業的統計既包含改組派刊物，也包含
　　擁護汪精衛的「同聲相求」刊物。見田守業：《國民黨改組派研究》，中國社會科學
　　院研究生院博士學位論文，2001 年，38～41 頁。

眾先鋒》、《民意》、《民主》週刊等均在上海出版發行。其中《民眾先鋒》自稱繼續《革命評論》，仍以宣傳改組理論爲主，強調「時局的轉換」、「革命」等，有推翻南京政權之意；《民意》主要配合反三全大會鬥爭，登載各地國民黨指委會、黨部的通電等；《民眾先鋒》（1930）主要配合軍事反蔣，以「護黨」爲特徵。上海、北平、天津及海外美、法、日、香港、印尼、菲律賓亦出現改組派報刊。上海主要有《決鬥》、《民眾先鋒》、《民意週刊》、《革命出路》、《民主週刊》、《護黨》週刊、《革命戰線》旬刊、《中央晚報》、《國民日報》等，北平有《青春半月刊》、《海燈》、《新時代月刊》、《大無畏》週刊、《北平民報》、《毀滅》半月刊，南京有《夾攻》等週刊，《中央導報》一度爲改組派掌握。海外計有 15 種報刊，即美國的《國民日報》（三藩市）、《歐美通訊》（三藩市）、《民氣日報》（紐約）、《自由新報》（檀香山），法國巴黎的《國民》雜誌，日本東京的《檢討》、神戶有《改組》，菲律賓的《民號報》，印尼泗水的《僑聲日報》、爪哇的《每日電報》，香港的《南華日報》、《南方日報》、《胡椒三日刊》、《眞報》及南華通訊社。其他各地有《燈塔》週刊、《暖流》半月刊、《光明》週刊、《民主》週刊、《急轉》週刊、《雙十》月刊、《黃埔》週刊、《革命》半月刊、《革命青年》、《我們的出路》、《戰線》、《青年呼聲》、《民眾呼聲》、《黎聲》、《社會改造》、《黨務月報》、《指南針》、《決鬥》等。除報刊外，改組派還編輯發行小冊子、傳單等。如《中國國民黨代表的是甚麼》、《夾攻中的奮鬥》、《物的根據和解釋》、《中國革命與三民主義》、《汪精衛現實以黨治軍之言論》、《新瓊崖》、《中國國民黨改組同志會第一次代表大會宣言及決議案》、《中國國民黨護黨革命大同盟傳單》等。1931 年受中原大戰，改組派失利及南京當局的嚴厲查禁，改組派報刊活動趨於沈寂，1932 年蔣汪合流後，改組派不禁而止，其報刊活動不復存續。[1]

2、改組派報刊反蔣擁汪主題沒有變化，而在宣傳目標、刊物內容卻發生明顯變化。據田守業研究，1928 年改組派成立前後，重在宣傳改組派理論主張、抨擊國民黨腐化分子；國民黨三全大會召開前後，改組派報刊以公開反蔣、推翻民國南京政府、擁汪領導繼續二屆中央法統爲目標，政治理念上以反獨裁、爭民主爲主旨；1929 年 3～5 月間成立「護黨大同盟」後以配合軍事

1　《中國新聞事業通史》將 1933 年 1 月在成都創刊的《社會日報》視爲改組派報刊，該刊集中抨擊蔣介石的對日妥協政策，經濟上接受川軍第二十八軍、二十九軍的津貼，反映了改組派和地方勢力在反蔣這一點上的合作。見方漢奇：《中國新聞事業通史》（第二卷），中國人民大學出版社，1996 年版，第 389 頁。

反蔣為主，不再攻擊「軍閥」，而是聯合所有「革命」軍人共同「護黨」。刊物以擁汪為政治特徵，理論宣傳以汪精衛的理論為主，改組派的理念大為減色或放棄，改組派實際已變為汪派。[1]

3、改組派報刊遭到南京當局的全面查封，存續時間短，命運多舛。改組派報刊揭露蔣介石集團的罪行，必然招致南京當局的查封。《革命評論》反蔣傾向明顯後，蔣介石派宋子文「勸導」陳公博停刊。遭陳拒絕後，蔣介石下令查封，凡承印該刊的印刷館一律封閉，書店不得代售，郵局亦不得郵寄。《革命評論》1928 年 9 月 11 日登報自行停刊。隨後，南京當局大規模查禁改組派報刊。同年 11 月 10 日查禁《暖流》半月刊，11 月 13 日查禁《疾風》週刊和《雙十》月刊。1929 年 1 月 22 日、6 月 4 日、7 月 4、10、11 日、8 月 17 日，11 月 6 日分別下令查禁《護黨》、《革命青年》、《毀滅》、《我們的出路》、《夾攻》、《燈塔》、《戰線》、《民主》、《北平民報》等，國民黨中央執行委員會明確規定，要隨時取締改組派的出版物。[2]其他如上海、北平、新疆、雲南、湖北及海外的改組派報刊亦被嚴加提防和查禁。據國民黨《中央宣傳工作概況》載，1929 年國民政府查禁的改組派刊物達 66 種之多，占當年所有被查禁刊物總數的 24%。[3]嚴厲查禁造成改組派報刊的普遍短命，只有極少數報刊改頭換面繼續出版，如《民心》改名《民主》，《中華晚報》改名《革命晚報》，或者秘密發行、以小冊子、傳單形式發行。

總之，改組派報刊的興起源於汪精衛、陳公博、顧孟餘等政客失意，其衰落在於改組派政治暫時得勢，從側面印證了《大公報》社評《嗚呼領袖欲之罪惡》對汪精衛具有強烈權力欲，寡廉鮮恥的政客形象的刻畫。[4]視報刊為政治工具謀求權力的做法，是民國時期政客報刊的重要表現，這一現象長期存在是民國新聞業職業倫理不能步入正軌的重要因素。

（二）胡漢民與再造派的新聞報業

再造派是蔣介石、汪精衛、胡漢民權力鬥爭分裂出的一個反蔣、反汪、反共的政治派別。該派擁護胡漢民，孫科，成員主要是以孫科為首的少壯派，

---

1 田守業：《國民黨改組派研究》，中國社會科學院研究生院博士學位論文，2001 年，46 頁。
2 中國國民黨中央執行委員會宣傳部印：《改組派之真面目》，1929 年 11 月。
3 《中國國民黨年鑒》，1929 年版，第 789～790 頁。
4 《嗚呼領袖欲之罪惡》，《大公報》1927 年 11 月 4 日社評。

如王崑崙、梁寒操、鍾天心、周一志、諶小岑、程元斟等處於國民黨中層地位，遭蔣、汪排斥的一批文人政客。該派不似改組派有綱領、有組織，影響也小一些。報刊是該派主要的政治活動舞臺。

寧漢合流期間，胡漢民、孫科、伍朝樞等 1928 年 1 月赴歐洲考察以觀望時局之前，授意追隨者在上海創辦報刊作其喉舌。在李濟深的支持下，《民眾日報》、《再造旬刊》及小型印刷所在上海創辦。《民眾日報》由諶小岑、程元斟負責，發行 1 年停刊。《再造旬刊》同年 3 月創刊，先後由鍾天心、梁寒操、周一志負責編輯，出版 30 多期，持續約 1 年半停刊，最高發行量多達一萬份。停刊原因是蔣、汪再次合作，胡漢民入閣做了國民政府立法院長，孫科當選鐵道部部長，一些追隨者亦謀得一官半職，再造派已沒有利用價值。加之 1931年李濟深被蔣軟禁在南京，刊物經費中斷，不得不停刊。

（三）鄧演達與「第三黨」的反蔣報刊

鄧演達（1895～1931），廣東惠陽縣（今惠州市惠陽區）人。早年加入同盟會，畢業於保定陸軍軍官學校，曾任黃埔軍校教育長，北伐開始時任國民革命軍總政治部主任，當選國民黨二屆中央執行委員、國民黨中央政治委員會委員、中央軍事委員會會主席團成員和中央農民部長等職。「四一二」政變後，鄧演達不滿蔣介石的獨裁統治，組建了「中國國民黨臨時行動委員會」，也稱「第三黨」，致力於秘密策劃反蔣活動。報刊是「第三黨」聯繫地方活動分子、輿論反蔣的重要工具。1928 年春，中華革命黨在上海成立時，就決定創辦《燈塔》、《突擊》機關刊物。1930 年 9 月鄧演達由蘇聯回國後，將「中華革命黨」改名為「中國國民黨臨時行動委員會」，發布政治主張》並決議出版《革命行動》（半月刊）《行動日報》等機關刊物和機關報。這次改組，上海報紙因懼於蔣家權勢，不敢刊登消息，只有兩家日文報紙《上海每日新聞》《上海新聞》摘要刊登。[1]

《革命行動》半月刊，1930 年 9 月 1 日創刊，為「第三黨」中央機關刊物，鄧演達為首的編委會主編，宗旨是「喚起全國被壓迫被剝削的平民群眾，在我們的革命綱領下面團結起來，準備向仇敵鬥爭」。該刊刊載大量闡明「第三黨」政治主張、評論時局和反帝反封建反蔣的文章，發行量日增，產生了較大影響。鄧演達親自為該刊撰文，從第一期到第五期，每期都有他一篇作

---

1 王夫玉編：《第三黨歷史》，東南大學出版社，2013 年版，第 86 頁。

爲帶頭的文章，從回國到被捕前的 15 個月，鄧演達起草的文件、宣言及論文計 20 多篇，近 20 萬字。[1]《革命行動》發行第四期被國民黨當局查封，1931年 4 月在上海創辦《革命行動週刊》爲「第三黨」中央機關報。發行量很快由每天 500 份激增至 1 萬份，連國民黨的立法院和監察院都能看到此報。鄧演達被捕後，該報被迫停刊。

《行動日報》由朱蘊山、李世璋主編。自 1932 年起，發行量由幾百份增加至 1 萬多份，除了組織內部發放後，都免費供給各報攤，向社會發售。隨著「第三黨」迅猛發展，活動範圍擴展到 14 個省、市，相繼形成了上海、香港、北平和瀋陽幾大活動中心，1930 年春「第三黨」在福建、四川、江蘇、上海、廣東、香港等發展了 4680 個黨員[2]，同時也秘密組織了黃埔革命同學會。「第三黨」的各個大區都創辦了地方刊物，與「第三黨」中央緊密配合，闡明黨的綱領，鼓動反帝反蔣。「第三黨」四川省委的機關報《成都庸報》就是其代表。該報 1929 年 7 月創辦，社長李守白、經理李俊夫、主筆兼總編輯董人寧，均爲「第三黨」黨員，經費由持反蔣態度的二十八軍江防總司令黃隱資助。《成都日報》日出兩種張，八版。該報在四川軍閥與蔣介石集團的夾縫中做有限的反蔣宣傳，其新聞報導稱民國南京政府爲「蔣記中央」，稱南京派到四川的黨務人員爲「蔣記中央派到四川之皇子皇孫」。中原大戰時，曾與 1930年 5 月 22 日以大字標題《蔣介石末日快要到來了》的整版篇幅予以報導，引起一時轟動，發行量維持在 3000 份以上。[3]在四川軍閥靠攏蔣介石後，「第三黨」在四川的活動地點被查封，該報轉入地下，遂自行解體。

1931 年 8 月 17 日，蔣介石在上海捕獲鄧演達，並在下野前夕的 11 月 29日下令將鄧秘密殺害。鄧演達被害後，黃琪翔出面主持黨務工作，在「第三黨」中發揮著中堅作用。他編印出版了數千冊的《鄧演達遺囑》、並將柳亞子、彭澤民等悼念鄧演達的詩文，編成《鄧演達紀念集》，還創辦了《演化》週刊，繼續傳播鄧演達的思想，重新集結「第三黨」同志參與十九路軍的「一二八」淞滬抗戰，提議、策動了「福建事件」，繼續「第三黨」的反蔣大業。

1　王夫玉編：《第三黨歷史》，東南大學出版社，2013 年版，第 99 頁。

2　王夫玉編：《第三黨歷史》，東南大學出版社，2013 年版，第 63 頁。

3　方漢奇：《中國新聞事業通史》（第二卷），中國人民大學出版社，1996 年版，第 391頁。

二、地方實力派的新聞報業

（一）東北易幟至全面抗戰爆發前的奉系新聞報業

東北易幟前，奉系軍閥已建立起管控東北新聞業的體制。東北易幟結束了奉系軍閥割據東北的歷史，加快了東北新聞業的發展，東北新聞業與京津滬等關內新聞界的交往與聯繫重新恢復。張學良秉持其父張作霖管控東北新聞業的手段，以扶植創辦、津貼資助、斫伐查封、借力打擊等方式加強對東北新聞界的管控，使新聞業為東北發展與完整鼓吹。這一階段，日本垂涎東北、蘇俄、國民黨南京當局、中共地下黨等都在東北創辦或滲透新聞媒體，使東北新聞業內部生態異常複雜。張學良主政東北後著手管控東北宣傳機關。1929 年 1 月東北文化社成立，既是張學良主政東北後成立的第一個文化事業機關，也是張學良管控東北新聞業的重要機關。東北文化社下設顧問部、總務部、事業及情報部，附屬東北年鑑編印處，東北新聞影片社、東北印刷局、東北製版部、東北照相材料公司，各部各司其職，如情報部執掌確定宣傳方針，確定精密檢查中外新聞電報方案，確定管理東北雜誌社及新聞機關方案，確定組織國內外通信方案、組織新聞影片社及日報、雜誌圖書刊物方案、審查出版物及電影片實施細則等，並協助相關機構施行。[1]東北文化社的決策都要得到張學良的批准方能施行。

一是資助創辦大量報刊。為宣達政令，實現「東北新建設」、抵制日本文化侵略建立輿論喉舌。1928 年 7 月起，張學良著手整頓報刊、扶植利己報刊、資助創辦新報刊。《新民晚報》《東北新建設》《精鏜》週刊、《東北工商報》《哈爾濱晨光報》《松江日報》《北洋畫報》等由張學良資助創辦。《新民晚報》1928 年 9 月 20 在瀋陽創刊，是張學良為「刷新東北」而創辦並「每月津貼現洋兩千」[2]，還出面邀請張恨水來瀋陽為《新民晚報》組稿，張恨水特為該報寫了長篇小說《黃金時代》。張學良的一些重要談話、通電、如東北易幟通電等多經該報刊載。《新民晚報》正刊每日 4 開 4 版，附張 4 版設《晚鐘》《小說海》兩個副刊，前者是文化副刊，後者專載長篇小說。創刊號同時刊登 4 篇小說的開頭，其中有張恨水的《春明新史》和《天上人間》。報頭由清末遺老鄭孝胥題寫。社長趙雨時，主編是原張學良秘書王乙之（王益知）。中共地下黨員

1　《服務大綱》，東北文化社年鑑編印處編纂：《東北年鑑》（3），瀋陽，東北文化社年鑑編印出，1931 年版，第 421 頁。

2　遼寧省檔案館藏：《新亞日報社呈請增加津貼》，JC10-23256（007）。

李郁階曾主編該報副刊《晚鐘》，並以「大孩子」筆名發表文藝作品。《新民晚報》是瀋陽第一家晚報，常與《盛京時報》筆戰，揭露日本散佈諸如張學良病故等謠言，「銷路曾達十七萬份，爲各報之冠，頗爲一般讀者所歡迎，每星期一附送《新民畫報》一份」。[1]後因張學良長期離瀋逗留平津，該報失去依託，1931 年 9 月 16 日自行停刊。社長趙雨時被張學良推薦到《東三省民報》任社長。

1928 年，張學良改組奉天商會成立商工聯合會。1920 年創刊的奉天商會機關報《奉天商報》接受資助於 1928 年 9 月 20 日更名爲《東北商工日報》。該報「多刊工商消息及經濟新聞」，經常揭露日本侵略東北的活動，號召工商界發揚愛國主義精神。該報每日對開一大張半，期發兩萬餘份。中共地下黨員蘇子元、李笛曾在該報工作，副刊曾連載中共地下黨員周東郊的長篇紀實小說《站長》。《哈爾濱晨光報》由張學良投資 5000 大洋創辦，爲綜合性日報，1928 年 12 月復刊，以「提倡實業，振興教育，注重倫理道德、發揚國粹，援助外交」爲宗旨。資助出版《東北新建設》，該刊是一本展示東北工業、農業、航空運輸業的普通刊物，以「建設新東北，助成現代化國家，消彌鄰邦野心」爲宗旨。創辦《精鐘》週刊，指令凡連長以下每人皆手一篇，並須於國人觀覽後隨時向各連詳爲解釋，以期盡曉。[2]令東北航空大隊本部創辦《東北航空月刊》（1929 年 1 月出版，僅出 9 期）、《東北航空畫報》（1929 年 3 月 15 日發行，半月刊，僅出 6 期）。1929 年 2 月資助創辦《軍事月刊》《東北交通大學校刊》，4 月扶植創辦《蒙旗旬刊》並親自題寫刊名。此外還指令各機關主辦定期刊物。如東北政委會的《東北政委委員會月刊》、遼寧教育廳的《東北叢善》、東北文化社的《國情週報》、東北海軍編譯局的《四海》、東三省官銀號的《經濟月刊》、黑省財政廳的《黑龍江財政月刊》、東北最高院東北分院的《司法雜誌》、瀋海路局的《瀋海鐵路月刊》、中東路局的《中東路統計月刊》等，以構建奉系的官方報刊網絡。

在北平、天津、西安等關內由奉系控制的城市，張學良也資助創辦報刊。1930 年 12 月 16 日，張學良羅致《晨報》舊有人員創辦了《北平晨報》。1935 年 9 月，張學良被任命爲西北「剿匪」副總司令代總司令，東北軍被調至陝西後，在西安出版了《西北響導》《西京民報》《活路》《東望》等雜誌。《西

1　曾虛白：《中國新聞史》，國立政治大學新聞研究所，1966 年版，第 526 頁。
2　王健：《奉系軍閥與中國新聞業》，花木蘭文化出版社，2014 年版，第 42 頁。

北響導》1936 年 3 月創刊，叢德滋主編。張學良出資創辦的東北軍機關報《西京民報》1936 年 6 月 18 日創刊，發行人趙雨時，總編輯張兆麟，編輯陳翰伯等，副刊編輯魏恩民（魏文伯），經理段競，該報 4 開 4 版，第一版國內新聞，第二版國際新聞，第三版本市新聞，第四版副刊。《西京民報》反映了東北軍官兵反對內戰、收復失地的呼聲，提出抗日復土「不是少數人英雄的事業，而是全國人民的任務，必須把抗日的武力與民眾結成一體」的要求。[1]該報既載中央社消息，也發表抗日救亡文章，還曾秘密為中共印刷《游擊戰爭的戰略戰術》、《工農紅軍北上抗日布告》和紅軍總政治部編的《連隊政治工作》等文件。

二是通過資助報刊、報人為其發聲。新記《大公報》《北洋畫報》《遼寧地方日報》《濱江時報》《哈爾濱晨光報》《東三省公報》《東三省民報》《醒獅報》等先後接受張學良資助或津貼。新記《大公報》的主持人胡政之、張季鸞與張學良交往頗深。1928 年 10 月，張學良借國慶之際為《大公報》題詞，表示對《大公報》的重視。1929 年 5 月，張學良出資邀請戈公振、張竹平、嚴獨鶴、趙君豪等組成的上海報界記者團一行 20 人到東北參觀訪問，為關內大型記者團首次參觀訪問東北。上海報界記者團東北參觀訪問團受到瀋陽、長春、哈爾濱等地當局熱情款待，戈公振及其他知名報人多次應邀作新聞學術演講，上海《申報》《新聞報》還聘請當地報人為其駐東北特派員，哈爾濱《國際協報》記者王研石當時即被《申報》聘為哈爾濱特派員（即特約記者）。[2]此外，張學良還為《東北新建設》《東北商工日報》《遼寧教育月刊》《民政月刊》《民視》月刊《夏聲月刊》《東北礦學會報》《法學新報》等十幾家期刊題寫刊名或題詞。

三是斫伐異己報刊，打壓日、俄報刊。日本對東北虎視眈眈，不斷加強對東北的文化與新聞侵略，截止 1931 年，日本在東北有 234 種定期刊物，其中日刊 62 種，五日刊 1 種，週刊 9 種，其他 162 種。它們混淆是非，散佈謠言，為日本侵略張目。張學良除採取多種辦法打擊限制日人報刊，還創辦《新民晚報》等報刊與日人《盛京時報》展開筆戰，爭奪東北輿論領導權。對蘇

---

1 張義：《它吹響了復土還鄉的號角——張學良創辦〈西京民報〉》，《黨史縱橫》1998 年版。

2 黑龍江日報社新聞志編輯室編著：《東北新聞史（一八九九～一九四九）》，黑龍江人民出版社，2001 年版，第 183 頁。

俄報刊，張作霖時期就曾下令悉數查封蘇俄報刊，到張學良主政時，哈爾濱只剩下兩份俄文報刊，一是公開發行的《哈爾濱》，一是地下發行的《眞理報》。在 1929 年「中東路」事件後，張學良又查封了哈爾濱俄文報《生活新聞報》。與此同時，張學良也繼承了其父斫伐中共報刊、打壓中共報人的傳統，中共報刊一旦發行即被查封，中共報人一經發現即予逮捕。對異己的民營報刊也予以查封。如 1931 年張學良主政平津時就勒令《新天津報》停刊。

四是運用報刊宣傳西安事變眞相，爭取民心支持。12 月 9 日，東北軍機關報《西京民報》刊發社論紀念「12‧9」運動一週年。「西安事變」當天即 12 月 12 日上午 10 點多鐘，《西京民報》就發行 16 開一頁的號外，率先報導西安事變，編輯們拿著號外在大街上叫賣和散發。13 日頭版頭條刊登消息《張楊對蔣介實行兵諫——揭竿抗日舉國歡騰》，同時發布張學良楊虎城的抗日救國八項主張，除附載張學良楊虎城照片外，還配發署名「文伯」的評論《偉大的雙十二》。[1] 西安事變期間，《西京民報》公開宣傳中共抗日民族統一戰線政策，多次以編輯部名義召集西安的軍官、學生、工商界人士等座談，宣傳中共聯蔣抗日、反對內戰的方針。美國記者艾格尼斯‧史沫特萊多次來訪，總編輯向她介紹形勢和中共的方針政策，她建議報紙刊登專文，爲國民黨釋放的紅軍官兵募捐。1937 年 2 月初，國民黨中央軍進駐西安。《西京民報》停刊，隨即被接管。

西安事變當日，張學良就下令接管了國民黨陝西省政府機關報《西京日報》，並於次日（13 日）改組出版《解放日報》。並親自推薦東北民宗救亡會宣傳部副部長張兆麐爲社長，中共黨員韓進、魏文伯參加編輯工作。《解放日報》爲對開一張大報，大力宣傳張學良、楊虎城提出的八項主張，說明「雙十二」事變的發動原因、眞相與意義，報導西安和全國各地抗日救亡情況，揭露國民黨中央派飛機轟炸民眾、有意釀成內戰的事實。該報在團結西安新聞界方面發揮了重要作用。1937 年 2 月 10 日，《解放日報》停刊。此外，張學良也經常接受新聞界的採訪，與新聞界保持密切聯繫，並操縱、利用新聞界爲己服務，或表達政見，或散佈煙霧彈，或誘導輿論，或塑造個人形象。

（二）新桂系的新聞報業

新桂系是 20 世紀 20 年代初舊桂系衰敗後崛起於廣西的地方政治軍事集

1　陳翰伯：《在白區新聞戰線上（1936～1948）》，《新聞研究資料》1987 年版。

團。該集團替代舊桂系長期統治廣西至全國解放。新桂系以黃紹竑、李宗仁、白崇禧爲首，胡漢民爲精神領袖，曾三次迫使蔣介石下野，在國民黨派系鬥爭中具有重要地位。這一時期，新桂系勢力一度控制了湖南、湖北、廣東、廣西等南方廣大地區。雖在蔣桂戰爭後控制的區域有所收縮，但長期盤踞兩廣地區。新桂系的新聞報業以廣西爲中心，以國民黨廣西省黨部的《南寧民國日報》《廣西日報》等省級黨報爲龍頭，在其控制的湖南、湖北、安徽等地區也創辦了一些報刊。

1、新桂系的重要喉舌：《南寧民國日報》

國民黨廣西省省級黨部機關報，新桂系的重要喉舌[1]，是這一時期「廣西最完備的報紙」。[2]1925 年 10 月[3]創刊，報社設備器材源自《嶺表日報》和《新嶺表日報》，李宗仁題寫報頭，報名之下刊有花邊加框的《總理遺囑》全文。首任社長由黃紹竑兼任。大革命失敗後繼續出版，仍是國民黨廣西省黨部機關報、新桂系的輿論喉舌。社址先後在石牌坊 1 號、共和路 38 號、67 號、76 號。日刊，日出對開兩大張或三大張，間或日出對開一張或兩張半或三張半，重要節日出版套紅特刊。該報實行社長負責制，設有編輯部、經理部、出版部、營業部及印刷工廠，機器設備比較齊全，擁有圓盤印刷機及澆紙型機等當時先進的印刷設備，1932 年 5 月 1 日後又添置一臺無線電臺收報機，每天可收錄北平、上海、南京、廣州、香港等地的電訊 4000 字以上。社長變動頻繁，這一時期包公瀚、黃同仇、李耀明、羅紹徽、邵建中、黃露茜、劉範、韋永成、尹治、胡訥生、毛飛、黃楚等先後任社長，訪員（記者）、編輯多爲兼職，編輯部最少時爲 4 人，最多不超過 10 人，但廣西各市縣國民黨黨部均設有特約通訊員，人數約在百人。

《南寧民國日報》版面莊重典雅，文體多種多樣，消息來源較廣，副刊、專刊、特刊多種多樣，重視運用新聞圖片。版面上，除廣告外，其餘爲社評、本報特約專電、中外電訊、國內要聞、本省新聞、南寧市聞、國際新聞、社

---

1 國民黨廣西省黨部成立於 1926 年，期間曾更名爲廣西省執行委員會、廣西省黨務整理委員會等名稱。名義上統一於中央，實際由新桂系控制的國民黨中央執行委員西南執行部、國民政府西南政務委員會等控制，處於半獨立狀態。

2 彭繼良：《廣西新聞事業史（1879～1949）》，廣西人民出版社，1998 年版，第 210 頁。

3 該報創刊具體日期有多種說法，有 1924 年 10 月說，1925 年 9 月說，1925 年 10 月說。本書採 1925 年 10 月說。見劉濤：《南寧民國日報（1931～1937）研究》，廣西大學碩士學位論文，2010 年。

會新聞、特載、專載、來論等欄目，新聞來源除自採外，多係用無線電接受電訊稿或收聽外埠廣播所得，也聘用特約通訊員擴大消息來源。先後設有副刊《副鐫》《新地》《南中國》《青山塔》《出路》《銅鼓》《浪花》《星星》，闢有週刊《常識》《婦女週刊》《衛生週刊》《士兵生活週刊》《國際週刊》《特種問題講座》等十餘種，內容比較豐富，特刊有《黃花節特刊》《九一八紀念特刊》《雙十特刊》等百餘種。設有專門的攝影記者，也採用遠東梧社、民眾通訊社的新聞照片，還不定期出版 8 開兩面、印製精美的《南寧民國日報圖畫增刊》隨報附送，不另收費。發行量最初只有兩三千份，1935 至 1936 年間發行擴展到廣東、香港、南洋等地，最多時超過萬份。1930 年 7 月至 10 月因雲南軍閥龍雲、盧漢進軍百色、南寧曾一度停刊，同年 10 月復刊。

　　《南寧民國日報》的宣傳秉持新桂系宗旨，以「建設新廣西」爲主兼論「抗日」「剿共」與「反蔣」。「建設新廣西」是李宗仁、白崇禧的重要口號與治理廣西的綱領。在李宗仁、白崇禧「三民主義廣西化」治理下，廣西成爲民國南京政府宣傳的「模範省」。《南寧民國日報》大量刊登評論、消息、專載、調查性文章等多方面報導、宣傳「新廣西」，既集中連續報導廣西建設的重要項目，也開闢專欄闡述建設新廣西的理論、刊登大量各種統計數據，調查文章、科學知識爲新廣西建設提供智力支持，還運用報紙展開輿論監督，推動廣西建設，成爲「建設新廣西」運動的重要喉舌。「抗日」、「反蔣」、「剿共」是這一時期新桂系的三大政治目標，由是形成了《南寧民國日報》「抗日」、「反蔣」、「剿共」三大報導特色。該報「抗日」報導與「反蔣」報導連在一起，「抗日」報導火力集中，持續時間長，著力批判蔣介石「攘外必先安內」等論調，凸出李宗仁、白崇禧等新桂系首腦的抗日態度以抓住「反蔣抗日」大旗。「反蔣」是該報的重要宣傳內容。配合新桂系的反蔣動作，《南寧民國日報》分別於 1931 年和 1936 年掀起了「反蔣」宣傳高潮。據統計，該報 1931 年 7 月 26 天中「發表反對蔣介石的文章就有 233 篇，平均每天有 8.9 篇；反對共產黨的文章有 84 篇，平均每天有 3.2 篇」。[1]1936 年「六一運動」期間，該報反蔣報導平均每天 2 篇，達 23 篇之多。充當了「反蔣」宣傳的主力軍角色。「剿共」宣傳也是《南寧民國日報》的一大宣傳特色，著墨不少。

1　彭繼良：《廣西新聞事業史（1879～1949）》，廣西人民出版社，1998 年版，第 227頁。

1936 年 10 月，廣西省會由南寧遷往桂林，該報也奉令北遷桂林，併入《桂林日報》，出版新《桂林日報》，韋永成任社長。1937 年 4 月 1 日，《桂林日報》易名《廣西日報》。在南寧繼續出版的《南寧民國日報》不再是國民黨廣西省黨部的省級黨報。這一時期，國民黨廣西省黨部直轄的省級黨報還有《梧州民國日報》、《柳州民國日報》（1926 年 6 月 1 日）《桂林民國日報》（1926）等，它們相互配合，是新桂系的重要輿論喉舌。

2、新桂系的報刊業的基本概況

新桂系在「建設廣西、復興中國」旗號下企圖以廣西為「根據地」統治中國，為此李宗仁等很重視廣西的新聞宣傳工作，掌握了廣西絕大部分報紙，通訊社和廣播電臺。這一時期廣西共出版 69 種報紙，其中歸屬新桂系黨、政、軍有關部門的就有 57 種之多。[1]其中在南寧、柳州、梧州、桂林出版的有 22 種，在鬱林、龍州、百色、梧州等中等城市出版的有 11 種，在廣西縣級城市出版的有 21 種。以群眾團體名義出版的有 4 種。

具體而言，在省府南寧出版有：廣西省黨部機關報《南寧民國日報》、廣西省政府機關報《廣西公報》（1927 年）《廣西省政府公報》（1934 年）、廣西省黨務整理委員會《時事評論》（1931 年）、《時事週報》（1932 年）、中央軍事政治學校第一分校《當頭棒》（1932）、廣西省立民眾教育館《民眾三日刊》《民眾週刊》《民眾畫報》、第四集團軍《民團週刊》（1934 年）及廣西省教育會機關報《廣西通俗教育報》、廣西省教育廳《廣西教育公報》等；在桂林出版有：《桂林民國日報》桂林縣黨部《桂林日報》、桂林教育委員會《教育日報》、廣西省黨部機關報《廣西日報》、桂林縣政府《建國日報》等；在柳州出版有：《柳州民國日報》、廣西第七軍《柳州日報》（1936 年）柳州黨部《柳州黨務》（1932 年）；在梧州出版有：《梧州民國日報》、梧州市政府機關報《梧州市政公報》、《梧州日報》（1934 年）等；在鬱林出版有：廣西省黨部專區一級報紙《鬱林民國日報》（1931 年）、鬱林縣黨部《無光晶報》（1935 年）、《鬱林晶報》（1936 年）、鬱林縣黨部《鬱林黨光》；在龍州出版有：廣西省黨部領導的專區一級報紙《鎮南民國日報》、國民黨四十師《鎮南日報》（1931 年）《鎮南三日刊》（1935）、《龍州日報》（1936）及國民黨駐龍州某旅《鎮南週刊》，在百色出版有：《田南黨務》、《田南半週刊》《百色民國日報》等。在廣西各縣城出版有：《懷集之聲》、《懷中週報》（均為週刊）、《容縣旬刊》、《北

1　彭繼良：《廣西新聞事業史（1879～1949）》，廣西人民出版社，1998 年版，第 208 頁。

流公報》《永淳黨聲》（週刊）、《平馬日報》（兩日刊）、《平馬半週刊》、《箭道週刊》、博白縣《黨務旬刊》、岑溪縣《民眾旬刊》《蒙山旬刊》、荔浦縣《民生週刊》、心安縣《生路旬刊》、灌陽縣《民國週刊》《平樂三日刊》、《賀縣訓政日報》、《全縣民眾報》（五日刊）、《河池抗日週刊》、《宜山民眾週刊》、《慶遠民眾三日刊》、《新橫縣》。此外以群眾團體出版有：廣西各界抗日救國委員會《抗日救國》（即《救國日報旬刊》，1931，南寧）、《廣西學生旬刊》（1928年，梧州）、廣西大學學生自洽會《廣西大學週刊》《西大學生》、廣西學生抗日救國聯合會《廣西學生》等。[1]這些報刊名義上屬於國民黨廣西各級黨部或廣西各級政府的報刊，實質都在新桂系的控制下或接受新桂系的津貼，是新桂系的喉舌。這些報刊有民國北京政府時期創辦下來的，有一部分報刊因經濟困難創刊不久即停刊，有的報紙幾易其名。

新桂系在短暫控制的湖北、湖南、安徽等地區也創辦報刊。在湖北創辦主要有：1927年7月27日，李宗仁胡宗鐸部接管國民政府軍事委員會政訓部機關報，以同名出版的漢口《革命軍日報》，接管國民黨中央和國民政府機關報《漢口民國日報》，更名《湖北民國日報》（1927年11月15日至1929年4月），李宗仁第七軍在武漢出版的《大志願》（1927年2月）、《統一政治》（1928年11月）、《漢口中山日報》（1928年1月1日）等。在香港創辦的《珠江日報》（1936年9月10日）是新桂系向國內外宣傳的陣地，李宗仁的義子黎蒙任社長，鼓吹廣西「三自」（自衛、自洽、自給）、「三寓」（寓兵於團、寓將於學、寓徵於募）政策及桂系抗日戰績。[2]

（三）閻錫山控制的晉系新聞報業

晉系是閻錫山為首的地方武裝派系。萌芽於辛亥革命、發軔於北洋時期，在民國南京政府初期逐步膨脹，曾一度佔有晉綏冀察四省和平津二市。1930年中原大戰前實力達到頂峰。中原大戰後的實力地位雖大為下降，但仍保持較為完整的體系。直到1949年4月太原解放，晉系才土崩瓦解。這一時期，「在閻錫山卵翼之下的太原新聞界，實際是國民黨中央控制不到的獨立王國」。[3]晉系報紙主要有《晉陽日報》、《山西日報》、《太原日報》、《并州日報》、

1　彭繼良：《廣西新聞事業史（1879～1949）》，廣西人民出版社，1998年版，第209～217頁。

2　張鴻慰：《八桂報史文存》，廣西民族出版社，1995年版，第35頁。

3　方漢奇：《中國新聞事業通史》（第二卷），中國人民大學出版社，1996年版，第393頁。

《中報》、《新中報》、《山西黨員通訊》等。[1]

　　《晉陽日報》是太原最早的報紙，[2]1906年創刊，1924年前幾經改名，數次停刊改組。1924年該報再次改組，實行社長、經理制，下設編輯、營業兩部及庶務處、會計處等，梁巨川爲社長，李丹亭任編輯主任、賈秉之任營業主任。梁巨川、李丹亭等報社主要負責人投靠閻錫山[3]，爲閻錫山鼓吹「不遺餘力」。在閻錫山的支持下，該報添置輪轉機、增設專用電臺等基礎設施，消息較爲靈通、增設經濟專欄，版面擴爲對開兩大張，副刊爲「新晉陽」、時評爲「閒話」。銷數增至五六千份，成爲抗戰全面爆發前太原最有權威的大報。1936年該報曾舉行三十週年紀念，發行專刊《三十年來之山西》。1937年10月，在太原淪陷前自行停刊，機器物資在轉移過程中被日軍飛機炸毀。日本投降後，因閻錫山、梁化之的阻止未能復刊。

　　《山西日報》創刊於1917年6月20日，是太原三家老報紙（山西日報、晉陽日報、并州日報）之一。閻錫山任山西督軍兼省長時期，該報是山西軍政兩署的機關報，負責人是閻錫山的機要秘書王震庵。王震庵因積勞成疾於1925年病逝，年僅40歲。閻錫山下野不久，該報於1931年由時任山西省省長趙戴文之子趙效復負責改組。趙自任董事長，下設編輯、總務、工務三部，總編輯張夷行、經理劉竹溪。報社有對開機四部，日出對開一大張半。副刊爲「餘霞」、評論爲「小言」，銷路不過五千份。1934年春，附印《太原晚報》。《太原晚報》是太原最早發行的一家晚報，創刊於1931年9月，社長兼總編輯爲梁伯弘，梁伯弘、方聞、朱點三人爲董事。方、朱二人均是閻錫山秘書，閻每月津貼該報100元。該報四開，日發行約千份。1934年梁伯弘去世後，經方聞、朱點與《山西日報》協商，決定兩報合併。由趙效復兼任《太原晚報》董事長，牛青庵爲社長、張夷行爲總編輯，方聞、朱點、徐友蘭、劉竹溪、牛青庵爲董事，社址遷到《山西日報》社內，由是報紙發行份數猛增一倍。1937年10日太原陷落前，《山西日報》、《太原晚報》均停刊。部分職工後轉入《陣中日報》社。

1　《解放前太原的日報、晚報及通訊社概況》，《山西文史資料》第22輯，第145～163頁。
2　方漢奇：《中國新聞事業通史》（第二卷），中國人民大學出版社，1996年版，第392頁。
3　梁巨川先後出任閻錫山駐吳佩孚部軍代表、閻錫山的交際處處長及行營辦公處處長、西北實業公司經理等職，遙領社務多年。李丹亭任山西省教育廳秘書主任等職。

　　《并州日報》1914 年由喬景山創辦。目的是撈取政治資本，後臺是閻錫山的駐京代表邢殿元。喬景山死後，報社由李同升主持。太原淪陷後，該報停刊。《太原日報》，前身是《正報》。背後是閻錫山的叔丈人徐一鑒，改名爲《太原日報》後由閻錫山秘書方聞接辦。《中報》和《新中報》由閻錫山親信幹部組成的「青年救國團」創辦。前者創刊於 1932 年下半年，社長李冠洋、總編輯趙登庸。1933 年因刊文批評蔣介石摧殘學生抗日救亡運動，被國民黨中央指令閻錫山查封。該報停刊一個月後，以《新中報》名義出刊。1936 年閻錫山將各團體合併爲自強救國同志會後，《新中報》停刊。

　　《山西黨報通訊》。該報由親閻的國民黨山西省黨員通訊處宣傳部主辦，1932 年閻錫山出任太原綏靖公署主任後創刊。關芷萍任總編輯，日刊。該處還辦有雙十通訊社，發行新聞通訊。太原淪陷前，《山西黨員通訊》及雙十通訊社均停刊。

　　晉系報業的主要特點是：（1）以山西太原爲報業中心，以閻錫山勢力的進退而進退。閻錫山佔領平津即出資在原北平《晨報》基礎上創辦《新晨報》，閻錫山退出北平，《新晨報》隨之停刊，報紙立場基本是擁閻反蔣。中原大戰後，晉系報業受到沉重打擊，1932 年閻錫山出任太原綏靖公署主任後，其報業有所恢復，報紙政治立場轉爲擁閻但不公開反蔣。如 1933 年閻錫山提出「建設救國」旗號後，各報積極爲閻錫山的「山西十年建設計劃」鼓吹。（2）中原大戰前，凡親南京國民政府的報紙、通訊社均被閻錫山藉故查封，1932 年閻錫山出任太原綏靖公署主任後，晉系報業表面上擁護南京中央，實質仍是閻錫山的輿論喉舌。1937 年 10 月太原淪陷後，晉系報業表現出民族大義，大都停刊、轉移辦報。

第四節　國民黨新聞報業的抗日救亡宣傳

　　面對日本局部侵華戰爭，國民黨蔣介石集團在「中日國力懸殊」和「抗日必敗」指導下取「攘外必先安內」的錯誤政策，對日本局部侵略隱忍退讓，對內壓制抗日救亡輿論，全力「剿共」，加強國防建設，以期在「最後關頭」與日決戰。這一政策嚴重壓制日趨高漲的抗日救亡輿論，也主導了國民黨新聞媒體抗日救亡的宣傳活動，使之抗日救亡宣傳表現出保守、理性的民族主義特色。國民黨內部各派在如何抗日、何時抗戰等問題方面存在諸多分歧，也使國民黨新聞媒體的抗日宣傳報導更爲複雜、多元。

一、國民黨中央黨報的抗日宣傳

國民黨中央黨報的抗日宣傳，既受制於國民黨蔣介石「攘外必先安內」政策，也受全國抗日救亡運動的影響；既受國民黨內親日派、妥協派干擾，也受到國民黨新聞人抗日愛國熱情的推動，表現出複雜的歷史面相。大致而言，在日本局部侵華戰爭期間，國民黨新聞媒體譴責日軍暴行，呼籲精誠團結，號召全國同胞以必死之心做最後戰鬥，積極展抗日輿論動員；當日本局部侵華戰爭暫時結束，民國南京政府轉向對日談判時，其抗日宣傳就趨於保守，轉向文化民族主義的「國難」輿論動員，淡化抗日宣傳，積極為民國南京政府對日妥協做各種辯護。

（一）《中央日報》的抗日宣傳

「九一八」事變第二天即 9 月 20 日，《中央日報》以要聞版整版篇幅、通欄行書大字標題《甘心破壞遠東和平，日軍佔領瀋陽長春營口》為題，報導日軍「藉故實行其預定之侵略陰謀，在瀋陽肆行焚燒掠奪備極殘酷，我軍奉令未加絲毫抵抗行為」的新聞，既揭露了日寇的野蠻獸性，也首次將「不抵抗主義」揭示於眾。同日刊發社論《以必死之決心作最後之奮鬥》號召全國同胞「殺身救國」，並呼籲「主持正義之友邦，請對日本暴行下一公平之制裁」。自 9 月 28 日起該報將第三張第二版闢為《抗日救國》專欄，刊發社會各界抗日救國言論，其作者多數是國民黨黨政要員及其追隨者。據統計，從 9 月 20 日至 12 月 15 日，《中央日報》連續刊發了 77 篇抗戰社評，表明國民黨抗日立場及應對政策，呼籲國民精誠團結，做政府與日交涉的堅強後盾。然而當學生愛國運動起來後，該報宣傳中心很快轉移到學生運動方面，為政府對日外交依賴國聯做種種辯護。

國民黨抗日宣傳的兩面性，在「一二八」淞滬抗戰、長城抗戰中一再表現出來。「一二八」事變期間，《中央日報》多次以整版篇幅揭露日軍暴行，報導抗日軍民的英勇抵抗和愛國熱情，刊發社論鼓舞士氣，讚揚十九路軍「為民族生存之自衛，為國家爭人格之自衛」。[1] 但其積極報導淞滬抗戰的著力點是利用抗戰軍民的英勇奮鬥和流血犧牲來歌頌國民黨中央和民國南京政府。如 1932 年 5 月 28 日蘇州舉行「追悼陣亡將士大會」。第二天，該報在要聞版予以詳細報導，並配發社論《昨日之蘇州——追悼陣亡將士告全國國民》，越一

---

1 《嗚呼上海日軍之暴動》，《中央日報》1932 年 1 月 30 日。

日又刊發評論《再悼淞滬陣亡將士》，兩篇社論頌揚抗日軍民的愛國精神，主旨卻是讚揚「黨國」培育之功。「此將士，所以能殺敵致果，視死如歸者，果爲薰沐何種主義？又果爲經過何種精神之培養？曰，此中國國民黨政府下之軍隊；此軍隊之將領士兵，皆爲（受）三民主義之薰沐，又皆經過中國國民黨革命精神之培養者也」。[1]

1933 年熱河事變後，《中央日報》在日軍進攻熱河的前一天即 2 月 20 日才刊發社評《今日之紀念周——神聖戰爭之降臨》（1933 年 2 月 20 日）、《努力協助神聖戰爭》（3 月 2 日）、《要有一個交代！》（3 月 3 日）、《沒有第二句話可說》（3 月 4 日）、《沒有第二句話可說》（3 月 10 日）、《沒有說話的時機》（3 月 15 日）六篇社評，發動民眾參與保衛熱河、保衛華北的「神聖戰爭」，然這一輿論動員僅持續到 3 月 15 日就戛然而止。

（二）《民國日報》、《掃蕩報》的抗日宣傳

上海《民國日報》爲國民黨老牌黨報，在反對日本帝國主義侵略這一問題上，該報比國民黨《中央日報》更爲激烈而非保守。「九一八」事變期間，《中央日報》《民國日報》都在要聞版強化處理報導了日軍佔領瀋陽等地的消息，並配發了社論。《中央日報》強調的是「鎮靜」地「訴諸公理」，「在中央的統一指揮下共赴國難」。[2]《民國日報》雖然也刊登蔣介石《暫時忍讓絕非屈服》《擁護公理抵禦強權》的講話，發表過勸導工人、學生、上海「不罷工、不罷課、不罷市」的社論，但強調「武力禦暴」「不抵抗乃自殺」「求人不如求己」。[3]並諷刺《中央日報》鼓吹的「鎮靜」論調是「見死不救的 C 博士」，警告國民和政府「再不抵抗，國亡無日」[4]，並借上海 80 萬工人之口向國民黨中央施壓，要求「全國立即總動員，驅逐日兵出境，恢復失地」。[5]1932 年元旦，該報在《覺悟》副刊上大聲疾呼「國人！爾忘日人殺我同胞，奪我土地之仇乎！（不敢忘，請努力！）」，《閒話》副刊寫著「第一句話，今天不是元旦，今天是瀋陽被倭奴佔領後第 106 天」。這些言論被日本侵略者視爲「筆鋒時走於排日」，伺機迫使該報停刊。

1　《昨日之蘇州——爲追悼陣亡將士告全國國民》，《中央日報》1933 年 5 月 29 日。
2　《中央日報》，1931 年 9 月 20 日、29 日社論。
3　上海《民國日報》，1931 年 9 月 20 日社論
4　上海《民國日報》，1931 年 9 月 24 日、29 日社論及《覺悟》副刊。
5　上海《民國日報》，1931 年 10 月 31 日

1932 年初，日本不斷增兵上海。1 月 8 日晨，朝鮮人向由新軍校閱回宮的日本天皇投擲了炸彈。9 日《民國日報》在國際版頭條以 8 日東京電刊發《韓人刺日皇未中》消息，日本人以副標題中有「日皇閱兵畢返京突遭狙擊，不幸僅炸副車兜手即被逮，犬養毅內閣全體引咎辭職」等語「觸犯天皇」，迫使公共租界工部局封閉該報。1 月 20 日上海發生日本浪人焚毀翔港三友實業社工廠事件，21 日該報在本埠新聞版以大半版篇幅作詳細報導，內有「日浪人藉陸戰隊掩護」語，引起日本海軍陸戰隊的橫暴干涉。[1]22 日下午，日本海軍陸戰隊本部派土山廣端中尉持函至報館，提出「一、主筆來隊提出公文陳謝，二、揭載半張大的謝罪文，三、保證將來不再發生此種事情，四、罷免直接責任記者。明二十三日午前五時爲限要求答覆，若不承認，莫怪也。」[2]23 日《民國日報》將來函全文登載，表示嚴正不屈的立場。26 日該報出版第 5662 號後，接受上海公共租界工商局通告，自行停刊。

《掃蕩報》是國民黨軍報的龍頭，其抗日救亡宣傳直接受蔣介石「攘外必先安內」政策的影響，展開民族主義輿論動員活動。1934 年 6 月 8 日發生日本駐南京總領事館副領事藏本英明所謂「失蹤」事件後，該報即指出這是日本的詭計。日方認爲《掃蕩報》的看法和態度是「惡意誣衊」，是對日方的「不敬」，一面向中國外交部提出嚴重抗議，一面增派軍艦到漢口，威脅炮轟武漢。事件眞相大白後，日軍對《掃蕩報》「時時藉故挑釁，並發動他們自己的報紙如朝日新聞，讀賣新聞，日日新聞等，一齊對該報加以惡毒的宣傳，說該報是代表所謂『藍衣社』鼓吹抗日最力的報紙。」[3]

日本少壯軍人於 1936 年 2 月 26 日發動兵變。暴動軍人大殺內閣大臣的消息傳出不到三個小時，《掃蕩報》即發出號外。不僅中國讀者對此新聞有所懷疑，日本駐漢三浦領事也不相信並派人前來責問：「此事在同盟社未發表正式新聞以前，貴報劇爾發表此項消息，殊屬有損中日邦交。」「如此消息不能證實，則貴報一切後果當不堪設想！……」第二天，全國各地報紙登載了各國通訊及同盟社關於此事的消息，證實了《掃蕩報》的報導事實確鑿。從此，

1　《日浪人藉陸戰隊掩護，昨日在滬肆意橫行》，上海《民國日報》，1932 年 1 月 21 日第 2 張第 3 版。

2　《日海軍陸戰隊突向本報提出四項要求》，上海《民國日報》1932 年 1 月 23 日第 2 張 3 版。

3　周聖生：《掃蕩報的發展史略》，中華文化基金會：《掃蕩報二十年——掃蕩報的歷史記錄》，1978 年 9 月，第 31 頁。

《掃蕩報》「不僅引起了日本軍人對掃蕩報的嫉視，即駐武漢的各國記者，乃長江流域及黃河以南的人民，也不能不對掃蕩報另眼相看了。」[1]

　　《掃蕩報》刊載日本水兵爭嫖妓女自相殘殺的消息。日本軍方隨即認為《掃蕩報》有意侮辱天皇海軍，有意損毀日本國格，除循外交途徑威脅《掃蕩報》外，還在日本國內外的報紙發表危詞聳聽的言論，宣稱中國政府如不封閉《掃蕩報》，取締《掃蕩報》的反日言論，日本海軍將採取斷然處置，在漢口自由行動。日本軍艦卸下炮衣，炮口對著掃蕩報社。國民政府外交當局煞費苦心地為《掃蕩報》盡了折衝之責，武漢軍政警當局也為《掃蕩報》盡了維護之力。不久，盧溝橋事變爆發，所謂《掃蕩報》有意侮辱日本天皇海軍之事不了了之。[2]

二、國民黨新聞報業對抗日救亡的複雜態度

　　面對日本局部侵略戰爭與戰爭挑釁行為，掌握國家政權的國民黨當局基於「抗戰必亡」國情判斷，對日局部侵略戰爭與戰爭挑釁行為採取既有限抵抗又妥協的兩面政策，使國民黨新聞報業在抗日救亡宣傳活動中表現出激進與保守交織，輿論動員與輿論分流交織，攘外與安內交織的矛盾態度。

（一）國民黨新聞報業抗日救亡宣傳活動充滿激進與保守的交織。

　　激進主要表現在：（1）日本局部侵華戰爭初期，國家面臨生死危亡之際，包括《中央日報》在內的絕大多數國民黨黨報都大聲疾呼，號召國民以死報國，這些宣傳配合國民黨的對日政策展開了廣泛的諸如抵制日貨、譴責日軍暴行等廣泛的輿論動員運動。（2）少數國民黨黨報在日本局部侵略戰爭初期突破國民黨當局的宣傳禁令，主張對日開戰，表現出激進的抗日態度。如上海《民國日報》等。地方實力派報刊為彰顯抗日決心，爭取民意支持以向蔣介石集團施壓，其抗日宣傳也較為激進，多主張對日開戰。如新桂系、粵系等控制的地方報刊。

　　保守主要表現在：（1）在日本局部侵略戰爭尤其是中日談判時期，面對日本侵略者的跋扈，國民黨新聞報業的抗日宣傳較為克制，多刻意淡化、隱

1　丁文安：《三、武漢之一——在武漢保衛戰中》，中華文化基金會：《掃蕩報二十年——掃蕩報的歷史記錄》，1978 年 9 月，第 80～81 頁。

2　丁文安：《三、武漢之一——在武漢保衛戰中》，中華文化基金會：《掃蕩報二十年——掃蕩報的歷史記錄》，1978 年 9 月，第 80～81 頁。

瞞日本侵略中國的部分事實，對國內激進的抗日輿論也不予以支持，甚至予以指責，不再發動輿論動員做國民黨當局與日談判的輿論後盾。（2）在中日關係短暫的平靜期，為避免給日本發動戰爭挑釁提供藉口，國民黨新聞報業多以文化民族主義策略展開隱晦、理性、保守的抗日輿論動員。（3）在中日局部戰爭期間及戰後平靜期，少數國民黨報紙也散播「抗日必亡」的消極論調。

（二）國民黨新聞報業的抗日救亡宣傳活動充滿輿論動員與分流的交織

國難危亡面前，展開廣泛深入的抗日輿論動員是民族新聞業義不容辭的報國義務。面對日本局部侵華戰爭與戰爭挑釁，國民黨新聞報業以國家民族主義為號召，展開了理性、保守的輿論動員，其主要表現是號召國民抵制日貨、提倡國貨；揭露抨擊日本侵略罪行，號召國民以必死之心報國；號召國民團結一致做南京國民政府與日交涉的堅強後盾；謳歌抗日民族英雄，號召國民熱愛祖國大好河山，以實際行動建設國家等。國民黨新聞報業的輿論分流主要針對溢出國民黨當局對日政策的抗日救亡輿論。面對日本局部侵華戰爭和國民黨不抵抗的態度，民間抗日輿論日趨激昂，提出了對日開戰，反蔣抗日，請蔣介石北上抗日，反對「圍剿」工農紅軍、反對內戰等抗日主張，青年學生會也掀起了影響深遠的諸如「一二九」抗日救亡運動，向國民黨當局施加了強大的輿論壓力。國民黨新聞報業為將民間抗日輿論納入正軌，積極配合國民黨收緊抗日輿論的各項鉗制政策、策略與行動，費勁口舌為國民黨「攘外必先安內」的政策以及對日妥協行為做種種輿論辯護等。

（三）國民黨新聞報業的抗日救亡活動充滿「攘外」與「安內」的交織

「攘外」即抵抗日本帝國主義的侵略，本應是執政的國民黨報業的根本且唯一宗旨，但國民黨新聞報業的抗日救亡活動還有整合黨內派系，「圍剿」工農紅軍、獲取執政合法性等「安內」宗旨。為達到「安內攘外」目標，國民黨新聞報業以抗日救亡為由，壓制地方實力派的「反蔣抗日」宣傳活動；指責中國共產黨「背後搗亂」，妖魔化工農紅軍，並發動廣泛持久的「圍剿」工農紅軍的新聞輿論；持續加強以孫中山三民主義等符號為中心的三民主義意識形態建設宣傳活動等，體現了國民黨新聞報業的黨派侷限性和階級侷限性。

第三章 民國南京政府前期的
中國共產黨新聞報業

　　民國南京政府前期中國共產黨新聞報業的演進路徑主要有二：一是在國民黨統治區域重建並發展黨的報刊事業，在地下秘密與國民黨做艱苦卓絕的輿論鬥爭。二是在革命根據地開闢「新民主主義」的新聞報業。這一嶄新的新聞報業由於紅軍在第五次反「圍剿」失敗後被迫長征，南方革命根據地紅色報刊業基本完全喪失。紅軍在長征中撒下革命種子。三大主力到達陝北會師後，發展壯大了陝北根據地的新聞報業，為抗日戰爭時期中共新聞事業的壯大奠定了基礎。中國共產黨領導的抗日隊伍在東北等「淪陷區」也創辦過一些黨報黨刊。

第一節　國統區中國共產黨的新聞報業

　　在白色恐怖下辦報是國統區中國共產黨新聞報業的基本特點。為傳達中共中央的聲音，揭露國民黨腐敗統治與文化「圍剿」，發展、維護中共地下組織，共產黨人既克服種種困難創辦地下報刊，也打入民營報業和國民黨報業，成功領導左翼文化運動，團結一批進步人士。共產黨在國統區的新聞報刊活動取得了豐碩成果，也有諸多教訓。

一、國統區中國共產黨的中央機關報

（一）國統區中共中央機關報的重建與發展概況

　　「四一二」政變後，蔣介石依託掌握的軍隊全力公開「清黨」，大批共產黨員和革命群眾在「清黨」中被捕殺。共產黨報刊及與共產黨有關的報刊、

通訊社均被查封、改組或被迫「自動」停刊，共產黨報人被捕殺或轉入地下，共產黨在國共合作期間建立的新聞網絡被破壞殆盡。1927 年 8 月 7 日，中共中央在漢口舉行緊急會議提出「建立壁壘森嚴的秘密組織」，使之成爲「能鬥爭的秘密的黨的機關」。[1] 8 月 21 日中共中央要求積極籌備出版對黨內、對黨外的報刊，認爲「自從第五次大會以後，中央的宣傳和鼓動更陷入停頓的狀態，近來武漢政變，全國反動，全黨的宣傳和鼓動尤其少，幾乎等於零」。[2] 並提出了新的宣傳工作大綱，對報刊的出版和發行工作作了具體部署，國統區中共報刊恢復與重建工作由是重啓。中共領導人瞿秋白親自主持中共中央機關報的重建工作。因上海人口密集、華洋雜處，租界林立，且共產黨、共青團、工會的中央機構都設在上海，由此上海成爲中國共產黨報刊在民國南京政府轄區內的出版中心。

重建後的中共中央機關報一般不沿用國共合作時期的報刊名稱，中國共產黨重建的第一個中央機關報是《布爾塞維克》，該刊由《嚮導》改名而來。除《布爾塞維克》外，中共中央 1928 年 11 月 20 日又創辦了《紅旗》機關報。1930 年 8 月 15 日，中共中央將《紅旗》三日刊與《上海報》合併改出《紅旗日報》，成爲中共中央第二次「左傾」到第三次「左傾」過渡時期的中共中央機關報。《上海報》創刊於 1929 年 4 月 17 日，初名《白話日報》，5 月 19 日起改名《上海報》，是中共中央宣傳部出版一份通俗報紙。此外還有《黨的生活》，爲中央秘密刊物，1929 年 1 月 1 日在上海創刊，不定期，鉛印，32 開。主要撰稿人有向忠發、李立三、劉少奇、胡錫奎、鄧穎超、潘向友（潘冬舟）、余鴻澤等。出至第 5 期曾停刊 1 年，1930 年 4 月 1 日繼續出版第 6 期並改爲半月刊，曾以《南極仙翁》《小學國語讀本》《衛生叢書》《知難行易淺說》《學校生活》《社會建設淺說》的化名封面。1930 年 6 月 15 日停刊，共出 12 期。[3]

通過幾年恢復，秘密的中共中央機關報網絡在上海基本建成。1931 年 1 月 27 日，中共中央政治局通過的《關於黨報的決議》對 4 個中央機關報的性

1　《中共「八七」會議告全黨黨員書》，1927 年 8 月 7 日，中央檔案館編：《中共中央文件選集》（第三冊），中共中央黨校出版社，1983 年版，第 265 頁。

2　方漢奇：《中國新聞事業通史》（第二卷），中國人民大學出版社，1996 年版，第 333 頁。

3　錢承軍：《建國前中國共產黨報刊研究》，中國文聯出版社，2009 年版，第 111～112 頁。

質作了明確規定。《紅旗日報》爲中央機關報，《實話》爲中央經濟政治機關報，《布爾塞維克》爲中央理論機關報，《黨的建設》爲中央關於組織問題機關報。各報設主筆 1 人，四報主筆組成中央黨報編輯委員會。同時成立中央黨報委員會，負責中央黨報一切領導。此外，中共中央宣傳部 1931 年 2 月 2 日出版了專供宣傳幹部閱讀的《宣傳者》。[1]1932 年後，因王明「左傾」錯誤，中共中央在上海建立的機關及地下報刊網絡被破壞殆盡，李求實等一批優秀報刊工作者慘遭殺害。1933 年 1 月，中共臨時中央被迫從上海遷往江西的中央根據地時，在上海僅存的中央機關報只有《紅旗週報》。該報 1931 年 3 月 9 日創刊，採取多種名稱的僞裝封面不定期或脫期出版，1934 年 3 月《紅旗週報》最終停刊。國統區中共中央機關報的歷史暫告結束。

（二）《布爾塞維克》、《上海報》與《紅旗》系列報刊

《布爾塞維克》是中共中央在上海秘密出版的理論刊物，1927 年 10 月 24 日創刊，中共中央指定瞿秋白、羅亦農、鄧中夏、王若飛、鄭超麟組成編輯委員會，瞿秋白爲主任，[2]編輯部亨昌里 418 號（今愚園路 1376 弄 34 號）[3]，瞿秋白題寫刊名。同年 12 月 1 日，中共中央新增蔡和森、張太雷、黃平、周以栗、任旭、毛澤東、王一飛、任卓宣、周恩來、李立三、惲代英、陸定一、劉昌群、羅章龍、劉伯莊、任弼時、尹寬、李富春、羅綺園、夏曦、夏之栩 21 位編委。1928 年 6 至 7 月，中共「六大」後，瞿秋白被留在蘇聯擔任中共駐共產國際代表團團長。《布爾塞維克》編委主任由當時中共中央宣傳部長李立三擔任。1931 年 1 月，李立三被撤去黨內領導職務，編委會主任由中共中央宣傳部長張聞天繼任，直至 1932 年 7 月 1 日停刊。《布爾塞維克》共出版 5 卷 52 期，現所見最後一期爲第 5 卷第 1 期（1932 年 7 月），其中有 31 期在亨昌里 418 號 1 年 4 個月內出版的。該刊初爲週刊，爲避開國民黨查禁，先後改爲半月刊、月刊、雙月刊，並採用《少女懷春》《中央半月刊》《愛的叢書》《新時代國語教科書》《中央半月刊》《中國古史考》《中國文化史》《經濟月刊》《平民》《虹》《金貴銀賤之研究》《BOLSHEVIK》等刊名作僞裝封面。

1　方漢奇：《中國新聞事業通史》（第二卷），中國人民大學出版社，1996 年版，第 270 頁。
2　《中共中央通告第十一號》，1927 年 10 月 22 日，《中國共產黨工作文件彙編》（上冊），新華出版社，1980 年版，第 29 頁。該書標明通告發布時間爲 1925 年，有誤。
3　上海市人民政府 1984 年 5 月 5 日將其定爲上海市文物保護單位，並注明《布爾什維克》編輯部舊址。

中共中央要求《布爾塞維克》成爲「中國革命新道路的指針——反對帝國主義軍閥豪紳資產階級的革命鬥爭的領導者」和「工農群眾革命行動的先鋒」。該刊《發刊露布》稱，「誰能解放中國，使中國最大多數的工農貧民自己得到政權，開闢眞正社會主義建設的道路？只有布爾塞維克！所以《布爾塞維克》便繼《嚮導》而發刊了。」「此後民眾所看見的國民黨，已經不是從前的革命的國民黨，而是屠殺工農民眾，壓迫革命思想，維持地主資本家剝削，濫發鈔卷紊亂金融，延長亂禍荼毒民生，屈服甚至於勾結帝國主義的國民黨！」除刊登中共中央和共產國際的文件、發表評論文章外，還設有地方通信、讀者之聲、「寸鐵」、「我們的死者」等專欄。爲《布爾塞維克》撰稿有瞿秋白、蔡和森、惲代英、周恩來、李維漢、李立三、羅登賢、劉少奇、張聞天（筆名思美）、項英、謝覺哉等，其中瞿秋白撰稿最多。

《上海報》是中共中央宣傳部在上海創辦的通俗報紙，被稱爲「全國最好的報紙」。[1]1929 年 4 月 17 日創刊，初名《白話日報》，5 月 19 日改名《上海報》，秘密編印，半公開發行。曾用《海上日報》、《滬江日報》、《天聲》《晨光》等名稱僞裝出版。版面有 4 開，8 開。主編李求實，謝覺哉、吳永康、李炳忠、陳爲人、蕭洪昇等爲編輯。1930 年 8 月 14 日停刊。《上海報》以工人大眾爲目標讀者群，報導工人運動、支持工人鬥爭，意在爭取工人階級的信任。該報經常反映工人階級的疾苦，爲工人階級說話，揭露了國民黨官員欺凌、霸佔工人大眾的許多新聞。該報創刊時向讀者表明「我們是準備給起碼社會中的朋友看的」，「我們是想說起碼社會中的朋友要說的話」。形式上從文字表達到版面安排，力求適應工人階級的閱讀需求，文字通俗易懂。設置了工人群眾喜聞樂見的欄目，有社論、短評、消息、通訊、問答、讀者來信、小說、詩歌、故事、雜談、小品等欄目，並配以漫畫插圖，此外還配有適合工人大眾閱讀的副刊，約占報紙版面的 1／4 至 1／3，謝覺哉主編的副刊《海上俱樂部》辦得很紅火，曾刊登反映工人鬥爭的獨幕話劇《我們的力量》，短劇《打死黃狗》等。還增出過彩色圖畫增刊。主編李求實曾提出：「編輯部人員須注意學習工人的習語及工人的生活情形，隨時徵求讀者對於文字技術方面的批評」。[2]

---

1 《發行革命報紙是一種群眾性的政治鬥爭》，《紅旗》三日刊第 105 期，1930 年 5 月 27 日。

2 李求實：《本報編輯工作之過去與未來》，《上海報週年紀念冊》，《上海報》1930 年 4 月。

　　《上海報》堅持從工人中發展、培養通訊員，給通訊員發給一個《採訪須知》。自 1929 年 4 月到 12 月，有通訊員 62 名，其中工廠 53 名，農村 1 名，學校 8 名。從 1929 年 5 月到 1930 年 4 月，增至 76 名，其中工廠 61 名，農村 1 名，學校 13 名，新聞記者 2 名。[1]發行方面，最初交報販公開發行，1929 年「五卅」運動中曾有 5 個小時售出 8000 份的記錄，這是前所未有的現象。[2]這引起國民黨警覺，出動警察逮捕報販，沒收報紙，被迫轉入地下，建立自己的發行網，雇專人秘密發行，並不斷變換報名，先後用過《小白話》《餘味》《雜耍場》《海上俱樂部》等。最困難時，該報日銷 600 份左右，通常為 3000 份左右。[3]1930 年 4 月，《上海報》出版《上海報週年紀念冊》，該紀念冊刊載 16 篇文章和一些祝詞，全面總結了《上海報》一年來的工作及當時全國中共報紙的現狀、工人小報經驗等，是中國共產黨報刊理論的重要史料。1930 年 8 月 14 日，中共中央決定將該報與《紅旗》三日刊合併改出《紅旗日報》，並連續數日刊出《紅旗》與《上海報》合併，改出《紅旗日報》的啟事。

　　《紅旗》系列報刊是指《紅旗》、《紅旗日報》《紅旗週報》。三個刊物均是在國民黨統治區的中國共產黨中央委員會機關報。《紅旗》由中共中央宣傳部主編，初為週刊，1929 年 6 月 19 日起改為三日刊，先後出過 16 開本、32 開本、8 開單張。該刊初期重點是評述「國家大事」，強調發揮政治鼓動作用，同現實的革命活動聯繫較少。數期後強調發揮指導作用，大量刊載中共中央文件，第 40 期起明確為「全國政治機關報」，既指導實際鬥爭也評述政治形勢，開始面向全國。曾用《快樂之神》《紅妮姑娘艷史》《經濟統計》《出版界》《五一特刊》等化名偽裝。

　　《紅旗日報》1930 年 8 月 15 日在上海創刊，由《紅旗》和《上海報》合併而成，初為週刊，鉛印，對開 1 張，後 4 開改 16 開。在《我們的任務》（中共中央總書記向忠發署名[4]）的發刊詞中宣布「本報出版的任務，不僅是要登

---

1 方漢奇：《中國新聞事業通史》（第二卷），中國人民大學出版社，1996 年版，第 274 頁。

2 方漢奇：《中國新聞事業通史》（第二卷），中國人民大學出版社，1996 年版，第 275 頁。

3 方漢奇：《中國新聞事業通史》（第二卷），中國人民大學出版社，1996 年版，第 276 頁。

4 向忠發時為中共中央政治局主席兼常委會主席，但因其文化水平偏低，故真正的作者很可能是經常代他起草各種文稿的時任中央宣傳部秘書的潘問友。見錢承軍：《建國前中國共產黨報刊研究》，中國文聯出版社，2009 年版，第 85 頁。

載每日的全國的政治事變，傳達各地的革命活動，並且要根據著馬克思列寧主義的原則，發布中國共產黨對革命鬥爭中各個問題的觀點與主張；規定報紙的方針與任務，「發刊詞」首次提出「報紙是一種階級鬥爭的工具」的論斷。李立三、周恩來、瞿秋白、鄧中夏等中央領導同志為該報撰寫論文和社論。中共中央同志各級黨組織積極為《紅旗日報》撰寫稿件，提供消息。1929 年 6 月 19 日的第 24 期起改為三日刊，每星期三、六出版。經常撰稿人有李立三、惲代英、謝覺哉等。1930 年 10 月 30 日增出獨立副刊《實話》。《實話》每 5 日刊 1 期，隨《紅旗日報》發行。1931 年 2 月 14 日第 162 期後改為中共中央與江蘇省委機關報，李秋實任編輯。該報秘密發行，出版不到 1 個月，發行量達「一萬兩千份以上」[1]，且有國外訂戶。形式上除發表消息、中共中央文件外，還設有「蘇維埃區域來信」「莫斯科通信」「歐洲通訊」「紅旗俱樂部」「我們的字典」「短斧頭」等欄目，曾闢《紅旗俱樂部》副刊，每週有 1 篇系統分析國內外形勢的時事匯評。《紅旗日報》在宣傳上與國民黨進行了頑強鬥爭，也受到國民黨的嚴重破壞，發行員先後被捕四五十人，承印機關被封閉 3 次以上。報紙篇幅曾由對開 1 張縮小為 4 開 1 張，16 開 1 張。[2]1931 年 3 月 8 日停刊，共出 182 期。受中共中央路線鬥爭的影響，該刊經歷了三個不同階段。1930 年 8 月 5 日至同年 9 月 6 日為第一階段，主要宣傳李立三「左傾」冒險路線，1930 年 9 月 7 日至 1931 年 1 月 22 日為第二階段主要內容是批判李立三「左傾」錯誤，1931 年 1 月 23 日至 3 月 8 日因王明奪取了中央領導權，宣傳上又傾向「左傾」機會主義路線。該報在宣傳蘇維埃政權建設、工農運動宣傳方面取得豐碩成果的同時也犯有嚴重錯誤。[3]

《紅旗週報》，1931 年 3 月 9 日由張聞天將《紅旗日報》改版為《紅旗週報》。初由羅綺園任主編，秘密發行。第 1 至 9 期為報紙形式，第 10 期起改為書冊式，不定期出版。曾使用《實業週報》《時時週報》《平民》《光明之路週報》《現代生活》《上海工人號》《佛學研究》《摩登週報》等 16 種假封面。如《實業週刊》假封面，該報在第 10 至 17 期、第 19 至 22 期和第 26 期使用，封面均為《實業週報》，佯稱「上海實業週報社出版」，並注有「中華郵政認

---

1 《本報宣言》，《紅旗日報》，1930 年 9 月 9 日。

2 金耀雲：《紅旗日報》，《中國大百科全書·新聞出版》，中國大百科全書出版社，1990 年版，第 144 頁。

3 馬光仁：《白色恐怖下堅持戰鬥的〈紅旗日報〉》，《馬光仁文集》，上海社會科學院出版社，2013 年版，第 135～149 頁。

定新聞紙類特准掛號」字樣，以示該刊的合法性。[1]1933 年因中共臨時中央由上海遷往中央蘇區停刊 5 個月，後於同年 8 月 31 日在中央蘇區出版第 59 期，改為《紅旗週報》半月刊出版至第 64 期終刊，另出附刊 13 期，期間由張聞天任主編。[2]

（三）中國共青團等中央機構的報刊

共產黨領導的共青團中央、中華全國總工會等機構也在上海重建自己的報刊網絡。共青團中央機關刊物《中國青年》在 1927 年 7 月 15 日武漢政變後，遷回上海秘密出版，至 10 月停刊。同年 11 月 7 日改名《無產青年》繼續出版，不久被迫停刊，現存僅 5 期。1928 年 10 月 22 日，又易名《列寧青年》復刊，陸定一主編。曾採用《青年雜誌》《青年半月刊》《列強在華經濟的、政治的勢力及其外交政策》《光明之路》等偽裝封面出版。1930 年 8 月 24 日第 41 期起改為報紙形式出版，1932 年上半年團中央隨黨中央由上海遷往江西革命根據地，遂宣布停刊。此外，共青團中央主辦的《少年先鋒》在大革命失敗後秘密出版兩年左右。其內部刊物《團中央通訊》和《學習》，存在的事件也不長。

中華全國總工會恢復出版《中國工人》後，於 1929 年 2 月 1 日創辦《工人寶鑒》，刊載介紹工人運動的文章，目前僅見兩期。1930 年 2 月 15 日，全總秘書處創辦《全總通訊》月刊，專供工會幹部閱讀，也僅見 5 期。中華全國總工會還出版了《勞動》週刊。有些產業工會也出版了報刊，如中華全國海員工會主辦的《赤色海員》，於 1930 年 9 月 7 日創刊。

其他革命團體的中央機構出版也出版報刊。如中國革命互濟會全國總會主辦的《海光報》，1930 年 12 月創刊。全國蘇維埃代表大會中央準備委員會主辦的《中國蘇維埃週報》於 1930 年 8 月 15 日創刊，但僅見 1 期。[3]中共中央組織部主辦的黨內秘密刊物《組織通信》和《組織通訊》。《組織通信》1929 年 8 月 25 日創刊於上海，週日刊。1930 年 1 月改名為《組織通訊》。由時任中共中央秘書長、秘密工作委員會成員餘澤鴻擔任主編，吳靜燾任編輯，曾用多個化名出版，終刊不詳。中共中央宣傳部主辦的共運刊物《環球半月刊》。

1　唐正芒：《〈紅旗週報〉的封面偽裝》，《新聞研究資料》1990 年版。
2　韓同友、橫朝陽：《瞿秋白與〈紅旗週報〉述論》，《黨史研究與教學》，2017 年版。
3　方漢奇：《中國新聞事業通史》（第二卷），中國人民大學出版社，1996 年版，第 272 頁。

該刊 1929 年 12 月 10 日創刊，上海環球旬刊社編印。自第 6 期起改為半月刊，實為不定期，主編吳黎平（吳亮平）。該刊主要介紹國際共產主義運動和各國民族民主革命的情況，1931 年 1 月被當局查禁。共產國際執行委員會機關刊物《共產國際》，又稱《國際月刊》。中文版於 1930 年 2 月 25 日創刊，月刊。1936 年改為雙月刊，同年 10 月停刊。此外還有中共中央秘書處、中央組織局編輯出版的《滬潮》（1930 年 4 月 10 日）等。

二、國統區中國共產黨領導的左翼文化報刊

國統區的中國共產黨報刊因白色恐怖被迫轉入地下，依靠地下發行渠道向黨員、群眾傳播中共的政策、主張及動態消息，雖然對聯繫黨員起到了重要的紐帶作用，卻無法打破國民黨的文化「圍剿」。打破國民黨文化「圍剿」，幫助中國共產黨團結廣大中間力量的是左翼報刊、報人及傾向共產黨的進步報刊、報人。國民黨專權、腐敗的獨裁統治及對日妥協退讓的錯誤政策，客觀上也使許多知識分子、報人轉向或傾向於中國共產黨。

（一）左翼文化團體與左翼文化報刊

1930 年前，左翼文化團體主要是創造社、太陽社和魯迅主持或支持的社團，它們單獨活動，各自出版報刊。1929 年 6 月中共中央六屆二中全會決定在中共中央宣傳部下成立中央文化工作委員會（簡稱文委），指導國統區的左翼文化運動，左翼文化團體逐漸走向聯合。1935 年冬至 1936 年，為組織抗日民族統一戰線，各個左翼文化團體先後宣布自動解散，其報刊也隨之停辦。

創造社由郭沫若、郁達夫等發起，1921 年成立，以提倡「革命文學」著稱。大革命失敗後，馮乃超、李初梨等從日本回國參加該社工作。該社先後出過《創造》《洪水》《幻洲》等刊物，1928 年後先後創辦了《文化批判》《文化》《思想》《新興文化》《新思潮》《流沙》《畸形》《日出》《文藝生活》等月刊。其中《文化批判》月刊 1928 年 1 月 15 在上海創刊，朱鏡我、馮乃超編輯，同年 5 月第 5 號改出《文化》後停刊，該刊主要向讀者介紹馬克思主義基礎知識。《思想》月刊 1928 年 8 月 15 日創刊，1929 年 1 月被查禁，同時被查禁的還有《創造》月刊。同年 2 月 7 日創造社出版部被封閉，8 月創造社以新興文化社名義創辦《新興文化》月刊，僅出一期。同年 11 月 15 日《新思潮》月刊創辦，1930 年 7 月 1 日改名《新思想》出至第 7 期後停刊。

　　太陽社由蔣光慈、錢杏邨（阿英）、孟超發起，1928 年 1 月在上海成立，同時創辦《太陽月刊》，鼓吹革命文學，同年 7 月被迫停刊。10 月創刊《時代文藝》又是僅出一期。1929 年 1 月《海風週報》創刊，5 月即停刊；同年 3 月《新流月報》創刊，1930 年 1 月改為《拓荒者》月刊。

　　憤恨於國民黨屠殺革命群眾，魯迅辭去廣州中山大學教職，於 1927 年 10 月初到達上海，參與革命活動，到 1930 年左聯成立。魯迅參與或支持的革命刊物有《語絲》《未名》《奔流》《朝花》《萌芽》等刊物。《語絲》1927 年 12 月在上海復刊，魯迅任主編；《未名》半月刊 1928 年 1 月由北京未名社創辦，魯迅參與編輯工作；《奔流》月刊、《朝花》週刊分別於 1928 年 6 月、12 月創辦，由魯迅、郁達夫任主編，《朝花》出至 1929 年 6 月改為旬刊，9 月停刊。《萌芽》月刊 1930 年 1 月創刊，魯迅主編，從 3 月 1 日 1 卷 3 期起為「左聯」機關刊物，第 5 期被查封，第 6 期改名《新地月刊》，刊登左聯及其他左翼團體的消息和文章，闢有「社會雜觀」欄，批評時政，抨擊黑暗，是批判「新月派」的前哨陣地。僅出 1 期。

　　為奪取國統區文化話語權，反擊國民黨「文化圍剿」，傳播馬克思主義，實現革命文化隊伍的內部團結（當時魯迅與馮乃超等創造社、太陽社之間有裂痕，論爭持續到 1929 年下半年才結束[1]），1929 年 6 月，中共中央六屆二中全會決定成立中央文化工作委員會（簡稱文委），旨在「指導全國高級的社會科學的團體、雜誌及編輯公開發行的各種刊物書籍」，[2]中共中央宣傳部幹事潘漢年任書記。1930 年 3 月 2 日，中國左翼作家聯盟（簡稱「左聯」）宣告成立。隨後中國社會科學家、戲劇家、美術家、教育家、記者、電影及音樂工作者等也先後成立聯盟。同年 10 月，各左翼文化團體聯合成立中國左翼文化總同盟（簡稱「文總」）。各個聯盟和「文總」都辦有機關報刊，其中以「左聯」最多。

　　左聯以原創造社、太陽社和魯迅主持或支持的社團成員為主。魯迅被尊為「盟主」，郁達夫、柔石、李一氓、朱鏡我、丁玲等是主要成員。上海左聯先後出版了 46 種刊物，[3]主要有《大眾文藝》《萌芽》《拓荒者》《文藝講座》

1　方漢奇：《中國新聞事業通史》（第二卷），中國人民大學出版社，1996 年版，第 525 頁。

2　中共上海市委黨史資料徵集委員會主編：《中共上海黨史大事記》，知識出版社，1988 年版，第 219 頁。

3　馬良春、張大明編：《三十年代左翼文藝資料選編》，四川人民出版社，1980 年版，第 223 頁。

《巴爾底山》旬刊《前哨》《北斗》月刊《十字街頭》雙週刊《世界文化》《文學》半月刊《文學月報》《文藝群眾》等刊物。其中《拓荒者》1930 年 1 月 10 日創刊，蔣光慈主編，自 1 卷 3 期爲「左聯」刊物，出至 4、5 期合刊被查禁，創刊號有《拓荒者》《海燕》兩種封面。《前哨》創刊於 1931 年 4 月 5 日，1 卷 2 期起改爲《文學導報》，爲戰鬥性很強的刊物，創刊號即爲紀念李偉森、柔石、胡也頻、殷夫、馮鏗、宗暉等等左聯烈士而出的「紀念戰死者專號」。《北斗》月刊於 1931 年 9 月創刊，丁玲主編，1932 年 7 月停刊；《十字街頭》雙月刊（後改旬刊）1931 年 12 月 11 日創刊，魯迅主編，爲一張 4 開 4 版的通俗小型報，出版 3 期後於 1932 年 3 月 5 日停刊。《文學月刊》1932 年 6 月 10 日創刊，第 1、2 期由姚蓬子編輯，第 3 期起由周揚主編，出至 5、6 期合刊後被查封等。這些刊物經常遭到國民黨查禁，許多刊物創刊號即終刊號。據統計，在 46 種刊物中，已明確僅出版 1 期達 16 種，出版 2 至 10 期的 25 種，10 至 15 期的 2 種，16 至 60 期的 1 種，另有兩種出版週期不詳。[1]如《文藝講座》，馮乃超主編，出版一冊即被查封；《巴爾底山》旬刊 1930 年 4 月 11 日創刊，至 5 月 11 日出 5 期停刊。左聯刊物頻繁停刊，主要在於國民黨上海當局嚴厲查禁，也在於左聯追求「左翼」色彩，招致被發現。

　　值得一提的是袁殊辦的《文藝新聞》。袁殊曾在日本學習新聞學，回國後與妻子馬景星集資於 1931 年 3 月 16 日創辦了一張 4 開鉛印小型報《文藝新聞》。發刊號稱「以絕對的新聞的立場，與新聞的本身的功用，致力於文化之報告與批判」。1931 年 6 月袁殊加入中國共產黨，成爲潘漢年領導下的一名中共情報人員並成功打入國民黨上海情報組織。[2]《文藝新聞》也接受左聯領導成爲左聯外圍刊物，馮雪峰、樓適夷、袁牧之等參與編輯，陳望道、謝六逸、黃天鵬、樊仲雲是「贊助人」。[3]這是《文藝新聞》雖然左翼色彩較濃，但仍出版長達一年之久的重要因素。《文藝新聞》以報導文藝界新聞爲主，包括文學、美術、音樂、戲劇、電影、新聞、出版等方面。除刊載消息外，還闢有《銀幕之前》《出版界之一周》《每日筆記》《作家與作品》《新刊介紹》等專刊。刊載書店被查封、文人被迫害、文藝團體遭劫難等具有政治意義的文化新聞，並首次將左翼作家柔石、胡也頻、殷夫（白莽）、馮鏗（岑梅）、李偉森被害

1　左文、畢豔：《論左聯期刊的非常態表徵》，《文學評論》，2006 年版。
2　尹騏：《袁殊諜海風雨 16 年》，《炎黃春秋》，2002 年版。
3　《文藝新聞最初之出版》，《文藝新聞》第 1 號，1931 年 3 月 16 日。

消息公之與眾。1931 年 2 月 7 日柔石等五人被國民黨秘密殺害於上海龍華，共產黨人馮雪峰將此消息告訴袁殊並商定報導辦法。3 月 30 日該刊 3 號 2 版頭條刊發題為《在地域或人間的作家？一封讀者來信探聽他們的蹤跡》（署名藍布），並加醒目的題目、附錄《福報》3 月 22 日胡也頻被捕入獄的報導。4 月 13 日（第 5 號）2 版頭條大字標題《嗚呼，死者已矣！兩讀者來信答藍布／李偉森亦長辭人世》，並加編者按語，4 月 20 日（第 6 號）2 版頭條刊登五烈士的照片。

　　「九一八」事變後，《文藝新聞》連續三期採用通欄大標語：「日本佔領東三省屠殺中國民眾！！！」，該報呼籲人們奮起抗日，報導文化界的抗日活動。時事政治新聞與評論逐成為該刊主要內容。「一二八」事變後，該刊從 2 月 3 日起每天出版戰時特刊《烽火》，專門報導戰局，全力以赴為抗日做宣傳鼓動，共出 13 期，因經費不支而停刊。2 月 7 日起，正張一度停刊。3 月 28 日起恢復正常出版。同年 6 月 20 日出至 60 號停刊。《文藝新聞》曾刊發魯迅、瞿秋白（V.T.）、周揚（周起應）、茅盾、陳望道等左翼人士或中共地下黨員的文章，如魯迅的雜文《上海文藝之一瞥》發表在該刊第 20～21 號上。《文藝新聞》以新聞報導和評論為基本體裁，在國統區很好地宣傳了左翼文化，其發行量從創刊時的 300 份，很快就突破 8000 份，而且相當穩定，還出版過合訂本。[1]這種不打左派旗號，在「獨立」、「客觀」的辦報方針和方法也影響了左翼文化人士。茅盾曾指出：「從《前哨》（以及其他『左聯』的刊物）的迅速被禁和《文藝新聞》的能夠堅持出版，使得『左聯』及其成員逐漸認清合法鬥爭的必要與重要，並開始作策略上的轉變」。[2]此外，1931 年北平成立「左聯」分盟，也先後出版了《文學雜誌》《北平文化》《文藝月報》等刊物。

　　除「左聯」外，影響最大的是中國左翼社會科學家聯盟（簡稱「社聯」）。社聯先後創辦了《文化鬥爭》《社會科學戰線》等刊物。其中《文化鬥爭》1930 年 8 月 15 日創刊，由「社聯」和「左聯」等團體聯合創辦，主要發表評論文化和「社聯」「左聯」的宣言、決議、綱領等文件。1931 年「社聯」在北平成立分盟，並出版《大眾文化》等刊物。

1　方漢奇：《中國新聞事業通史》（第二卷），中國人民大學出版社，1996 年版，第 528 頁。
2　茅盾：《「左聯」，前期》，《新文學史料》，1981 年版。

　　「文總」創辦了《文化月報》（1932 年 11 月，1933 年 1 月第二期改名爲《文藝月報》），《正路》（1933 年 6 月）。兩者都是文學、哲學、社會科學綜合性刊物。其他左翼團體也出版報刊。如上海藝術劇社《藝術》月刊（1930 年 3 月）和《沙侖》（1930 年 6 月），南國社《南國月刊》《南國週刊》（田漢主持），引擎社《引擎》，中國左翼戲劇家聯盟廣東分盟的《戲劇集納》。中國左翼新聞記者聯盟《集納批判》週刊、《華報》，中華新聞社、國際新聞社等。袁殊《文藝新聞》是左聯外圍宣傳刊物，爲公開宣傳左翼文化做出突出貢獻。另在左翼文化團體支持下，上海《申報‧自由談》、上海《中華日報‧動向》等副刊成爲革命文化的宣傳陣地。此外，中國共產黨曾支持鄒韜奮在香港創辦《生活日報》。1936 年 6 月 7 日《生活日報》創刊後，在天津主持華北局工作的劉少奇，於 5 月 24 日、6 月 19 日以「莫文華」筆名給鄒韜奮去信，就該報的性質、任務與宣傳方針提出建議。鄒韜奮在《生活日報星期增刊》刊登，並加編者按，表示完全接受。[1]中共在南方的黨組織與鄒韜奮建立聯繫，胡愈之、柳湜、惲逸群等中共黨員參與《生活日報》工作。

　　1932 年底至 1937 年，上海各大報的電影副刊，除《時報‧電影時報》外，《申報‧電影專刊》、《晨報‧每日電影》完全由革命文化工作者掌握，《新聞報‧藝海》《中華日報‧銀座》《大晚報‧剪影》《大美晚報‧文化街》等也在不同程度上受到革命文化工作者的影響。[2]

（二）魯迅和左翼報刊的反文化「圍剿」活動

1、國民黨鎮壓左翼報刊與報人

　　面對蓬勃興起的左翼文化運動，國民黨採取多種手段展開對共產黨的文化「圍剿」。

　　一是嚴厲查禁左翼報刊、迫害左翼人士。不完全統計，1929 年至 1936 年，國民黨中央宣傳部各處室查禁所謂「普羅文藝」書籍 309 種，其中包括魯迅、郭沫若、茅盾、田漢、陳望道、夏衍、柔石、丁玲、胡也頻、蔣光慈、周揚、巴金、馮雪峰、錢杏邨等許多左翼作家的作品。[3]左翼社會科學書籍也是遭禁

1　1936 年 6 月 7 日《生活日報星期增刊》第 1 卷 1 號「信箱」欄刊發《民族解放的人民陣線》（莫文華），同年 7 月 12 日的第 1 卷第 6 號「信箱」欄刊發《人民陣線與關門主義》（莫文華）。兩封長信，鄒韜奮都加了編者的話，表示認同。
2　見夏衍：《懶尋舊夢錄》，三聯書店，1985 年版，第 246 頁。
3　張靜盧主編：《中國現代出版史料》（丙編），中華書局，1957 年版，第 145 頁。

的重災區。僅據 1936 年國民黨中宣部《取締社會科學書刊一覽表》的記載，從 1929 年到 1936 年，就查禁、查扣了社會科學書刊 652 種，其中注明「共產黨刊物」的 391 種，因「共黨宣傳品」、「鼓吹階級鬥爭」等原因被禁扣的 38 種，二者合計 429 種，占總數的 65.8%，幾乎囊括了當時出版的馬、恩、列經典著作和進步書刊。[1]據北平公安局統計，從 1931 年 11 月 30 日至 1932 年 2 月 24 日（中缺 1931 年 12 月 27 日至 1932 年 1 月 3 日）的短短 69 天裏，郵電檢查員「扣留銷毀」的「攸關時局平信及電報，並宣傳共產黨的各種反動刊物、報紙」即達 7280 種。[2]另有統計，從 1927 年 8 月至 1937 年 6 月，國民黨共查禁書刊 2 千餘種。[3]印刷發行左翼刊物的出版社也在國民黨查封之列。1929 年至 1930 年，創造社出版部、上海春野書店、第一線書店、曉山書店、現代書局等均因出版左翼和共產黨刊物被查封。[4]1930 年至 1933 年間，先後犧牲的左翼人士有宗暉、柔石、殷夫、胡也頻、李偉森、馮鏗、潘漠華、應修人等。面對國民黨的「文化圍剿」，在中共地下黨領導下，左翼人士採取形式上偽裝、堅持「韌性」戰鬥等策略與之周旋。

　　二是針鋒相對提出文藝理論、思想主張對抗左翼文藝運動。在中國社會性質論戰中，以陶希聖為代表的《新生命》派提出較為模糊的中國社會性質，否認共產黨提出的中國社會是「半殖民地半封建社會」。倡導、組織三民主義文藝運動，1929 年 6 月國民黨召開全國宣傳會議，蔣介石親臨大會訓話，當天即通過三民主義文藝決議案，規定以三民主義文藝為本黨之文藝政策，要根據中國現狀和世界潮流，建設三民主義的新文學。在此政策倡導下，潘公展等國民黨人打出「民族主義文藝」旗號，力圖利用《前鋒週報》《前鋒月刊》和《現代文化評論》等刊物宣揚王道和忠孝、仁愛、信義、和平的道德，抗衡左翼文學，成果寥寥。為配合蔣介石的新文化運動，在陳立夫等人的推動下，1935 年 1 月 10 日，來自北平、上海、南京的王新命、何炳松、陶希聖等 10 名教授聯名在陳立夫任理事長的中國文化建設協會機關刊物《文化建設》上發布《中國本位的文化建設宣傳》（通稱「十教授宣言」），意圖建立「中國

1　中國第二歷史檔案館編：《中華民國史檔案資料彙編：第五輯第一編「文化（一）」》，南京：江蘇古籍出版社，1994 年版，第 246～277 頁。
2　謝陰明：《衝破文化「圍剿」的北平左翼文化運動》，《新文化史料》，1992 年版。
3　張克明：《第二次國內革命戰爭時期國民黨政府查禁書刊編目》，出版史料，1984 年版。
4　盧毅：《20 世紀 30 年代左翼文化的宣傳策略》，《理論學刊》，2014 年版。

本位文化」。「十教授宣言」得到官方支持和鼓勵，一時各日報、雜誌爭相轉載，並舉行各種座談會、發表一系列文章，展開熱烈討論，但「十教授宣言」並未提出任何可操作性的方案，成爲推行蔣介石提倡的「禮義廉恥」傳統道德一個宣傳行爲。國民黨還宣揚法西斯主義文化，提倡「尊孔讀經」，宣傳封建文化。國民黨倡導的這些思想文化活動，效果甚微，實際上對左翼文化運動未造成任何影響。

2、左翼團體及其報刊的反文化「圍剿」鬥爭

「左聯」成立之前，提倡革命文學，抨擊國民黨腐敗統治的基本是創造社、太陽社的報刊，它們各自爲戰，內部也曾發生「筆戰」，抨擊過魯迅、茅盾。1929 年下半年中共中央文化工作委員會成立後，中共中央加強了對左翼文化團體的領導，成立了左聯、社聯等各種群眾團體，1930 年 10 月成立了中國左翼文化總同盟，較大程度團結了國統區傾向進步的知識分子，形成在形式上相對鬆散、戰鬥力強的左翼文化新軍。這支新軍積極從事馬克思主義宣傳和革命文藝創作活動，翻譯、傳播馬克思主義，弘揚無產階級革命文學，倡導普羅文化、推行文化大眾化運動，揭露並抨擊國民黨的腐敗統治、文化專制，使廣大青年學生對中國共產黨產生濃厚興趣，打破了國民黨的文化「圍剿」。中共地下黨員潘漢年、瞿秋白、張聞天、馮雪峰、周揚等具體領導、策動了左翼文化運動，魯迅是左翼無產階級革命文學運動的主要旗手。

在中國共產黨領導下，不同左翼社團在反文化「圍剿」方面有所分工。如左聯主要是社會傳播、弘揚無產階級革命文學、抨擊國民黨腐敗專制，文化專制。在「左聯」的帶動、影響下，20 世紀 30 年代成爲中國現代文學創作的豐收期。據統計，大約有 80 部長篇小說、200 多部中篇小說問世。外國文學的翻譯也進入了黃金期，據統計共有 700 多種，蘇聯作家法捷耶夫、肖洛霍夫、高爾基等人的作品相繼翻譯出版，1935 年被稱爲「翻譯年」。現代詩歌也進入它的豐收季節，重要詩人和詩歌流派密集呈現，詩刊如雲，詩風熾熱。[1]「社聯」主要從事翻譯、傳播馬克思主義，同反馬克思主義思潮進行鬥爭等活動。「社聯」是中共參與中國社會性質問題論戰的主力軍，批判托派、新生命派等各種不切合中國實際的觀點，使中共關於中國社會是「半殖民地半封建社會」的論斷深入人心。

---

1 秦紹德：《近代上海文化和報刊》，《學術月刊》，2014 年版。

左翼文化運動也受到中共「左傾」教條主義、冒險主義和關門主義的影響，給左翼文化運動造成許多令人痛心的損失。隨著抗日救亡運動的發展，左翼文化運動逐漸將重心轉向建立文化界抗日統一戰線方面。1936 年春「左聯」自動解散，為文化界抗日統一戰線的發展鋪平了道路。

3、魯迅反文化「圍剿」的報刊活動

魯迅是左翼文化運動的旗手和「盟主」。從 1927 年至 1936 年逝世是魯迅一生最輝煌的十年，也是他的報刊活動最活躍的十年。在這 10 年內，魯迅以上海為基地，先後參加了 72 種報刊的編輯和撰稿活動，在報刊上發表了 400 多篇充滿了戰鬥鋒芒的雜文，僅 1933 年一年就發表了 130 多篇。魯迅的辛勤寫作推動了 20 世紀 30 年代報刊雜文的繁榮發展，使之風行一時。同時魯迅也轉化為「馬克思列寧主義者，成為自覺的無產階級的革命輿論戰士」。[1]

自廣州中山大學辭去教職於 1927 年 10 月定居上海到 1930 年，魯迅先後擔任《語絲》《奔流》《朝花》《文藝研究》等刊物主編，支持《未名》等刊物的編輯工作，經常給《北新》《文學週報》等刊物寫稿。1930 年 3 月左聯成立至 1933 年，魯迅主要從事左聯刊物的編輯工作，先後擔任《萌芽》《巴爾底山》《前哨》《十字街頭》等刊物主編，先後刊發了《硬譯與文學的階級性》《喪家的資本家的乏走狗》《中國無產階級革命文學和前驅的血》《友邦驚詫論》等雜文；積極為《拓荒者》《北斗》《文學月報》等其他左聯刊物寫稿，關心、支持刊物的編輯和出版工作，成為左聯各報刊的實際總指導者。支持《文藝新聞》，為其撰寫了《上海文藝之一瞥》《我對於『文新』的意見》。在魯迅支持下，以《文藝新聞》為核心成立了中國左翼新聞記者聯盟，並在《文藝新聞》上出版《集納》專頁。1933 年，左聯「秘密」成員聶紺弩被聘為改組派報紙《中華日報》副刊《動向》主編後，魯迅支持《動向》副刊，以 13 個筆名刊發了多篇文章。

1933 年後，左聯刊物大部被封，1932 年 12 月《申報·自由談》由黎烈文接編，經郁達夫轉請約稿，魯迅自 1933 年 1 月起就為《自由談》寫稿至 1934 年 8 月，先後用 40 多個筆名發表了 143 篇文章，平均每隔三四天就有一篇，其中最多的一個月竟寫了 15 篇，平均兩天一篇[2]，是為《自由談》撰稿最多的

---

1 方漢奇：《魯迅的報刊活動和他的辦報思想》，《方漢奇文集》，汕頭大學出版社，2003 年版，第 392 頁。
2 秦紹德：《近代上海文化和報刊》，《學術月刊》，2014 年版。

作家。《偽自由書》《準風月談》《花邊文學》中的大部分文章都在《自由談》上發表。1933 年下半年至 1936 年逝世，除繼續擔任《文學》編委和主編三期《譯文》（1934 年 9 月創刊）外，魯迅全力爲各個刊物寫稿，用雜文和政論進行戰鬥，先後在近 20 種報刊發表文章，其中較多的是《文學》月刊和《太白》半月刊。《談金聖歎》《病後雜談》《又論第三種人》等 26 篇發表在《文學》月刊，《考場三醜》《論人言可畏》等 23 篇發表在《太白》半月刊。此外還關心《中流》《作家》《海燕》《文學叢報》《夜鶯》等刊物，代爲閱稿，自己也供稿。在這些刊物發表《答徐懋庸並關於抗日統一戰線問題》《半夏小集》《答托洛斯基派的信》等重要文章。

除主編、參與刊物，爲刊物寫稿外，魯迅還熱情支持傾向進步的青年們的成長，在生活上關心他們，成爲他們的良師益友。他經常給青年作者和讀者回信，累計超過了 3000 封，[1]並以身作則，影響青年向左翼靠攏。魯迅在反文化「圍剿」中的報刊活動爲革命新聞工作者樹立了光輝的典範。

三、國統區中共地方組織的新聞報刊

（一）中共各地黨組織秘密報刊的恢復與發展概況

中共中央除了在上海重建中共中央機關報外，還盡可能地在國統區各大城市恢復、創刊黨組織，並秘密出版革命報刊。1928 年 6 月 30 日，中共中央發出《中共中央通告第五十五號》，決定各地黨部要積極出版「灰色刊物」。文件要求此類刊物主要針對「小資產階級的宣傳鼓動的工作」，刊物「不能登載黨的文件或論文中露出與黨有組織關聯的話」，而「應作爲第三種人的口氣」說話，用事實證明國民黨的統治與北洋軍閥相同，使「小資產階級」脫離國民黨的影響，站在共產黨方面來。此類刊物「江蘇省委已開始刊行，廣東及順直二省須立刻辦，其他各地斟酌情形辦理」。[2]並指出各地黨組織創辦秘密報刊的可行方法，大大促進了中共各地黨組織的出版發行工作。在地方實力派實際控制的區域，中共中央則根據其「反共」的嚴屬程度或與民國南京政府的離心程度，用「赤色刊物」或「灰色刊物」加強黨的宣傳鼓動工作。

1　方漢奇：《中國新聞事業通史》（第二卷），中國人民大學出版社，1996 年版，第 378頁。

2　《中共中央通告第五十五號》。轉自中國社會科學院新聞研究所編：《中國共產黨新聞工作文件彙編》（上冊），新華出版社，1980 年版，第 39～40 頁。

　　不完全統計，1927 年至 1937 年，中國共產黨從中央到地方的各級組織秘密出版發行的報刊約 288 種。其中上海、江蘇和浙江地區 53 種；廣東、廣西 30 種；福建 41 種；安徽、河南和湖北 34 種；四川、貴州和雲南 16 種；山東 26 種；北平、天津、河北、山西地區 49 種；滿洲（東北）地區 29 種；陝西 10 種。中國共產主義青年團各級組織創辦的報刊約 51 種；工人、農民和婦女報刊約 42 種。[1] 據民國南京政府統計，1929 年全國「反動」刊物比 1928 年增加了 90%，其中共產黨的刊物占 54%。據《上海報週年紀念冊》中的《全國革命報紙調查》記載，1930 年南京國民政府轄區（除上海外）出版的革命報刊有 12 家：《天津報》，在華北出版的《北方紅旗》（週刊）和《無產者》（旬刊，油印），在哈爾濱出版的《白話報》（不定期刊，工人報紙）和《工農旬刊》，在鄭州出版的《河南報》（三日刊），在湖北出版的《武漢小報》（三日刊，工人報紙）和《湖北紅旗》，《福州工人》（週刊），《廈門工人》（三日刊），以及《香港小日報》、《香港週刊》等。[2]

　　1930 年以後，在「左」傾錯誤影響下，中共各地黨組織及其報刊面臨嚴峻形勢，其報刊堅持出版，但時斷時續，品種也大爲減少。1932 年 3 月 25 日，中共河北省委機關報《北方紅旗》在幾度停刊後恢復出版，該刊是鉛印旬刊，儘管它採用僞裝封面，也不能按時出版，堅持一年左右後停刊。共青團河北省委在 1932 年 7 月 10 日創辦《北方列寧青年》刊物，鉛印、旬刊，也只出版了幾期。中共四川省委 1932 年 3 月 28 日創辦《工人之路》週刊，8 開本，油印，僅見 1 期。廣東曾出版《南方紅旗》，遼寧曾出《滿洲紅旗》，陝西曾出《西北珍眞報》，刊行時間都不長。

（二）上海、武漢、廣州等地區的中共地下報刊

　　除中共中央創辦各種機關報外，江蘇省委、中共共青團分支機搆亦在上海創辦秘密報刊。主要有：中共江蘇省委機關報《前鋒》（1927 年 9 月）、黨內機關刊物《江蘇省委通訊》（1927 年 11 月）、對外宣傳刊物《多數》（1928 年 9 月 10 日）、《群眾日報》（1931 年）、《大中報》（1932 年）、《眞話報》（1932 年）。共青團江蘇省委主辦的《少年眞理報》《轉變》《先鋒》等，江蘇省委宣傳部的《理論與實際》（1931 年 9 月 1 日）。上海工會系統出版的《上海工人》

1　錢承軍：《建國前中國共產黨報刊研究》，中國文聯出版社，2009 年版，第 81 頁。
2　方漢奇：《中國新聞事業通史》（第二卷），中國人民大學出版社，1996 年版，第 278 頁。

《工人報》《電話工人》等，其中《上海工人》由上海總工會主辦，原名《新世界》，1927 年 8 月 23 日改爲本名，鉛印。初爲雙日刊，第 1 至 59 期爲 8 開 4 版小報，1928 年 2 月 3 日第 60 期起改爲 64 開小冊子，並改出不定期刊。設有「短評」「時事新報」「國內外革命消息」「本埠勞動消息」「特載」「俱樂部」「詩」「漫畫」「革命常識」等欄目。曾用《散花舞》《時新毛毛雨》《滑稽大王》等化名封面，終刊日期不詳。此外，各工廠、學校出版的油印小報和情報，時斷時續，數量不少。[1]

　　武漢、廣州既遠離南京國民政府的統治中心，且處在地方實力派掌控下，共產黨的社會基礎較好，故成爲中共秘密報刊出版發行最快最多的地方。[2]

　　中共中央、中共湖北省委等黨組織在武漢「七一五」政變後轉入地下。中共中央 1927 年 8 月 11 日在武漢創辦了機關報《中央通訊》，屬於文件彙編性質的不定期內部刊物，油印或鉛印，16 開或 32 開，填補了《嚮導》週刊停刊至《布爾塞維克》出刊前的一段空檔。同年 11 月 7 日遷至上海出版。12 月第 16 期起改名爲《中央政治通訊》，曾用《昭覺禪師傳》《催眠術》《離騷》《宋六十名家詞》的化名僞裝封面，1928 年 7 月 30 日終刊，共出 30 期。此外還有中共湖北省委秘密出版《長江》小報。鉛印，中國共產黨傑出的女報刊工作者和宣傳家向警予任主筆，不久改爲《大江報》。該報在 1927 年底至 1928 年年初一度停刊。1928 年 2 月 7 日復刊，改爲油印。同年 3 月 20 日向警予被捕，《大江》遂停刊。5 月 1 日，向警予在漢口被國民黨槍殺。除《大江》報外，武漢地區武陽縣區委在 1929 年先後出版《冷報》《碰報》和《犀報》。受「左」傾錯誤影響，上述報刊存續時間都很短暫。1935 年「一二九」運動期間，中共地下黨領導的武漢學生組織創辦了《武大學生》（原名《救中國》）。《武大學生》由武漢大學救國會、武漢大學敵後援會主辦，負責人先後有李厚生（李銳）、錢祝華（錢聞）、潘乃斌（潘琪）等。[3]

　　在重慶，中共地下組織創辦、領導的報刊主要有《新社會日報》《萬縣日報》《萬州日報》《新江津日報》《枳江日報》《人民日報》《紅軍日報》等。其中《新社會日報》創刊於 1929 年 4 月 1 日，爲中共四川省委軍委主辦（一

1 方漢奇：《中國新聞事業通史》（第二卷），中國人民大學出版社，1996 年版，第 272 頁。

2 方漢奇：《中國新聞事業通史》（第二卷），中國人民大學出版社，1996 年版，第 277 頁。

3 錢承軍：《建國前中國共產黨報刊研究》，中國文聯出版社，2009 年版，第 101 頁。

說是中共四川省委和川東特委聯合主辦）。主辦人是中共地下黨員張志和（公開身份是川軍第 24 軍劉文輝部的師長），社長兼總編輯羅承烈。社址在商業場新大街 1 號，日出對開兩張，由商務日報印刷廠代印。發刊後猛烈抨擊蔣介石集團，深受讀者歡迎。後在國民黨中央的壓力下停刊，前後出版兩個多月。[1]

在廣州，中共廣州省委創辦了機關報《紅旗》半週刊，該刊是一張 16 開4 版的鉛印小報，1927 年 11 月創刊，以報導和評論廣東的革命鬥爭爲主要內容。12 月 11 日，廣州起義爆發，《紅旗》半週刊改名《紅旗日報》，成爲蘇維埃廣州公社機關報。在起義後的幾個小時內，報紙就出版，印刷 25 萬份，在全市各街頭散發與張貼。激戰三晝夜後，廣州起義失敗，《紅旗日報》停刊。

杭州爲國民黨統治的核心區域，中共地下報刊的生存空間更爲逼仄，這一時期中共地下報刊數量較少，保留至今的極少。主要有中共浙江省委的《省委通訊》（1927 年 9 月，油印）、《每週通訊》（1928 年 3 月，油印），《錢江怒濤》（1927 年 10 月，油印）、中共杭州市委的《前進》（1928 年 4 月後，不定期，油印）。1927 年，中共在富陽曾出版《晨鐘》六七期。[2]杭州城內小車橋的浙江陸軍監獄出現了中共地下刊物《伊斯科拉》。該監獄囚禁過 1508 位共產黨員（當時整個浙江也只有 1740 位黨團員）。[3]大概從 1928 年始，中共浙江陸軍監獄特支宣傳委員裘古懷開始編輯出版《伊斯科拉》（「伊斯科拉」俄文漢譯，意味「火星」）《洋鐵碗》。《伊斯科拉》經常刊登一些中共黨內情報通報之類的東西，讀者對象是「政治犯」和知識青年，《洋鐵碗》以宣傳中共理念和輔導學習文化爲主，讀者對象爲「政治犯」中的工人和農民，還有「軍事犯」。裘古懷犧牲後，獄友們繼續編輯出版，《伊斯科拉》出版四五期後，改名爲《衣食苦拉》。此外，還有文藝刊物《苦笑》、《宇宙風味》。[4]

在安徽，除皖西革命根據地外，中國共產黨先後創辦了《怒潮》《長江晚報》等報刊。《怒潮》1928 年 8 月在鳳陽縣安徽第五中學創辦，後改《五中學生》，爲第五中學中共地下黨領導。1929 年 4 月 17 日學校黨組織被破壞後停刊。《長江晚報》1929 年由劉文若、徐覺生、牛雨樵、許習庸等中共地下黨員

1　蔡斐：《重慶近代新聞傳播史稿（1897～1949）》，重慶出版社，2017 年版，第 95 頁。

2　中共浙江省委黨史研究室：《中共浙江黨史》（第一卷），中共黨史出版社，2002 年版，第 218 頁。

3　李杞龍主編：《杭州英烈》（第五輯），杭州市民政府 1990 年印行，第 58 頁。

4　見何揚鳴：《民國杭州新聞史稿》，杭州出版社，2013 年版，第 461～462 頁。

在安慶創辦，民營色彩。該報與愛國將領方振武聯繫密切，曾連載劉文若《黨國人物的過去與現在》，揭露蔣介石的醜惡，引起轟動，報紙發行量由上千份激增至萬份。1929 年 10 月 1 日被查封。方振武被拘禁，社長許習庸、總編輯劉文若被逮捕判刑。[1]

（三）北方地區的中共報刊

「四一二」政變後，中共北方地區黨組織遭到嚴重破壞。天津地區黨的活動被迫轉入地下，黨的領導機關屢遭破壞，黨內出現思想消沉。爲改變這些狀況，中共中央先後派蔡和森、陳潭秋、周恩來、彭眞、劉少奇、姚依林等來到天津直接指導黨的工作，天津地區的中共活動得以恢復。這一時期，中共河北省委和天津市委先後在天津出版了《出路》《天津好報》《北方紅旗》《實話報》《長城》《世界》等地下報刊，並秘密創辦了印刷廠。

《出路》是中共順直省委內部機關刊物，1928 年 11 月 16 日創刊，油印。爲發動中共天津黨內同志討論中共順直省委的錯誤和今後的出路，由劉少奇直接創辦，陳潭秋撰寫發刊詞，劉少奇寫了序言並以趙啓化名發表《怎樣改造順直的黨》，爲後來天津召開省委擴大會議作了思想上準備。1929 年 8 月 31 日停刊，共出刊 13 期。

《北方紅旗》1929 年春創刊，胡錫奎主編，先油印後改爲鉛印，爲中共順直省委機關刊物。1930 年 12 月下旬，中共河北省委在天津成立取代順直省委後該刊停辦，共出 55 期。1932 年 3 月 25 日，《北方紅旗》復刊爲中共河北省委的機關刊物。復刊號發刊詞寫道「《北方紅旗》是河北省黨委的機關報，是河北革命運動的宣傳者、領導者、組織者，廣大工農勞苦群眾自己的喉舌，它是間接與帝國主義和地主、豪紳、軍閥、資產階級的國民黨鬥爭到底的最有力的武器」。1933 年 3 月，中共河北省委《火線》創刊，同時《北方紅旗》停刊。另外順直省委還出版過《省委通訊》《工人畫報》。[2]

《星星》由中共順直省委濟難會負責人蔣曉梅等組織星星文藝社創辦，約 1929 年 6 月發刊，半月刊。該刊是大革命失敗後中共在天津公開出版的第一本革命文藝刊物，被稱爲天津左翼文化運動的先聲。《星星》提倡無產階級文學，僅出 1 期即被查封。《天津好報》1929 年 8 月創刊，工人刊物。由中共黨員劉天章、李子昂根據中共河北省委決議創辦，4 開 3 日刊，每期發行 300

1　王傳壽主編：《安徽新聞傳播史》，合肥工業大學出版社，2014 年版，第 118 頁。
2　馬藝等：《天津新聞史》，天津人民出版社，2015 年版，第 357 頁。

份。主要宣傳黨的「六大」制定的《十大綱領》。1930 年 4 月 12 因編輯被捕停刊。《夜鶯》由中共文學團體夜鶯文藝社出版，1929 年 12 月 1 日創刊，半月刊，16 開。該刊倡導無產階級革命文藝，在天津文化界產生一定影響。1930 年 4 月被查禁。中共黨組織曾在英租界（今和平區唐山道）創辦了地下印刷廠（黨內稱紅旗印刷廠）。應天津順直省委要求，周恩來將上海中央印刷廠遷入天津，毛澤民任經理，在完成中央和省委指派的各項印刷任務後，於 1931 年下半年撤離天津。中央印刷廠翻印的主要報紙有：上海的《北方紅旗》《紅旗報》《實話報》及天津的《北方紅旗》《星星》《天津好報》《夜鶯》以及《京漢工人流血記》等。

「九一八」事變後，中共天津黨組織根據中央指示，調整鬥爭方向，積極推動抗戰形勢開展，團結工農群眾，創辦報刊，組織輿論，先後創辦了《天津文化》《天津青年》《火線》《實話報》《當代文學》等，其中《火線》產生影響較大，時間也最長。

《火線》1933 年 3 月 18 日創刊，油印內部發行，為中共中央北方局及河北省委機關報。3 個月後停刊，11 月復刊至 1936 年年底停刊，共出版 67 期。1938 年該刊轉入平西革命根據地繼續出版。1936 年春，中共北方局書記劉少奇到天津工作後在《火星》上先後發表《肅清立三路線的殘餘——關門主義冒險主義》《論左派》等重要文章，闡述了我黨在白區工作的任務和策略原則，對中共在北方肅清王明左傾錯誤路線具有重要的指導意義。除繼續出版《火星》外，劉少奇還領導創辦了《華北烽火》《世界》《國際知識》《抗日小報》《婦女園地》《天津婦女》《婦女》等刊物。其中《華北烽火》是中共中央北方局機關報，1936 年 6 月 20 日創刊，16 開本，半月刊，由知識書店公開發行。同年多姚依林調至天津任天津市委宣傳部長、《火線》主編。期間，劉少奇以呂文、尚陶、凱風等筆名發表多篇推動建立抗日民族統一戰線的文章，1936 年 8 月 5 日該刊登載《中國共產黨致中國國民黨書》，提議國共結成全民族的統一戰線。該刊曾用《長城》《國防》《中國人》《人民之友》等刊名出版，其中《長城》使用時間最長。1937 年 7 月停刊。《世界》1937 年 3 月 1 日創刊，中共天津創辦，16 開本，旬刊，半公開發行。由姚依林直接領導，南開大學經濟研究所的中共黨員承辦，主要面向進步青年宣傳中共抗日民族統一戰線方針，設有「世界十日」「小言論」等欄目。1937 年 6 月底停刊，共出 12 期。中共天津市委婦女工作部在 1936 年 3 月 8

日成立天津婦女救國會，以救國會名義出版了不定期的《天津婦女》（《婦女園地》前身，共出版 35 期）《婦女》等刊物，在婦女界宣傳抗日救國。[1]

在北平，中共地下黨的活動自 1935 年下半年起逐漸恢復生機並趨於活躍。除原有的黨內秘密刊物《火線》外，中共北平市委 1935 年 10 月創辦了公開刊物《華北烽火》，雖曾多次更換名稱和封面，但仍然遭到當局查封。北平市委還於 1936 年 12 月 16 日創辦了《中國人》。中共北方局 1936 年 6 月創辦《長城》，1936 年 10 月創辦《國防》，1937 年 4 月創辦《人民之友》三種半公開刊物。[2]「一二九」運動期間，中共地下黨利用在大、中學校的外圍組織創辦了一批有影響力的學生刊物。如平津地區的《民先隊報》。該報為中華民族解放先鋒隊的機關報，顧得歡、楊述等負責。主要報導各地救亡運動的情況，發布民先總隊部的文件，宣傳民先隊的政治主張。[3]

（四）「九一八」事變前東北地區的中共報刊

1927 年 10 月，東三省的統一領導機關中共滿洲省委成立。東北淪陷前，中共滿洲省委在陳為人、劉少奇、陳潭秋等領導下，克服白色恐怖等各種困難，相繼創辦了不少內部黨刊和機關報，組織出版了一些文藝報刊，這些報刊反抗軍閥壓迫與抨擊日本帝國主義侵略，對鞏固和擴大東北地區黨的隊伍，促進東北革命與民族解放等發揮了不可忽視的作用。

「九一八」事變前，中共滿洲省委主辦的報刊主要有《滿洲通訊》《滿洲工人》《政治文藝》《白話報》《滿洲紅旗》《鬥爭》等。《滿洲通訊》是滿洲省委黨內發行的內部刊物，1927 年 12 月 1 日在瀋陽創刊，32 開，滿洲省委書記陳為人主編，油印發至東北各地黨支部。該刊仿照中共《中央政治通訊》出版，其發刊詞明確規定「一、公布臨委的政策、重要決議及一些政治上、工作上的指示；二轉載中央或北方局的重要通告；三、登載各級黨部重要報告，各級同志對黨的各種意見」。要求「各級同志接到此通訊後務須詳加研究與討論或批評」。[4]《滿洲通訊》刊載黨中央的路線、方針、政策和新政策下省委在政治上和工作上的指示以及各部黨部的重要報告、各級黨同志對黨的意

1 關於天津地區的中共報刊參見馬藝等著的《天津新聞史》，天津人民出版社，2015 年版，第 355～361 頁。
2 錢承軍：《建國前中國共產黨報刊研究》，中國文聯出版社，2009 年版，第 101 頁。
3 錢承軍：《建國前中國共產黨報刊研究》，中國文聯出版社，2009 年版，第 101 頁。
4 劉怡：《陳為人與〈滿洲通訊〉》，《中國檔案》，2013 年版。

見等內容。該刊突出特點是提倡黨內民主，勇於批評與自我批評。如第 4 期全文刊登了批評省委書記陳爲人「不常到外面與群眾接觸」，有時對下級態度「傲慢」的信，還刊登過署名「之」的對省委決議案的質疑信等。採用《周善堂週年報告集》《中學校論文一束》、《佛學津梁》《上帝之言》《衛生規律》《國文講義》等僞裝封面發行。

　　《滿洲工人》《政治文藝》是中共滿洲省委對外發行的兩種通俗旬刊。《滿洲工人》原名《滿洲工農兵報》，1928 年 3 月 20 日在瀋陽創刊，11 月改由新成立的省委職工運動委員會主辦，同時更名爲《滿洲工人》，期發 200 份。《發刊頭一聲》宣稱目的有三：一是「把我們滿洲工人階級的知識，把我們的痛苦說出來，並且想出方法來解除我們的痛苦」，二是「把我們的敵人（帝國主義、軍閥、官僚）的罪惡，壓迫工人、貪贓賣國宣傳出來，誓死反對他們」；三是「把各地窮苦工人一切情形全登出來，交換意見，使天下的工人階級團結起來謀我們將來的幸福」。[1]設有論文、短評、詩歌、漫畫等欄目。文字通俗、內容豐富。《政治文藝》1928 年創刊，以文學青年爲對象，每期油印 600 份，共出刊 9 期。該刊與《滿洲通訊》《滿洲工人》一樣，「都是經過黨和團的支部散發了出去」。[23]1928 年 12 月 23 日陳爲人被捕，《滿洲通訊》被迫停刊，共出版 15 期，《滿洲工人》《政治文藝》也同時被迫停刊。

　　《白話報》是在中共滿洲省委第三任書記劉少奇催促與指導下創辦的「哈爾濱工人群眾最歡迎的小報」。[4]1929 年 10 月在哈爾濱創刊，兩張蠟紙油印出刊，每期 500 份。1929 年 7 月劉少奇化名趙之啓抵達瀋陽任中共滿洲省委書記，負責主管「全省工作、宣傳工作及政治方面」。根據黨中央 6 月決議，率先成立了三人「黨報編輯委員會」，計劃創辦黨刊《眞理》和《工人週刊》等，同時要求「哈爾濱出一定期的工人刊物」。[5]《白話報》就是哈爾濱的工人刊物。11 月 6 日哈爾濱市委根據劉少奇指示決定「《白話報》主要爲中東路的工廠小報，特別指導目前的鬥爭，至少爲五日刊」。[6]《白話報》由任國楨等編輯，鼓

1　黑龍江日報社新聞志編輯室編著：《東北新聞史（一八九九～一九四九）》，黑龍江人民出版社，2001 年版，第 197 頁。

2　據滿洲省委關於 11 月份宣傳工作給中央的報告。黑龍江日報社新聞志編輯室編著：《東北新聞史（一八九九～一九四九）》，黑龍江人民出版社，2001 年版，第 197 頁。

3　劉怡：《陳爲人與〈滿洲通訊〉》，《中國檔案》，2013 年版。

4　《一九三〇年全國革命報刊調查》，《上海報週年紀念冊》，1930 年 4 月 17 日。

5　據滿洲省委 1929 年 9 月 27 日滿字第 55 號給黨中央的報告。

6　據中共哈爾濱市委 1929 年 11 月 6 日給滿洲省委的報告。

動中東鐵路工人運動罷工。該報得到中共中央的讚賞，東北當局對之深感不安，張學良訓令東省特別區行政長官查禁該報。因多種原因中東路總罷工未能實現，《白話報》約在 1930 年 3 月下旬郭隆眞去瀋陽後停刊。在 1930 年，哈爾濱市委及其領導的各級群團組織先後創辦了近 10 種革命報刊，如市委黨刊《群眾》《無產者》及《工農旬刊》《濱江工人》《北滿工人》，共青團市委與反帝大同盟的《反帝週刊》《現在旬刊》，北滿特委的《北滿紅旗》，中東鐵路總工會籌備處的石印小報《火車頭》等。[1] 這些刊物出版時間不長，雖然在宣傳上受到黨內左傾錯誤的影響，但在反帝運動中發揮了積極作用。

《滿洲紅旗》是滿洲省委主辦的面向滿洲勞苦群眾的旬刊，冊式，1930 年 9 月 15 日在瀋陽創刊。《鬥爭》是滿洲省委同年 10 月 1 日創辦的黨內刊物，兩刊都由滿洲省委書記陳譚秋和省委宣傳部長趙毅敏主編。劉少奇因病離任後，半年之內中共滿洲省委三次改組，工作受到很大影響，期間瀋陽及南滿等地幾乎沒有中共黨團報刊。《滿洲紅旗》和《鬥爭》出版，塡補了這一空白，對統一東北地區黨員思想起到了重要作用。《滿洲紅旗》《發刊辭》指出黨的報刊是「群眾的喉舌」與「燈塔」，「它是階級鬥爭的武器」。該刊蠟紙刻印，內容豐富、體裁多樣，既有言論，也有京津滬漢及東北各地消息，還有東北城鄉來稿與漫畫，版面編排靈活美觀。1931 年 2 月，該刊由旬刊改為單張三日刊。「主要內容是解說革命的策略問題和黨目前的中心口號，登載群眾革命鬥爭的消息」等。[2] 稿件先由宣傳部秘書一人編輯，經省委宣傳部長、奉天市委書記趙毅敏審閱後，交給「一個住機關的女同志」刻寫油印並分發。至 2 月 24 日「已出十期」。[3]

《鬥爭》創刊號刊有陳譚秋撰寫的署名文章《鬥爭的任務》，提出《鬥爭》是「為徹頭徹尾轉變黨的路線」而創辦，是「黨內集中指導的刊物，是全黨黨員在觀念上、認識上、工作上、行動上惟一的指針」。該刊「只許黨員閱讀，絕不有交給非黨同志或有遺失，必要時上級黨部可隨時收回」。在陳譚秋主持下，《鬥爭》主要刊登針對黨內思想傾向而發的言論，如時政評論、思想評論、雜文、隨感等，體裁多樣化。《滿洲紅旗》《鬥爭》都採用僞裝封面發行。如

1　黑龍江日報社新聞志編輯室編著：《東北新聞史（一八九九～一九四九）》，黑龍江人民出版社，2001 年版，第 202 頁。
2　《關於黨報通訊工作》，滿洲省委通知宣字第 1 號，1931 年 2 月 24 日。
3　《關於黨報通訊工作》，滿洲省委通知宣字第 1 號，1931 年 2 月 24 日。

《鬥爭》僞裝成《民間歌謠》,《滿洲紅旗》僞裝成《國民必讀》《工商週刊》等。「九一八」事變後,日本佔領瀋陽,11 月趙毅敏等省委領導人相繼被捕。《滿洲紅旗》被迫停刊。

在《滿洲紅旗》的影響下,東北各地出現了一批油印的黨報黨刊。如北滿特委的《北滿紅旗》,南滿特委的《南滿紅旗》,東滿特委的《爭鬥》(後改名《火花》,同時用中文與朝鮮文出刊)。哈爾濱市總工會在大連創辦的《工人事情報》並附出畫刊;哈爾濱市委的《組織者》,吉林磐石縣農民協會的《磐石農報》等。

中共滿洲省委在編印各種黨報黨刊外,還指示各地黨團組創辦公開出版的文藝刊物和「灰色報刊」,或設法進入「反動報紙」,擴大傳播革命思想,領導文化運動。中共地下黨組織創辦的文藝刊物有《關外雜誌》、《冰花》週刊、《燦星》週刊等。《關外雜誌》1928 年 10 月 5 日在瀋陽創刊,由中共奉天區委組織成立的文藝小團體關外社負責人李榮創辦。李榮,原名李郁階(玉潔),時在瀋陽《新民晚報》主編副刊。宋小坡、郭文宗、張光前等中共黨員參與編輯,該刊「以聯絡感情,促進關外文化之發展爲宗旨」,刊物由民辦文和山房代印,套色封面,毛邊書口。李榮 1928 年 12 月 23 日參加滿洲省委擴大會時與陳爲人等省委成員一起被捕後,《關外雜誌》被迫停刊,僅出 6 期。《冰花》週報 1929 年秋在瀋陽創辦,8 開文藝小報,郭維成等 7 人主辦。在中共滿洲省委的培育下,《冰花》成爲 20 年代末瀋陽「讀書界比較暢銷的文學刊物」,最高期發數達到 2000 份,[1] 約在 20 期後改爲月刊。1930 年 11 月,楊一辰被當局逮捕,改爲月刊的《冰花》只出版三四期被查封。《燦星》週刊1928 年夏秋間在哈爾濱創刊,僅出版 1 期因經費困難停刊。1929 年五六月移作《國際協報》副刊,每週對開一大張,稿件由中共地下黨員楚圖南指導組織的燦星文藝研究社自行編輯。1930 年 10 月,楚圖南在哈爾濱被捕,《燦星》被認爲「內容爲普羅文學」,「實足以煽動青年」等被「嚴行取締出版」。正在印刷的《燦星》第 4 卷被迫終止。中共地下黨員蕭丹峰打入長春《大東日報》任總編輯,大東日報館成爲地下黨秘密聯絡站。孫祐民、何仰天、金成龍、尹和洙、周東郊等是 1928 年 1 月延邊地區出版的《民聲報》漢文版編輯。瀋陽《商工日報》副刊編輯李第晨,哈爾濱《華北新報》編輯王鑄,吉林《東

1　黑龍江日報社新聞志編輯室編著:《東北新聞史(一八九九～一九四九)》,黑龍江人民出版社,2001 年版,第 210 頁。

北事業日報》編輯紀儒林、周化南，《泰東日報》的陳濤、周東郊等都是中共地下黨員，他們根據滿洲省委的指示，辦報時「在政治上不可過激，文字上要隱諱些」，[1] 在各種複雜的政治鬥爭都有所作爲。

「九一八」事變前夕，中共北滿特委根據滿洲省委「迅速出版黨報」[2] 指示，在哈爾濱創辦了《哈爾濱新報》。《哈爾濱新報》1931 年 8 月 15 日創刊，爲中共北滿特委領導出版的一家公開報紙。對開 4 版，週六刊。社址在道外正陽街路南 16 道街口東側紅樓樓下。社長吳雅泉，總編輯安希伯，編輯宋伯翔、何耿先、王鑄等，他們都是遼寧開原的留日學生或同鄉。北滿特委在該報成立黨支部，特委書記吳福敬兼任支部書記。哈爾濱特別市監察委員會委員長宋文林題寫報頭，前清新民知府增子固爲報館大門手寫匾額等，使得該報順利獲准出版。《哈爾濱新報》現存第 67、90、93、96 號。每日兩個新聞版：要聞版和地方新聞版。副刊《新潮》占半版，其餘都是廣告。有時第一版或第四版全是廣告。該報堅決反對蔣介石的「不抵抗」政策，動員全市各界群眾奮起抗敵，巧妙報導中國共產黨和蘇區紅軍的活動，宣傳黨的主張和方針政策。新聞稿源主要採用英亞社的電訊。副刊《新潮》主題鮮明，體裁多樣，除雜文、小說、新詩、散文，還有譯文、劇本、日本侵華史料、科普知識《毒瓦斯》等。1932 年 2 月 5 日，日本關東軍進佔哈爾濱，《哈爾濱新報》被迫停刊。

第二節　革命根據地的共產黨新聞報業

「四一二」政變後，中國共產黨在南昌「八一」起義後創建了獨立領導的工農紅軍，在國民黨統治的薄弱地區開闢農村根據地，實行「工農武裝割據」。經過四五年發展到 1933 年下半年，在 14 個省的邊界地區開闢出 10 多塊革命根據地，建立以江西中央蘇區爲中心的蘇維埃政權。第五次反「圍剿」失敗後，中央工農紅軍被迫實行戰略轉移，後於 1935 年 10 月 19 日到達陝北吳起鎮與陝北紅軍勝利會師。在紅色革命根據地的短短四五年內，共產黨創辦了 200 多種革命報刊，並首次將馬克思列寧主義辦報思想與根據地的實際結合起來，不但與國民黨新聞業根本對立，更與國統區的民營新聞業、在華外國新聞業迥然有別，也不同於共產黨在白色恐怖下的秘密辦報活動，開創

1　周化南：《在我地下黨控制下的東北實業日報》，《吉林報業史料》1991 年第 2 輯。
2　據 1931 年 7 月 18 日滿洲省委給「伯安」（北滿）的信。

了前所未有的全新新聞業態。紅色根據地新聞業以報業為主，通訊社、小冊子、傳單等為輔，是中國共產黨發動、啓蒙蘇區群眾、傳播革命理想、維護蘇維埃政權，壯大發展革命根據地的重要陣地。根據地新聞報業在國民黨的「圍剿」下艱難創業，從無到有，初步形成了革命報刊體系，初步積累了馬克思主義的辦報經驗。

一、根據地新聞報刊的早期特點與形態

革命根據地是工農紅軍在數省交界的偏僻農村以武裝割據方式開闢的。在經濟文化落後、人力物力奇缺、民眾識字率極低的環境下，工農紅軍既是開闢革命根據地的主力軍，也是發動群眾的主力軍。毛澤東明確強調「紅軍的宣傳工作是紅軍的第一個重大的工作。」[1]紅軍在建立革命根據地過程中的宣傳活動奠定了根據地新聞報刊的基礎，決定了根據地新聞報刊的早期特點與形態。

限於技術條件，工農紅軍早期的宣傳媒介主要是標語、傳單、布告、壁報、簡報等。開闢革命根據地初期，紅軍每到一處都書寫標語廣為宣傳。起初寫在紙張上廣為張貼，也用墨或顏料，後來用筍殼或茅草紮成大筆，沾石灰水寫在牆壁、木板、石碑、石板上。紅軍還將標語寫在竹片或木片上，塗上桐油，放入水中漂流。打下永新後曾用石印機印標語。後來部分標語編成《革命標語集》出版。在井岡山根據地的牆壁上，至今還保留著當年紅軍書寫的標語。

傳單主要用於對敵宣傳，在戰地或敵軍經過的地帶散發，後寄到已探明敵軍官兵姓名的家中。中共湘贛邊界各縣黨組織提出傳單「文字要簡短，使他們頃刻間能看完，要精警，使他們一看起一個印象」。[2]傳單的標題如《為誰打仗》《你們這樣當兵值得嗎》《反對許克祥喝兵血》等。

布告多用於宣傳共產黨和紅軍的政策主張，行文一般採用 4 字或 6 字一句編寫。押韻上口，便於傳誦，如毛澤東 1929 年 1 月起草的四字押韻的《紅四軍司令部布告》。壁報開始由連隊的士兵委員會主辦，稿子大部分士兵自己寫，稍後創辦了《時事簡報》，一周出一次，用大紙書寫，內容是國際國內時

---

1 毛澤東：《紅軍宣傳工作問題》，《毛澤東新聞工作文選》，新華出版社，1983 年版，第 15 頁。

2 《紅軍宣傳工作問題》（1929 年 12 月），中央文獻研究室、新華通訊社編：《毛澤東新聞工作文選》，新華出版社，2014 年版，第 15 頁。

政消息，游擊地區群眾鬥爭與紅軍工作的情形。這種《時事簡報》後來普遍興辦，定期編寫（三天一期），用大黑墨字抄寫，成爲在根據地廣泛張貼的一種小報。1931 年 3 月，時任中共中央軍委總政治部主任毛澤東簽發《普遍地舉辦〈時事簡報〉》的通令，並附有《怎樣辦〈時事簡報〉》的小冊子，要求紅軍和地方工農民主政權普遍舉辦。爲打破根據地消息的閉塞狀態，《時事簡報》只登消息，內容有本鄉、本區、本縣及本國與外國的。

攻佔城市獲得油印、石印或鉛印設備時，紅軍就創辦以工農兵爲對象的報紙。計有紅五軍的《工農兵》（1929 年 9 月）、紅七軍的《右江日報》（1929 年 11 月）、紅八軍的《工農兵》報（1930 年 2 月），紅三軍團的《紅軍日報》（1930 年 7 月）等。其中《紅軍日報》是紅軍報刊中第一張也是唯一一張鉛印對開大型日報。1930 年 7 月 28 日彭德懷率領紅三軍團攻佔長沙後，7 月 29 日即以接收的國民黨長沙《國民日報》社設備、物資爲基礎，紅軍三軍團總政治部名義出版了《紅軍日報》。該報面向工農兵大眾，發表共產黨《十大政綱》和《土地政綱》等文件，消息容量大、言論富有鼓動性，出有綜合性副刊《紅軍》專頁，產生了較大影響。8 月 5 日紅三軍團退出長沙，該報隨之停刊，共出 6 期。[1]

從 1927 年大革命失敗到 1928 年底，共產黨在全國各地領導了 100 多次武裝起義，其中一些建立了工農民主政權的根據地也出版了其報紙。如湖南平江的《蘇維埃》、瀏陽工農政府的《新瀏陽》旬刊，廣州工農政府的《紅旗日報》、海陸豐地區的《群眾之路》和《紅報》，惠陽縣的《革命小報》，福建閩西地區的《烈火》、《赤潮》《少年先鋒》等週刊，湖北黃安縣的《群眾》報，麻城縣的《戰鬥》，孝感縣的《火線》，鄂東地區的《英特納雄耐爾》等報。[2]這些報刊雖然存續時間不長，但奠定了各根據地報刊的基礎。

二、革命根據地的中央級新聞報刊

在江西中央革命根據地，中共中央和中華蘇維埃共和國臨時政府創辦或主辦的中央機關報有 66 種之多[3]。代表是中華蘇維埃共和國臨時中央政府機關報《紅色中華》報、中國工農紅軍委員會的機關報《紅星》報，中國青年團蘇區中央局機關報《青年實話》、中共蘇區中央局機關報《鬥爭》，中華全國

1 　方漢奇：《中國新聞事業通史》（第二卷），中國人民大學出版社，1996 年版，第 292 頁。
2 　方漢奇：《中國新聞事業通史》（第二卷），中國人民大學出版社，1996 年版，第 292 頁。
3 　陳信凌：《江西蘇區報刊研究》，中國社會科學出版社，2012 年版，第 4～5 頁。

總工會蘇區執行局和中華全國總工會蘇區中央執行局的機關報《蘇區工人》。此外還有蘇區中央兒童局機關報《時刻準備著》（1933 年 10 月），蘇區少年先鋒隊中央總隊部機關報刊物《少年先鋒》（1932 年 1 月）、蘇區反帝擁蘇總同盟機關報《反帝擁蘇》（1933 年 10 月）等。這些報刊大都在根據地發行，主要面向識字率不高的工農群眾，語言通俗易懂，深受讀者歡迎，發行量均不錯。在根據地有限的印刷、紙張等條件限制下，報刊的出版週期不大固定，報紙形態和報刊主持人經常發生變化，出版時間一般在兩三年，服務於根據地的政治、經濟、文化、軍事與社會建設，動員群眾參加革命鬥爭、擁護中華共和國蘇維埃臨時政權。代表性的報刊主要有：

（一）蘇維埃中央政府機關報：《紅色中華》報

《紅色中華》報是中央蘇區影響最大的一份報紙，1931 年 12 月 11 日在江西瑞金創刊。與 1931 年 11 月 7 日成立的紅色中華通訊社是一個機構兩塊牌子。《紅色中華》報是中華蘇維埃共和國臨時中央政府機關報，初創時為週報。首任主筆是周以栗，刊頭字亦為其所寫。江西中央根據地時期的《紅色中華》報經歷了三個發展階段。[1]

1931 年 12 月 11 日第 1 期至 1932 年 10 月 16 日第 35 期為草創階段。這一時期辦報技巧的摸索階段，負責人先後是周以栗、何樹衡、項英、王觀瀾。周以栗時為臨時中央政府內務人民委員，主持編務時間不長。何樹衡是工農檢查人民委員會委員，在周以栗因病請假期間暫為代理。項英在 1932 年 1 月下旬為臨時中央政府實際負責人，監管《紅色中華》報是其職責所在。初創時條件簡陋，人手緊張，編委會包括編輯部、通訊部和發行科。編輯部設在瑞金葉坪的一所民房裏，編輯人員主要是王觀瀾、李伯釗等兩三人，沒有建立相對固定的通訊員隊伍，故報紙出版時有延期。因稿源等問題，版面經常變動，創刊號是 4 開 2 版，第 2 期變 4 開 4 版，以後大多每期 6 版。稿件多時出 2 張 8 版或 2.5 張 10 版乃至 3 張 12 版。前 3 期不分欄目，自第 4 期起設置「專電」欄目，第 5 期開始設置「社論」「中央蘇區消息」「蘇維埃建設」「要聞」「臨時中央政府文告」、「來件」等常規性欄目，第 13 期增設批評性報導欄目「突擊隊」。因 1932 年 7 月 29 日第 29 期「專電」欄刊登《蔣介石大調飛機、轟炸蘇區之布置》《國民黨軍閥籌備擴充空軍，榨取工農血汗來進攻蘇維埃和紅軍》等稿件，「左傾」主義者指責該報實際主編王觀瀾為敵人吹喇叭，

---

1 陳信凌：《江西蘇區報刊研究》，中國社會科學出版社，2012 年版，第 80～103 頁。

嚇唬根據地人民，並有「托派嫌疑」。王觀瀾由此被開除黨籍，《紅色中華》暫時停刊三個星期。

1932 年 10 月 16 日第 36 期至 1933 年 2 月第 49 期爲第二階段，同年 10 月 16 日李一氓進入《紅色中華》編輯部，自第 36 期接手主編職務，1933 年 1 月底第 50 期沙可夫接替李一氓。報紙在李一氓主持下逐漸成型趨於規範。編輯部專職人員很少，除李一氓外只有李伯釗協助編輯、校對工作，但報紙模樣大致成型。社論日趨穩定，基本上每期都有一篇。欄目設置更加豐富與合理，主要欄目有「社論」「特載」「前方捷電」「重要消息」「特約工農電訊」「中央文件」「專論」「突擊隊」「蘇維埃法庭」等。第 37 期增加「特約工農通訊」欄。第 38 期增加「本期要目」，一直保留到第 49 期。創辦一週年第 44 期刊發長文《本報一週年的自我批評》中稱該報是「中國蘇維埃運動的喉舌」。第 49 期第 4 版宣告《紅色中華》從第 50 期改爲三日刊，並定位爲黨團政府與工會合辦的機關報。

1933 年 2 月 10 日第 50 期至 1935 年初第 264 期爲第三階段。國民黨的軍事圍剿使中央根據地的形勢日趨嚴峻，《紅色中華》報有很大起伏。自第 50 期起，時任中央教育人民委員會副部長兼藝術局局長的沙可夫接替李一氓主持《紅色中華》，同時改爲中國共產黨蘇區中央局、中華蘇維埃臨時中央政府、中華全國總工會、中國共產主義青年團的聯合機關報，但實際仍爲蘇維埃政府的機關報，[1]同時改爲三日刊。沙可夫主持《紅色中華》兩三個月。沙可夫是詩人、戲劇家，主持《紅色中華》報後成立了新的編委會，陸續引進謝然之、任質斌、徐名正、賀堅等編輯人員，工農通訊員隊伍也建立起來，與此同時《紅色中華》的內容與形式「也發生了明顯變化」。內容表達上文學色彩較爲濃厚，新聞色彩有所淡化，「鐵棍」「鐵錘」欄目替代了「突擊隊」，增設了「從火線上來」「在田野裏」「紅角」等欄目。

沙可夫離開編輯部後改由謝然之負責，謝常以「然之」署名在《紅色中華》發表各類文章。1934 年 1 月前後，「謝然之調到中華蘇維埃共和國人民委員會當秘書長，紅中社社長由教育人民委員會瞿秋白兼任」。[2]自此到 1935 年

---

1 對此問題，陳信凌有較全面的分析。見陳信凌：《江西蘇區報刊研究》，中國社會科學出版社，2012 年版，第 94～95 頁。

2 任質斌：《紅中社的三大任務》，新華社新聞研究所、社史編寫組《土地革命時期的新華社社》，2004 年版，第 17 頁。

初《紅色中華》停刊，《紅色中華》由瞿秋白負責。瞿秋白任命任質斌為紅中社秘書長，負責《紅色中華》報的日常工作。約半年後，任質斌因「遲登了博古的文章」被撤去秘書長職務，改由徐名正接替。[1]報社的人手仍然很少，1934 年 7 月時紅中社和《紅色中華》報的工作人員才 12 人。[2]

瞿秋白一直關注《紅色中華》報。1933 年 8 月 7 日，瞿秋白在上海地下黨刊物《鬥爭》第 50 期發表《關於〈紅色中華報〉的意見》，對該報不足做了透徹分析。主持《紅色中華》的編務後，非常重視通訊員工作，並將紅中社工農通訊員的隊伍從初創時期 200 多人迅速發展到近 1000 人，使《紅色中華》報的基層稿件增多。在報紙形式、版面、刊期方面也有所改革，1934 年 8 月 1 日改用黃亞光的藝術字，從第 149 期起改為雙日刊，逢週二、四、六出版，每期均是 4 開 4 版，有時也出 4 開 6 版或 8 版；第 177 期推出全新的專版「黨的生活」，關注黨建工作，彌補了《紅色中華》報的不足。瞿秋白還在病中堅持為《紅色中華》報撰稿，以筆名「維嘉」發表。

1934 年 10 月，中央紅軍撤離中央根據地。瞿秋白奉命留守蘇區，以蘇區中央分局宣傳部長、紅中社負責人與韓進、徐名正等人繼續承擔《紅色中華》報的編務工作。因環境惡化，《紅色中華》報不能按期出版，發行量銳減，最後僅剩 3000 多份，報紙亦沒有完好地流傳下來，目前可見的有 1934 年 10 月第 243 期、1935 年 1 月 4 日第 259 期，同年 1 月 21 日第 264 期等。根據中共中央指示，報社工作人員 1935 年 2 月就地埋藏印刷機器。《紅色中華》報在江西根據地的辦報歷程就此結束。

在革命根據地發行的《紅色中華》報主要服務於蘇區革命政權。其內容大致有四個方面：一是鼓動、引導與組織蘇區廣大群眾擁護、參加、保衛蘇維埃政權。除發表文章闡明蘇維埃政權建設的重要性，大量刊載蘇維埃建設的消息，介紹各地進行蘇維埃建設的經驗，指出蘇維埃建設中的缺點與問題外，還大量刊登蘇維埃政府的公文，[3]讓蘇區群眾瞭解蘇維埃國家的政策、法

---

1 任質斌：《紅中社的三大任務》，新華社新聞研究所、社史編寫組《土地革命時期的新華社社》，2004 年版，第 17 頁。

2 1934 年 7 月 12 日出版的《紅色中華》第 3 版的一則消息稱「本社工作人員連新聞臺在內才 12 人」。

3 據陳信凌研究，這類公文主要：有面向全體民眾的布告、法令法規、判決書、會議紀要，有中央政府發給省、縣、鄉各級蘇維埃政府組織的命令、通令、訓令、通知等，基層組織自上而下的報告，如要求增加稅收、發行經濟建設公債等。

律、命令及決議，刊登中央蘇維埃政府指導各級基層政府日常、具體的指導文件，如「蘇維埃建設」欄刊登了大量工作指導，有個人文章、中央指示信、中央指示電、法律法規的解釋條款等及各種性質的工作總結，如《江西省蘇報告》《福建省蘇報告》《共產兒童團五月工作總結》等，有力地發揮了中央機關報的組織、領導作用。該報還開闢了蘇區群眾監督、批評蘇維埃政權建設的相關欄目，如「突擊兵」「鐵棍」「鐵錘」等欄目。二是宣傳紅軍戰鬥的動態性新聞，主要有傳遞前方捷報的專電、消息及描寫戰鬥場景的通訊。此類報導以正面報導為主，意在提振士氣、激勵鬥志，所在比例不是很大。三是反映蘇區建設的社會狀況，如蘇維埃政府的各種會議、政策、活動，蘇區各種社會動態，社會發展等。四是當時國內國際形勢。《發刊詞》宣稱通過「揭露帝國主義、國民黨軍閥及一切反動派進攻革命、欺騙工農的陰謀，使工農勞苦群眾懂得國際、國內形勢與必要採取的鬥爭方法」。限於當時條件，《紅色中華》報在蘇區外沒有採訪人員，其國內國際形勢新聞大都摘錄《申報》等「白區」報紙，編輯主要從中遴選暴露國民黨的腐敗、國統區的反帝運動，日本帝國主義侵略中國及全國各地人民的抗日救亡運動，英美經濟蕭條，蘇聯建設成就等內容在報紙上刊載。

《紅色中華》報在中央蘇區出版期間，堅持為蘇區群眾辦報的原則，緊貼蘇區人民文化水平低的特點，使用通俗易懂的語言，構圖簡單、線條粗獷的宣傳畫，使不識字的農民也能明白內容。該報注意總結經驗，改進工作，努力將列寧的「黨報是集體的組織者、宣傳者、鼓動者」的辦報原則與蘇區社會實際相結合，在人手始終嚴重不足情況下取得不菲成就，該報最高發行量達到四五萬份，超過國統區一些著名大報，發揮了「中國蘇維埃運動的喉舌」作用。在「左」傾路線的影響，該報也宣傳了「左」的土地政策、工商業政策、勞動政策和肅反政策等。文風上也出現過「布爾什維克式的春耕」等八股味十足的語言。[1]

（二）根據地其他中央機關報

《青年實話》1931年7月1日在江西永豐縣龍巖創刊，總編輯部設江西雩都，總發行所設福建長汀，1933年1月編輯部遷到瑞金，總發行所仍在福建長汀，1934年1月第五次「圍剿」相持階段時印刷所及工作人員全部遷往

1　方漢奇：《中國新聞事業通史》（第二卷），中國人民大學出版社，1996年版，第298頁。

瑞金。創刊後因第三次「圍剿」出了兩期就停刊。同年 12 月 10 日復刊，不久由半月刊改為旬刊，1933 年 1 月從第 2 卷起改為週刊。最後一期是 1934 年 9 月 30 日的第 113 期。長征開始後停刊，共出版 3 年零 3 個月。《青年實話》卷、期和號比較複雜。第 1 期至第 32 期為 1 卷，1933 年 1 月 15 日至 1933 年 11 月 6 日統稱第 2 卷，每期則稱為號，共 32 號。1933 年 11 月 13 日至 1934 年 6 月 30 日為第 3 卷，不再稱號改稱期，共 32 期。1934 年 7 月 5 日至 1934 年 9 月 30 日又稱期，不稱卷和號，依次是總第 97 期至第 113 期。[1] 樣式和出版週期也不斷變換。第 1、2 期是「可裝訂可張貼」形式，第 3～9 期改為 8 開壁報形式，1932 年 2 月 15 日第 10 期改為油印 32 開小冊子，有插畫封面，第 2 卷後由《旬刊》改為週刊，篇幅增加了 3／5。《青年實話》負責人先後有陸定一、阿僑（魏挺群）。作者隊伍主要是團蘇區中央局領導，如團蘇區中央局書記顧作霖，組織部部長胡均鶴，宣傳部部長陸定一，宣傳部副部長阿僑，青婦部長楊蘭英，少先隊總隊長王盛榮，秘書長、少先隊副總隊長張愛萍，少年先鋒隊中央總隊部執行委員會羅華民，兒童局書記曾鏡冰及接任者陳丕顯等。該刊積極在工農紅軍中發展通訊員、特約通訊員，建立了工農通訊網。

　　《青年實話》在蘇區的影響力僅次於《紅色中華》報，被譽為「工農青年的嚮導」，在蘇區青年群體中發揮了強有力的引導、鼓動、宣傳與組織的作用。在該刊創刊號《建立團報的領導作用》（作霖）一文規定了《青年實話》的任務和作用：它「是蘇區團的最高的報紙」，「要成為蘇區團的工作和群眾工作的領導者，成為團在青年群眾中擴大政治影響的有力工具，成為青年群眾的組織者」。該刊具有鮮明的青年特色，編排形式活潑、內容多樣，文字通俗。主要欄目有「青年生活素描」「前線通訊」「白區青年生活」「青年衛生顧問」「自我批評」「輕騎兵」「工農大眾文藝」「體育」「遊戲」「測驗」「懸賞徵答」「歌劇」等欄目，還增出「國際青年畫刊」「八一增刊」「瑞京增刊」等。內容上該刊刊載團中央決議與宣言、傳播團和青年群眾工作經驗，報導紅軍的戰鬥生活和各地青年擁軍參軍情況，介紹馬克思列寧主義的基本知識，反對迷信活動。此外，還發動青年參加紅軍和加緊生產支持前線運動，組織青年開展擁軍優屬的共產主義「禮拜六」義務勞動，春耕競賽和合作社運動，建立節省經濟箱，提倡植樹運動和赤色體育運動等活動，開展反對貪污腐化

1　陳信凌：《江西蘇區報刊研究》，中國社會科學出版社，2012 年版，第 211 頁。

和反對官僚主義的輿論鬥爭。刊登的《十勸郎當紅軍》《共產青年團禮拜六歌》《打倒日本帝國主義歌》等在青年中廣爲流行，被稱爲蘇區「青年惟一的讀本」，發行數由 8000 份增加到 10000 份，直至 28000 份，[1]爲教育培養蘇區青少年做出了突出貢獻。

《鬥爭》與《紅色中華》《青年實話》《紅星》並稱爲中央蘇區四大紅色報刊。[2]該刊 1933 年 2 月 4 日創刊於瑞金，由《實話》和《黨的建設》兩刊合併而成，初爲旬刊，自 1933 年 8 月 15 日第 22 期改爲週刊，有時脫期，中央印刷廠鉛印出版，16 開，每期頁數不定，一般爲 16 頁，少則 12 頁，多則 32 頁。在根據地發行，每期發行約 27000 餘份。[3]1934 年 9 月 30 日停刊，共出 73 期。該刊是中央指導蘇區工作的政治理論性刊物，注重馬克思主義的理論宣傳、經常發布中央局的各種公文，工作指導、形勢分析與社會研究等。所刊載文獻、論文、新聞通訊和署名文章 356 篇，其中包括馬列著作譯文、共產國際、中共中央和蘇區中央局的各種決議、指示和中央領導的文章約 110 篇。另有反映黨、政、軍、群集地方基層單位活動的新聞通訊、工作報告、調查報告、經驗總結及從共產國際雜誌和其他蘇區報刊上轉載的文章。[4]其中第 38 期刊載的張聞天的《關於我們的報紙》一文，是中共蘇區報刊工作的一篇重要論文。該刊刊登的有關黨和建設和黨內鬥爭的文章約有 58 篇，其基調是宣傳「左」傾路線與方法，如曾該刊曾連篇累牘地發布所謂羅明機會主義逃跑路線的批判文章。

《蘇區工人》報是蘇區一份特色鮮明的報刊，定位清晰、對象性很強。該報 1932 年 5 月在福建閩西汀州（今長汀縣）創刊，爲中華全國總工會蘇區執行局機關報，初爲 8 開 4 版，石印，半月刊，後不定期出版，一般爲 6 版一張半，有時出 4 版，8 版或 10 版，報名係隸體字，每版邊側常用「全世界無產階級聯合起來呵」等醒目標語，負責人主要是全總蘇區執行局宣傳部部長倪志俠，出版發行 15 期後於 1933 年 1 月停刊。1933 年 1 月，中華全國總工會從上海轉移到中央蘇區，與全總蘇區執行局合併，更名爲中華全國總工會蘇區中央執行局，劉少奇爲委員長。在新的中華全國總工會領導下，同年 6

---

1 方漢奇：《中國新聞事業通史》（第二卷），中國人民大學出版社，1996 年版，第 303 頁。
2 陳信凌：《江西蘇區報刊研究》，中國社會科學出版社，2012 年版，第 46 頁。
3 陳信凌：《江西蘇區報刊研究》，中國社會科學出版社，2012 年版，第 46 頁。
4 錢承軍：《建國前中國共產黨報刊研究》，中國文聯出版社，2009 年版，第 145 頁。

月《蘇區工人》在瑞金恢復出版，仍爲半月刊，刊期卻重編，改爲 16 開本，報名改用魏體字，刊頭時常改變，劉少奇、顧作霖、陳雲等是此階段該報的主要作者。出版週期仍是不定期。1934 年 5 月 25 日起，恢復爲 8 開張 4 版小報，字體以新 5 號爲主，版面排列直排橫排交錯並行，偶而也出副刊。9 月上旬長征前夕停刊，共出 26 期。

　　《蘇區工人》報主要是面向工人階級宣傳，引導工人擁護蘇維埃政權，指導推進蘇區工人運動。圍繞這一辦報方針，該報除「社論」「新聞」外，還設置了「職工運動指導」「職工運動通訊」「蘇區工人鬥爭」「革命競賽」「擴大紅軍」「參加蘇維埃建設」「批評與指導」「紅板與黑板」「問答」「自我批評」「工廠通訊」「反對貪污腐化」「工會會員問題」「發展經濟鬥爭」「社會保險問題」「白區工人鬥爭」、「世界與中國」等欄目。內容上大量刊載中共中央和全國總工會的決議、指示、宣言、文告等各類公文，刊登報導工人運動問題的政論、介紹工人運動的典型經驗等文章，發揮報刊對工人運動的指導、鼓動與宣傳作用。該刊內容豐富、篇幅短小精悍、文字通俗易懂，版面設計不拘一格，注意使用插圖和其他裝飾性圖案，配合內容表達，很適合蘇區文化水平較低的工人讀者閱讀。

　　《時刻準備著》1933 年 10 月 5 日在瑞金創刊，前身是《青年實話》的一個「兒童欄」。半月刊，封面三套色彩印，內文初爲石印，後改鉛印，32 開本，每期少則 20 頁，多則近 30 頁。一般每期發行 4000 份，最高發行達到 9000 份，主要在中央蘇區發行，也行銷閩贛、湘鄂等根據地，1934 年 7 月 25 日停刊總出 18 期。主編是胡耀邦。[1]《少年先鋒》1932 年 8 月 1 日在江西瑞金創刊，半月刊，鉛印，32 開。時任蘇區少先隊總隊部總訓練部部長的張愛萍曾任該刊主編，並發表數十篇文章。1932 年 11 月停刊，共出 6 期。

三、其他革命根據地的新聞報業

　　到 1933 年下半年，中國工農紅軍先後開闢十多塊革命根據地，形成了以中央蘇區爲中心，建立起分布 14 個省、約 40 餘萬平方公里、3000 萬人口的紅色工農民主政權。各根據地黨政軍機關和群眾團體大都出版革命報刊。據統計，僅江西蘇區報刊合計 203 種，其中中央一級報刊 66 種，省級報刊 84 種，省委報刊 84 種，特委一級報刊 26 種，中心縣一級報刊 7 種，

1　秦曉鷹：《時刻準備著》，《新民晚報》，2010 年 6 月 2 日。

縣級報刊 20 種。[1]另據考證，根據地有 73 種有較詳細的介紹或有原始報刊遺存。[2]它們積極配合根據地中央機關報的各項宣傳工作，服務於各根據地的鬥爭實際，與中央蘇區中央機關報一道共同構成了紅色根據地的新聞報業。

（一）湘贛、閩浙贛根據地的報刊

湘贛根據地在井岡山根據地的基礎上形成的。1931 年 8 月成立湘贛省蘇維埃政權，轄 18 個縣。據統計，湘贛革命根據地各縣出版的報刊共 33 種。其中省級報刊 16 種，特委一級報刊 15 種，中心縣委一級報刊 1 種。縣級報刊 1 種。[3]在湘贛省成立前，湘贛邊界暴動委員會宣傳部 1930 年曾編印過一種《政治簡報》，用以宣傳政策，傳播戰鬥消息。同年 1930 年 2 月中共贛西南特委成立後辦有《紅旗》和《政治通訊》，各級黨部普遍辦有刊物。1931 年 10 月中共湘贛省委成立，同年 11 月創辦省委機關報《湘贛紅旗》。該刊用毛邊紙、單面石印，32 開本，每期約 8 頁，零售銅元兩枚，半月刊，1933 年 6 月停刊，約出 33 期。甘泗淇、王首道、林瑞望、張啓龍等湘贛省委領導參與編務。1933 年 7 月改名《湘贛鬥爭》。兩個刊物均是反映與指導湘贛地區黨的全面工作的主要刊物。

除中共湘贛省委外，湘贛省蘇維埃政府有《紅色湘贛》（1933 年 6 月創刊）和《紅色湘贛副刊》（1934 年創刊）。前者初為不定期刊，後改半月刊，石印。還有省軍區政治部《湘贛紅星》，省蘇維埃政府政治保衛局《革命法庭》，省蘇維埃政府財政部、國民經濟部《特別通訊》（1932 年創刊），少共省委機關報《列寧青年》（1932 年 3 月創刊），少共贛西南特委西路分委《團的生活》和《宣傳通訊》（均 1931 年創刊），省軍區紅色醫院政治處《醫院小報》（1932 年創刊），省兒童局《紅孩兒》報（1932 年 3 月創刊）。各縣也創辦了一批報刊。1934 年 8 月，工農紅軍第 6 軍團西征後，上述各報先後停辦。

閩浙贛根據地位於福建、浙江、江西三省邊界地區。1928 年 1 月方志敏、邵式平等領導江西橫峰、弋陽農民起義後建立的贛東北根據地和同年 10 月福建崇安等地農民起義後建立的閩北根據地發展而來。1932 年底，贛東北根

1　陳信凌：《江西蘇區報刊研究》，中國社會科學出版社，2012 年版，第 5 頁。

2　錢承軍：《建國前中國共產黨報刊研究》，中國文聯出版社，2009 年版，第 103～154 頁。

3　陳信凌：《江西蘇區報刊研究》，中國社會科學出版社，2012 年版，第 5 頁。

據地進入全盛時期，面積擴大到閩浙贛三省，包括福建崇安、建陽，浙江開化、江山，江西弋陽、橫峰、上饒，安徽婺源（今屬江西）、祁門等四省 20 多個縣城，約一百萬人口，萬餘紅軍。1934 年 11 月，紅十軍與紅七軍團（北上抗日先遣隊）合編爲紅十軍團，繼續擔任抗日先遣隊任務。先遣隊在轉移途中遭到國民黨優勢兵力圍攻，餘部突圍到浙南地區繼續堅持游擊戰爭。1935 年 1 月，閩浙贛根據地被國民黨軍佔領，根據地變爲游擊區。閩浙贛根據地江西各縣出版的報刊，共有 27 種，其中省級報刊 20 種，特委一級報刊 6 種，縣級報刊 1 種。[1]代表性報刊有省蘇維埃政府機關報《工農報》和《紅色東北》，省委機關報《突擊》，省軍區的《紅星報》和《前線》，省工會的《工人特刊》，共青團省委的《列寧青年》和《青年實話》，省互濟會的《互濟生活》，信江特委的《紅旗報》，省委的黨內刊物《黨的建設》，共青團省委內部刊物《團的建設》等。閩北分區出有《紅色閩北》、《青年與戰爭》、《紅色射手》、《反帝大同盟》和分區黨內刊物《黨的建設》等。其他各縣也都辦有刊物。上述報刊中，省蘇維埃政府的《工農報》出版最長、發行最多、影響最大。1930 年 8 月，由方志敏在弋陽芳家墩親手創辦，題寫報名，並爲該報撰寫社論。後遷至省蘇維埃政府所在地橫峰葛源，相繼爲贛東北革命委員會、贛東北省蘇維埃政府、閩浙贛省蘇維埃政府機關報。該報 8 開單面印刷，每期出紙 1～6 張（2～12 版）不等，石印，一度爲鉛印。1932 年後經常出版，現存 6 期。該報既刊登省蘇維埃政府文件，也反映群眾意見，對中央紅軍和各地紅軍的戰鬥消息也有大量報導。關有「要聞」「專電」「紅軍捷報」「省會要聞」「蘇區要聞」「國內要聞」「工農通訊》」「節省運動的活動」「蘇維埃法庭」「蘇維埃選舉」「讀者言論」「突擊隊」「紅板」等欄目。1933 年 5 月，贛東北省蘇維埃政府人民委員會規定將《工農報》和《紅旗報》、《列寧青年》作爲「根據地一切學校的教材」。約 1933 年年底停刊。此外，省委《突擊》報理論宣傳深入淺出，成爲黨員閱讀討論的學習材料。

（二）湘鄂西、鄂豫皖根據地的報業

湘鄂西根據地由賀龍等領導開創，鼎盛時曾覆蓋 58 個縣市。1930 年秋，湘鄂西蘇維埃政府成立。1931 年辦有油印、石印報刊 20 多種。其中有中共湘鄂西分局機關報《紅旗日報》（1931 年創刊）和《布爾什維克》週刊，省蘇維

---

1 陳信凌：《江西蘇區報刊研究》，中國社會科學出版社，2012 年版，第 5 頁。

埃政府機關報《工農日報》（1931 年創刊），湘鄂西蘇維埃聯縣政府機關報《湘鄂西蘇維埃》（三日刊，1930 年 11 月 1 日創刊），紅二軍團政治部的《紅星》報，共青團省委的《列寧青年》，蘇區反帝大同盟的《反帝報》，紅軍醫院的《醫院小報》等。其中，《紅旗日報》和《工農日報》被讀者看作是全區最有影響的「姊妹報」。《紅旗日報》是 4 開油印小報，日出兩版，有時 3 或 4 版，每期發行 2000 多份，除蘇區外，還發行到游擊區和白區。主編毛簡青，繼任主編李培芝，曾留學蘇聯，被報社內外公認為「女秀才」。《工農日報》是 4 開小報，日出 2 版，有時油印，有時石印。謝覺哉曾任該報主編。1932 年 10 月洪湖蘇區喪失後，《工農日報》等全部停刊。

　　鄂豫皖根據地位於湖北、河南、安徽三省交界的大別山區。由 1927 年 11 月潘忠汝等領導湖北黃（安）、麻（城）起義後建立的鄂豫邊根據地；1929 年 5 月徐子清等領導的河南商城起義建立豫東根據地和 1929 年 5 月舒傳賢等領導的安徽六（安）霍（山）起義後建立的皖西根據地組成。鄂豫皖根據地在粉碎國民黨三次「圍剿」後達到全盛時期，擁有 20 多個縣，350 萬人口，4.5 萬多紅軍。後由於張國燾推行「左」傾冒險主義政策，紅四方面軍未能打破國民黨第四次「圍剿」，紅軍主力被迫於 1932 年 10 月撤出根據地。留下的紅軍重組為紅二十五軍繼續戰鬥。1934 年 11 月，紅二十五軍轉移北上後，鄂豫皖根據地留下的部分武裝力量重建紅二十八軍，在高敬亭等領導下堅持遊擊戰爭。鄂豫皖根據地先後出版報刊 20 多種。影響最大的是中共鄂豫皖省委機關報《列寧報》。週刊，1930 年底創刊，初為鄂豫邊特委主辦，1932 年初省委成立後改由省委主辦，後改為中共鄂豫皖中央分局機關報，省委宣傳部長成仿吾曾任主編。1931 年春，中共鄂豫皖特委和蘇維埃政府開始在根據地內徵訂、發行，各鄉蘇維埃、村的行政機構都訂了報刊，《列寧報》發行 2000 多份。看報、讀報成為根據地人民生活中一項經常的文化活動。在「左」傾影響下，《列寧報》也曾錯誤地進行了「肅反」擴大化等宣傳。此外還有蘇維埃政府機關報《鄂豫皖蘇維埃報》（1930 年 2 月－1932 年 8 月），紅軍政治部的《紅色戰士》、《消息彙報》，中共鄂豫皖中央分局的《紅旗》，少共中央分局的《少年先鋒》，中央分局兒童局的《赤色兒童》，皖西北特委蘇維埃政府婦女委員會的《盧森堡》等，各縣普遍辦有報刊。

（三）川陝、瓊崖、左右江革命根據地的報刊

川陝根據地開創於 1932 年底。1933 年開始出現大批油印報刊。[1]主要有：中共川陝省委機關報《共產黨》報（三日刊，1933 年 8 月創刊，約 1934 年 4 月停刊），川陝省委機關報《蘇維埃》報（五六天一期，1933 年 8 月創刊，前身是 1933 年 1 月創刊的《川北窮人》報），工農紅軍西北革命軍事委員會政治部的《戰場日報》（1933 年 1 月創刊，出版 40 多期，同年 8 月改名《紅軍》報，三日刊），少共川陝省委機關報《少年先鋒》（周雙刊，1933 年 8、9 月間創刊，約 1935 年 4 月停刊），西北革命軍事委員會的理論刊物《幹部必讀》（1933 年 1 月～1935 年 6 月，共出 127 期），紅四方面軍總政治部的不定期刊《紅軍畫報》。此外，省蘇維埃政府各部門、各群眾團體、紅四方面軍所屬各軍政治部還辦有一批 8 開油印小報，如川陝省總工會機關報《斧頭》，省蘇財政委員會和經濟委員會的《經濟建設》，省工農醫院政治部的《小日報》，紅軍醫院政治部的《血花》，紅四軍的《紅旗》，紅九軍的《不勝不休》，紅三十軍的《赤化全川》，紅三十一軍的《紅星》等。中共川陝省委指示規定，把《共產黨》、《紅軍》、《蘇維埃》等報紙，作為地方、部隊黨團支部和幹部必讀的學習材料，並要求討論報紙上的重要文章。在鄉村、連隊中普遍組織有讀報班，紅軍行軍時設有宣傳流動閱報組。

瓊崖根據地位於海南省。從 1928 年 12 月瓊崖蘇維埃政府至 1932 年期間，出版的報刊主要有：中共瓊崖特別委員會宣傳部的《瓊崖紅旗》（土紙油印小冊子，1930 年 7 月 10 日～1932 年 1 月 5 日，共 15 期），瓊崖蘇維埃政府和樂會縣蘇維埃政府的《工農兵報》（土紙油印小冊子，1929 年 9 月發行），瓊崖特委宣傳部的黨內刊物《布爾塞維克的生活》（1931 年 12 月 7 日止，共出 6 期），共青團瓊崖特委宣傳部的《團的生活》（1931 年 10 月 30 日止共出 7 期），少年先鋒隊瓊崖總隊部的《赤光報》（1931 年秋創刊）等。[2]

左右江革命根據地位於廣西西部左江、右江和洪水河流域，由鄧小平、張雲逸、韋拔群等共產黨人在百色起義、龍州起義後創建，先後成立了紅七軍、紅八軍及右江蘇維埃政府。左右江根據地存續兩年多（1929 年 12 月至 1932 年多），約出版 11 種報刊。主要有中共廣西特委的《特委通訊》（1928

1　張之華：《介紹川陝革命根據地的報刊》，《新聞研究資料》總第 8 輯 1981 年 11 月）。
　　沈果正：《川陝革命根據地的報刊》，《新聞研究資科》總第 40 輯（9187 年 12 月）。
2　邢谷宜：《瓊崖早期革命報刊》，《廣東革命報刊研究》第 1 輯。

年初，不定期刊物，油印，16 開）、中共兩廣委員會的《紅旗》（1927 年秋創刊，週報，鉛印，32 開）、中共廣西特委主編以廣西農民協會名義秘密出版的《廣西農民》（1929 年 8 月創刊南寧，三日刊）中共陸川縣委秘密出版的《勞農報》、《集錦報》（1932 年前後創刊，油印，16 開）、中共梧州地委的《戰報》（旬刊，鉛印）、紅七軍主辦的《右江日報》（1929 年 11 月 5 日，日刊，鉛印）、紅八軍的《工農兵報》（1930 年 1 月 29 日，龍州，鉛印，週二刊）、右江革命委員會機關報《紅旗日報》（1930 年，鉛印，1931 年 3 月停刊）、中共二十一師機關報《紅旗報》（1931 年 11 月，不定期）及 1929 年 12 月在龍州公開出版的《群眾報》等。[1]

第三節 長征途中及陝北根據地的中國共產黨新聞報業

一、紅軍在長征途中的新聞報刊

1934 年 10 月至 1936 年 10 月，中國工農紅軍第一方面軍、紅二十五軍，紅四方面軍，紅二、紅六軍團（後編為紅二方面軍）主力，在國民黨第五次「圍剿」下陸續撤離革命根據地，進行戰略轉移，北上抗日，經過萬里行軍，縱橫十幾省，於 1936 年 10 月到達陝甘寧地區，實現紅軍三大主力大會師，建立了陝甘寧革命根據地，開啟了中國革命的新階段。史稱「長征」。

長征出發前三個月，中共中央就開始紅軍突圍轉移的宣傳動員，1934 年 7 月 15 日中華蘇維埃共和國中央政府、中國工農紅軍革命軍事委員會共同頒發《為中國工農紅軍北上抗日宣言》闡述了紅軍北上抗日的主張。7 月 26 日中共中央下發《關於紅軍北上抗日行動對各級黨部的工作指示》，要求各級黨報運用文字和口頭的宣傳，向群眾解釋紅軍北上抗日先遣隊的政治意義。《紅色中華》《紅星報》等中央級報刊配合紅軍主力突圍轉移作了大量的輿論宣傳。在長征途中，紅軍利用一切條件，以油印報刊、傳單標語、漫畫、布告等形式宣傳革命。其中報刊包括：工農紅軍總政治部的《紅星報》，中共中央總政治部的《前進》報，紅三軍團政治部的《戰士報》，紅一軍團政治部的《戰士》報（快報）、《戰士》（副刊），中革軍委總衛生部的《健康報》，中國工農紅軍學校的《紅爐》《紅滬副刊》，紅四方面軍的《不勝不休》報、《幹部必讀》

---

1 彭繼良：《廣西新聞事業史（1879～1949）》，廣西人民出版社，1998 年版，第 241～243 頁。

與《紅色戰場》，紅二方面軍的《前進》與《戰鬥報》等。[1]這些長征中的紅色
報刊傳播了中國工農紅軍的英勇事蹟，宣傳了中國共產黨的政策、主張。它
們既記錄了長征「史詩」，也是長征途中的「宣言書」「宣傳隊」「播種機」。
長征途中的新聞報刊大都遺失，留存至今的非常少，現就現存的極少史料，
介紹長征途中的主要報刊。

　　《紅星報》是長征中最重要、最有影響的報刊，1934 年 10 月 20 日出版
了長征途中第 1 期油印報紙，內容有《突破敵人封鎖線，爭取反攻敵人的初
步勝利》、《當前進攻戰鬥中的政治工作》等，同年 11 月 7 日出版了長征途中
的第 1 張「號外」，標題是「本報號召創造爭取群眾工作的模範連隊」，這張
號外向紅軍提出諸如不亂打土豪，不強買東西，實行進出宣傳等 7 項要求。[2]有
稱「在長征中改出長征專號，共出版 28 期，實已難考證。最初為五日刊，後
為不定期出版，由張心如、鄧小平、陸定一擔任主編，毛澤東曾親筆題詞和
撰文」，[3]有待考證。毛毛著《我的父親鄧小平》載「從 1934 年 10 月至 1935
年 1 月，紅星報又出版了七八期」「紅星報在遵義會議後又繼續出版了 10 多
期，到 1935 年 8 月 3 日後停止。停止的原因可想而知，紅軍已踏上了更加艱
苦的長征道路，繼續辦報已不可能」。[4]

　　長征途中《紅星報》刊發的重要文章有：1934 年 10 月 27 日的《消滅一
切脫離群眾破壞紅軍紀律的行為》《加強連隊的地方工作》；1934 年 11 月 14
日《我們在反擊中的勝利》（討論提綱），1935 年 1 月 15 日的《偉大的開始——
——1935 年的第一個戰鬥》《軍委獎勵烏江戰爭中的英雄》等，同年 2 月 10 日
第 9 期的社論《為創造雲貴川邊新蘇區而鬥爭》，2 月 19 日第 10 期的《軍委
縱隊黨的幹部會議決議案》，3 月 4 日的《啊！！！你是紅軍！我繳槍！》等
通訊。5 月 22 日第 17 期《迅速渡過大渡河，創造川西北新蘇區》社論，6 月
15 日第 21 期的《偉大的會合》社論等文章。[5]從已知的社論、文章、通訊可
知，《紅星報》在中央紅軍長征途中發揮了重要的宣傳、動員和教育作用。

1　綜合于安龍：《長征中黨的報刊活動》，《百年潮》2014 年版；嚴帆：《中央紅軍長
　征途中的新聞宣傳工作初探》，《黨的文獻》2005 年版；畢耕、譚聖潔：《紅軍長征
　中的報刊宣傳》，《中國出版》，2016 年版。
2　楊志雲：《「紅星報」在長征中出「號外」》，《中國檔案報》，2004 年 6 月 18 日。
3　畢耕、譚聖潔：《紅軍長征中的報刊宣傳》，《中國出版》，2016 年版。
4　嚴帆：《中央紅軍長征途中的新聞宣傳工作初探》，《黨的文獻》，2005 年版。
5　嚴帆：《中央紅軍長征途中的新聞宣傳工作初探》，《黨的文獻》，2005 年版。

　　紅三軍團油印的《戰士報》，在長征途中先後出版了 200 多期，現僅存 3
期。鄧小平調任紅三軍政治部工作期間曾負責該報工作。1935 年 12 月 30 日
的第 206 期刊登了政治部主任朱瑞寫的政論《艱苦的一年，偉大的一年》，此
文充滿了革命樂觀主義，是一篇歌頌長征勝利的史詩。

　　紅一軍團的油印《戰士報》。1930 年底，由一軍團政治部宣傳部部長張際
春主編，不定期出版。1935 年 5 月 26 日的第 184 期刊登了報導紅軍搶渡大渡
河的一篇戰地通訊，刊出了 17 位勇士的名單。9 月 20 日《戰士》報編印了一
期「快報」刊登舒同寫的 700 餘字通訊《英勇頑強的「勇」部》，報導了紅軍
攻奪臘子口戰鬥經過。

　　中共中央總政治部的油印小冊子《前進報》，遵義會議後的 1935 年 6 月
10 日創刊，32 開，油印，不定期出版，每期約有 5000 字，終刊時間不詳。
該刊第 1 期卷頭語稱「《前進報》是我野戰軍中上級幹部的讀物，它的任務是
爲著黨的總政治路線與戰略方針的貫徹實現而鬥爭」，撰稿者有張聞天、博
古、陳雲、羅邁（李維漢）、凱豐、李富春等黨和紅軍領導人。是一份理論性、
指導性較強的政治理論刊物，後替代《紅星》報成爲中央機關刊物。

　　除創辦各種油印報刊外，紅軍在長征途中展開了多種形式的宣傳鼓動工
作，如沿途不斷書寫標語，畫漫畫，散發與張貼傳單、布告；進行口頭宣傳
鼓動；每當攻佔進駐城鎮時，立即大張旗鼓地開展宣傳活動等。許多長征途
中的傳單、標語、布告保存至今。

二、陝北根據地新聞報業的恢復與發展

（一）復刊後的《紅色中華》報

　　1935 年 11 月 25 日，中華蘇維埃共和國中央政府的機關報《紅色中華》
在陝北瓦窯堡復刊，是當時中共中央在國內出版的唯一報紙。該報接續瑞金
版期號爲第 241 期。油印，初爲每五日刊，四開。1936 年 1 月 9 日第 247 期
起改三日刊，逢三、六、九出版，同年 11 月 30 日第 313 期起增闢《紅中副刊》，
由同年 11 月奔赴延安的女作家丁玲任編輯，自 12 月 8 日第 314 期起，報頭字
由黃亞光的藝術字改用毛澤東題字。爲促使抗日民族統一戰線早日確立，根
據中共中央決定，1937 年 1 月 29 日《紅色中華》改名《新中華報》，紅色中
華通訊社改名爲新華通訊社，報、社仍爲一家。

這一時期（1935 年 11 月 25 日至 1937 年 1 月 29 日），《紅色中華》報的宣傳內容及特色主要有三：一是擴大紅軍運動的宣傳。長征後紅軍只剩下 3 萬人，擴大運動迫在眉睫。該報刊登「英勇的抗日男兒，加入抗日人民紅軍去！」等大字標語口號，集中版面刊登各地擴大紅軍的消息，介紹擴紅運動的經驗、問題，表彰突出貢獻者，宣傳當紅軍及紅軍家屬最光榮。二是報導方針由「抗日反蔣」報導轉為「逼蔣抗日」，積極宣傳中共瓦窯堡會議提出的建立抗日民族統一戰線。瓦窯堡會議前，該報曾歷數蔣介石的賣國罪行，駁斥蔣介石各種狡辯，號召全國民眾抗日反蔣。瓦窯堡會議後的宣傳方針由「反蔣抗日」改為「逼將抗日」，大篇幅報導國民黨部隊抗日救國，中國工農紅軍自動撤離內戰區域、北上抗日等消息，刊發中共中央關於建立抗日民族統一戰線的文件、政策等，展現共產黨以抗戰大局為重的博大胸懷。三是詳實報導西安事變。在顯著位置連續報導西安事變，以事實駁斥謠言，揭露國民黨內戰陰謀，刊發《為和平為停止內戰而奮鬥》等社論，努力將西安事變的輿情引向「將迅速地開展為大規模的抗日民族革命戰爭」方向，為建立抗日民族統一戰線立下了卓越功勳。[1]出版至 1937 年 1 月 29 日自動停刊。

（二）油印版《新中華報》接續《紅色中華》

《新中華報》由《紅色中華》改名而來，1937 年 2 月 6 日創刊，仍為蘇維埃中央政府機關報，三日刊。接續《紅色中華》期號為 325 期，「紅色中華」副刊也改名為新中華副刊，也沿用原來的期號。編輯部隨中共中央從保安縣遷至延安，報、（新華通訊社）社仍一家，繼續由向仲華負責。陝北蘇區還在鞏固、穩定中，條件簡陋，改名後的《新中華報》一版發布國內抗日新聞，大量刊載西安事變的後續事宜，也有國統區、蘇區及延安和周邊縣的新聞；二版涉及日本政局變化和西班牙內戰等國際事務，也有蘇區新聞；三版關注蘇區政權建設和民主進展，也刊登國內、國際新聞；四版刊登本地生產、生活情況，開闢「青年呼聲」專欄，有時也有國內、國際新聞等。[2]到 1937 年 9 月 9 日《新中華報》改為陝甘寧邊區機關報鉛印出版時，共油印出刊 64 期。

油印版《新中華報》秉持了《紅色中華》報圍繞黨的中心工作進行鼓動宣傳，重視報導國際國內新聞等辦報特點，改名只是當時為促進國共合

1　方漢奇：《中國新聞事業通史》（第二卷），中國人民大學出版社，1996 年版，第 224 頁。

2　王曉梅：《變遷中發展的〈新中華報〉》，《新聞大學》，2008 年版。

作需要。開展抗日宣傳與促成抗日民族統一戰線早日形成是《新中華報》的宗旨，主要宣傳報導了日本的國內形勢和侵華政策，中國共產黨的政策主張、國內戰爭形勢與群眾抗日鬥爭實踐等。宣傳鼓動是其主要宣傳特色。如 1937 年 4 月 26 日三版，在「蘇區黨代表會議開幕在即各地紛紛選舉出席代表」消息後是 15 條「擁護黨代表會議」的標語口號。[1]爲收到宣傳鼓動的效果，該報經常使用百姓日常生活中喜聞樂見的形式，如民間流傳的小調，紅軍故事、工作通訊、生活記錄、連環漫畫、謎語、詩歌等。在國共合作抗日形勢下，中華蘇維埃共和國中央人民政府 1937 年 9 月 6 日更名爲「陝甘寧邊區政府」，《新中華報》於 9 月 9 日改爲陝甘寧邊區政府機關報，開始鉛印出版。

（三）中共中央政治理論刊物《解放》週刊的創辦

爲適合西安事變和平解決，國內和平局面初步奠定的新形勢及建立抗日民族統一戰線，加強馬列主義理論宣傳普及工作的需要，中共中央決定創辦一份公開發行的政治理論刊物《解放》週刊。中共中央 1937 年 1 月進駐延安後，決定由張聞天、博古、周恩來、凱豐、王明組成新一屆中央黨報委員會，統管新華社、《新中華報》和中央印刷廠，並負責籌辦《解放》週刊。1 月 29 日《紅色中華》改名爲《新中華報》，3 月 19 日《鬥爭》停刊，4 月 24 日《解放》在延安創刊，鉛印，16 開本。名爲週刊實爲不定期，每月出版少者一期，多則兩到三期。解放週刊社負責編輯，中央印刷廠印刷，新華書局（後改爲新華書店）對外發行。總負責人是張聞天，編輯主任吳亮平，機構簡單，編委人數少，毛澤東、朱德、周恩來等中央領導非常關心《解放》週刊，在爲該刊撰稿中常以「《解放》報」或「解放報」表述該刊，毛澤東爲《解放》週刊（第 17 期）題寫了刊名。

由於延安出版條件很差、印刷原料和設備欠缺，沒有鑄字設備，缺字太多，早在 3 月份就已排好版的創刊號被迫拖了一個月才於 4 月 24 日出版。創刊號至第 16 期封面共有 8 種版樣，由廖承志和朱光設計後用手工木刻，套色印刷。自 1937 年 9 月 13 日第 16 期起改封面爲報頭，單色印刷（個別套紅印刷）直至終刊。《解放週刊》爲雜誌型設計，闢有時評、論著、翻譯、通訊、文藝等欄，經常刊載木刻圖畫。

---

1 王曉梅：《變遷中發展的〈新中華報〉》，《新聞大學》，2008 年版。

在抗戰全面爆發前的 4 個多月時間內，作為中共中央政治理論刊物的《解放》週刊的宣傳中心就是爭取千百萬群眾進入抗日民族統一戰線：一是刊發中共中央有關抗日民族統一戰線的政策、通電及毛澤東等關於抗日民族統一戰線的文章，如 1 卷第 2 期和第 4 期先後發表了毛澤東《中國抗日民族統一戰線在目前階段的任務》和《為爭取千百萬群眾進入抗日民族統一戰線而奮鬥》兩文。二是針對國民黨決議召集國民大會這一重大事件，連續刊發評論文章，為國民大會的召開建言獻策，呼籲民主。三是關注上海「七君子」事件，多次為該事件刊發評論，呼籲立即無條件釋放沈鈞儒等七人，立即釋放一切政治犯、愛國犯等。四是駁斥「托派」破壞抗日民族統一戰線的各種言論。五是刊發《論西班牙戰爭》（朱德）及出版《西班牙專號》等，評述國際形勢與中國抗日運動關係等。該刊較為突出的宣傳特色是大量登載毛澤東、周恩來、朱德等中共中央領導人的文章及中共中央的宣言、通電決議，其次是大量刊載述評、短評等各類評論性文章。

《解放》週刊定位為「人民大眾的刊物」。[1] 還在各抗日根據地和山西、北平、天津、上海、南京、武漢、重慶、西安等各大城市及港澳地區翻印，每期銷量都十分可觀，第 10 期時銷量已突破一萬，讀者遍布各黨各派和各個階層。[2] 在上海、南京、武漢、北平、天津、西安等地，《解放》週刊被國民黨當局禁售，郵局扣留。因手執一冊《解放》週刊而被當局拘扣之事，在西安、蘇州等地屢見不鮮；書店因代售《解放》週刊而被警告之事，也時有發生。[3]

「七七」事變爆發後，《解放》週刊立即在第 1 卷第 10 期加印 1 頁刊載《中國共產黨為日軍進攻盧溝橋通電》、《紅軍為日寇進攻華北致蔣委員長電》《紅軍將領為日寇進攻華北致宋哲元等電》，自此進入一個新的歷史時期。1941 年 8 月 31 日，《解放》週刊停刊共出版 134 期，共刊文章 1356 篇。此外，這一時期在陝甘寧邊區還出現了許多小型的油印報刊，存世不多，詳情待考。

---

1 引自解放週刊社的啟事，載《解放》週刊創刊號封底。

2 王峰：《延安時期前期中共中央機關報〈解放〉週刊考述》，《延安大學學報》（社會科學版），2013 年版。

3 方漢奇：《中國新聞事業通史》（第二卷），中國人民大學出版社，1996 年版，第 327 ～328 頁。

第四節　中國共產黨新聞業的抗日救亡宣傳

中國共產黨始終以民族解放爲首要任務，明確提出消除內亂，打倒軍閥，推翻國際帝國主義，達成中華民族完全獨立的奮鬥目標。面對日本的侵略野心，中國共產黨始終堅決反對日本帝國主義侵略中國。爲打倒日本帝國主義，中國共產黨主動將「武裝反對國民政府」政策調整爲「國共合作共同抗日」，提出了建立抗日民族統一戰線主張。中國共產黨新聞業的抗日宣傳口徑也隨之轉變，發動了轟轟烈烈的抗日輿論動員，推動了抗日民族統一戰線的建立。

一、宣傳口徑逐漸轉向「國共合作共同抗日」[1]

大革命失敗後，共產黨面對國民黨的「圍剿」，其宣傳口徑是「武裝推翻國民黨政府」。「九一八」事變後，中共中央迅即於 1931 年 9 月 20 日發表《中國共產黨爲反對日本帝國主義強暴佔領東三省宣言》，堅決號召「全國人民動員起來，武裝起來」，「堅決反對日本帝國主義強佔東三省」。22 日，贛西南、閩粵贛、湘鄂西、鄂豫皖、湘東南、鄂豫、湘鄂贛等地區的蘇維埃政府駐滬代表聯合發表《全國各地蘇維埃政府爲日本強佔東三省告全國民眾書》。11 月 27 日，中華蘇維埃共和國政府臨時中央政府發表對外宣言，號召全國人民動員起來、武裝起來，反對日本侵略和國民黨的反動統治。[2]「一二八」事變發生後，中共中央發表《中共中央關於一二八事變的決議》，中華蘇維埃共和國臨時中央政府發表《宣布對日戰爭宣言》《關於對日宣戰的訓令》等文告，昭示中國「正式對日宣戰，領導全中國工農紅軍和廣大被壓迫民眾，以民族革命戰爭，驅逐日本帝國主義出中國，求中華民族的徹底的解放和獨立。」[3]面對華北危局，出於國家大義，在第四次反「圍剿」中的 1933 年 1 月 17 日，中國共產黨以中華蘇維埃臨時中央政府、工農紅軍革命軍事委員會名義發表《爲反對日本帝國主義侵入華北 願在三條件下與全國各軍隊共同抗日宣言》，提出在「立即停止進攻蘇維埃區域」，「立即保證民

1　本目參見倪延年：《論抗戰前後共產黨新聞宣傳口徑的歷史性轉折與啓示》，《現代傳播》2017 年版。

2　中共中央黨史研究室：《中國共產黨的九十年》，中共黨史出版社，2016 年版，第 144 頁。

3　中華蘇維埃共和國臨時中央政府：《宣布對日戰爭宣言》，轉引自中央檔案館編《中共中央文件選集》（第 8 冊），中共中央黨校出版社，1989 年版，第 637 頁。

眾的民主權利（集會、結社、言論、罷工、出版之自由）」和「立即武裝民眾創立武裝的義勇軍，以保衛中國及爭取中國的獨立統一與領土的完整」條件下「與全國各軍隊（包括當時還處於敵對狀態的國民黨軍隊）共同抗日」。

1935 年 8 月 1 日，中共駐共產國際代表團以中華蘇維埃臨時中央政府和中共中央名義發表《爲抗日救國告全體同胞書》（史稱「八一宣言」），明確提出「抗日救國，已成爲每個同胞的神聖天職」，在「亡國滅種大禍迫在眉睫之時」，呼籲「無論各黨派間在過去和現在有任何政見和利害的不同，不論各界同胞有任何意見上或利益上的差異，無論各軍隊間過去或現在有任何敵對行動」，「首先應該停止內戰，以便集中國力（人力、物力、財力、武力等）去爲抗日救國的神聖事業而奮鬥。」鄭重宣布「只要國民黨軍隊停止進攻蘇區行動，只要任何部隊實行對日作戰，不管過去和現在他們與紅軍之間由任何舊仇宿怨，不管他們與紅軍之間在對內問題上有何分歧，紅軍不僅立刻對之停止敵對行動，而且願意與之親密攜手共同救國。」同年 12 月 17 日中共中央政治局擴大會議（即瓦窯堡會議）25 日通過《關於目前形勢與黨的任務的決議》，確定了抗日民族統一戰線的策略方針，標誌著中共在黨的戰略方針及對待國民黨的政治態度和政治路線等方面完成了歷史性轉折。不僅是對外宣傳口徑，共產黨對黨內的宣傳口徑也隨之發生變化。1936 年 1 月 27 日中共中央向全黨發出《爲轉變目前宣傳工作給各級黨部的信》，要求各級黨部「必須以最痛切、最警惕的宣傳去指出亡國滅種的大禍已經近臨在全國民眾頭上，不願當亡國奴的中國人不分階級、派別、團體、隊伍，都應該聯合在一條戰線上以民族革命戰爭去戰勝共同的主要敵人。」[1]然此時，蔣介石仍繼續推行「攘外必先安內」方針，繼續圍剿紅軍，壓制國內此起彼伏的抗日浪潮。

1937 年 7 月 7 日晚，七七事變爆發。7 月 8 日，中共中央就發表《中國共產黨爲日軍進攻盧溝橋通電》，正式提出「國共兩黨親密合作抵抗日寇的新進擊」。彭德懷等紅軍將領致電國共兩黨領導人表示「我全體紅軍，願即改名爲國民革命軍。[2]7 月 14 日，中共中央正式向國民政府表示「願在蔣（介石）指揮下努力抗敵，紅軍主力準備隨時出動抗日。」[3]7 月 15 日，中共談判代表

1　《中共中央爲轉變目前宣傳工作給各級黨部的信》（1936 年 1 月 27 日），《中國共產黨新聞工作文件彙編》（上卷：1921～1949），新華出版社，1980 年版，第 81 頁。
2　張憲文等：《中華民國史》（第三卷），南京大學出版社，2005 年版，第 22 頁。
3　黃修榮：《國共關係 70 年紀實》，重慶出版社，1994 年版，第 454 頁。

周恩來等人再上廬山將《中國共產黨爲公布國共合作宣言》送交蔣介石。[1]《宣言》鄭重宣布「取消一切推翻國民黨政權的暴動政策及赤化運動，停止以暴力沒收地主土地的政策」、「取消現在的蘇維埃政府」、「取消紅軍名義及番號，改編爲國民革命軍，受國民政府軍事委員會之統轄，並待命出動，擔任抗日前線之職責。」但蔣介石國民黨沒有把共產黨的誠意和力量「放在眼裏」。隨著平津失守，日本大舉進攻上海，國民黨感到力難爲繼。爲讓紅軍及早開赴抗日前線，遂加快與共產黨合作抗日談判，並最終達成協議。9月23日，蔣介石發表事實上承認中國共產黨在全國合法地位的談話。

中國共產黨新聞宣傳口徑完成轉折的標誌是共產黨在國統區公開創辦機關報《新華日報》創刊詞。[2]根據國共和談內容，中共可在國統區開展合法的活動包括辦報紙。經過緊張籌備，《群眾》週刊於1937年12月11日出版。[3]又過了一個月《新華日報》在武漢創刊。該報發刊詞指出「在『抗日高於一切，一切服從抗日』之原則下，本報將盡其綿薄提倡與贊助一切有利於抗日之辦法、設施、方針，力求其迅速的實現，而對於一切阻礙抗日事業之缺陷及弱點，本報亦將勇敢地盡其報急的警鐘的功用」，並「願將自己變成一切抗日的個人、集團、團體、黨派的共同的喉舌」，「力求成爲全國民眾的共同的呼聲」。[4]

二、中國共產黨新聞報業抗日救亡活動的特色

中共新聞報業自誕生起，就是中國共產黨的喉舌、就是集體的「宣傳者」「鼓動者」「組織者」，忠實地遵循了共產黨的宣傳口徑，實踐中努力將中國共產黨的路線、方針、政策貫徹到「群眾中去」。中共新聞報業也忠實了執行了中國共產黨關於抗日救亡的宣傳口徑，由是形成了本時期中共新聞報業抗日救亡活動的基本特色。

（一）廣泛傳播中國共產黨的抗日主張

由於國民黨的媒介壟斷和新聞統制，中國共產黨難以在諸如濟南慘案、九一八、一二八事變等所謂「地方事件」中及時發表其抗日主張、抗日聲音，

1　中共中央黨史研究室：《中國共產黨歷史（1921～1949）》（第一卷）（下冊），中共黨史出版社，2011年版，第465頁。

2　倪延年：《論抗戰前後共產黨新聞宣傳口徑的歷史性轉折與啓示》，《現代傳播》2017年版。

3　王潤澤：《中國新聞媒介史（1949年前）》，北京大學出版社，2011年版，第180頁。

4　《〈新華日報〉發刊詞》，載《新華日報》創刊號，1938年1月11日武漢出版。

不僅如此，國民黨還借機妖魔化中共「趁機搗亂」。因此，如何及時地將中共抗日主張、抗日聲音在國統區乃至國際社會傳播開來，就是本時期中共新聞報業的重要使命。日本製造的侵華「事變」發生後，中共中央、中華蘇維埃共和國臨時中央政府、中共駐共產國際代表團及中國共產黨地方組織等機構都及時發布「告全國民眾書」、「關於一二八事變的決議」等告示、決議，中共新聞報業都盡可能地廣泛刊登上述告示、決議。如「九一八」事變後，《紅色中華》報創刊（1931 年 12 月 11 日）即刊發中央工農民主政府的《為國民黨出賣中華民族利益告全國民眾書》，號召全國人民團結一致反抗日本帝國主義，抵制國民黨投降賣國政策。

面對華北危亡，共產黨人率先提出建立抗日民族統一戰線政策，先後發出了《為抗日救國告全體同胞書》（1935 年 8 月 1 日）、《關於目前形勢與黨的任務的決議》（1935 年 12 月 25 日）《為轉變目前宣傳工作給各級黨部的信》（1936 年 1 月 27 日）等主張建立抗日民族統一戰線的政策、告知、決議等文件，中共新聞報業隨之展開了廣泛的抗日民族統一戰線政策宣傳活動。《紅色中華》將宣傳抗日民族統一戰線政策作為報紙的首要任務，為宣傳抗日民族統一戰線做出了卓越貢獻。如 1937 年 2 月 10 日中共中央《致國民黨三中全會電》發出後，《紅色中華》同時刊發《致國民黨三中全會電》，同時刊發社論和講話闡明「通電」的重大意義，批判「左」傾關門主義。中國共產黨還借助來延安採訪的國內外記者如斯諾、范長江等傳播中共抗日主張，都收到了很好的宣傳效果。

（二）強烈抨擊日寇，在革命根據地展開廣泛的抗日輿論動員活動。

中共新聞報業號召全國人民團結一致反抗日本帝國主義，強烈譴責蔣介石國民黨的投降賣國政策，報導全國人民、工農紅軍的抗日救亡的運動和東北抗日聯軍的武裝抗日的消息。如 1933 年 8 月 28 日在永新縣出版的湘贛省蘇維埃政府的機關報《紅報》就刊登了《日本帝國主義又來瓜分熱河》《遼西義勇軍猛烈進攻日軍》的抗日消息。[1] 據統計，《紅色中華》涉及日本新聞報導約有 593 篇，占整個涉外報導的 63.4%。內容涵蓋日本帝國主義侵略擴張、國民黨對日妥協退讓、中國共產黨抗日救國主張、中國各地民眾抗日鬥爭、日本國內及在華日人的反戰活動等諸多方面。[2]

1　陳信凌：《江西蘇區報刊研究》，中國社會科學出版社，第 39 頁。
2　賴芬：《〈紅色中華〉涉日報導研究（1931～1934）》，江西師範大學碩士研究生學位論文，2014 年版，第 19 頁。

　　第五次反「圍剿」失敗後紅軍被迫長征。紅軍長征前，根據地新聞報刊根據中共中央指示展開了廣泛的「北上抗日」宣傳。《紅色中華》1934 年 8 月 1 日刊發《爲中國工農紅軍北上抗日宣言》《毛澤東同志談目前時局與抗日先遣隊》等文章，對於鼓舞人民鬥志，明確抗日目標發揮了重要作用。

（三）由「反蔣抗日」到「逼蔣抗日」，「聯蔣抗日」的轉變

　　中共新聞報業的抗日救亡宣傳緊密配合共產黨的抗日政策，積極爲中共抗日政策做廣泛的輿論動員。在 1935 年 8 月 1 日中共中央發表《爲抗日救國告全體同胞書》前，中共報業的宣傳主調是反蔣抗日，即在宣傳打倒國民黨反動政府，打破國民黨的軍事圍剿的同時對根據地民眾展開抗日輿論動員。打破國民黨的軍事「圍剿」即「反蔣」是根本目標。隨著國難危亡程度加深，中國共產黨從民族大義發表《爲抗日救亡告全體同胞書》，提出建立抗日民族統一戰線主張。爲迫使國民黨蔣介石集團放棄「剿共」，在陝北根據地復刊的《紅色中華》報廣泛展開了「逼蔣抗日」的宣傳活動。中共報刊在西安事變中的「逼蔣抗日」宣傳主旨體現的最爲淋淋盡致。西安事變中蔣介石口頭同意國共合作，爲迫使國民黨盡快承認中共合法地位，形成眞正的抗日民族統一戰線，《紅色中華》報全力展開「聯蔣抗日」宣傳活動。爲廣泛傳播中共抗日主張，共產黨借斯諾、范長江等記者向國統區乃至世界各國傳播延安的眞實情況，傳播中共倡導的抗日民族統一戰線，在海外創辦《先鋒報》《救國時報》《全民月刊》，宣傳共產黨抗日主張。

（四）積極領導國統區的抗日救亡宣傳活動。

　　中國共產黨還領導國統區的抗日救亡活動，致力打破國民黨的文化「圍剿」，號召國統區人民一致團結共同抗日。

　　北平中共地下黨在「一二九」運動前後創辦了《華北烽火》《長城》《國防》《人民之友》《中國人》等革命刊物，宣傳抗日救亡。北平各高校的學生會、學聯組織也出版了一批學生刊物，其中影響較大的有北平學聯的《學聯日報》、北京大學的《北大週刊》、燕京大學的《燕大週刊》等。《燕大週刊》在一二九運動期間增出了 11 期《一二九特刊》（3 日刊）。中共領導的「中華民族解放先鋒隊」還出版了《我們的生活》《民族解放》《活路》《北平婦女》等刊物。

　　在上海，在共產黨領導下或受其影響的抗日救亡報刊約有 100 多種。主要的如鄒韜奮的《生活》週刊《大眾生活》，杜重遠主編的《新生》週刊（1934

年 2 月 10 日至 1935 年 6 月 24 日），金仲華主編的《永生》週刊（1936 年 3 月 7 日至同年 6 月 27 日），張仲實、錢俊瑞、金仲華先後主編的《世界知識》等。此外還有全國各界救國聯合會的《國難新聞》，上海文化界救國會的《上海文化界救國會會刊》（1936 年 3 月 28 日，四開小報，週刊）、上海職業界救國會的《上海職業界救國會會刊》（1936 年 7 月 8 日，4 開小報）、中國學生救國會的《學生報導》（1937 年 1 月 1 日，四開小報），上海文化界、婦女界、職業界、大學教授等各界救國會主辦的《救亡情報》（1936 年 5 月 6 日）。

三、中共在東北游擊區的抗日報刊

「九一八」事變爆發第二天即 9 月 19 日，中共滿洲省委發表《中共滿洲省委爲日本帝國主義武裝佔領滿洲宣言》，揭露日本散佈的「奉天北大營中國軍隊破壞南滿鐵路」的謠言，呼籲反擊日本侵略。同年 12 月，中共滿洲省委從瀋陽遷至哈爾濱，此後哈爾濱成爲中共領導東北人民抗日鬥爭的指揮中心。爲宣傳、組織、武裝群眾抗日，中共滿洲省委繼續出版《滿洲紅旗》，又創辦《戰鬥》刊物。中共滿洲省委派出一批黨員到南滿、東滿、北滿、吉東等地區發動群眾，建立抗日武裝力量。這些武裝力量紛紛創辦抗日報刊，如南滿的《人民革命報》、《東邊道反日報》，東滿的《東滿民眾報》、《兩條戰線》，北滿的哈東《人民革命報》《珠河群眾小報》，吉東的《反日報》《吉東戰報》等[1]。1936 年根據中共駐共產國際代表團指示，中共滿洲省委撤銷成立南滿、北滿、吉東三個省委。東北抗日聯軍相繼改變第一、二、三路軍。各路軍也分別創辦抗日報刊。此外，在中共滿洲省委和各級黨組織領導下，東北城鄉革命群眾組織也紛紛創辦抗日報刊，一些愛國報人還利用日偽報紙，積極進行反日鬥爭。

（一）中共滿洲省委的抗日報刊

中共滿洲省委由陳潭秋、趙毅敏等領導。「九一八」事變前，中共滿洲省委 1930 年 8 月在瀋陽創辦《滿洲紅旗》、10 月 1 日創辦黨內刊物《鬥爭》等。「九一八」事變後瀋陽淪陷。同年 11 月趙毅敏等省委領導人相繼被捕，《滿洲紅旗》被迫停刊。12 月中共滿洲省委遷往哈爾濱。1932 年 1 月 30 日《滿洲紅旗》在哈爾濱復刊，2 日刊。同時出版《滿洲紅旗副刊》，曾用《國民必讀》、

---

1 黑龍江日報社新聞志編輯室編著：《東北新聞史（一八九九～一九四九）》，黑龍江人民出版社，2001 年版，第 280 頁。

《工商週刊》的封面假名出版。副刊 32 開 2 版，橫版立文 1 欄，蠟紙油印；正刊第 3 期 8 開 2 版，豎版立文，綠色油墨印刷。[1]

《滿洲紅旗》是中共滿洲省委遷至哈爾濱後秘密出版的第一份機關報，省委秘書長聶樹先負責編輯。兩期《滿洲紅旗副刊》各刊登《哈爾濱二十六日事件的意義》《二月八日市民大會失敗的經驗和教訓》一篇評論，前者抨擊哈爾濱國民黨市黨部的《國民公報》所謂的「反共就是反日」言論，後者批評中共地下組織內的右傾恐日思想。第 1 期還登載《目前宣傳鼓動的重要口號》，如「罷工、罷課、罷業，反對日本帝國主義及其新工具進攻哈爾濱」等 35 條口號。《滿洲紅旗》第三期第一版頭條是長篇社論《論上海事變》，揭露日本侵華野心與罪行，批判國民黨「不抵抗」政策，謳歌「十九路軍士兵的英勇抵抗」。第二版最後一欄發表《共產國際西歐局／赤色職工國際駐歐秘書處共同宣言》，刊載了《哈爾濱反日情緒高漲》《黑河大暴動》《義勇軍襲擊奉天》等東北抗日事件及國內通訊和國際電稿 17 條消息。[2]「九一八」事變一週年時，《滿洲紅旗》更名《東北紅旗》，內容爲紀念「九一八」事變一週年專號。出刊 18 期後，1933 年 6 月「根據新的路線，把《東北紅旗》改變成更群眾化的刊物」，改名爲《東北民眾報》繼續出版。每期四五百份不等，仍在宣傳鼓動上配合黨的各項抗日工作。1935 年 4 月《東北民眾報》停刊。

《戰鬥》爲中共滿洲省委的黨內教育刊物，1932 年 9 月 20 日在哈爾濱創刊，32 開本，蠟紙油印。《發刊詞》稱「《戰鬥》是省委具體地領導下級同志在政治上、理論上、工作方式與方法上求得解決的刊物；《戰鬥》要把一切戰略與戰術以及實際工作的經驗等等，能夠供給同志們經常的學習與閱讀」。因印刷處遭到敵人破壞，1933 年 1 月 22 日出版第 2 期，2 月 10 日出版第 3 期，此後基本連續出版，1934 年 4 月《戰鬥》出至 12 期後，因中共滿洲省委機關被敵人破壞，暫時停刊。1934 年 10 月，中共中央上海局派楊光華到哈爾濱，重新組織中共滿洲省委。在省委宣傳部長譚國甫主持下，《戰鬥》於 1935 年 1 月 21 日復刊，出版第十三期。同年 2 月中共駐共產國際代表將中共滿洲省委多數負責人調去莫斯科，中共滿洲省委工作處於停止狀態，1936 年 1 月中共滿洲省委撤銷，《戰鬥》第十三期實際成爲終刊號。每

1 黑龍江省地方志編纂委員會編：《黑龍江省志·第 50 卷·報業志》，黑龍江人民出版社，1993 年版，第 74 頁。

2 黑龍江省地方志編纂委員會編：《黑龍江省志·第 50 卷·報業志》，黑龍江人民出版社，1993 年版，第 74 頁。

期《戰鬥》都配合省委的中心工作，發表指導抗日鬥爭和黨內建設的文章。《戰鬥》第三期刊登《組織工人階級的反攻來回答日本帝國主義的進攻》，第五期刊登《反日游擊運動的形勢與執行反帝統一戰線的問題》，第九期刊登《論東北目前反日游擊戰爭的新階段》第十期刊登《擴大人民革命軍的宣傳 深入到廣大群眾中去》，第十一期刊登《發動廣大群眾鬥爭來反對敵人的白色恐怖和第二期「討伐」》等。

（二）東北抗日聯軍的抗日報刊

在中共滿洲省委領導下，東北地區的抗日游擊隊、改編義勇軍、救國軍和人民革命軍等 1936 年組成東北抗日聯軍，到 1937 年發展到 11 個軍，3 萬餘人，成為東北抗日的主力。東北抗日聯軍在英勇頑強的抗日游擊戰爭中，積極創辦報刊，鼓舞教育群眾，團結抗日進步力量。自 1932 年南滿游擊隊創辦《紅軍消息》報始，到 1940 年東北抗日聯軍共創辦 24 家油印報紙。[1]在當時艱苦的游擊戰爭環境下，這些報紙在中國新聞史上留下光輝燦爛的一頁。東北抗聯的抗日報刊以 1936 年 1 月中共滿洲省委撤銷，分別成立南滿、北滿、吉東三個省委及東北抗聯第一、第二、第三路軍為標誌，從 1932 年到 1936 年為東北抗聯的早期報刊時期。這一時期，中共在南滿、東滿（今遼寧省、吉林省）、北滿、吉東（今黑龍江省）都建立了抗日游擊區，在這些抗日游擊區內，當地中共組織和抗日聯軍合辦的抗日報刊紛紛創辦。

在南滿地區，主要有《紅軍消息》《人民革命報》《人民革命畫報》《東邊道反日報》《東邊道反日畫報》等。《紅軍消息》1933 年 3 月由中共工農紅軍第三十二軍南滿游擊隊創辦，中共磐石中心縣委領導，南滿游擊隊政治部宣傳科長馬連元負責編印出版工作。該報八開紙單面印刷，每月出 3 期，有時出增刊。1933 年 9 月 11 日，中共滿洲省委宣傳部去信磐石縣委，指導該報做好宣傳鼓動工作。同年 10 月，磐石縣委將《紅軍消息》改名為《人民小報》，由縣委直接管理，派有辦報經驗的縣委委員紀儒林負責，報紙版面和內容均有很大改善。《人民革命報》《人民革命畫報》由南滿游擊隊改編後的東北人民革命軍第一軍獨立師政治部創辦。《人民革命報》1933 年 9 月創刊，八開單面油印，每期出 3 期，每期內容約 2000 至 250 字，有社論、文件、評論、消息、通訊等文體，多數配有新聞內容極強的漫畫、宣傳畫；絕大多數報導為國內新聞，容量約占整個版面的 80% 以上，內容主要是抗日游擊軍民的生活、

1　田雷：《東北抗聯報刊述略（1932～1940）》，《哈爾濱學院學報》，2012 年版。

戰鬥情況，消滅敵軍的戰鬥狀況，紅軍長征及人民受苦受難與反抗壓迫等情況。[1] 週有紀念活動時，該報單獨出版「副刊」、「紀念號」。1934 年 9 月 18 日，該報特別出版《人民革命報副刊》紀念東北人民革命軍第一軍獨立師成立一週年；1935 年 9 月 18 日單獨出版《人民革命報·紀念號》，紀念「九一八」事變四週年。《人民革命畫報》由《人民革命報》出版，現僅存 65、67 期，16 開紙單面油印。兩報多在金川縣河裏抗日游擊區出版發行，1936 年初終刊。《東邊道反日報》和《東邊道反日畫報》由中共南滿特委於 1934 年 12 月 5 日在金川縣河裏游擊根據地創辦，為中共南滿特委機關報。中共南滿特委於 1934 年 11 月初成立。兩報由全光負責，均為八開紙單面油印。以抗日軍民為對象，積極報導東北人民革命軍抗擊日寇的戰績、廣大反日群眾支持人民革命軍及揭露日偽統治下民眾受苦受難的慘狀。1936 年 7 月兩報停刊。

東滿地區主要有《兩條戰線》、《東滿民眾報》等抗日報刊，其中《東滿民眾報》為新組建的中共東滿特委機關報。1934 年春，根據中共滿洲省委指示，東滿游擊隊改編為東北人民革命軍第二軍獨立師，1935 年 5 月擴編為東北人民革命軍第二軍，王德泰任軍長，新任中共東滿特委書記魏拯民兼任政委。同年 7 月在魏拯民倡議下創辦該報。

在北滿有《珠河群眾小報》、哈東《人民革命報》等。《珠河群眾小報》由中共珠河中心縣委在珠河縣（今尚志市）城西四方坨子抗日游擊根據地創辦，1934 年 10 月發刊，並附出畫報。黃鐵城負責編印。該報第 1 期正值俄國十月革命節前夕，刊登了《慶祝十月革命節十七週年》及中央蘇區建設、珠河反日游擊隊戰鬥，打垮偽國兵等內容，油印 30 餘份，送往各聯絡點。[2] 哈東《人民革命報》由東北人民革命軍第三軍於 1935 年 4 月創辦。同年 1 月哈東支隊擴編為東北人民革命軍第三軍，趙尚志任軍長。哈東《人民革命報》蠟紙刻印，四版兩張。版面設計整齊美觀，字體刻字比較規整，印刷清晰，內容較為充實，文章短小、有言論、新聞。第二期有 16 篇稿件，頭版社論是《紀念紅色五一勞動節》。第三期刊載 19 條消息。1935 年夏因日偽軍對哈東「大討伐」而暫時停刊，同年 9 月 10 日決定「恢復《人民革命報》及畫報」。[3]

---

1 黑龍江日報社新聞志編輯室編著：《東北新聞史（一八九九～一九四九）》，黑龍江人民出版社，2001 年版，第 287 頁。

2 黃鐵城：《珠河群眾小報》，《新聞傳播》，1986 年版。

3 《東北地區革命歷史文件彙編》甲方 38 冊，1992 年版，第 234 頁。

　　吉東有《綏寧報》《反日報》《吉東戰報》等。1932 年 7 月，《綏寧報》由中共綏寧中心縣委派組織部長李春根及其愛人到穆棱縣新安屯溝里抗日游擊隊建立《綏寧報》編印處，出版《綏寧報》。該報八開紙 2 頁，單面油印，每期印 80 份。《反日報》是中共滿洲省委吉東局機關報 1934 年 2 月創辦。《反日報》八開紙 2 頁，單面油印，每期印 80 份至 100 份，趙志剛、黃秀珍負責編印。該報每期出版後，通過各路交通線、交通員傳遞到遂寧、饒河、東滿三個地區的各級黨組織和東北人民革命軍二、四、五軍及游擊隊。1934 年 4 月改名爲《吉東戰報》。《吉東戰報》八開紙 2 頁，單面油印，每期印 80 份至 100 份。[1]

　　1936 年 1 月，中共滿洲省委撤銷，分別成立南滿、北滿、吉東三個省委，東北抗聯也改編爲東北抗聯第一路軍、第二路軍、第三路軍，分屬三個省委，她們也紛紛創辦報刊，此爲東北抗日報刊發展的第二階段。

　　1936 年 7 月，東北抗聯第一路軍改編建立，楊靖宇任總司令，中共南滿省委隨之建立由中共東滿特委、南滿特委合併組建，魏拯民任省委書記。爲擴大輿論陣地，東北抗聯第一路軍和中共南滿省委先後創辦了《南滿抗日聯合報》《中華畫報》《中國報》和黨刊《列寧旗》。《南滿抗日聯合報》1936 年 7 月下旬創刊，8 開 2 版，單面油印。創刊號有楊靖宇「南滿抗日聯合報萬歲！」的題詞。中共南滿省委秘書處編輯部主任、第一路軍政治部宣傳科長傅世昌和南滿省委宣傳部印刷主任李永浩在通化、新賓、桓山一帶山溝堅持編印出版。現僅存該報 1937 年 8 月 25 日、8 月 30 日兩張「號外」。25 日「號外」有近 800 字的社論《中日大戰》和消息《統率二十萬紅軍的毛澤東對日寇香月司令發出撤退河北省的通牒》。30 日「號外」是關內抗日和東北抗日聯軍活動的 5 消息及一組短訊。1938 年 11 月前停刊。《中華畫報》由中共南滿省委秘書處和東北抗聯第一路軍政治部合辦，1936 年 7 月創刊，16 開或 32 開，單面油印，不定期出版。《中華畫報》主要給識字不多的讀者看的，現僅存 1937 年 8 月 20 日出版的第 9 期。《列寧旗》是中共南滿省委機關刊物，1935 年 1 月創刊，東北抗聯第一路軍政治部出版。1938 年 12 月，中共南滿省委決定將東北抗聯第一軍和前中共東滿特委的《戰旗》併入《列寧

1　《牡丹江日報社志》附：《牡丹江地區報業志資料》。黑龍江日報社新聞志編輯室編著：《東北新聞史（一八九九～一九四九）》，黑龍江人民出版社，2001 年版，第 291 頁。

旗》,1939 年停刊。[1]《中國報》由東北抗聯第一路軍政治部和中共南滿省委秘書處合辦,1938 年 12 月創刊,全光負責。該報八開或十六開,單面油印,每週出一期。現僅存 1939 年 6 月 16 日的第 107 號,1939 年 8 月 20 日的 111 號。1939 年末停刊。

1937 年 3 月,中共吉東省委在林口縣三道通鄉溝里四道河子東北抗聯第五軍營地成立,軍長周保中任省委常委。同年 7 月東北抗聯第二路軍組建,周保中任總指揮。中共吉東省委和東北抗聯第二路軍先後創辦了吉東《救國報》、黨刊《前哨》、《東北紅星壁報》。《救國報》1937 年 6 月 1 日創刊,四開四版,蠟紙油印,原定半月刊。中共吉東省委秘書處編印,省委秘書處姚新一任主編。1937 年 11 月 20 日改爲月刊,並出版創刊號。同年 12 月 1 日突然改爲《救國週報》第六期,主辦單位改爲吉東抗日救國總會。[2]1939 年 2 月,因主編姚新一犧牲,吉東《救國報》隨之停刊,共出版十多期。[3]該報第 3 期《文藝》副刊開始連載斯諾《西行漫記》,第五期特設專欄《論壇》,以《中華蘇維埃政府主席毛澤東先生論抗日救國聯合戰線》爲題,把上海《密勒氏評論》發表的斯諾訪問毛澤東的談話記錄譯成中文連載。第二路軍總指揮周保中經常爲該報撰寫評論和搜集、提供信息。

《前哨》1938 年 2 月 7 日創刊,中共吉東省委秘書處編印,姚新一任主編。32 開本,月刊,期發 200 份。現僅存第 1 期,刊有《論東北民族反日游擊運動》《論抗日反「滿」並提與不並提問題》《討論戰爭的趨勢和制止戰爭問題》等文章。《東北紅星壁報》1940 年 5 月在寶清縣境內抗聯營地創辦,東北抗聯第二路軍總指揮部編印。該報由周保中指示創辦,趙尙志任主筆,[4]總指揮秘書處主任金京石爲編輯,電臺臺長李俊負責收音和記錄,王春負責刻印和出版。現僅存第 2、5 期。第 2 期於 1940 年 6 月 2 日出版,16 開 8 版,蠟紙油印。第 5 期 9 月 10 日出版,8 開 2 版,刊有社論《日寇近衛內閣的悲運》(周保中)、趙尙志以筆名「向之」撰寫的短論《紀念紅色的五月》和描

---

1 《東北地區革命歷史文件彙集》甲 60 冊,1992 年版,第 100 頁。

2 黑龍江日報社新聞志編輯室編著:《東北新聞史(一八九九~一九四九)》,黑龍江人民出版社,2001 年版,第 297 頁。

3 1938 年 10 月 2 日姚新一給周保中的信稱「總計,《救國報》共出版了十期」。見《東北地區革命歷史文件彙編》甲 28 冊,1992 年版,第 281 頁。

4 黑龍江日報社新聞志編輯室編著:《東北新聞史(一八九九~一九四九)》,黑龍江人民出版社,2001 年版,第 297 頁。

寫抗日故事的韻文《土野的詩歌》等。因趙尚志被派往蘇聯商談要事，該報於1940年9月10日停刊。

　　1939年4月2日，中共北滿省委及東北抗聯第三路軍在通河縣境內成立，李兆麟任第三路軍總指揮。中共北滿省委和抗聯第三路軍先後創辦了《北滿救國報》、黨刊《統一》、《新戰線》。《北滿救國報》1940年2月7日創刊，東北抗聯第三路軍總指揮部編印，8開2版，蠟紙油印，原定每月出2期。最初幾期一版為社論和「國際消息」，二版為「中國消息」，第四期開始增加副刊稿件和漫畫。7月15日的第8期增加到11個版面，副刊《文藝》將近兩個版，內容主要是新詩和漫畫。第8期出版後因電臺損壞，曾停刊兩個月，1940年9月後復刊。《統一》是中共北滿省委機關刊物，1939年7月15日創刊，32開本，蠟紙油印，原定半月刊。省委宣傳部編輯、省委秘書處印刷。省委常委、宣傳部長、三路軍總政委馮仲雲主持《統一》的編輯工作。內容多是省委文件和省委領導同志的文章、通信與意見書。現存1至4期。第7期於1940年6月13日出版，停刊不詳。

（三）東北群眾團體的抗日報刊[1]

　　在中共滿洲省委和各級黨組織領導下，東北城鄉革命群團組織也創辦了許多抗日報刊，進行抗日救國宣傳。其中共青團組織共創辦16家機關報刊，工會組織共創辦4家機關報，反日總會創辦3家機關報。哈爾濱是中共領導東北軍民抗日的中心，有7家報刊在哈爾濱出版，它們是共青團滿洲省委機關報《滿洲青年》（1932年7月）、共青團滿洲省委團內教育刊物《東北列寧青年》（1933年8月）、滿洲總工會的《東鐵工人》（1933年10月）、哈爾濱總工會機關報《工人事情》（1931年5月）、共青團哈爾濱市委的《反日青年》（1933年9月）、哈爾濱反日總會的《反日民眾報》（1933年8月），均為蠟紙油印小報。其中，《滿洲青年》八開二版，每週一期。其前身是1932年6月的《青年小報》，同年9月改為《東北青年》，1935年3月終刊。《東北列寧青年》32開本，不定期，1935年4月停刊。《工人事情》，週刊，每期發行150份，1934年4月終刊。《反日青年》不定期，1935年4月停刊。《反日民眾報》的前身是1932年月創刊的《民眾報》，1935年4月終刊。在瀋陽出版的有3家，它們是《工人之路》《奉天青年》《轉變》，均為油印小報。《工人之路》

1　黑龍江日報社新聞志編輯室編著：《東北新聞史（一八九九～一九四九）》，黑龍江人民出版社，2001年版，第303～307頁。

1932 年創刊，先由中共奉天特委主辦，1933 年月由奉天工會接辦，不定期。《奉天青年》由共青團奉天特委於 1932 年創辦，不定期，「專載擁護蘇聯與紅軍的消息與論文」。《轉變》為共青團奉天特委團內刊物，「一月兩次，按期出版」。

共產黨領導的各級群團組織在南滿、東滿、北滿、吉東抗日游擊區創辦了 12 家報刊，其中共青團報刊 11 家，工會、反日總會報紙各 1 家，均為油印小報。它們密切配合當地黨報和軍報，積極進行抗日救國宣傳。南滿抗日游擊區有《青年義勇軍報》《反日青年》《東邊道青年先鋒》《青年民眾》《救國青年》《吉海工人報》。《青年義勇軍報》1933 年 9 月創刊，原由磐石紅軍報社出版，1935 年 8 月前併入共青團磐石中心縣委機關報《戰鬥青年》。《反日青年》1934 年 4 月創刊，八開二版，不定期出版，共青團磐石中心縣委編印，1935 年 5 月仍在出版。《東邊道青年先鋒》由共青團南滿特委於 1935 年 4 月 10 日創刊，11 月附出《革命青年畫報》。《青年民眾》1935 年 8 月 20 日創刊，共青團南滿特委主辦，1936 年 5 月 1 日終刊。《救國青年》由《青年民眾》改名而來，1936 年 5 月 25 日創刊，八開二版，不定期出版，為共青團南滿省委機關報。《吉海工人報》1933 年 9 月創刊，吉海鐵路工人會總會主編，總會書記陳質生任主編，1935 年 2 月終刊。

東滿抗日游擊區有《新主人報》《青年鬥爭》。《新主人報》1932 年 11 月 20 日創刊，為共青團東滿特委主辦的朝鮮文油印畫報。《青年鬥爭》1933 年初創刊，是共青團東滿特委主辦的朝鮮文小報。在吉東游擊區有《吉東青年救國畫報》《勃利先鋒報》。前者 1935 年創刊，八開二版，不定期出版，共青團吉東特委主辦，吉東青年救國畫報社編印。後者由勃利反日總會編印。另外在北滿游擊區有《白刃報》，該報由共青團珠河中心縣委編印，1935 年創刊。

（四）東北愛國報人的反日鬥爭

1933 年 8 月至 1936 年 6 月，在中共滿洲省委領導下，中共地下黨員及愛國報人和進步文學青年打入日偽報紙，先後在長春《大同報》、哈爾濱《國際協報》、齊齊哈爾《黑龍江民報》辦起《夜哨》、《文藝》《蕪田》3 個文學副刊和佔領《大北新報畫刊》，利用日偽新聞統制漏洞，進行反滿抗日宣傳。

《夜哨》為偽滿政府機關報《大同報》第五版副刊，由《大同報》副刊主編陳華與蕭軍、蕭紅、羅烽、白郎、金劍嘯等人於 1933 年 8 月 6 日創辦。

每週一期，由蕭軍在哈爾濱集稿寄給陳華，經他統籌安排見報。刊名由蕭紅所起，寓「夜裏值崗」之意，刊頭由金劍嘯設計，「上半部是茫茫的黑夜，象徵著敵寇的黑暗統治；中間是一篇大地，象徵著東北國土；底部是一道道鐵絲網，象徵著法西斯的暴行」。[1]主編陳華以《生命的力》為題的代發刊詞號召廣大青年不要「徬徨」、「隨波逐流」，要「起來，以自己的生命力去鬥爭！」。在《夜哨》發表作品的多為中共地下黨員和進步青年作家，其中蕭紅（悄吟）14 篇，白郎（劉莉）13 篇、金劍嘯（巴來）10 篇，羅烽（洛虹）6 篇、蕭軍（三郎）6 篇。《夜哨》共出版 21 期，刊發 80 餘部文學作品，其中詩 32 首，小說 24 篇，獨幕、多幕劇 5 種，散文 12 篇，文學評論 6 篇。其中不乏在當時東北文壇上產生巨大影響的作品，如小說中李文光的《路》、蕭紅的《啞老人》《夜風》《小黑狗》、蕭軍的《搬夫》、白郎的《叛逆的兒子》、山丁的《臭霧中》《山溝雜記》等。戲劇中金劍嘯的《窮教員》《藝術家與洋車夫》、羅烽的《兩個陣營的對峙》等；輛蒨（山丁）的《看完了「路」以後》、陳華的《關於「路」》等評論文章。[2]《夜哨》所發布的作品，主要是揭露與控訴黑暗現實，反映青年覺醒反抗，尤其是揭露日本侵略者的殘暴統治、控訴淪陷區黑暗社會現實的作品分量較重，真實而深切地反映了「九一八」事變後東北人民水深火熱的苦難生活，很好起到了抗日救亡的宣傳作用。1933 年，李文光以描寫遼南抗日義勇軍生活為題材的《路》發表後，引起日偽當局的注意。同年 12 月 24 日《夜哨》發表《夜哨的絕響》，被迫停刊，主編陳華為此離開《大同報》。

　　《文藝》是《國際協報》副刊，由中共地下黨員羅烽的妻子白郎於 1934 年 1 月 18 日創辦。白郎（1912～1994），原名劉東蘭，筆名劉莉、弋白、杜徽、徽、白郎等，東北女作家，在其丈夫羅烽影響下走向革命道路。1933 年 4 月《國際協報》公開招聘編採人員，在中共地下黨《國際協報》副刊主編方未艾的幫助下，白郎考取《國際協報》記者工作，後改任編輯，先是協助方未艾編輯文藝副刊《國際公園》，後獨立編輯《婦女》《兒童》《衛生》等副刊。1933 年 10 月，中共滿洲省委決定委派方未艾到蘇聯海參崴列寧學院學習，方未艾離開後，白郎被委任為副刊主編。

1　沙金成：《東北新文學初探》，吉林文史出版社，1989 年版，第 92 頁。
2　佟雪、張文東：《〈夜哨〉的文學與文學的「夜哨」——偽滿〈大同報〉副刊〈夜哨〉的文學史意義》，《社會科學戰線》，2012 年版。

　　《夜哨》於 1933 年 12 月 24 日被迫停刊。中共滿洲省委決定利用白郎任《國際協報》副刊主編的條件創辦《文藝》週刊，白郎任主編，刊頭由金劍嘯設計，主要撰稿人幾乎都是《夜哨》的原班人馬，只是換了筆名。在白色恐怖下，該刊發揚《夜哨》的戰鬥精神，繼續向敵人宣戰。《文藝》發刊詞《文學的使命》稱「文學不能規定目的」，應表現「人類在廣大的宇宙間是怎樣生存著」「是怎樣在垃圾堆上和陰溝裏打滾」。該刊發表了許多革命的進步文藝作品。其中有白郎（弋白）的《悚栗的光圈》《四年間》《逃亡日記》，蕭軍（田倪）的《一個雨天》《期待》《為誰唱的？》《給夜行者》，蕭紅（田娣）《患難中》《鍍金的學說》，金劍嘯（巴來）的《雲姑的母親》《洪流》《幽靈》《白雲飛了》，梁山丁的《新鮮的悲哀》《北極圈》《銀子的故事》《臭蟲》《青年的病》《山溝》，羅烽的《現在晚了》《星散之群》等。此外還吸引了進步文學青年撰稿，如唐景陽（達秋）的《日夜歸來》《秋之夜》《蕭條》《結算》等，塞田的《軍官之宿》、代生的《寒冷的塞外》、田琅的《復活的渣滓》等。這些作品從不同角度揭露了偽滿的黑暗面，反映了人民的苦難，幫助讀者認識日偽統治的罪惡本質，起到了較好的動員效果。1934 年 12 月 30 日，《文藝》週刊被迫停刊，共出版 47 期。金劍嘯寫了《結束吧「文藝」週刊》短文，刊發在其編輯的《大北新報畫刊》上，表達憤怒，告誡戰友們「只要下種，就會長苗」。[1]《文藝》週刊是東北淪陷區由地下黨創辦的時間最長、影響最大的副刊。[2]

　　金劍嘯於 1934 年 8 月打入日本人的《大北新報》社附刊《大北新報畫刊》任編輯，1935 年 6 月打入齊齊哈爾偽黑龍江省公署機關報《黑龍江民報》主編副刊《蕪田》，使之成為東北左翼文學的陣地。《大北新報畫刊》1933 年 5 月出版，原定宗旨是突出「藝術和女人」。金劍嘯刊發《致詞》短文提出「畫刊不僅是藝術的，而更是社會的」等思想，利用這塊陣地以詩、文、和漫畫、照片等曲折影射地揭露、諷刺日偽當局編造的「大東亞共榮圈」「王道樂土」等謊言。1935 年 4 月，金劍嘯被大北新報社辭退。同年 6 月金劍嘯打入《黑龍江民報》。在該報社長、中共地下黨員王復生支持下，創刊副刊《蕪田》《藝文》週刊，接續《國際協報》的《文藝》週刊。這兩個副刊經常刊登含有反滿抗日思想的作品，如王復生的短詩《誰的世界》、金劍嘯的散文《王二之死》

1　《大北新報畫刊》，1935 年 1 月 21 日。

2　金玉良：《冰城熱血——白郎在「淪陷前後」》，《傳媒》，2001 年版。

《瘦骨頭》及敘事長詩《興安嶺的風雪》，記者劉乃風的小說《小香之死》等。揭露東北人民的悲慘生活，歌頌東北抗日聯軍英勇殺敵。

　　因《大北新報畫刊》經營不善，主持人孫惠菊陷入困境。金劍嘯與中共滿洲省委宣傳部幹事蔣椿芳等人商議，籌資接辦《大北新報畫刊》。名義上孫為主持人，每月給他 30 元酬勞，實際由 1936 年回到哈爾濱的金劍嘯主持。1936 年 4 月 20 日，《大北新報畫刊》以新面貌出刊，版式由原 4 開 4 版一張改為 16 開 6 頁（後增至 12 頁）一本的活頁彩色畫報，刊期由 7 日一期改為 5 日一期。在金劍嘯主持下，《大北新報畫刊》報頭下是大幅藝術作品或攝影照片，其他各頁增加新聞報導和國際時事評述、刊發了反映東北人民苦難生活報導及進步文化藝術作品。該刊正面刊載了中國紅軍長征的捷報，披露東北人民悲慘遭遇的紀實新聞及魯迅、郭沫若、高爾基等中外著名作家的頭像、作品、語錄或軼事；發表金劍嘯撰寫的寓言故事《勝利之後的威納斯》、短詩《啞巴》、劇本《咖啡館》、文藝短評《文壇登龍術》和一些漫畫等。因「黑龍江民報事件」，1936 年 6 月 13 日，金劍嘯捕，後遭敵人殺害，年僅 26 歲。

四、中共在海外宣傳抗日救亡的報刊活動

　　這一時期，中國共產黨在海外先後創辦了《先鋒報》《救國時報》《全民月刊》，積極向海外華僑宣傳共產黨的政治主張、中國工農紅軍的動向，抨擊國民黨蔣介石腐敗統治，呼籲華僑抗日救國，將共產黨的聲音傳播到世界各地。

（一）《先鋒報》

　　《先鋒報》原為 1927 年底在美國舊金山出版的美洲華僑反帝大同盟的機關刊物《先鋒》，中文、不定期。發起人徐永煐、冀朝鼎、施滉等中國留美學生，他們在大革命中看清了國民黨反動面目，在 1927 年前後在美國加入共產黨，成立了美共中央中國局。為宣傳革命和抵消國民黨《金山時報》《國民日報》《世界日報》《民氣日報》《商報》等反革命輿論影響，他們在美國華僑捐助下創辦了該報。《先鋒》後遷往費城，1930 年 4 月再遷紐約，改鉛字印刷，更名《先鋒週報》於 4 月 3 日創刊發行，每期 8 開 8 頁，週刊，美國工人日報社印刷。因經費困難，於 1934 年上半年改為半月刊，刊名《先鋒》，後又改稱《先鋒報》[1]（一說該報曾改為半月刊，1934 年恢復出版週報，定名《先鋒報》

1　方漢奇：《中國新聞事業通史》（第二卷），中國人民大學出版社，1996 年版，第 565 頁。

並一直延續下來[1]）。施滉、李道煊、張報、徐永煐、何植芬、餘光生等先後為該報主持人，黃凌霜、蘇開明等擔任主筆。其中餘光生 1932 年 1 月任《先鋒報》編輯，同年 3 月加入美共，後任每週華僑反帝大同盟執行委員、書記。

《先鋒報》以在美國賣苦力的華僑為目標讀者。該報 118 期公開申明「是美洲華僑勞苦群眾惟一喉舌，只有先鋒徹底抗日，擁護中國民族革命戰爭」。創刊初期主要與國民黨右派把持的《聯合日報》《美洲日報》等針鋒相對，揭露和批判國民黨右派叛變中國革命，號召華僑打倒蔣介石及其代表的反動勢力；經常刊登中國工農紅軍和國內革命鬥爭的消息，使華僑瞭解了中國共產黨在江西、湖南等地開闢革命根據地和建立蘇維埃政權的情況。1935 年 8 月 1 日，中共發表「八一宣言」後，該報將宣傳重點轉到抗日救國，揭批日本帝國主義的侵華罪行，刊發《中國紅軍將領致全國軍政當局暨民眾團體電》（1936 年 12 月 7 日）《中國共產黨中央告全國民眾各黨派和一切軍隊宣言》（1936 年 12 月 14 日）等通電，傳播中共中央和中華蘇維埃中央政府聯合各黨派共同抗戰的政治主張，時刻關注中國時局進展，在美國華僑中進行了較大規模的抗日輿論動員。如 1935 年 11 月 2 日，《先鋒報》183 期用 5 頁整版篇幅闡述組織聯合抗日救國國防政府的重要性。《先鋒報》還經常轉載《紅色中華》《群眾週刊》《新華日報》等宣傳抗日救亡的重要文章。

《先鋒報》在華僑報界獨樹一幟，發行量大，範圍廣。「除美國和中國外，在加拿大，拉美、歐洲各國，東南亞、澳洲、甚至非洲，都有它的讀者」[2] 對激發海外華僑的愛國抗日精神發揮了積極作用。國民黨當局視《先鋒報》為「洪水猛獸」，極力加以查封和封殺。國民黨中央委員會專門函告各地嚴令緝拿徐永煐、施滉等人，取消其官費留學資格，遞解回國，施以嚴懲。要求國民黨各級黨部與地方政府查禁《先鋒報》，以杜絕該報在國內流傳。1938 年該報與巴黎《救國時報》合併後用《救國時報》名稱出版。

（二）《全民月刊》

1936 年 1 月 11 日，王明萌生了在巴黎再創一份刊物的想法，與國民黨左翼人士、《救國時報》主創者和供稿者胡秋原商議刊名。胡秋原提出「全民」二字表示聯合抗戰的廣泛性和包容性。《全民月刊》由此誕生。該刊領

---

1 于安龍：《先鋒報與中國共產黨早期的海外宣傳》，《青年記者》，2016 年 8 月上。
2 張報：《二、三十年達尼在美國的中國共產黨人》，《國際共運史研究資料》，1982 年版。

導層和主要撰稿人是以王明、陳雲、陳潭秋、蕭三等中共領導人和章乃器、陶行知、胡秋原等社會各界進步人士。在王明安排下，吳克堅任《全民月刊》總編輯。

　　《全民月刊》1936 年 3 月 15 日以「巴黎華僑全民月刊社」的名義在巴黎正式出版，設有「全民論壇」「時事論著」「社會寫眞」「華僑論壇」「文藝」「學藝情報」「學術專論」「社會寫眞」「世界及中國要聞」等欄目。《全民月刊創刊宣言》稱，其創刊宣言稱有三個創辦目的：一是聯絡歐洲及美洲僑胞及同學，二是研究世界政治經濟及社會文化，三是「討論全民救亡圖存的具體方案」。[1] 發表了大量關於支持學生運動、反帝反日、呼籲建立抗日統一戰線的文章。1937 年 1 月因經費困難而停刊。創刊號 1、2 期合編，自創刊號起就連載陳雲化名「廉臣」所寫的反映中國工農紅軍長征的長篇通訊《隨軍西行見聞錄》直至停刊。這篇文章是「我黨最早向世界宣傳紅軍長征壯舉的『第一文』，比斯諾等人向海外介紹紅軍還要早一年」。[2]

（三）《救國時報》

　　《救國時報》爲中共中央駐共產國際代表團機關報。原是 1935 年 5 月 15 日在法國巴黎出版的中文報紙《救國報》。同年 12 月 9 日被迫改爲《救國時報》，1938 年 2 月 10 日停刊，共出版 152 期，發行 43 個國家，每期平均發行 2 萬餘份，爲中共海外宣傳抗日民族統一戰線做出巨大貢獻。

1、《救國時報》發展概況

　　1934 至 1935 年，中國共產黨處境極爲艱難。中共中央和紅軍處於長征途中，國內聯絡體系遭到極大破壞，《紅色中華》被迫停刊，國統區地下組織損失殆盡，中共中央與莫斯科的電訊聯絡也中斷等。1934 年底，時任中共駐共產國際代表團團長、中共中央書記處書記王明決定創辦一份海外報紙，擬名《救國報》，由共產國際中共代表團秘書廖煥星負責在莫斯科籌辦出版，張報（莫國史）協助。[3] 爲團結更多中間力量，決定將編輯部設在莫斯科紅場附近的外國工人出版社（後改爲蘇聯外國文書籍出版社）中文部內，稿件編好後，由莫斯科星火印刷廠排字，打成紙型後航寄巴黎，在反法西斯人民陣線已初步形成的法國公開發行。1935 年 4 月報社以中國留法學生的名義申請立案獲

1　《全民月刊創刊宣言》，《全民月刊》1936 年 1 月 15 日第 1 期。
2　騰瀚：《〈全民月刊〉：最早宣傳長征的海外報紙》，《青年記者》，2018 年 10 月中。
3　謝祖才，《張報與〈救國日報〉》，《文史雜誌》，1990 年版。

得法國政府批准，5 月 15 日《救國報》正式創刊，法文名「le Sauvetage de la patrie」。初爲半月刊，對開 4 版，自第 11 期改爲週刊，對開一大張。

1935 年 9 月，《救國報》刊載蔣經國寫給其母親聲稱與蔣介石決裂的公開信（共產國際總部提供），[1]成爲轟動一時的「蔣經國家書事件」。惱羞成怒的蔣介石通過外交途徑向法國政府提出停止郵寄《救國報》。該報第 16 期即被法國政府停止郵寄，經剛被派到巴黎的吳玉章奔走交涉，在法國共產黨幫助下更改報名，重新申請立案獲得批准。1935 年 12 月 9 日，《救國時報》（法文報名爲「Au Secours de la Patrie」）創刊號出版，實際是原《救國報》第 16 期，編輯、發行都是《救國報》原班人馬。更名出版後爲週刊，對開一大張 4 版，自第 5 期該報改出五日刊，後又改爲三日刊、雙日刊，並經常增出紀念特刊，如紀念孫中山逝世十一週年、十二週年；紀念「三一八」十週年，紀念瞿秋白殉難；悼念魯迅先生逝世，紀念「九一八」五週年等。

《救國時報》仍按莫斯科編輯、巴黎印刷發行的方式運作。巴黎印刷、發行工作初由吳玉章（1935 年 11 月至 1936 年 10 月）負責，後由吳克堅（1936年 10 月至 1938 年初）、饒漱石（1938 年初至 1939 年 10 月）負責。1936 年 3月，吳玉章託請陳雲通過商務印書館購買的漢字銅模運至法國，由莫斯科抽調的文士楨、陳達邦與林德光、金映光、張悟眞、朱世綸、郝啓文等旅法華工和學生 13 人負責排版印刷，[2]得到法國共產黨同志的協助。自 1937 年秋起，莫斯科編輯部只負責編好稿件寄往巴黎，其他工序均在巴黎完成。廖煥星（1935 年 5 月至 1935 年秋）、李立三（1935 年秋至 1937 年）、陳潭秋（1937年至 1938 年 2 月）先後擔任主編，張報、周翼、王揖（趙毅敏）先後擔任副主編，李克（魏明華）、王德、歐陽新、尤毅、何天智、於辛超、邱靜山等先後擔任編輯工作。[3]

《救國報》及《救國時報》的宣傳特色有三：一是版面、欄目設置明確，頭版爲社論與要聞，二版爲國內新聞，三版爲國際新聞，四版爲副刊。此後還開設了「啓事」「要訊（聞）」「祖國消息」「國際消息」「胞生活」「短評」「評論」「讀者通訊」「民族出路問題論壇」「救國談」等常設欄目，遠勝於《紅色

1　謝祖才：《張報與〈救國時報〉》，《文史雜誌》，1990 年版。
2　楊乃坤：《〈八一宣傳〉的印刷、發行人》，《縱橫》，1994 年版。
3　方漢奇：《中國新聞事業通史》（第二卷），中國人民大學出版社，1996 年版，第 568頁。另有說法是，陳譚秋、于辛超、邱靜山、趙毅敏、歐陽新等參與編輯部工作。見李思慎：《李立三主編〈救國時報〉》，《黨史博採》，2001 年版。

中華》等國內的中共黨報。二是報紙每期主題突出。每期報紙頭版頭條社論是該期報紙宣傳的主題，反映國內消息的各版從側面配合、映襯該主題。如《救國報》第 2 期（1935 年 6 月 1 日），頭版社論是《五卅事變十週年》，第一、二、四版的整個版面的報導內容都與紀念主題相關。[1] 三是編排精美、版面活潑、插圖豐富，爲國內中共報刊所不及。該報得到蘇聯塔斯社的支持，印刷條件好，每期報紙的插圖都在十幾幅或二十幾幅以上，所有插圖都與報紙文字宣傳一致。這使每期報紙宣傳的主體突出，鮮明，說服力強。

《救國時報》創刊時銷行五千份，不到一年，增至兩萬份，國內約一萬餘份，在北京、上海、廣州、重慶、天津、東北、新疆、太原、西安、西康等地擁有讀者，發行「徧及四十三個國家，擁有九千六百餘訂戶」。[2] 一期報紙往往被傳閱得字跡模糊，破爛不堪。1937 年底，斯大林發動肅反運動，李立三等編輯人員被逮捕，《救國時報》編輯部名存實亡，法國也面臨希特勒軍隊的嚴重威脅，因此，該報決定移往美國出版。1938 年 2 月 10 日《救國時報》第 152 期刊發《本報暫時停刊宣言》停刊，由饒漱石、陸璀等攜銅模等部分設備，於同年 8 月抵達美國紐約，與《先鋒報》的何炳一起以《救國時報》出版，饒漱石負責，以美國華僑爲主要讀者對象，號召華僑支持祖國抗日戰爭。1939 年 10 月因饒漱石、陸璀回國參加抗日戰爭而停刊。

2、《救國時報》的抗日救亡宣傳

《救國報》及《救國時報》以「竭力闡述中華民族一致團結對外的必要性和可能性，爲建立『不分黨派，不問信仰，團結全民，共同救國』的抗日民族統一戰線奔走呼號」爲根本宗旨，以海外華僑和國內民眾爲讀者對象。秉持這一宗旨發表了大量宣傳抗日民族統一戰線的社論、要訊、論壇和通信。其中王明的文章最多，有近 20 篇。1935 年 10 月 1 日，《救國報》第 10 期 2版以「中國共產黨中央委員會」「中國蘇維埃政府」名義刊發《爲抗日救國告全體同胞書》[3]，即「《八一宣言》」。此爲《八一宣言》首次公之於眾，「爲中國的新聞傳播媒介的第一家。」[4] 1936 年 1 月 4 日《救國時報》率先倡議「第二

---

1 方漢奇：《中國新聞事業通史》（第二卷），中國人民大學出版社，1996 年版，第 570 頁。
2 吳玉章：《關於救國時報的回憶》，《社會科學戰線》，1978 年版。
3 《爲抗日救國告全體同胞書》出自王明領導的中共駐共產國際代表團，而非中共中央和蘇維埃中央政府。
4 方漢奇：《中國新聞事業通史》（第二卷），中國人民大學出版社，1996 年版，第 398 頁。

次國共合作」，認為「第二次國共合作，在共產黨方面是完全可能的」，「在國民黨方面不管蔣介石的其他如何也是完全可能」。[1]隨後為國共再次合作進行不懈宣傳。同時刊發毛澤東、洛浦（張聞天）、王稼祥、陳雲、彭德懷等文章；刊發《統一對外與聯共》《時局的中心問題——國共合作》《西安事變和平解決》《評國民黨三中全會對共產黨的決議》等社論，解讀中共建立抗日民族統一戰線的政策主張；刊登宋慶齡、何香凝、馮玉祥、孫科、胡漢民、李宗仁、鄒魯、陳銘樞、蔡廷鍇、楊虎城等愛國人士的抗日救國言論，報導國內抗日救亡運動的發展及海外各地僑胞團結救亡情況，呼籲青年學生建立救國聯合會、海外僑胞回國參加抗日救亡運動。闢有「民族出路問題論壇」和「救國陣地」專欄，刊載論述民族出路的論文和研討抗日救國的雜感隨筆。

《救國時報》大力報導中國紅軍長征、中共領袖和蘇區變化動態，向海內外讀者展示中共真實情況。除常規報導外，該報較早向世界客觀、真實地介紹了紅軍長征的情況。由於國民黨新聞封鎖，《救國時報》利用國民黨中央社、北平《晨報》、上海《密勒氏評論報》美聯社、路透社等中外媒體的信息加以改編，較早向海外正面報導了紅軍長征情況。1936 年 6 月 8 日該報第 34 期刊發《晉綏紅軍勢力擴大，朱德賀龍西康會師》新聞，連載「國民黨被俘人員楊定華」的《雪山草地行軍記》（1936 年 12 月 28 日 86 期至 1937 年 6 月 25 日 107 期）和《從甘肅到山西》（1937 年 7 月 5 日第 108～109 期至 1938 年 1 月 20 日第 148 期）；接著《全民月刊》連載廉臣（陳雲化名）的《隨軍西行見聞錄》，還出版了單行本。[2]此書很快流傳到國內，是比美國記者斯諾《紅星照耀中國》更早的長征口述史。[3]連續報導埃德加·斯諾陝北之行，除刊發大量消息，還轉譯斯諾撰寫的《中華蘇維埃政府主席毛澤東先生論抗日救國聯合戰線》（第 73 期）、《一個非常的偉人》（第 90 期）《少年的長征》（第 91 期）《人民抗日劇社》等通訊，擴大了斯諾陝北之行的國際影響。此外，還刊登諸如「頭戴紅星八角帽的毛澤東」「馬上的周恩來」「彭德懷將軍」等很多反映紅軍和中共領導人的照片。

《救國時報》強烈譴責日本帝國主義侵華罪行。最早向世界報導了日本南京大屠殺的罪行。自 1937 年 12 月 20 日開始，該報陸續報導日軍在南京的

1　田：《第二次國共合作有可能嗎？》，《救國報》第 5～6 期。
2　藍鴻文：《巴黎〈救國時報〉與紅軍長征》，《國際新聞界》2004 年版。
3　王潤澤、王雲寧：《中共的海外抗日報紙〈救國時報〉》，《新聞界》2012 年版。

暴行，如《殘暴獸行日益增長》（1937 年 10 月 10 日）、《日寇攻寧大肆殘暴》
（1937 年 12 月 20 日）《日寇在南京的獸行》（1938 年 1 月 5 日）《日寇的殘
殺姦淫　絕滅人性》（1938 年 1 月 31 日）、《我國婦女同胞積極參加抗戰》（1938
年 2 月 5 日）等，揭露了日軍南京大屠殺的罪行。這些報導主要源自西方新聞
媒體的相關報導及「南京安全權國際委員會」成員抗議日軍暴行的公函和書信，
內容眞實可靠，作爲日軍南京大屠殺罪行的鐵證有著重要的歷史意義。[1]

　　《救國時報》是海內外抗日救亡運動的重要紐帶。該報與東北抗日聯軍
聯繫密切，大量刊發東北抗日聯軍活動、文章，東北抗聯將士將該報視爲思
想政治工作的重要教材。楊靖宇將軍號召全軍節衣縮食，爲《救國時報》捐
款 1300 元。此外該報還刊登文章聲援埃塞俄比亞反法西斯戰爭。

1　姚群民《〈救國時報〉在海外披露南京大屠殺眞相的述評》，《民國檔案》，2005 年
　版。

第四章 民國南京政府前期的
民營新聞報業

　　民國南京政府前期相對穩定的社會經濟環境，使民營報業呈現相對繁盛景象，規模、設備和業務都有擴展和改進，報刊發行量達到了歷史最高點。民營報業之間的競爭激烈，一報多館、報業聯合和兼併現象出現了，但受制於這一時期錯綜複雜的權勢格局尤其是國民黨的獨裁專制和經濟壟斷政策，廣播和通訊社的崛起以及「九一八」後中日民族矛盾壓倒國內階級矛盾等因素的制約，民營新聞報業的發展呈現出更爲複雜的景象。

第一節　上海民營新聞報業新發展

　　上海是民國南京政府治下的江蘇省區域內一個特別市，是民國南京政府時期的經濟、文化中心。全面抗戰爆發前，上海已發展成中國乃至遠東地區公認的商貿中心、金融中心和工業中心，世界知名大都會。1930 年的總人口約 31 萬，1936 年達 38 萬多。經濟快速發展，眾多知識、政治與文化精英匯聚，進一步刺激了上海民營報業的發展，成爲全國民營新聞業和新聞活動的核心區域。

一、《申報》的新發展

　　民國南京政府成立的 1927 年前，上海《申報》就已經進入穩定發展期，有良好經濟基礎和社會信譽。1918 年以 70 萬元建造《申報》大廈，1921 年購買兩部印報機實現設備更新，1928 年發行量達 14.3 萬份，成爲最現代化的

大報企業。[1]民國南京政府成立後，史量才與《申報》對民國南京政府持支持態度，《申報》總主筆陳景韓更是蔣介石的「敬友」[2]與蔣交往密切，《申報》在報業托拉斯軌道上發展。1929 年冬《申報》總主筆陳景韓、經理張竹平、協理汪英賓的辭職引發的報社人事危機及 1931 年「九一八」事變改變了《申報》既定運行軌跡。《申報》在史量才主持下政治「左」轉，在抗日救國、民主憲政等問題上與蔣介石發生根本衝突，遭致史量才遇害。爾後《申報》又回到了穩重保守的辦報軌道。

（一）史量才在民國南京政府前期的報刊活動

民國南京政府前期是史量才辦報活動的最重要時期。史量才（1880～1934），名家修，原籍江蘇江寧，生於上海西郊泗涇鎮，是民國時期民族資本家、教育家、新聞報業鉅子。本時期史量才的報刊活動主要有三：

一是收購《新聞報》股權。1927 年下半年，在得知福開森欲出售《新聞報》股份的消息後，史量才派吳蘊齋、董顯光與福開森談判，1929 年 1 月簽訂讓股草約。因汪氏兄弟反對並造成「收回股權運動」輿論，加之國民黨當局施壓，形成轟動一時的《新聞報》股權轉讓風波。史量才以主動讓出 1300 股中的 300 股（持股 50%），保持《新聞報》人事制度及館員等不變，與國民黨當局和《新聞報》達成妥協，平息了風波。史量才成為擁有《申報》和《新聞報》實力最雄厚的報業資本家，被外人控制達 36 年之久的《新聞報》由此回到國人手中。

二是全面改革《申報》。在收購《新聞報》受挫及陳景韓、張竹平、汪英賓等辭職後，史量才決意全面改革《申報》。史量才躬親館務，成立由黃炎培、戈公振、陶行知等組成的總管理處統轄一切館務，聘用陳彬龢、陶行知等新人革新機構，強化言論的現實針對性，創辦眾多副刊、附刊，增設《申報讀者通訊》，改革《自由談》等，使《申報》面貌煥然一新。自 1932 年 7 月至 1933 年 12 月接連創辦月刊、年鑑、圖書館、補習學校、新聞函授學校等一系列文化事業。經全面改革，《申報》成為民國時期實力最雄厚的文化產業，政

---

1 馬光仁：《上海新聞史（1850～1949）》修訂版，復旦大學出版社，2014 年版，第552 頁。

2 1931 年 6 月 22 日，曰：「嘗衡量左右之人，多非政治上人才，戴季陶、陳景韓、余日章三人，可為敬友，而不能為我畏友」。黃自進 潘光哲編：《困勉記》，臺灣「國史館」世界大同出版有限公司，2011 年版，第 342 頁。

治傾向趨於進步。「九一八」事變後「達到了一家資產階級民營報紙所能達到的高度」。[1]

三是積極參與乃至組織抗日救亡、要求民主的新聞活動。史量才是堅定的愛國民族主義者。「九一八」、「一二八」事變發生後，史量才一面指示《申報》盡快詳盡報導事變眞相，推動《申報》致力於抗日救亡的宣傳，一面積極參與抗日救亡的各種社會活動，依託《申報》揭露國民黨對日妥協，對內鎮壓民眾抗日行動、搞「內戰」的陰謀。「九一八」事變後，《申報》積極抗日和要求民主的傾向更爲明顯：詳實報導事變眞相，呼籲國民爲維護國家維護民族「作自衛之背城戰」，聲援民眾抗日行動；報導「珍珠橋慘案」，刊登宋慶齡抗議蔣介石殺害鄧演達的聲明；揭露並抨擊國民黨壓制民眾抗日、對日不抵抗的醜惡嘴臉，要求民主自由權利等。「一二八」事變後，《申報》成爲十九路軍淞滬抗戰的重要輿論機關。該報發動了支持十九路軍抗戰、難民收容、救濟等社會運動，爲穩定上海金融市場作了很好的組織與輿論動員作用。史量才本人也積極參與並組織抗日救亡社會活動。「九一八」事變後，史量才參加「上海抗日救亡委員會」並被選爲委員。受該會委託組織和主持了國際宣傳委員會、檢查奸商偷售日貨等工作，在有 800 多個團體、20 萬人參加的全市抗日救國大會上公開宣誓抗日。「一二八」事變，史量才約集工商文化界人士發起組織「壬申俱樂部」、發起組織成立「上海市民地方維持會」，被選爲會長。上海地方維持會廣泛開展慰勞軍隊、救護難民、調劑金融、維持商業，聯絡軍民等活動，爲淞滬抗戰做出重要貢獻。此外，史量才還冒著風險支持《申報》獨家刊登宋慶齡的抗議聲明，謀劃刊登三論「剿匪與造匪」時評，抨擊國民黨第四次「圍剿」紅軍，抵制國民黨當局「國難會議」並揭露其「標榜民主」的本質；參與並支持「中國民權保障同盟」會，抗議顧祝同槍殺鎮江《江聲日報》記者劉煜生，公開營救廖承志等。史量才抗日救國、要求民主進步的言行遭到蔣介石忌恨，經過多次恩威並重的拉攏失敗後，1934年 11 月 15 日，指使人將史量才暗殺於滬杭公路海寧縣翁家埠路段，成爲震驚上海灘的大案。此案在國民黨敗退臺灣後眞相大白：是蔣介石下令、戴笠執行的一次暗殺事件。「史量才的遇刺殞命，在中國新聞界是失去了一位事業宏材，在申報館是失去了主持大計的人物」。[2]

1　方漢奇：《中國新聞事業通史》（第二卷），中國人民大學出版社，1996 年版，第 430 頁。
2　胡道靜：《申報六十六年史》，引自胡道靜：《新聞史上的新時代》，世界書局，1946年版，第 101 頁。

（二）20世紀30年代《申報》全面改革

20世紀30年代的改革是《申報》彪炳史冊的重大事件。這次改革給歷來穩重保守的《申報》帶來活力，《申報》傾向進步並與蔣介石集團越加疏遠，是蔣介石整肅《申報》乃至暗殺史量才的重要原因。改革既使《申報》成爲民國最爲龐大的文化產業，也使《申報》聲譽達到了其歷史高峰。《申報》改革被國民黨扼殺是中國民營報業走向歷史下坡路的重要標誌。

《申報》改革的直接動因是1929年冬及1930年初《申報》總主筆陳景韓、經理張竹平、協理汪英賓等骨幹相繼辭職使報社深陷人才危機。深層原因是史量才收購《新聞報》股權擴充事業受挫，與蔣介石集團產生裂痕，加之與宋慶齡、蔡元培、陶行知、黃炎培、戈公振、艾思奇等進步愛國人士交往甚密，轉向進步所致。宏觀原因是史量才受「九一八」後抗日輿論影響，不滿國民黨對日妥協、對內獨裁，欲以報刊維護其「國有國格、報有報格、人有人格」的做人原則。

陳景韓、張竹平等辭職後，史量才任命張蘊和爲總主筆、其外甥馬蔭良爲經理，一改過去自己很少到館的習慣躬親館務，醞釀改革計劃，籌劃延攬新聞人才。1931年1月，《申報》成立總管理處統轄一切館務。史量才自任總經理兼總務部主任，馬蔭良副之，黃炎培爲設計部主任，戈公振副之，陶行知爲總管理處顧問（對外不公開），啓動《申報》館全面改革。同年9月1日《申報》發表《本報六十週年紀念宣言》，表示要以推進社會進步和民族興盛爲宗旨進行改革。因「九一八」事變爆發，東北淪陷，形勢緊張，改革計劃擱淺，只實施了諸如革新《時評》等改革措施。主要有三，一是革新《時評》風格。經黃炎培介紹，陳彬龢於1931年6月被聘爲《申報》總編輯主持筆政，著手改革「時評」，一掃陳景韓時期《申報》「時評」四平八穩的「太上感應篇」風格。陳彬龢較爲激進，在其主持下《申報》「時評」聯繫實際，尖銳潑辣，風格多樣。抗戰全面爆發後，陳彬龢投敵做了漢奸。「九一八」事變後，《申報》時評抓住時局癥結，在揭露日寇野心、抨擊國民黨不抵抗政策、要求民主自由，支持學生抗日運動，指導淞滬抗戰等方面敢言人所不敢言，很受讀者歡迎。風格上既有慷慨激昂、感情充沛之言，也有侃侃而談、闡明哲理之論。時評三論「剿匪與造匪」更是風靡一時，影響深遠。二是開設「申報讀者通訊」欄與讀者加強聯繫。經陶行知提議，《申報》1931年9月1日在

本埠新聞版開闢「讀者通訊」欄（10 月 1 日改「讀者通信」），並刊發《申報讀者通訊簡章》，宣布將「根據服務社會的精神」願作讀者顧問，與讀者商榷「求學、職業、婚姻」等「若干切身」問題。簡章發表後，短短四個月中，收到讀者來信 1400 多封，最多一天達 48 封。[1]「九一八」後，該欄轉向討論抗日救國、民主政治，實際成為「時評」欄的補充，許多在時評中不便講的話，以讀者來信的形式揭載報端。1932 年 1 月 30 日「讀者通訊」停刊。截止 1931 年 12 月 31 日，《申報》答覆及公開發布的信件為 1459 封，其中關於時事方面的計 687 封[2]，占回覆總額的 47%。[3]內容主要聚焦於要求一致對外，反對不抵抗；抵制日貨，發展國貨，廢除國民黨一黨專政，保障人民民主權利等。三是創辦《申報月刊》，1932 年 7 月 15 日《申報月刊》創刊，是一份政治、經濟、文藝、科學的綜合性刊物，俞頌華主編。他曾任《時事新報》副刊「學燈」主編、《東方雜誌》編輯，《晨報》訪蘇記者。該刊經常刊登魯迅、茅盾、巴金、竺可楨、錢俊瑞等文化界知名人士的文章，很快成為有影響的雜誌。

　　1932 年 11 月 30 日，《申報》發表《申報六十週年革新計劃宣言》，提出在新聞和廣告編排、國內外通訊、自由談改版等 12 個方面進行全面改革。因史量才於 1934 年 11 月被暗殺，全面改革戛然而止。《申報》改革主要著力有二：

　　1、創辦或改版眾多副刊、附刊。1932 年 12 月到 1934 年 4 月，《申報》創辦、改版的副刊、附刊有《北餘週刊》《婦女園地》《經濟專刊》《自由談》《春秋》等 10 個，既拓寬了報紙內容生產的廣度與深度，滿足了讀者文化需要，也是《申報》在新聞言論壓制下自尋生存的重要出路。一些副刊聘請進步人士主編，產生了很大社會影響。如《婦女園地》《自由談》。前者由沈茲九主編，形式活潑、有散文、特寫、故事，文筆生動，吸引了一批追求解放的進步婦女。後者由黎烈文主編，成為左翼文化的重要陣地。

　　2、副刊《自由談》改版與曲折發展。《自由談》創辦於 1911 年 8 月，向為鴛鴦蝴蝶派文人的陣地，與「九一八」後的《申報》風格很不相稱。在「時

1　方漢奇：《中國新聞事業通史》（第二卷），中國人民大學出版社，1996 年版，第 434 頁。

2　《讀者通訊四個月間之統計》，《申報·讀者通訊》1931 年 12 月 31 日。

3　《讀者通訊四個月間之統計》，《申報·讀者通訊》1931 年 12 月 30 日。

評」被「夭折」，民眾呼籲抗日禦侮但報紙言論空間逼仄下，史量才決意起用28歲青年黎烈文[1]，替換任職12年的主編周瘦鵑。

黎烈文留學法國，思想進步，文思敏捷，未曾加入任何黨派、團體，且長期為《申報》撰稿，又是史量才的世交晚輩。黎烈文接任後決意將《自由談》辦成「一種站在時代前面的副刊，決不敢以『茶餘酒後消遣之資』的『報屁股』自限」。黎烈文取兼容並包的選稿方針，形成了以左翼作家為主的壯觀作家群，既有章太炎、吳稚暉等革命元老，也有魯迅、茅盾、陳望道、瞿秋白、胡俞之、周揚等左翼或左翼傾向明顯的作家，還有陳子展、曹聚仁、趙家璧、施蟄存、穆時英、張資平、沈從文，林語堂、田漢、葉聖陶、鄭振鐸等不同流派或團體的作家。依託和團結各種進步的文化力量，「自由談」面貌一新，形成聯繫時事、文潮澎湃、百家爭鳴，體裁多樣，以隨文雜文為主特色的新文風，有力鞭撻了國民黨的文化專制，使《自由談》成為左翼文化的重要陣地。改版後「自由談」的突出特色是雜文多。魯迅是「自由談」的一面旗子，以40個筆名發表了143篇文章。其雜文爐火純青，筆鋒所指，所向披靡，為一代楷模。曹聚仁發表102篇雜文，陳子展80多篇，唐張65篇，徐懋庸57篇，郁達夫45篇，周楞伽44篇，韓侍桁41篇，章克標30多篇，茅盾、孔另境均20多篇。「《自由談》發表雜文之多，雜文作者面之廣，風格之多樣，為報刊史上所罕見」。[2]經魯迅和其他作家的提倡和實踐，雜文確立了在報刊中不可動搖的地位。其次是文化論爭，近三年中黎烈文和後繼者張梓生組織了諸如「大眾語討論」「京派與海派」等20多次大大小小的討論，吸引和凝聚了一大批觀點各異的作者，成功擴大了左翼文化的社會影響。三是文體多樣，除雜文外，還有小說、散文、隨筆、速寫、遊記、讀書記、小考證、文藝評論、科學小品、短篇翻譯等，可謂五光十色、絢麗多彩。

---

1 黎烈文（1904～1972），生於湘潭。1927年留學法國，專修法國文學和比較文學。1932年學成回國，任法國哈瓦斯通訊社上海分社的法文編輯。1932年12月任《申報》「自由談」主編，1934年5月被迫辭職。抗戰期間先後創辦《改進》半月刊、《現代文藝》《現代青年》《現代兒童》月刊及《戰時民眾》《戰時木刻畫報》，1946年赴臺灣任《民生報》副社長兼總主筆，1947年後到臺灣大學文學院執教20餘年，是中國知名的新聞、出版和文化工作者。

2 方漢奇：《中國新聞事業通史》（第二卷），中國人民大學出版社，1996年版，第435頁。

《自由談》抨擊時弊，鼓吹團結抗戰，諷刺獨裁腐敗，超出了國民黨容忍的尺度。他們向史量才施壓要求撤換黎烈文，史量才先是拒不接受只是要求黎烈文做迂迴鬥爭，後在封閉報館威脅下以張梓生替換黎烈文。張梓生蕭規曹隨，沒有多少改變。11 月史量才被暗殺後，《自由談》逐漸改用文藝短論代替社會批評，失去了尖銳潑辣、針對性強的特色。1935 年 10 月張梓生遭到國民黨輿論圍攻，被迫辭職，同年 11 月 1 日《自由談》停刊，告別了民國副刊最為輝煌的時期。

3、《申報年鑒》等文化事業的創辦。創辦文化事業是史量才收買《新聞報》股權受挫後開闢的壯大《申報》事業的另一條路徑。從 1932 年 7 月至 1933 年 12 月，《申報》先後創辦了月刊、年鑒、圖書館、補習學校、新聞函授學校等一系列文化事業。《申報月刊》1932 年 7 月創刊，前已敘述。《申報年鑒（1932）》1933 年 4 日發行，180 多萬字，重要統計 700 多種，由 30 多位專家編製 7 個月，為我國編製最早的年鑒之一。《申報流通圖書館》1932 年 12 月初正式對外開業，藏書僅 1.2 萬冊，兩年周轉量高達 19 萬冊。「申報新聞函授學校」「申報業餘補習學校」於 1933 年 1 月至 3 月創辦，吸收了一批在業或失業青年進修。到 1934 年左右，《申報》館已形成了以《申報》為中心，有月刊、年鑒、圖書館、學校等構成的文化集團，社會影響不亞於收買《新聞報》。史量才由衷高興：「理想之實現，已開其端，固足自相慰藉」。

（三）史量才遇害後《申報》發展概況

史量才遇難後，其子史詠賡繼承了《申報》館產業，內部人事，仍保持原樣。在張蘊和、馬蔭良等操持下，報館人事、業務沒有出現大震盪，卻逐漸回歸保守軌道。《自由談》1935 年 11 月 1 日停刊。

「一二九」運動爆發後，《申報》愛國民族主義傾向有所增強。1937 年 1 月 10 日，《申報》增設《星期論壇》宣布自 1 月 10 日起「特請顧頡剛、徐炳昶、馮友蘭、陶希聖、葉公超、白壽彝、吳其玉、張蔭麟、連士升、吳其昌、吳俊升、李安宅諸先生輪流擔任撰述」。同時約請胡愈之、金仲華等人撰寫評論，每逢週日刊行。《星期論壇》共刊 28 篇文章，借鑒天津《大公報》《星期論文》形式，涉及政治、教育、經濟、民族、中外關係及抗戰等諸多話題。[1]

1　劉永生：《申報的對日輿論研究》，中國言實出版社，2012 年版，第 27 頁。

1937 年 9 月 30 日，《申報》增設《專論》欄，特約郭沫若、鄒韜奮、章乃器、胡愈之，周憲文、金仲華、鄭振鐸、陳望道等擔任撰述。從 10 月 1 日至 11 月 21 日刊出 50 篇文章，涉及抗戰前途、軍事、國內政治、外交與爭取國際援助等內容。《專論》呼籲在民國南京政府領導下，全國人民做持久抗戰的準備。

人事方面，1936 年出現較大變動。1936 年 1 月 1 日，總主筆張蘊含因病退休，副總主筆周夢熊代理。不久，周辭職他去，由俞頌華、伍特公、張叔通三人代理。俞頌華實際主持筆政兼任《申報週刊》編輯。1937 年 12 月 15 日，《申報》不願接受日本檢查，毅然停刊。

二、《新聞報》股權轉讓風波

《新聞報》為上海老牌民營大報，1893 年創刊。這一時期，除因福開森秘密轉讓股權引發全國矚目的股權轉讓風波外，《新聞報》的發展較為平穩。股權風波後，史量才承諾不介入該報，《新聞報》由外商改為華商股份有限公司後受到了國民黨較多鉗制，完全淪入「在商言商」的發展軌道，報刊的政治功能更為弱化。在汪伯奇兄弟精心經營下，《新聞報》保持了平穩發展狀態，沒有什麼突出特色。1937 年上海淪陷後，《新聞報》「改掛洋旗」，照常出版，日銷量已顯萎縮。

（一）福開森與《新聞報》股權轉風波讓

福開森是早期進入中國的傳教士，深諳中國政治。與盛宣懷、端方、劉坤一、張之洞、呂海寰等清廷要員關係密切，[1]在民初政權履任各屆「總統府顧問」，常駐民國北京政府的政治中心北京。在《新聞報》發展的鼎盛期，該報最大股東福開森卻決意轉讓其股權，目前尚無直接史料證明福開森為何要急於出售《新聞報》股權。據回憶，福開森出讓股權並非如其所言「我把建立在你們國土上的基業，以及最高言論權威還給你們中國人，以償我的夙願」[2]，而是他對當時中國形勢的判斷和權衡的結果。福開森深

---

1 張銳：《我所知道的福開森》，中國人民政治協商會議全國委員會文史和學習委員會：《文史資料選輯》，中國文史出版社，2011 年第 4 輯，157～167 頁。嚴獨鶴：《福開森與〈新聞報〉》，《中國近代報刊史參考資料》（上），中國人民大學出版社，第195～202 頁。
2 汪仲韋：《我與〈新聞報〉的關係》，《新聞研究資料》總第 12 輯，第 139 頁。

諳在中國辦報成功之道，需與當權者建立緊密關係，他與北洋要人關係密切，與國民黨高層沒有什麼聯絡，對「國民政府」、「南方政權」疑慮重重。民國南京政府在上海租界設立新聞檢查所，強迫各報統一刊登其新聞、言論；派徐天放到《新聞報》擔任編輯委員，就近監督，[1]此後幾次以停郵相威脅。這讓福開森不看好《新聞報》的發展前景。福開森深諳在華經營企業之道，外人在華經營企業往往在企業最好時見好就收，不求萬事興隆。《新聞報》鼎盛時期的股份最值錢，是抽股套利最佳時期。福開森曾與汪氏兄弟談起以40萬轉讓其股權，汪氏認為福開森是測試其忠誠度便連連回絕。福開森認為與汪氏談股權轉讓礙於面子難以要高價。加之福開森年事已高，有告老還鄉之意。在此情況下，福開森來不及請專家評估《新聞報》資產，便急於尋找買主轉讓股權。得知消息後，史量才委託其學生、上海金城銀行經理吳蘊齋以北四行（即金城、鹽業、中南、大陸四銀行的聯營機構）名義收買股權，吳請上海英文報《密勒氏評論報》駐津特派員董顯光為全權代表，去北京喜鵲胡同福開森住宅談判，最終雙方達成70萬成交。1929年1月，董顯光陪福開森南下上海，在中南銀行的董事室與史量才正式見面，簽訂讓股草約。

　　事成之後，福開森召集汪伯奇、汪仲韋及董事何聯第（何丹書之子）、朱子衡（朱葆三之子），告知讓股消息並出示草約。汪氏兄弟當面沒有反對，卻表示股東讓股應首先考慮合股人承股意願，並懷疑其中有圈套，福開森吃了虧。[2]福開森不予理會，汪氏兄弟深感父子兩代人幾十年經營的事業被老闆輕易出賣，深感沮喪。1月中旬，史量才委託董顯光到《新聞報》館就任監督，接受館務。董到任後宣布，嗣後館內開具百元以上支票均需經過他簽字。[3]這等於剝奪了汪伯奇兄弟的部分管理權力，點燃了《新聞報》股權轉讓風波的導火線。當晚，在汪氏兄弟策動下《新聞報》舉行全館職工大會抵制董顯光，開展收回股權運動。第二天，館內每層樓張貼「反對報業托拉斯」、「反對軍閥走狗董顯光」等橫幅，董顯光見勢不再到館辦公。1月13日，《新聞報》打

1　《中國新聞事業通史》稱，徐天放是股權風波之後，徐天風作為國民黨代表進館工作的。方漢奇：《中國新聞事業通史》（第二卷），中國人民大學出版社，1996年版，第453頁。
2　汪仲韋　徐恥痕：《我與〈新聞報〉的關係》，《新聞研究資料》1982年版。
3　馬光仁：《上海新聞史（1850～1949）》修訂版，復旦大學出版社，2014年版，第687頁。

破常規在 1 版以 1／3 版面刊登《本館同人緊要宣言》。《宣言》以頭號鉛字做標題，三號鉛字排正文，其規格實屬罕見。其全文如下：

> 本報輿論純正，代表民意，為全國銷數最大之報紙，素為民眾所信仰，對於收回外股，素所主張。惟以舊股東美國人福開森，對於言論上向來尚無干涉行為，而館務全由華人主持，亦暫相安。現在福開森以秘密手段售出其個人所有之股份，同人等對於外人退股深表同情，惟此種出賣情形實有把持輿論之嫌，及其他不良背景，殊認為不合。現在同人等正與新股東方面進行收回股權，還諸新聞報同人，以維輿論獨立之精神。在福開森售出之股權未曾收回以前，否認本館原有人員以外任何人以任何手段干涉本館事務。誠恐外界不明真相，特此宣言諸希　公鑒。

《宣言》要害在於指責新股東有「把持輿論之嫌，及其他不良背景」，給執政當局、商業階層、讀者很大想像空間。隨著 15 萬份報紙派往各地，引起全國輿論關注，釀成中國新聞史上著名的《新聞報》股權風波事件。14 日，國民黨上海特別市黨務指導委員會在《新聞報》頭版發表致《新聞報》公開信，將股權轉讓事件政治化。公開信稱：

> 查該館現有大批股票為反動分子齊燮元、顧維鈞、梁士詒等之羽黨所收買，復據確切報告，謂該反動分子等膽敢派員監視該館，肆其陰謀，公然操縱。查該報館在新聞事業尚有相當地位。本會對於該反動分子等反動行為不能容忍，特予以警告。仰於函到兩星期內，將該項落於反動分子手中之股票，悉數收回，並將經過情形，詳細具覆，若故意違抗，本會自有嚴厲處置，右告《新聞報》。

國民黨公然以「反動分子」警告新股東，使史量才意識到收購《新聞報》股權必須向國民黨當局表明立場：無意壟斷輿論，新股東中沒有反動分子。得到國民黨上海黨部支持的汪氏兄弟於 15 日刊發《本報股東臨時幹事會宣言》，宣告股東臨時幹事會成立，由「幹事長行使董事會職權」，變相否認史量才的接受權。同日，中央某要人對記者發表談話支持汪氏兄弟。16 日，《新聞報》刊發《本報全體同人第二次宣言》首次公開點名批評史量才「隱身幕內，以重價收買新聞報」、「抱有報閥野心，希冀貫徹其托拉斯主義」。17 日，國民黨中央宣傳部對報界表示：中央於此極注意，認為反動分子確有計劃，希望各方對《新聞報》加以援助。新聞界也連篇累牘報導風波經過，表達反

對收購態度。上海《民國日報》等國民黨黨報尤為賣力，天津《大公報》以「史量才欲壟斷報業，併吞新聞報統一望平街」為題報導，稱史量才「三個月改組新聞報，六個月統一望平街之豪語」。[1]商界發表通電聲援《新聞報》收回股權運動。1 月 17 日起，該報在其「本埠新聞」欄登載各商業團體、商店、同行公會聲援《新聞報》收回股權運動。據統計，短短 10 多天就達 130 多件。[2]

此時的史量才恰逢其父故世，不得不在家守靈，委託馬蔭良守候申報館，隨時將相關情況電話向他報告。經觀察分析，史量才認為國民黨是懼怕其操縱輿論，汪氏兄弟、《新聞報》原股東和職工擔心股權易主危及切身利益，上海商界擔心其壟斷上海報界跟風炒作，部分媒體借勢炒作是迎合讀者需求，擴大發行量。為此，史量才兵分兩路。一是派總主筆陳冷到南京向國民黨中央說明情況；派人向國民黨上海特別市指導委員會解釋收買股權係其一人出資，與反動分子無關。二是委託吳蘊齋與汪氏兄弟直接談判並主動讓股，以打消汪氏兄弟後顧之憂。前者溝通較為順利，諳知上海情況和報界內部的邵力子勸說蔣介石，政府不宜插手民間股權糾紛，蔣予以採納並派中央代理宣傳部長葉楚傖來滬參與談判。後者因汪氏兄弟不同意史量才提退出 200 股由《新聞報》以外人承受的建議陷入僵局。

2 月 1 日，史量才邀請汪氏兄弟到其寓所直接談判。史量才態度謙和、誠懇表達無意併吞《新聞報》；內部事務仍請汪氏昆仲主持，決不無端干涉。史量才的大度與讓步出乎汪氏兄弟意料，很快達成改組《新聞報》為華商股份公司的協議。根據協議《新聞報》重估資本 120 萬元，股份仍為 2000 股，史讓出 1300 股中的 300 股，持股 50%；讓出之股由銀行界錢新之、吳蘊齋、葉琢堂、秦潤卿等承購；成立新董事會，史方董事吳蘊齋、錢新之，原董事何聯第、朱子衡，中間董事葉琢堂、秦潤卿。吳蘊齋任董事長，徐來丞任史方監察人；館務由原總理主持，人事制度不變更，管內人員不動，不再另派人員入館。[3]

這是一個照顧各方利益、多贏的協議。汪氏兄弟保住了原有地位，館內職工無失業之憂，金融界得以問津報業，國民黨保住了面子，史量才仍是《新

1　天津《大公報》1929 年 1 月 15 日。

2　方漢奇：《中國新聞事業通史》（第二卷），中國人民大學出版社，1996 年版，第 447 頁。

3　協議內容沒有看到書面文件，係綜合汪仲韋、陶菊隱等人回憶而成。見方漢奇：《中國新聞事業通史》（第二卷），中國人民大學出版社，1996 年版，第 451 頁。

聞報》最大股東。2月2日，《新聞報》刊出最後一次《本報全體同人啓事》[1]，公布談判結局，一場持續20餘天、政治色彩頗濃的股權轉移風波以商業談判結束，彰顯了史量才高超的政治與商業頭腦。

這場風波打碎了史量才革新《新聞報》計劃，原派往《新聞報》的董顯光被撤回，史量才資助他回天津去辦《庸報》；原擬任《新聞報》總編輯的戈公振只能留在《申報》，後改任《申報》總管理處設計部副主任。[2]戈公振為《申報》創辦了《圖畫週刊》，建立了報館資料室。風波是結束了，史量才同蔣介石國民黨之間的裂痕卻從此開始。[3]

（二）股權轉讓後《新聞報》發展概況

股權轉讓風波平息後，史量才及其子史泳賡信守承諾對《新聞報》館務不加干涉，仍由汪氏兄弟主持。汪伯奇細緻謹慎、克勤克儉，維繫了《新聞報》平穩發展的局面，日銷量穩定在15萬左右。沒有什麼顯著特色。主要敘述其三。

一是國民黨的新聞檢查更為嚴厲。《新聞報》改向民國南京政府註冊後得接受國民黨的新聞檢查，檢查員雜亂、低能，不求有功，但求無過，經常一扣了之，不知淹沒了多少有價值的新聞。上海市教育局局長陳德徵就強行將其代表徐天安插進館工作，就近監督。《新聞報》因排字工人檢字疏忽，在一則新聞標題中將「蔣委員長」的「蔣」字誤印為「獎」字，總司令部軍法處長陳群斷定「褻瀆領袖」。當日報紙全部被扣發，肇事工人被軍法處逮捕，關押了三個月，國民黨還要審查背後是否有共產黨搗鬼。後經再三解釋懇求，《新聞報》才被准予放行。[4]

二是新聞業務有所改進。除與同行大報大辦包羅萬象、種類繁多的副刊、專刊、增刊外，《新聞報》還注重不斷提高新聞時效，其主要表現有：（1）

---

1 啓事內容是：「本報同人發表兩次宣言後，承各界各團體對於同人之主張及運動加以熱烈之援助與勖勉，曷勝感奮。現經商界聞人秉公調解談判結果，由新股東方面於已購買之一千三百股中退回三百股（《新聞報》原有股額為二千股），以免操縱之嫌，並明定保障同人原有言論獨立之精神與純正之宗旨。同人認為如此辦法雖未完全達到目的。然事實上已得相當結果」。

2 方漢奇：《中國新聞事業通史》（第二卷），中國人民大學出版社，1996年版，第451頁。

3 方漢奇：《中國新聞事業通史》（第二卷），中國人民大學出版社，1996年版，第451頁。

4 汪仲韋、徐恥痕：《我與〈新聞報〉的關係》，《新聞研究資料》，1982年版。

探測到上海公共租界工部局警務處的無線電頻率，安排專人收聽其廣播，監測到災禍、盜竊新聞後，立即派記者奔赴現場採訪。（2）全國運動會期間，讓記者攜帶信鴿前往運動現場採訪，採寫完畢即將稿件藏在信鴿腳圈內，幾分鐘之內可帶回報社；（3）在早報總編輯和夜班主編房內，安裝緊急停印電鈴，電鈴直通印報科，遇有非登不可的新聞，不惜停止印刷拆下版面，重新編排。除採取各種手段提高新聞時效外，《新聞報》增設了考核科、推廣科、準備科等。考核科以從事新聞工作多年人員擔任考核工作，考核原以新聞為主，也兼及評論、副刊、廣告及排版式樣等內容。推廣科任務是研究郵政線路，推廣外埠發行。當時全國交通情況經常變動，包括新關航線、新建公路、鐵路及改行車（船）時刻等對郵政線路產生影響，報館須及時瞭解情況，協助郵局改變投遞線路，以便提早到達。準備科任務是計算當日收到廣告的多少，以決定次日出版的張數，《新聞報》廣告與新聞的版面比例經常保持在六比四。在國民黨新聞統制下，《新聞報》迎合上海市民文化，大量刊載社會新聞、犯罪新聞及消遣性文字，廣告非常多，內容趨向媚俗淺薄，受到輿論界詬病。

三是創辦夜報參與上海晚報市場的競爭。「九一八」事變後，上海出現創辦晚報的小高潮。為與《時事新報》的《大晚報》競爭，《新聞報》於 1933 年 2 月 26 日創辦了《新聞夜報》。《新聞夜報》由《新聞報》副總編輯嚴獨鶴主持，他調集日報採、編、校、排印各部門一些骨幹組成了專門班子。以刊登每日廣播節目消息和評彈開篇唱詞為特色，受到評彈迷的歡迎。為吸引讀者，夜報每月附贈《美術生活》一本。《新聞夜報》很快成為《大晚報》的強勁對手，1941 年 12 月太平洋戰爭爆發停刊，出版 8 年多。

四是與《申報》形成競合態勢。《新聞報》與《申報》之間的競爭向來激烈。史量才收購《新聞報》股權與汪氏兄弟的抵制，均於兩報之間的激烈競爭有關。《新聞報》股權風波後，史量才成為《新聞報》最大股東，雖然他承諾不干涉《新聞報》館務，但對申、新兩報的競爭產生了微妙影響，兩報之間在 20 世紀 30 年代出現了合作跡象。1933 年 1 月 8 日《申報》《新聞報》為增強杭州地區的競爭力，聯手在杭州創辦《申報新聞報杭州附刊》，此為中國報紙有地方附刊之始。《申報新聞報杭州附刊》日出對開二至三張，有本報專電、省市和各縣消息，專欄和副刊等，其中「本報專電」由該附刊自備收報機，收錄國內外通訊社播發的電訊，每晚再與上海兩報通電話交流

消息後編寫。杭州訂戶只要訂一份《申報》或《新聞報》即可收到兩份報紙。因違反政府規定，受限期停刊警告，史量才遂中止《申報》與杭州附刊關係，《新聞報》將之改名為《浙江新聞》重新登記後於附刊停刊的第二天即 1933 年 4 月 1 日繼續發行。[1]1934 年元旦聯合發行《新聞報申報時報民報晨報中華日報聯合特刊》3 期。[2]龐榮棣稱申、新兩報「兩家合為一家，競爭成了競賽」。[3]

三、「四社」的出現與破滅

從《申報》走出的張竹平建立了上海《時事新報》《大晚報》《大陸報》和申時電訊社聯合辦事處，簡稱「四社」。在「四社」發展最繁榮時期遭到國民黨當局的狙擊，「四社」被劫收，張竹平的報業之路破滅。

四社以張竹平為中心組織起來。張竹平（1886～1944），字竹坪，江蘇太倉人，上海聖約翰大學畢業，基督教徒，青幫不開山弟子。1914 年前後（一說 1922 年）進申報館工作。因報業經營管理才能被提拔為《申報》經理兼營業部主任，為史量才得力助手。張竹平不甘長期寄人籬下，遂以《申報》館為資源私下發展個人事業，1924 年起籌組電訊社並對外發稿，1928 年申時電訊社正式創立，1928 年冬合夥購下《時事新報》。史量才在勸解無效後解除了張竹平的《申報》館職務。1930 年冬張竹平離開《申報》，獨立經營各項事業。1931 年 1 月，他與董顯光等人合股購進英文《大陸報》，1932 年與他人合辦《大晚報》。同年張竹平將四家媒體聯合起來設立聯合辦事處，人稱「四社」。

《時事新報》是上海一家有影響力的大報，1907 年 12 月 5 日創刊，初名《時事報》，1911 年改《時事新報》，曾為進步黨—研究系機關報。1926 年與研究系脫離關係成為股份公司。1928 年張竹平會同《申報》汪英賓、潘公弼等合股 5 萬元購進。張任總經理兼總主筆。1930 年 6 月組成股份有限公司，重新向實業部註冊，資產 20 萬，張竹平任董事長兼經理，董事會由張竹平、汪英賓、潘公弼、熊少豪、程滄波等組成，1931 年 10 月吸收新股，資金增加到 35 萬，董事會由 5 人增加為 7 人。該報是張竹平創辦四社的基石。申時電

---

1 何揚鳴：《民國杭州新聞史稿》，杭州出版社，2013 年版，第 162 頁。
2 劉繼忠：《1934 年六報聯合特刊的新聞史學意義分析》，《國際新聞界》，2009 年版。
3 龐榮棣，《申報魂：中國報業泰斗史量才圖文珍集》，上海遠東出版社，2008 年版，第 102 頁。

訊社的稿源主要來自《申報》和《時事新報》,《大晚報》也由《時事新報》代印。

英文《大陸報》創刊於 1911 年 8 月 29 日,在美國註冊,原爲孫中山等革命黨人創辦,後轉售爲英商愛資拉(一翻譯是伊茲拉),成爲駐滬美僑喉舌。因繼承人經營不善,於 1931 年 2 月(一說 1930 年 10 月)以 26 萬規銀轉讓給張竹平、董顯光等。後由董顯光任總編輯、張竹平任經理組成股份有限公司,張竹平占三分之一的股份,張任總經理(一度爲董顯光兼任),實際經營由董顯光負責。[1]後經營狀況有了極大好轉,報紙的銷量和廣告都增加 1 倍以上。日發行約 7000 份,讀者中約 2／3 是在華外僑,1／3 爲中國人。[2]

「一二八」事變後,上海市民尤爲關注時局,日報卻無法報導當日下午新聞。張竹平看準時機於 1932 年 2 月 12 日創辦《大晚報》,獲得成功,銷數迅速上升,最高達 7 萬份以上(一說 8 萬份),爲上海晚報之冠。《大晚報》的成功在上海掀起一股「晚報熱」。《大晚報》創刊後不久,張竹平便將其主持或參股的四家媒體糅合在一起,在《大陸報》館三樓設立了「時事新報、大陸報、大晚報、申時電訊社四社聯合辦事處」。張竹平也一躍成爲上海新聞界僅次於史量才、汪伯奇的著名報業資本家,顯赫一時。

四社之間在新聞報導和業務經營上互通有無。其合作範圍主要有:(1)新聞資源合作。申時電訊社稿件優先供給三報,三報將每天重要城市的專電和本市要聞供給申時電訊社。(2)成立規模較大的資料室,經費由四家分擔,資料由四家共享。(3)紙張、油墨、印刷等互通有無。(4)成立「四社出版部」附設在《時事新報》內,出版申時電訊社編輯的《報學季刊》《申時經濟新聞》,《時事新報》編的《時事年鑒》和其他書籍;(5)《大陸報》製版車間爲其他兩報製作銅、鋅版。(6)成立「四社業務推廣部」,爲四社做發行推廣工作。[3]

四社成立後給新聞界造成很大影響,時人稱其爲「報業托拉斯」。但四社產權不歸張竹平一人所有,之間僅是業務上的部分聯合,不是資本聯合。除申時電訊社由張竹平獨資經營外,其他三家都是股份公司,各有自己的董事會,張竹平在三報的股份都不超過三分之一。四社的崛起,引起了國民黨當局的注意。1933 年下半年,張竹平同反蔣的「福建人民政府」蔡廷鍇等人發

1　胡道靜:《上海的日報》,上海通志館,1935 年版,第 295 頁。

2　方漢奇:《中國新聞事業通史》(第二卷),中國人民大學出版社,1996 年版,第 456 頁。

3　黃卓明、俞振基:《關於時事新報的所見所聞》,《新聞研究資料》,1983 年版。

生聯繫，商定接受 20 萬元投資，爲福建人民政府做宣傳，四社利用租界條件發表一系列冷嘲熱諷國民黨錯誤政策的社論和文章及全國抗日救亡運動的消息。蔣介石在平定福建事件後著手整頓四社。先是下令租界以外禁止「四社」報紙發行及其他活動，又策動「四社」骨幹成員董顯光於 1934 年 9 月和 1935 年 1 月先後辭去《大陸報》總經理、總主筆。1934 年 11 月史量才被暗殺後又借之恐嚇張竹平，還通過杜月笙、李毓萬等向張竹平施壓。

迫於壓力，張竹平被迫同意以法幣 20 萬元出賣四社全部產業。1935 年 5 月 1 日刊登啓事以「一病經月，遵醫生囑，急須遷地休養」爲由辭去四社所有職務，「暫請杜月笙先生代理」。後來國民黨又以四社未償清債務爲名未予以付款。張竹平僅得到孔祥熙「贈送」的 5 萬元法幣。這樣，孔祥熙在自由買賣名義下將四社劫奪。1935 年 6 月 16 日，四社同時舉行新股東大會，改選董事會，杜月笙任董事長，魏道明、徐新六、李毓萬等任董事，實際上控制在孔祥熙手中。至此，四社已不復存在。四社被劫收，再次表明國民黨當局不允許民營報業朝報業托拉斯方向發展。

四、上海其他主要報紙

（一）上海《立報》「以日銷百萬爲目的」

《立報》是成舍我執著從事新聞業的產物。南京《民生報》停刊後，成舍我來到上海，1935 年 3 月與上海新聞界好友達成在上海辦小型報的共識。6 月以「報人自己辦報」爲號召，預定 10 萬資本登報面向新聞界招股，又購置兩部捲筒印刷機，在望平街選定社址。8 月 9 日、10 日和 12 先後舉行籌備會、股東會和成立會。通過章程、調整資本 8 萬元，分 16 股，每股 5 千元。[1]成舍我、新聲通訊社社長嚴諤聲、前漢口《中山日報》總編輯、南京復旦通訊社社長田丹佛占較多股份，其餘由中央通訊社上海分社主任錢滄碩、《新聞報》記者吳中一、《民報》總編輯管際安、社長胡樸安、前南京《朝報》總編輯朱虛白、《中央日報》社長程滄波、中央通訊社社長蕭同茲、新聲通訊社副社長吳中一等、《新聞報》記者沈頌芳認購。[2]選舉田丹佛、成舍我、嚴諤聲、蕭同

1　李時新：《上海〈立報〉研究（1935～1937）》，暨南大學出版社，2012 年版，第 15 頁。

2　原股東吳迥範爲沈頌芳代替，張友鸞本身沒有出資，成舍我將自己一些股份劃歸其名下而名列股東。見張友鸞：《報人成舍我》，張友鸞等：《世界日報興衰史》，重慶出版社，1982 年版，第 5 頁。

茲、錢滄碩、管際安、吳中一等為董事，蕭同茲為董事長，胡樸安和程滄波為監察，推成舍我任社長，嚴諤聲任總經理並出面向民國南京政府備案，田丹佛為經理，張友鸞為總編輯，不久由褚保衡、薩空了接任，張恨水任副刊編輯，印刷和營業人員從成舍我的北平新聞專科學校的畢業生中挑選。議定報館設總管理處，實行社長負責制，由成舍我全權決定報紙編輯方針、業務規劃和人事解雇等。原定《力報》，因國內有同名報紙而改為《立報》。1936年7月，成舍我離開上海，報館由薩空了主持。1935年8月31日獲准備案，9月1日起每晚試刊，9月20日在震動上海的「顧竹軒案」開審之日正式創刊。同日在《新聞報》刊登兩整版套紅廣告聲稱「以日銷百萬為目的，消息靈通，時代先驅，立報今日出版，五分錢可知天下事，一元錢可看三個月」，「報紙創刊，登載這樣龐大的廣告，可以說是破天荒的事」。[1]創刊號刊出了《我們的宣言》《立報發刊旨要》《立報三大特色》及《暗殺案所牽涉　顧竹軒案　今天上午法院開庭》等內容。《我們的宣言》揭舉「報紙大眾化」和「以日銷百萬為目的」兩大口號，以讀者「能讀」「愛讀」「必讀」為奮鬥目標，啟蒙讀者樹立國家觀念。

　　《立報》為四開四版一張，仍秉持成舍我「大報小辦」及「精編主義」方針，一版和二版上半版為評論和要聞，二版下半版是副刊《言林》，三版為本市新聞和副刊《花果山》，四版上為文教、體育新聞和副刊《點心》（後改名《小茶館》），形成了評論、新聞和副刊並舉的版面格局。初創時信守「本報銷達10萬份之前不載廣告」承諾，1936年3月16日增出晚刊，8開2版，售價銅元 3 枚，編排形式與日刊大致相同，以刊載『當天的』『重要的』國內外隨時發生的事件」為號召，並刊登廣告。因發行量少，兩個半月於6月1日停刊，又增出8開一張的增刊，《立報》由四版擴為六版，版面也做了大幅調整，一版仍為評論和國內外要聞，二版由國際新聞改為國內新聞，《言林》不變，三版承其舊，四版由本市新聞改為國際新聞，五版為新闢的《文化體育增刊》，六版為《花果山》。9月1日又對版面內容做了微調，形成了評論、要聞、國內外新聞、本市及文化體育經濟新聞、三大副刊齊備的版面格局。此外，該報還不定期出版《〈立報〉一週年紀念增刊》《〈立報〉二週年紀念增刊》《〈言林〉元旦特刊》《視察上海附近各地特刊》《綏遠專刊》《國民黨對日

1　賀逸文、夏芳雅、左笑鴻：《北平〈世界日報〉史稿》，張友鸞等：《世界日報興衰史》，重慶出版社，1982年版，第150頁。

經濟絕交討論專刊》等。「八一三」事變前後，因戰局變化，《立報》再次調整版面，自 8 月 14 日改出 4 版取消《經濟》和《教育與體育》專刊，停辦《花果山》改出本市新聞，《小茶館》移到四版內，主要刊登反映戰時新情況、新問題的讀者來信和雜感。為縮短印報時間，報頭不再套紅印刷。

《立報》全館有五六十人，編輯部有十多人，包括總編輯、編輯、記者、練習生和報務員等，但其陣容精湛，南北名家薈萃，「角色極為齊整」[1]，編輯「服務報業，多者 20 餘年，少亦 10 年以上」[2]除作為股東的吳中一外，還有張友鸞、薩空了、謝六逸、張恨水、惲逸群（中共地下黨員）、包天笑、徐邁進、吳秋塵、朱虛白、張常人、舒宗僑、熊岳蘭等，都是一時之選。這與成舍我「能知人、能容忍、能用人」[3]有關。《立報》誕生在國難深重之時，它順應時代潮流，大字刊出「欲民族復興必先報紙大眾化」，致力於「對外爭取國家主權獨立，驅逐敵寇；對內督促政治民主，嚴懲貪污」。在存續的兩年零六十天內始終堅持報紙大眾化方向，盡力「宣達大多數民眾的公意」，形成了重視新聞，評論凸顯、副刊各具特色的風格。

《立報》對新聞取「精選精編」原則，在有限版面努力增加新聞容量。其消息來源主要有五：一是本報記者採訪。《立報》採訪記者占編輯部人數的三分之一，他們每天發稿，少則一條，多則三五條，舒宗僑、樊放、熊岳蘭、錢臺生、於友、張常人等記者都為該報採寫了不少精彩的本市新聞和戰事新聞。[4]二是派駐在南京、北平、廣州等重要城市的特派員或特約記者，一旦有重要新聞，他們就通過長途電話或電報向報館報告。[5]三是通過收報電臺收聽無線電電報或廣播新聞。《立報》收報員勤懇耐勞，極為負責，使該報經常能獲得極為重要的新聞，且電訊特別多。[6]四是向各大國際通訊社訂購稿件，不遺漏重大新聞；五是改寫當時主要報紙及通訊社稿件。這使《立報》「新聞不但不比大報少，還要比大報多，不但不比大報慢，還要比大報快」。[7]二是新聞

1 露軒：《〈立報〉人才集中出世》，《晶報》，1935 年 6 月 20 日第 2 版。
2 馬光仁：《上海新聞史（1850～1949）》（修訂版），復旦大學出版社，2014 年版，第 768 頁。
3 馬之驌：《新聞界三老兵》，經世書局，1986 年版，第 225 頁。
4 李時新：《上海〈立報〉研究（1935～1937）》，暨南大學出版社，2012 年版，第 34～35 頁。
5 舒宗僑：《〈立報〉採訪生活回憶》，《新聞記者》，1987 年版。
6 鄭逸梅：《書報話舊》，學林出版社，1983 年版，第 264 頁。
7 馬之驌：《新聞界三老兵》，經世書局，1986 年版，第 229 頁。

種類繁多，內容豐富既有國內外新聞，也有本市新聞，既有社會新聞，也有經濟、文化、教育、體育新聞。這些新聞既報導時政和戰事，也關注民生和民情，既描寫社會萬象，也提供輕鬆的娛樂材料，內容嚴肅也不失編排和文筆的活潑，講究趣味也不落俗，有雅俗共賞的整體特色。三是重大新聞不惜版面。《立報》創刊一年三個月對轟動一時的「顧竹軒案」做了近 40 次報導，對「七君子」事件先後做了 55 次報導，[1]對西安事變、「八一三」淞滬抗戰等都做了詳盡報導。四是組織採寫獨家新聞。「七七」事變後，該報以「本報戰地特寫」「本報特約通訊」刊登了大量獨家新聞通訊。「八一三」淞滬抗戰期間，甚至有對彭德懷、周恩來、蕭克、朱德、徐向前等中共領導人的報導，僅曹聚仁一人為《立報》寫了 50 多篇戰地特訊。

　　《立報》「憑良心說話」，重視評論。《立報》設有三個評論專欄，各有側重，風格各異，但都以民間立場為出發點，以服務抗戰（包括國家建設、國民精神的培育、民眾利益的維護等）為宗旨來立論。第一版第一欄設「評論」，每天兩至三篇或一篇，配合當天報導的新聞發言。自 1936 年 7 月下旬至 8 月，因新聞量大僅刊登一兩篇評論，很少署名。從 1936 年 9 月 1 日後該報評論工作由惲逸群獨立擔當。惲逸群才思敏捷，下筆快、文筆犀利、精闢。在惲逸群主持下，該報評論傾向大都能體現共產黨的聲音。據測算在《評論》專欄存續近一年內，共發表七百多篇評論，其中最短者只有五六十字，最長者不過四百字，總計有十五萬字左右。舉凡國際問題、國內形勢、社會問題、個人品性等，「宇宙之大，蒼蠅之微」都成為評說的話題。[2]另嚴諤聲主持設在《小茶館》內的「小記者」評論專欄，三言兩語，針對時局，有感而發。薩空了主持同樣設在《小茶館》的《點心》評論專欄，就讀者來信提出的問題發表個人看法，平易近人、語言淺顯，頗受讀者好評。

　　《立報》三個副刊各具特色。《言林》為新文藝副刊，面向文化界和教育界，由復旦大學新聞系主任謝六逸主編。取名「言林」。該專欄每篇文章平均四百多字，有短言、遊記、日記、小詩、雋語等，謝六逸以「小小品」概括其特徵。起初主要談論報界人物、文學巨匠、書籍裝潢等話題，文風較平淡，後轉向針砭時弊、宣傳抗戰，文風趨於辛辣，對團結文化界愛國人士共同為

1　李時新：《上海〈立報〉研究（1935～1937）》，暨南大學出版社，2012 年版，第 22 頁、129 頁。

2　李時新：《上海〈立報〉研究（1935～1937）》，暨南大學出版社，2012 年版，第 39 頁。

抗日救亡宣傳起到了推動作用。《花果山》爲舊文藝副刊，提供休閒娛樂、針對一般市民。先後由張恨水、包天笑主編，除連載長篇小說外，還刊載風物小誌、名人軼事、歷史掌故、世界珍聞、諷刺小品等。初期刊登的張恨水連載小說《藝術之宮》，吸引了不少讀者。《點心》由前北平民國學院及平民學院新聞系主任吳秋塵主編，爲介紹各種知識、報告社會風貌、提供生活參考、增添生活情趣的副刊。兩個月後，吳秋塵離開《立報》，由薩空了主持全面革新。薩空了將之改名爲《小茶館》，推出改版宣言《向「下」走的告白》歡迎「上等人眼中的『下等人』也來茶館走走」。該副刊又闢出「血與汗」（介紹各行業工人生活、勞動）、「新知識」（介紹自然科學和社會科學的名詞術語）「街頭科學」（介紹生活小常識）、「苦人模範」（鼓勵窮苦朋友恢復自信）、「讀者通訊」（專登載讀者來信）等專欄，「點心」主要發表針對性強的小雜文。薩空了瞭解民生疾苦、敢於揭露各種社會頑疾、揭露批評政府消極抗日，也批評民眾的不良習氣和落後觀念，使《小茶館》在上海頗有聲望。《小茶館》副刊也體現了編輯的民主思想。

　　《立報》創刊不久，就大獲成功，一周之後即達到 7 萬份的銷量，[1]半年後增加到十萬份，遍達滬寧杭各地。「八一三」事變期間，發行量突破 20 萬大關，居全國報紙發行之首位。1937 年 11 月 23 日，上海陷落，24 日《立報》刊發停刊啓事，宣告 25 日停刊。在最後告別讀者時，該報表示「我們決不放棄我們的責任」，並相信上海的數十萬讀者「也絕不會放棄他們對民族的責任！」。[2]25 日上海淪陷而被迫停刊。

（二）上海《大公報》的創辦

　　上海《大公報》是天津新記《大公報》的第一個分版，也稱《大公報》滬版，1936 年 4 月 1 日正式發刊，日出 3 大張。6 月 1 日又增出「本市增刊」1 大張。社址在愛多亞路 181 號，在望平街四馬路設立代辦部。上海版是天津《大公報》館工作重心南移的產物。華北事變後，在天津日租界的新記《大公報》所受威脅益重，爲準備退路《大公報》館決意以「只許成功，不許失敗」精神闖蕩上海報界。社長吳鼎昌入閣民國南京政府也增強了胡政之的信心。1935 年 10 月胡政之與張季鸞一道帶領《大公報》南下上

1　李時新：《上海〈立報〉研究（1935～1937）》，暨南大學出版社，2012 年版，第 56 頁。

2　《本報告別上海讀者》，《立報》，1937 年 11 月 24 日。

海灘考察。[1]1935 年底《大公報》駐滬辦事處主任李子寬受命開始籌備滬館。次年春，胡政之、張季鸞大部人員南下，天津只留少量員工，「一俟滬館立足已定而北方局面繼續惡化，則準備隨時撤出，所以，連附屬經營的《國聞週報》也搬來上海出版了」。[2]滬版創刊社論《今後大公報》寫道「在國難現階段之中國，一切私人事業，原不能期待永久之規劃，既規劃矣，亦不能保障其實行。倘成覆巢，焉求完卵。藉日關地經營，實際又何所擇」。

《大公報》滬版由胡政之、張季鸞親自主持，經理李子憲、編輯主任張琴南、本埠新聞編輯王文彬，隊伍基本是天津館來滬員工。《大公報》南遷遭到上海大報的抵制。創刊頭三天，申、新二報假報販之手將之全部收購，「一份也不讓在市場上流通」。[3]胡政之託哈瓦斯通訊社的張驥先轉請法租界「聞人」杜月笙出面轉圜才擺平。滬版循天津版傳統闢有《每日畫刊》，《申報》於是每週也發行彩色畫報一張，「由於它是彩色版，更易引人注目」。[4]《新聞報》則與蘇州《早報》舉辦聯合發行，凡長期訂閱《新聞報》的蘇州讀者自 1936 年 3 月 21 日起，每天多花五釐錢，即可獲贈《早報》一份，隱然含有同上海《大公報》搶佔外埠市場的用意。[5]以介紹學術和思想見長、在言論上首屈一指的《時事新報》[6]則在《大公報》滬版發刊之日宣布恢復言論版，在社論之外增加選論、來論等。[7]

《大公報》上海版最初沿襲天津《大公報》傳統發行量只有 2 萬份，且本埠銷量非常有限，「大部分是分發到華中、華北的老銷戶，賣給天津大公報的老主顧」。[8]面對上海市民文化和競爭激烈的報業市場，上海版入「城」隨俗，主動吸收海派報業的元素，努力成為一份「上海的」報紙。[9]針對上

1 丁君匋：《上海〈大公報〉回憶》，《上海文史資料選輯》，1993 年第 73 輯，第 124 頁。
2 徐鑄成：《報人張季鸞先生傳》修訂版，三聯書店，2009 年版，第 103 頁。
3 徐鑄成：《民國記事 徐鑄成回憶錄》，廣西人民出版社，2015 年版，第 218 頁。
4 丁君匋：《上海〈大公報〉回憶》，《上海文史資料選輯》，1993 年第 73 輯，第 128 頁。
5 《新聞報蘇州讀者注意》，《新聞報》，1936 年 3 月 21 日。
6 《一年來之上海新聞事業》，《時事大觀》，1936 年 3 月 21 日。
7 丁君匋：《上海〈大公報〉回憶》，《上海文史資料選輯》，1993 年第 73 輯，第 128 頁。
8 周雨：《大公報史（1902～1949）》江蘇古籍出版社，1993 年版，第 38 頁。
9 徐基中 吳廷俊：《城市與媒介：1936 年〈大公報〉南遷的文化解讀》，《新聞與傳播研究》，2017 年版。

海都市文化，開拓本埠市場。重視文教新聞，開闢「大學新聞」「中學新聞」「文化藝術」「讀物介紹」等欄目，發表相關長篇通訊；關注婦女界，每週刊發《婦女與家庭》專刊，不定期連載蔣逸霄採寫的「上海職業婦女訪問記」，吸引職業女性讀者；提升經濟新聞報導，增加國際商情貨價報導，約請商界名流撰寫財經社評，將重要的經濟調查報告刊登在要聞版顯要位置等；重視本埠新聞，除專職記者外，雇請百餘名各行各業的「稿友」，包括超過 17 名公雇訪員（也稱「老槍記者」，以向各報提供本埠社會新聞爲業），[1]並開闢《本市要聞》《本市匯聞》欄目，主要刊登社會新聞，吸引廣大的市民階層。副刊《戲劇與電影》《大公俱樂部》的風格也迎合市民階層。前者由演員唐納主編，內容爲影壇近況及新片評介等，爲津版所沒有；後者由鴛鴦蝴蝶派作家、戲曲評論家馮叔鸞編輯，主要刊登劇評及其他消閒性文字。二是轉變盈利模式，重視廣告收入。津版在北方有廣大銷路，張數不多，「售賣尚不至虧累」，[2]不必刻意重視廣告，經理部與編輯部可平起平坐，編排無需爲廣告讓路。滬上報紙張數多、售價低，賴廣告爲生命線。胡政之聘請丁君匋爲廣告科主任，並逐步提高經理部地位，派廣告科人員登門拜訪上海數十家廣告公司和主要行業的同業公會，招攬廣告。經丁君匋提議，1936 年 6 月 1 日滬版推出《本市增刊》，一大張，大量徵求各類廣告。不僅如此，還在上海最繁華的四行儲蓄會大樓 24 層樓頂設霓虹燈「大公報」三個大字，以廣宣傳。版面編排也向廣告傾斜。經上述改革，1937 年的《大公報》滬版已成爲緊隨《申報》《新聞報》之後的滬上第三大報紙，[3]在上海報界站穩了腳跟，改變了上海原有的報業格局。

（三）胡愈之與《東方雜誌》

《東方雜誌》由商務印書館主辦，1904 年 2 月 11 日創刊，月刊。原爲文摘性刊物，經胡愈之等改革後發展爲大型社科綜合性學術刊物。「一二八」期間，在商務印書館的該刊因遭日機轟炸被迫停刊。1932 年 8 月復刊，商務印書館總經理決定不再在館內設雜誌編輯機構，將《東方雜誌》由胡愈之主編並負責承包，約定每期支持一定編輯費，編輯人員由胡愈之全權聘請，稿費

1 王文彬：《新聞工作六十年》，重慶出版社，1990 年版，第 27 頁。
2 王瑾、胡玫主編：《胡政之文集》（下），天津人民出版社，2007 年版，第 1040 頁。
3 丁君匋：《上海〈大公報〉回憶》，《上海文史資料選輯》，1993 年第 73 輯，第 129 頁。

也由其支配。胡愈之決定對《東方雜誌》全面改革，提出刊物應爲當前政治鬥爭服務的辦刊方針，宣告「以文字作分析現實指導現實的工具，以文字做民族鬥爭社會鬥爭的利器，我們將以此求本刊的新生，更以此求中國智識者的新生」，使《東方雜誌》迎來了「胡愈之時代」。被炸後，商務印書館的《教育雜誌》《婦女雜誌》《小說日報》等一時不能復刊，《東方雜誌》就增設「教育」「婦女與家庭」「文藝」三個專欄，請金仲華、茅盾、老舍、巴金、鄭振鐸、葉聖陶、朱自清、郁達夫、謝六逸、陳瀚笙等著名學者和作家撰稿，增添了《東方雜誌》的進步色彩。

　　《東方雜誌》以研究國際問題見長，增闢「東方論壇」欄，連續刊登分析中日關係，抨擊日寇，呼籲全民抗戰的系列文章；另對德、意法西斯侵略擴張態勢、阿比西尼亞、西班牙人民反法西斯戰爭等均有深入分析。對國內政治、外交、經濟、軍事、法律等直接關乎國家命運前途的問題的文章明顯增多。到 1937 年底，此類文章平均每年所佔比重爲 61%，遠遠超過「九一八」前的 13%。[1]此外，還增設「編者、作者與讀者」專欄，加強與讀者的聯繫。《東方雜誌》薈萃名流學者，擁有強大的作者陣容。20 世紀 30 年代是我國各學科奠定基礎的時期，當時一批中青年科學家大多數都曾在該雜誌發表過文章，半個世紀後他們都成爲本學科的學術帶頭人。這在舊中國爲數眾多的期刊裏是絕無僅有的。[2]

　　本時期的《東方雜誌》變成了宣傳進步思想，要求民主抗戰愛國的重要輿論陣地，步入了「黃金時代」，成爲許多刊物模仿的對象。從 1932 年底復刊到 1938 年初撤離上海，《東方雜誌》的發行量居同類刊物之首，最高達 6 萬份左右，發行範圍遍及淪陷區外的國內主要城市，以及美洲和東南亞的近 20 個城市[3]，讀者對象「黨政界占十分之二，高等教育界占十分之三，中等教育界占十分之二，其他各界及僑胞占十分之三」[4]，堪稱綜合性學術期刊中的佼佼者。抗戰全面爆發後《東方雜誌》於 1938 年 1 月遷社長沙出版，同年 11

1　方漢奇：《中國新聞事業通史》（第二卷），中國人民大學出版社，1996 年版，第 510 頁。

2　方漢奇：《中國新聞事業通史》（第二卷），中國人民大學出版社，1996 年版，第 513 頁。

3　方漢奇：《中國新聞事業通史》（第二卷），中國人民大學出版社，1996 年版，第 512 頁。

4　《讀者作者與編者》，《東方雜誌》，第 31 卷第 41 號。

月再遷香港出版兼出渝版。1948 年終刊，共出版 44 年，其坎坷經歷是中國近代史的一個縮影。[1]

第二節　平津民營新聞報業新發展

　　北平、天津是北方重要城市。北平原稱北京，國民黨「二次北伐」後改稱北平，是晚清及民國北京政府的政治中心，文化底蘊深厚，教育發達，有較好的報業基礎。天津是中國最早的通商口岸之一，北方第一大商埠和工業重鎮，民國南京政府直轄的特別市，有較好的報業環境。平、津長期處於奉系、直系、馮系、晉系的控制之下，國民黨蔣介石集團勢力並不佔據主導地位。因良好報業環境、舊政治中心和民族資本主義經濟的發展等因素，平津的民營報業獲得了較好發展。

一、新記《大公報》的崛起[2]

　　1926 年 9 月 1 日，《大公報》以新記公司名義在天津續刊，期號為 8316。報頭「大公報」三字下特意標明「本館創設自前清二十八年即西曆一千九百零二年」以示延續，表明該報繼承原《大公報》「敢言」傳統。在「三駕馬車」吳鼎昌、胡政之、張季鸞領導下，新記《大公報》四五年就由地方報紙躍為全國輿論重鎮。其讀者群遍布中上階層，對民國南京政府的決策層和知識精英都產生了重要影響。出版了 10 年又 11 個月，因日本進佔天津於 1937 年 8 月 5 日停刊。

（一）吳、胡、張與《大公報》「四不」方針

　　新記《大公報》續刊於 9 月 1 日，續刊號刊登張季鸞執筆的《本社同人旨趣》中提出「不黨」「不賣」「不私」「不盲」的「四不」辦報方針。原文如下：

1　劉長林、倪蓉蓉、開雅潔：《自由的限度與解放的底線：民國初期關於「婦女解放」的社會輿論》，上海大學出版社，2014 年版，第 243 頁。
2　《大公報》是中國新聞史研究領域中的顯學，成果豐碩，目前已出版著作主要有：方漢奇《大公報》百年史、吳廷俊《新記〈大公報〉史稿》、賈曉慧《〈大公報〉新論：20 世紀 30 年代〈大公報〉與中國現代化》（2002）、任桐《徘徊於民本於民主之間——〈大公報〉政治改良言論述評（1927～1937）》（2004）、李秀雲《大公報〉專刊研究（1927～1937）》、周雨《大公報史》（1993）、《大公報人憶舊》，王芝琛、劉自立編《1949 年以前的〈大公報〉》、方蒙《大公報與現代中國（1926 至 1949年大事記實錄）》、吳廷俊的《新記大公報史事編年》等。

　　第一不黨　黨非可鄙之辭，各國皆有黨，亦皆有黨報。不黨云者，特聲明本社對於中國各黨閥派系，一切無聯帶關係已耳。惟不黨非中立之意，亦非敵視黨系之謂。今者土崩瓦解，國且不國，吾人安有中立袖手之餘地？而各黨系皆中國之人，吾人既不黨，故原則上等視各黨，純以公民之地位發表意見，此外無成見，無背景。凡其行為利於國者，吾人擁護之；其害國者，糾彈之。勉附清議之末，以彰是非之公，區區之願，在於是矣。

　　第二不賣　欲言論獨立，貴經濟自存。故吾人聲明不以言論作交易。換言之，不受一切帶有政治性質之金錢補助，且不接受政治方面之入股投資是也。是以吾人之言論，或不免囿於知識及感情，而斷不為金錢所左右。本社之於全國人士，除同胞關係一點外，一切等於白紙，惟願賴社會公眾之同情，使之繼續成長發達而已。

　　第三不私　本社同人，除願忠於報紙固有之職務外，並無私圖。易言之，對於報紙並無私用，願向全國開放，使為公眾喉舌。

　　第四不盲　不盲者，非自詡其明，乃自勉之詞。夫隨聲附和，是謂盲從；一知半解，是為盲信；感情所動，不事詳求，是謂盲動；評詆激烈，昧於事實，是謂盲爭。吾人誠不明，而不願自陷於盲[1]。

「四不」方針代表了吳、胡、張三人共同的主張，是三人長期新聞經驗的總結。吳鼎昌（1884～1950），字達詮，原籍浙江吳興，生於四川華陽（今成都），早年以四川官費生身份留學日本，畢業於東京高等商業學校。回國後從事實業，為安福系成員。1922 年發起由鹽業、金城、中南、大陸四家銀行創辦的「四行儲蓄會」並任該會主任。他政治歷練豐富，認為「政治資本有三個法寶：第一是銀行；二是報紙；三是學校，缺一不可。」[2]又說「一般的報館辦不好，主要由於資金不足，濫拉政治關係，拿人家津貼，政局一有波動，報就垮了。」[3]胡政之（1889～1949），名霖，字政之，筆名冷觀。生於四川成都。早年留學日本東京帝大攻讀科學、法律和外語，回國後看透宦海浮沉，決心以文字報國。他與《大公報》頗有淵源。1918 年 11 月以記者身份採訪巴黎和會，是採訪巴黎和會的唯一中國記者。1921 年進入上海

1　張季鸞：《本社同人之旨趣》，1926 年 9 月 1 日，天津《大公報》（署名：新記公司大公報記者）
2　楊爾瑛：《季鸞先生的思想與軼事》，臺灣《傳記文學》第 30 卷第 6 期，第 27 頁。
3　王芸生、曹谷冰：《一九二六至一九四九年的舊大公報》，《新聞業務》，1962 年版。

國聞通訊社後成爲主持該社，1924 年 8 月創辦《國聞週報》，是民初嶄露頭角的名記者。胡政之有辦報追求，他努力想辦「報紙有政治意識而不參與實際政治，要當事業做而不單是大家混飯吃」[1]的文人報。張季鸞（1886～1941），名熾章，陝西榆林人。早年留學日本，立志以文章報國。[2]張季鸞具有豐富的新聞從業經驗，1912 年出任中華民國臨時政府大總統秘書，參與《臨時大總統就職宣言》起草工作。在上海《民立報》、北京《民立報》、上海《民信日報》《中華新報》《國聞週報》等報任職，曾因揭露袁世凱與五國銀行簽訂善後大借款合同事，一度陷入囹圄。是民初知名的報刊評論家。張有熾熱的新聞理想，批評民初報界「自懷黨見，而擁護其黨者，品猶爲上；其次，依資本爲轉移；最下者，朝秦暮楚，割售零賣，並無言論，遑言獨立；並無主張，遑言是非」。[3]三人 1926 年在天津日租界商議時決定組建「新記公司」。吳獨自出資 5 萬，不領月薪；胡、張以勞力入股，每月領 300 元月薪，年終「由報館送與相當股額之股票」。三人商定不擔任有俸給的公職，專心辦報，賠完了事。報社方面，吳任社長，張任總編輯兼副總經理，胡任總經理兼副總編輯。三人組成社評委員會，三人意見不合時從張，人事以胡的班底爲基礎。

「四不」方針是針對政治綁架民營報業頑疾所開的藥方。以「不黨」保持報刊「公民」地位，獲取言論獨立；以「不賣」關閉津貼大門，確保經濟獨立；以「不私」「不盲」業務水準淬煉報格，謀求政黨、資本、讀者三方認同與尊重。「四不」方針不是一些民營報刊所宣稱「口惠實不至」的口號，而是引領《大公報》發展的憲章，是《大公報》人從事報刊實踐的新聞準則，當然「擦邊球」的現象偶而也出現過。以「四不」方針爲準繩，《大公報》在中外權勢結構聯動、錯綜複雜的政局中自由遊刃，拿捏到位，是《大公報》崛起的重要因素。「四不」方針成爲「中國資產階級輿論界走向成熟的一個標誌」。[4]

---

1 王瑾、胡玫主編：《胡政之文集》（下），天津人民出版社，2007 年版，第 1080 頁。

2 張季鸞一生沒有加入任何黨派，除了擔任過中華民國總統府秘書，爲孫中山起草過就職宣言外，基本沒有做過官。于右任曾讚譽張季鸞「發願終身作記者，春風吹動耐寒枝」。見徐鑄成：《報人張季鸞先生傳》，生活・讀書・新知三聯書店，1986 年版，第 36 頁。

3 周雨：《大公報史》，江蘇古籍出版社，1993 年版，第 27 頁。

4 吳廷俊：《新記〈大公報〉史稿》，武漢出版社，2002 年版，第 104 頁。

（二）新記《大公報》的編輯記者和作者隊伍

《大公報》迅速崛起的另一個內因是建立了一支出色的記者隊伍，吸引全國一流作者爲其撰稿。人才濟濟是《大公報》的一大優勢。周恩來多次在公開場合說：「大公報培養了很多人才」。列入《中國新聞年鑑》「中國新聞界名人介紹」的《大公報》編輯記者達 60 多人，[1] 被《中國大百科全書‧新聞出版卷》列爲條目加以介紹的大公報編輯、記者達 12 人，占全部人物條目 108 條的 1／10 強。本時期《大公報》知名的編輯記者，張季鸞、胡政之以下有許萱伯、楊歷樵、曹谷冰、曹世瑛、孫昭愷、李清芳、袁光中、王文耀、王芸生、趙恩源、費彝民、蕭幹、王佩之、李子寬、金誠夫、何心冷、杜協民、徐鑄成、范長江等。

王佩之、李子寬、金誠夫、何心冷、杜協民被稱爲新記《大公報》「開國五虎大將」，其中何心冷是《大公報》副刊的「拓荒者」。他多才多藝，創辦並主編《大公報》的《藝林》《銅鑼》《小公園》等綜合性副刊，也擔綱《電影》《兒童》《體育》《摩登》《婦女與家庭》等專刊編輯工作，爲《大公報》副刊「殺出了血路」。[2] 天津《商報》編輯吳雲心說「天津市民盡有人不知道大公報有張季鸞，但不知何心冷者甚少」。[3] 因勞累過度於 1933 年 10 月 29 日病逝。

曹谷冰（1895～1977）。張季鸞老友曹成甫之子，1927 年留德回國後即到《大公報》任要聞版編輯。1932 年 3 月赴蘇採訪，所寫訪蘇通信打破了西方新聞機構散佈的謠言，客觀介紹了蘇聯建設成就和社會制度，後彙編成《蘇俄視察記》出版。抗戰後任《大公報》漢口版、重慶版和天津版經理。王芸生（1901～1980）。出身寒微、自學成才，1926 年任《商報》總編輯，因在

---

1 他們是吳鼎昌、張季鸞、胡政之、王芸生、張琴南、許君遠、費彝民、徐鑄成、梁厚甫、張佛泉、曹谷冰、金誠夫、李子寬、杜協民、汪松年、孔昭愷、何毓昌、楊歷樵、趙恩源、李天織、馬季廉、王文彬、張警吾、蕭幹、艾秀峰、范長江、楊剛、孟秋江、李俠文、李純青、徐盈、彭子岡、朱啓平、曾敏之、譚文瑞、陸詒、唐振常、季崇威、呂德潤、張高峰、嚴仁穎、李光詒、潘際坰、陳凡、黃克夫、馬季良（唐納）、陳文統（梁羽生）、查良鏞（金庸）、嚴慶樹（唐人）、高元禮、章丹楓、馬廷棟、周雨、蘇濟生、王浩天、張契尼、戈衍棣、吳硯農、羅承勳、蔣逸霄、方蒙、左步青、沈春波、趙澤隆、壽充一、劉克林。

2 伯珍：《溫故友──永久難忘的心冷》，《大公報‧小公園》（追悼何心冷先生專號），1933 年 11 月 12 日。

3 曹世瑛：《從練習生到外勤課主任》，周雨編：《大公報憶舊》，第 128 頁。

《商報》上與張季鸞筆戰被張賞識，引入《大公報》爲《國聞週報》編輯。「九一八」後，除獨立負擔編輯《六十年來的中國與日本》長篇資料外，還爲《大公報》撰寫許多社評及答讀者問等文章，後彙編《芸生文存》二集，由大公報館出版。在張季鸞提攜下，王芸生成爲新記《大公報》第二代言論主持人。

徐鑄成、范長江由胡政之發現並引入《大公報》。徐鑄成求學時有志於新聞工作，他給胡政之去信建議《大公報》增加文化新聞，胡接信後立即約談徐，並讓徐去跑北京的文化新聞。稍有成績和經驗後又讓他去外地採訪體育、政治新聞，期間有幾次犯規卻獲得胡、張諒解。抗戰後爲《大公報》香港版、桂林版和上海版負責人。范長江在北平求學時爲北平《晨報》《世界日報》和天津《益世報》撰稿。1935 年春范長江得到胡政之資助，作西北地區旅行採訪，一舉成名。後因與張季鸞政治觀點嚴重對立，於 1938 年秋離開《大公報》。

許萱伯與李子寬、金誠夫是北京大學同學，由金介紹入北京國聞通訊社任記者，1928 年調入大公報館任要聞版編輯。許萱伯 1929 年升任編輯主任，1935 年改任報館副經理，後歷任津館經理，漢館經理，港館經理兼編輯部主任，1938 年病逝。楊歷樵，畢業於聖約翰大學，英文功底好，1927 年 4 月進《大公報》任英文翻譯。「九一八」事變後開始執筆寫國際問題的評論，成爲第一個打破由吳、胡、張三人「包辦」局面的人。[1]1948 年病逝。李清芳 1927 年進館，袁光中、王文耀 1928 年進館，一直服務於大公報館，爲經理部的重要骨幹；曹世瑛、孔昭愷 1928 年 9 月以練習生身份被錄用入館。趙恩源、費彝民 1930 年燕京大學新聞系畢業後入館工作。

《大公報》人才濟濟。原因主要有三：一是胡政之、張季鸞堅持惟才是舉的人才政策，能慧眼識才，大膽用才，精心育才、愛才、惜才，爲人才的成長提供了相當寬容自由的環境。胡政之曾說「養成一個好新聞記者，眞比養成學者還難，一須本人有天才，感興趣，二須國文好，常識足，三須體質強，能忍耐，至於評論記者，更需要豐富的知識，熱烈的情感，公正的觀察，周到的判斷，和一個良好的史官一樣，更難培植」。[2]二是「四不」精神的召喚，「四不」方針被胡政之貫徹到報館的組織、管理每個環節，後從「四不」方

---

1 方漢奇：《大公報百年史》，中國人民大學出版社，2004 年版，第 178 頁。
2 胡政之：《作報與看報》，《國聞週報》第 12 卷第 1 期，1935 年 1 月 1 日。

針延伸出「同人公約」。[1]報館內嚴禁結黨，拉關係，雖有中共秘密黨員卻無組織活動，其他黨籍和幫派的人，一經發現或有嫌疑即被辭退。三是報館營造了傳統大家庭的融洽氛圍，有詳細規章制度解除《大公報》人的後顧之憂。

　　《大公報》還網羅社會名流學者爲己所用。《大公報》副刊多請知名專家學者主持，如清華大學著名教授吳宓主編《文學副刊》（1928 年 1 月 2 日～1934年元旦）、薩空了主編《藝術週刊》（1928 年 3 月 3 日～1930 年 5 月 29 日）、張佛泉主編《現代思潮》（1931 年 9 月 4 日至 1932 年 8 月 27 日）、蔣百里主編《軍事週刊》（1932 年 1 月 8 日～1933 年 12 月 30 日）、張申府主編《世界思潮》（1932 年 9 月 3 日至 1934 年 12 月 27 日）等。此外，1934 年 1 月該報開闢《星期論文》，每週請一位專家學者撰文，論述時政、社會、經濟、文化、軍事、外交等問題，最初由胡適等 8 人輪流撰稿，後幾乎囊括了國統區的所有知名專家學者。據統計，《星期論文》刊行的 15 年裏，共發表論文 750 篇，作者多達 200 餘人，以大學教授爲主。[2]其中撰稿較多的著名學者有胡適、丁文江、傅斯年、陶希聖、黃炎培、蔣百里、馬君武、老舍、郭沫若、沈從文、費孝通等近百人。一流的文人學者對《大公報》撰稿，進一步提高了《大公報》聲譽和地位，也擴大了讀者面。

（三）新記《大公報》的業務特色

　　任何一家媒體的崛起最終靠內容和業務。新記《大公報》業務做到了民國時期新聞界「絕無僅有」的高度。[3]1931 年 5 月 22 日，胡適爲《大公報》一萬號紀念刊撰文說，《大公報》的成功「不過是因爲他在這幾年中做到了兩項最低限度的報紙職務：第一是登載確實的消息，第二是發表負責任的言論」。胡適的確抓住了《大公報》業務的兩大顯著特色。此外，門類齊全、質量上乘的副刊專刊，服務社會的舉措，「乾淨」的廣告也爲該報崛起助力不少。

1　胡政之曾說，「不私不盲」四個字，「一方面是本社的最高言論方針，另一方面也可以說是本報同人對事的指導原則。「不私不盲」是胡政之對「四不方針」的詮釋，「同人公約」的核心內容是：「信仰正義，服從規律」、「忠誠盡責，愛恕待人」、「事業向前，個人退後」。見《本報「社訓」和「同人公約」的要義》，《大公園地》第 8期，1943 年 9 月 20 日，引自王瑾、胡玫主編：《胡政之文集》（下），天津人民出版社，2007 年版，第 1058 頁。

2　方盟、謝國明：《大公報的「星期論文」》周雨編：《大公報憶舊》，第 78 頁。

3　方漢奇：《中國新聞事業通史》（第二卷），中國人民大學出版社，1996 年版，第 474頁。

1、新聞客觀準確、靈通量大、獨家新聞多

20 世紀 20 年代中國報界的頑疾是「外來之新聞多，而自行採集之新聞少」，「消息不確」。戈公振說「若各通訊社同時停止送稿，則各報雖不交白卷，至少必須縮成一版」。[1]30 年代在國民黨嚴厲新聞檢查和商業利益驅動下，《申報》《新聞報》等大報都轉向「性、星、腥」「軟新聞」或「黃色新聞」而備受輿論詬病，實力略差的報紙更依賴通訊社、廣播電臺。《大公報》打破依賴通訊社辦報的陋習，建立了一個覆蓋面廣、機動性強、反應靈敏的記者、特派員、（特約）通訊員網絡，採訪觸角遍及海內外，地方通訊和本埠新聞完全由本報記者和通訊員採寫。兩個整版的要聞版，本報專電和通訊占一半以上，有時要聞版全用自己專電，不用一條外稿。1927 年 8 月 1 日南昌起義的消息，京津地區各大報均用「東方社電」，唯獨《大公報》用「本報上海專電」。1931 年 4 月 15 日西班牙國王下臺宣告成立共和政府，《大公報》第一天用「路透社電」，第二天用本報「西京馬德里 4 月 16 日特電」。[2]其次是獨家的重大新聞多。因社會風雲變幻莫測，政局錯綜複雜，讀者對時政新聞需求量大。1928 年底東北易幟，1930 年張學良通電擁蔣，1930 年 12 月閻錫山兵敗潛抵天津，1931 年胡政之的「九一八」事變報導等獨家新聞，都事關時局變動而轟動一時。三是實地調查報導豐富。本時期有社會影響力的調查報導主要有曹谷冰的蘇聯訪問，李燭塵（筆名鏡劍生）赴日參觀通訊，范長江的西北通訊等。其中范長江的西北系列通訊轟動全國，由其通訊合輯而成的《中國的西北角》從 1936 年 8 月首次出版到 1937 年 11 月，先後 9 次再版。[3]四是版面編排以新聞為主，注重長短搭配標題醒目，廣告不染指新聞，版面美觀。《大公報》天津版第二、三版為國內外要聞，社論放首位，廣告與新聞多分排，不像《申報》《新聞報》以廣告為中心排版，一條新聞被廣告分割在不同欄中。新聞表述客觀平和、凝練簡潔，毫無空話官話，信息量大，多使用春秋筆法。如 1930 年 4 月 7 日《大公報》刊發鹿鍾麟領銜的勸蔣介石下野電報，借他人之口罵蔣「論者謂善言為先生說完，而惡行為先生作盡」。[4]這種尊重事實的做法，使《大公報》成為歷史記錄者。

---

1 戈公振：《中國報學史》，商務印書館，1928 年版，第 221 頁。

2 方漢奇：《中國新聞事業通史》（第二卷），中國人民大學出版社，1996 年版，第 475 頁。

3 藍鴻文：《〈中國的西北角〉到底出了多少版？》，《新聞戰線》，2008 年版。

4 惲逸群在《30 年代見聞雜記》中稱這兩句話不失為蔣介石一生的定評。原文是大公報「曾批評蔣介石『好話為先生說盡，壞事為先生做盡』」。

2、以社評為靈魂，敢言善言，拿捏到位

　　有論者說《大公報》崛起靠「吳鼎昌的資金，胡政之的組織，張季鸞的文章」。張季鸞的社評語言流暢、淺顯易懂，論證縝密周細、情感樸實中肯，文筆犀利透闢，傾倒不少讀者，且不說復刊初期膾炙人口的「三罵」。[1]《大公報》經常痛罵國民黨黨政要人、地方軍閥，嚴厲抨擊國民黨的內外政策，勇於提出自己的主張。如1929年3月《大公報》刊發社評主張修改國民黨黨綱總章，成為孫科向國民黨第三次全國代表大會的提案。但《大公報》絕不「罵」蔣介石，維護國民黨當局的根本政策。《大公報》社評一般在重大新聞刊出當日配合發表，有些在次日刊出，很少拖到第三天。對「痛罵」之人也不一棍子打死，而是在痛罵之餘給被罵者提出誠懇建議。張季鸞對王芸生道出的社評寫作要訣「以鋒利之筆，寫忠厚之文；以鈍拙之筆，寫尖銳之文」，[2]概括了該報敢言、善言的拿捏尺度。

　　張季鸞為《大公報》撰寫了大量社評，被稱為「社評聖手」。《大公報》自復刊就定下了社評集體寫作原則。復刊之初三人共同組成「社評委員會」，共同研究時政問題，商榷意見，決定主張，文章由三人「分任撰述」，最後由張季鸞負責「整理修正」，當意見不統一時，以「多數決之」，三人意見各不相同時以張的意見為準。社評採用不署名製以示代表大公報人的意見。胡政之、王芸生、吳鼎昌等也為《大公報》撰寫了許多社評，可見，《大公報》社評既是張季鸞「論政」的重要平臺，更是《大公報》人「文人論政」的顯著標誌。

　　《大公報》讀者群幾乎百分之八十是知識分子、公務員、官吏。為彌補社評不足，滿足目標讀者渴求，《大公報》1934年1月開設《星期論文》，請政學兩界精英撰寫論文或評論。從1934年1月刊登「星期論文」到1937年7月（抗戰爆發），該報共發表論文約170篇，撰文作者36人，多為大學教授和社會名流，一般都有出國留學經歷，從事專業、學科非常廣泛，有政治學、法學、文學、史學、化學、地質學、教育學、美學、經濟學、社會學等。[3]

1　即罵吳佩孚跌霸」（《跌霸》，《大公報》社評1926年12月4日），罵汪精衛的領袖
　　欲（嗚呼領袖欲之罪惡）（《大公報》社評1927年11月4日），罵蔣介石不學無術
　　（蔣介石之人生觀）（《大公報》社評1927年12月2日）
2　周雨：《王芸生》，人民出版社，1996年第一版，第210頁。
3　賈曉慧：《〈大公報〉新論：20世紀30年代〈大公報〉與中國現代化》，天津人民
　　出版社，2002年版，第234～239頁。

3、門類齊全、質量上乘的副刊專刊

報紙雜誌化，以副刊專刊豐富內容、服務社會維繫讀者、擠佔雜誌空間是這一時期大報的普遍做法。略有規模的日報都辦有各種類型的副刊專刊，少則兩三種，多則二三十種。《大公報》副刊經歷了由綜合性向專門性發展，綜合性與專門性副刊並重的發展過程。1926 年 9 月 1 日復刊之日在八版上半版設立綜合性文藝副刊《藝林》，1927 年 3 月創辦綜合性副刊《銅鑼》。1927年專門性副刊已初具規模，形成每週固定時間、固定版面、每個副刊出版一期格局：《文學副刊》（週一）、《電影》週刊（週二）、《戲劇》週刊（週三）、《家庭與婦女》（週四）、《體育》週刊（週五）、《藝術週刊》（週六）、《兒童》週刊（週日）。1928 年元旦《小公園》創刊，為該報連續出版時間最長、影響最大的一個綜合性文藝副刊，[1]1935 年 8 月 31 日終刊。1929 年元旦後，《大公報》專刊、副刊有了新發展。自 1929 年元旦到 1936 年 9 月復刊 10 週年，《大公報》先後創辦二十多個專業副刊，[2]涉及政治、經濟、社會、文化、教育等各個領域，學術色彩濃厚。大公報人陳紀瀅說「大公報開闢各種學術性副刊，是全國所有報紙最成功的一家，直到今天似乎沒有一家報刊堪與媲美」。[3]《大公報》副刊專刊除少數由社內人士編輯，多數約請社外人士編輯，但都有大眾性與知識性的明顯特點。前者是指其讀者面寬、讀者層偏重中下，後者是指內容上大都面向廣大讀者或特定讀者傳播他們所需要的、感興趣的知識。[4]《大公報》還適時創辦專刊，如根據「明恥教戰」言論方針創辦《軍事週刊》（1932.1.8～1933.12.30）、《經濟週刊》（1933.3.1～1937.7.21）。

《大公報》還出版了數量眾多、種類繁多的特刊。有《中國地方自治學會成立特刊》（1934 年 5 月 13 日）《天津青年會四十週年紀念特刊》《1935 年11 月》《天津青年會少年健康運動周特刊》（1936 年 10 月）《燕大新聞學系新聞學討論會特刊》（1937 年 3 月 6 日）《全國兒童繪畫展覽會特刊》（1936 年 6月 6 日）《救災特刊》（1928 年 6 月）《九一八三週年紀念特刊》（1934 年 9 月

---

1 吳廷俊：《新記〈大公報〉史稿》，武漢出版社，2002 年版，第 83 頁。
2 有《科學週刊》、《市政週刊》、《社會研究》、《醫學週刊》、《政治副刊》、《讀者論壇》、《社會科學》、《現代思潮》、《世界思潮》、《社會問題》、《經濟週刊》、《軍事週刊》、《文藝副刊》、《明日之教育》、《鄉村建設》、《圖書週刊》、《史地週刊》、《藝術週刊》、《縣政建設》等。
3 賴光臨：《七十年中國報業史》，《中央日報》出版社，1981 年版，第 115 頁。
4 吳廷俊：《新記〈大公報〉史稿》（第二版），武漢出版社，2002 年版，第 89～90頁。

18 日）《第十八屆華北運動大會特刊》（1934 年 10 月）《電信特刊》（1935 年 6 月至 1936 年 3 月）等。

4、服務社會的重要舉措

眞誠服務社會是推動《大公報》飛速發展的一個重要因素。[1]《大公報》宣稱「本報公共機關」。其內涵有二「一是公共言論機關，國人有所欲言者，可到該報言之。二是社會服務機關，國人有難、有求，該報有爲之解難，服務之義務」。[2]《大公報》在服務社會方面做了大量工作。1928 年 6 月大公報同人成立「大公報救災委員會」，設立讀者服務部，在天災人禍時舉行募捐活動。解決民眾燃眉之急後成爲該報一項經常性活動。1929 年爲天津市郊貧民舉辦慈善演藝會。1930 年 5 月 12 日起爲陝西大旱舉行賑款宣傳周，共收捐款 10 餘萬元，爲新記《大公報》首次舉辦賑災勸募活動。[3]1931 年全國遭受水災，大公報成立「水災急賑委員會」，從 8 月 19 日爲災區募捐，9 月 1 日定爲「大公報館救災日」，將本日營業收入全部捐出，至 9 月 20 日除報社捐款外，共收社會各界捐款 208046.72 元。1932 年爲淞滬抗戰募捐，爲西安孤兒院代收捐款。1933 年代收冀南三縣黃河水災捐款，代收山東水災急賑捐款，代收黃河水災農賑捐款等；1935 年長江、黃河發大水，《大公報》募捐近 20 次等。[4]

5、廣告「乾淨」，版面上不干擾新聞，爲大公報增色不少。「報紙的食糧是廣告」。[5]《大公報》廣告經營也堅持「四不」方針，其廣告經營異於《申報》多而雜、繁而亂、包羅萬象的風格，一直保持「乾淨」風格。[6]時人也給予很高評價「許多廣告創意之獨到，繪畫之精美，令人拍案叫絕。廣告的生動性與大信息量使讀者在閱讀正文後爭相瀏覽，品評《大公報》『精彩的商品世

1　馬藝：《天津新聞史》，天津人民出版社，2015 年版，第 197 頁。

2　《本報續刊二週年之感想》，《大公報》，1928 年 9 月 1 日。

3　馬藝：《天津新聞史》，天津人民出版社，2015 年版，第 197 頁。

4　見馬藝：《天津新聞史》，天津人民出版社，2015 年版，第 197～198 頁。

5　胡政之在《作報與看報》中從報紙是商品的關係，競爭非常厲害的角度，以英美日報紙廣告爲參照分析了民國了報紙廣告與發行的關係，認爲報紙的生活根據原建築在廣告與發行兩方面，大陸諸國廣告比較差，須依賴廣告發行的收入雙方均勻維持。上海廣告發達，報紙注重銷路卻養成了「報販閥」，全國報紙爲此吃虧很大。見《作報與看報》，《國聞週報》第 12 卷第 1 期，1935 年 1 月 1 日。

6　孫會：《〈大公報〉廣告與近代社會（1902～1936 年）》，河北師範大學博士論文，2007 年 9 月。

界』」。[1]廣告經營的專業化、美化的策略與做法，符合中上層讀者群的審美需求。

（四）新記《大公報》的政治關係與報紙傾向

政治資源決定了一家媒體的言說空間，是一家媒體興衰的關鍵因素。吳鼎昌、胡政之、張季鸞早年都留學日本，深受資本主義文化浸潤，希望中國走歐美憲政道路而非蘇俄道路。續刊《大公報》是三人「以報救國」共同抉擇。新記《大公報》宗旨是「採歐美憲政之長，而去其資本家專制之短」[2]，推動中國走向資本主義道路，建立現代化的民主憲政國家。

吳、胡、張三人與北洋軍閥交往頗多，與政學系淵源較深，吳是安福系成員，但三人均厭倦北洋軍閥，反對「赤化」，同情共產黨，視國民黨為新興勢力。《大公報》天津復刊之初，正處在南北交戰的「北伐」期，處在「關係深的『非正統』、『正統』的關係尚不深[3]」的尷尬位置。天津是北洋勢力範圍卻外強中乾；國民黨是新興勢力尊奉孫中山，推行「赤化」但國共分裂跡象已經顯現，發展走向不明朗。三人與國民黨無交集，張季鸞與國民黨人有聯繫，與蔣介石卻從無交往。這時的《大公報》跟蹤報導北伐，言論「謹慎中立」。隨著北伐形勢明朗，該報言論開始傾向南方，痛罵北洋軍閥。1926 年12 月4 日刊發社評《跌霸》為直系軍閥送終，1927 年2 月23 日刊登社評《毋嗜殺》譴責孫傳芳，3 月5 日刊發社評《北洋系之末路》宣判北洋軍閥死刑。3 月6 日至9 日刊發通訊《南行視察記》，讚譽南京國民政府，12 日為孫中山逝世二週年刊發社評，態度向國民黨方向傾斜，被同城《益世報》稱為「坐北朝南的某大報」。[4]

蔣介石在「四一二」政變後開展的「清黨」運動，讓吳、胡、張堅相信蔣決不會走蘇俄道路，但又反感「清黨」運動的殘酷血腥，對國民黨仍抱懷疑態度。《大公報》開始對國民党進行試探並主動示好，言論既贊同國民黨「反對赤化」，也抨擊汪精衛的領袖欲（《呼籲領袖欲之罪惡》1927 年11 月4 日）、蔣介石的低劣人品（《蔣介石之人生觀》1927 年12 月2 日）。1928 年元旦宣

---

1 由國慶：《〈大公報〉的老廣告》，選自《大公報一百週年報慶叢書》編委會：《我與大公報》，復旦大學出版社，2002 年版，第 408 頁。

2 《歲首之辭》，《大公報》1928 年 1 月 1 日。

3 吳廷俊：《新記〈大公報〉史稿》（第二版），武漢出版社，2002 年版，第 127～134 頁。

4 張蓬舟：《大公報大事記》，《新聞研究資料》（第二期），1981 年版，第 196 頁。

告三人根本旨趣「非復古，亦非俄化，則大體之國是可定矣」，[1]明確表態將之作爲《大公報》的言論方針，向國民黨主動示好。

　　「二次北伐」期間，《大公報》在巧妙送走張作霖後轉向擁護蔣介石。張季鸞於7月1日由馮玉祥介紹與蔣介石初識，隨即乘蔣的專車一同到北京，蔣的隨員中有張季鸞諸多舊交：國民革命軍總司令部邵力子、總參議張群、秘書陳布雷等。蔣介石抵北平後，《大公報》社評稱頌蔣介石爲「革命英雄」。9月1日《大公報》續刊兩週年，刊發社評表態「今後惟當就人民之立場，以擁護與贊助國民政府之建設」[2]，此時的蔣介石對《大公報》似乎不屑一顧。一年半後，蔣、馮、閻關係緊張，中原大戰一觸即發，大戰前蔣與閻展開密集的電報輿論戰。拉攏與利用華北第一大報《大公報》，對蔣具有重要價值。1929年12月27日，蔣介石以國民政府主席身份用「大公報並轉全國各報館均鑒」通電全國報館發出求言詔，確認《大公報》輿論界的首席地位。《大公報》的回應是在中原大戰期間報導南北態勢、動作和勝敗進退中向蔣傾斜，並爲蔣提供了閻、馮實已離異的新聞情報。至此，蔣介石成了《大公報》的政治靠山。

　　因奉行「不抵抗」且依賴國聯的外交政策，「九一八」事變後的蔣介石內外交困，遭到全國抗日輿論詬罵，此時迫切需要輿論支持。在全國一片要求對日開戰的輿論聲中，《大公報》冒「寧犧牲報紙銷路，也不向社會空氣低頭」的風險，反對主戰論，其事變初期的「忍辱請成」、後期的「名恥教戰」和「救亡圖存」宣傳基調，爲蔣介石隱忍妥協的對日政策起到了輿論分流與引導作用，深得蔣心。爲此《大公報》受到「東北留平同鄉反日救國會」警告，報館有4次被人擲炸彈。也有說法稱事變發生後，蔣介石囑于右任致電張季鸞，請《大公報》支持當局的不抵抗政策。[3]「九一八」事變後，《大公報》與蔣介石的關係更爲緊密，蔣介石個人的外圍宣傳喉舌身份開始浮現。

　　《大公報》主持人與蔣介石保持了不即不離、不深不淺的影子關係。蔣介石以「國士」待張季鸞優禮有加，張季鸞成爲蔣的重要智囊，但始終堅持

1 原文表述是「夫中國改革既有絕對必要，而改革之大義。曰解放創造，非復古，亦非俄化，則大體之國是可定矣。此無他，對內勵行民主政治，提倡國民經濟，採歐美憲政之長，而去其資本家專制之短，大興教育以喚起民眾，爭回稅權以發達產業；對內務求得長治久安之規模，對外必脫離不平等條約之束縛。」見《歲首之辭》，《大公報》，1928年1月1日。
2 《本報續刊二週年之感想》，《大公報》，1928年9月1日。
3 方漢奇：《中國新聞事業通史》（第二卷），中國人民大學出版社，1996年版，第327頁。

不入閣；吳鼎昌被蔣賞識後以經濟專家身份入閣，1935 年 12 月出任實業部部長，在入閣後即辭去《大公報》社長職務；王芸生被蔣請上廬山講課，最後與蔣分道揚鑣；胡政之與蔣的關係始終不深，處在外圍。《大公報》基本保持了獨立報紙的姿態，既擁有當時大多數民營報紙不具備的言說空間，也能從蔣處知曉政局動向獲得獨家新聞，進而在國內外新聞界贏得聲譽。

　　「九一八」事變後，《大公報》主持人和蔣介石建立起密切關係，蔣成為《大公報》的影子靠山。此後至抗戰全面爆發，該報言論傾向主要有三：一是在擁蔣前提下抨擊國民黨吏治腐敗。支持蔣介石「攘外必先安內」政策，如在西安事變中刊發《給西安軍界的公開信》等社評，把蔣介石捧為唯一的領袖，要求張學良、楊虎城立即無條件釋放蔣介石，該日《大公報》被國民黨加印幾萬份用飛機散發到西安，對西安事變走向產生了影響。除蔣介石外，《大公報》對國民黨當局、地方實力派等吏治腐敗現象以「忠厚之筆」大罵、痛罵。如 1935 年 12 月 3 日刊發社評《勿自促國家之分裂》，毫不客氣批評平津地區軍政長官宋哲元，激怒宋後遭停郵處分。二是「明恥教戰」積極宣傳救亡圖存，譴責「上層誤國」，為「九一八」後《大公報》宣傳報導的重心之一。「九一八」事變後，《大公報》堅決主張「明恥教戰」反對直接開戰。除刊發《本報救災日之辭》《中村事件》《國家真到了嚴重關頭》等多篇社評譴責日軍暴行，鼓舞士氣，抨擊國民黨高層「誤國」，展開民族主義輿論動員外，還指派汪松年、王芸生負責編纂甲午以來日本侵華史和中國對日屈辱史，讓民眾從歷史中「明恥」。後由王芸生獨立完成《六十年來中國與日本》，由《大公報》自 1932 年 1 月 11 日起在第 3 版「本報特輯」專欄連載，後結集出版。請著名軍事家蔣百里主編增闢的《軍事週刊》，專門刊登軍事知識；自 1931 年 12 月 4 日至 9 日連續在 2、3 版連載熊佛西劇本《臥薪藏膽》，以向國民「教戰」。三是既支持「剿共」又較客觀報導共產黨活動。《大公報》主持人嚮往歐美憲政體制，不贊同中國共產黨主張的蘇維埃革命道路，言論的基本立場「反共」。但又同情共產黨人的遭遇，反對血腥屠殺青年學生，對國民黨的「圍剿」戰爭有所批評，當然更多的是建言獻策。該報支持范長江西北之行，並自 1935 年 5 月 10 日起連續刊發了 21 篇「西北通訊」，較為客觀地向國統區人民透露了長征途中的紅軍動向，打破了國民黨的新聞封鎖。《大公報》主持人與蔣私交甚篤並在根本上支持蔣政策，報面內容又貌似客觀的互動模式被稱為「小罵大幫忙」。

二、天津《益世報》的發展

天津《益世報》創刊於 1915 年 10 月 10 日，由比利時天主教傳教士雷鳴遠和教徒劉守榮（字濬卿）、杜竹萱創辦，是一份有天主教背景的報紙。1949年 1 月天津解放後停刊，前後遷延三十餘年（1937 年 8 月至 1945 年 11 月間停刊），是民國時期存活時間較長的民營大報，與《民國日報》《申報》《大公報》一起被稱的「舊中國四大報」。[1]20 世紀 30 年代是《益世報》發展的黃金時期。

1928 年國民黨北伐佔領天津後，劉濬卿重新接手《益世報》時該報由一萬份跌至三千份左右，且受到新記《大公報》《庸報》（1926 年 8 月 4 日創刊）《商報》（1928 年 6 月 27 日創刊）擠壓，入不敷出、奄奄一息。爲打開局面，劉濬卿 1928 年拉劉豁軒進《益世報》任總編輯。《益世報》在劉豁軒主持下逐步擺脫困境走向高峰，成爲與天津新記《大公報》持平的北方大報。1932年初，劉豁軒聘請羅隆基任《益世報》社論主撰，羅隆基的抗戰社評使《益世報》影響力大增，也成就了羅隆基的聲譽。1936 年初劉豁軒辭去《益世報》所有職務由李渡三接任，報紙日漸不振。

（一）劉豁軒與《益世報》的重振

劉豁軒（1904／1903～1976），民國時期著名報人，名明泉，號豁軒，生於天津薊縣少林口村的一個天主教家庭。1919 年考入南開中學，後進入南開大學，主修政治學，深受梁啓超、張伯苓和胡適的影響。1928 年大學畢業後被堂兄劉濬卿拉入《益世報》主持編輯部。當時的《益世報》已入不敷出且受到同城新記《大公報》《庸報》《商報》競爭擠壓，新記《大公報》成爲《益世報》的最主要競爭對象。劉豁軒到任後，大刀闊斧改革《益世報》，很快打開了被動局面。

一是羅致人才，增加記者隊伍，擴大新聞源。其同學汪心濤、趙莫野、唐際清、吳雲心先後被引入報社，其中汪、趙是其左右手。這些年輕人素質良好，幹勁足，很快成爲報社骨幹。劉豁軒又在北平、上海等十餘座城市增設特派記者，在河北、山東、遼寧等省市縣聘請通訊員以廣開新聞來源。《益世報》在新聞方面具有競爭力後報紙銷路有所上升。1931 年 8 月，據國民黨中央宣傳部調查，《益世報》已成爲日出兩大張、發行 35000 份的大報。[2]

1　《〈益世報〉影印本內容簡介》，天津古籍出版社，天津教育出版社，南開大學出版社，2006 年。

2　《申報年鑒》，1933 年版，第 2～3 頁。

　　二是企業化經營。經劉豁軒提議，1931 年雷鳴遠、劉濬卿組成有限公司成立董監事會，發行股票召集股本。雷鳴遠任董事長，掌握報館最高權力。通過改組報館增加了 80000 元資金。1932 年，劉豁軒通過劉俊卿向開灤礦務局帶息借款，用 5 萬元在德國訂購一架新機器，取代了原有平版機，提升了報館印刷能力。

　　三是高薪聘請離滬北上的羅隆基進館，放手支持羅隆基主持《益世報》社論筆政。劉豁軒先後聘過近十位社論主筆，限於學識或膽識都無法與《大公報》社評抗衡。「九一八」事變後，雷鳴遠支持中國對日開戰態度堅定了《益世報》抗日立場。劉豁軒遂以極大魄力聘請當時新月派代表人物、主張抗戰的羅隆基為主筆。為表誠意，劉提出「在不危及報紙的生命和不反對天主教教育的前提下，社論主撰有完全的言論自由；二是每月薪金五百元」。[1]月薪五百元，在當時報館是破記錄的。劉還答應羅隆基「社論題目一概由他一人定奪，內容全由他一人寫就，別人不可置喙；文章寫好，筆誤錯字可以校正，其他概不可改易；報館設專室，供讀者看報寫稿，他人不得打擾；社論寫完就走，何時來報館，何時離開，他人無權過問」等條件，[2]將《益世報》言論權完全交給了羅隆基。羅隆基的抗戰社評發揮了很大效應，報紙銷量直線上升。羅隆基主持《益世報》筆政的 1932 年 1 月到 1937 年 8 月，《益世報》奠定了北方輿論重鎮的地位。

　　四是推行報紙雜誌化，創辦各種副刊專刊，為報紙增色。《益世報》先後創辦過 50 多個綜合性和專門性副刊。1929 年及 1932 年前後是該報副刊專刊的繁盛期，副刊專刊不斷推出，涉及政治、宗教、文化、人文科技、教育衛生、體育健康、抗戰禦敵等方面。開設時間最長的綜合性副刊是 1915 年 10月 1 日創辦的《益智粿》，「九一八」後於 1931 年 10 月 10 日第 5536 期改版，由陳慎言主持，開始登載抗日小說，1932 年 10 月 15 日改版為《語林》，至1937 年 7 月《益世報》停刊。此外開設的副刊還有《益世報副刊》《學術週刊》《藝術週刊》《文藝週刊》《醫藥週刊》《民眾科學》《小朋友》《20 世紀》《文藝》《政治副刊》《醫光週刊》《文學週刊》《別墅》《社會思想》《戲劇與電影》

1　羅隆基：《羅隆基在天津〈益世報〉的風風雨雨——社論主撰前後》，文吳主編：《他們是怎樣辦報的》，中國文史出版社，2005 年版，第 191 頁。

2　羅隆基：《羅隆基在天津〈益世報〉的風風雨雨——社論主撰前後》，文吳主編：《他們是怎樣辦報的》，中國文史出版社，2005 年版，第 191 頁。

《婦女週刊》《宗教與文化》《社會服務版》《農村問題專頁》《史學》《教育與社會》《讀書週刊》《法律專刊》《健康週刊》《音樂週刊》《通俗科學》《無線電》《現代教育》《社會研究》《食貨》《防衛知識》《人文週刊》《婦女與家庭》《報學半月刊》等。可謂琳琅滿目，種類多樣，兼容並包。此外還刊發了不少特刊，如《中秋特刊》《新年特刊》《聖誕特刊》《捕蠅特刊》《九一八紀念特刊》等，滿足了不同讀者群需要。

（二）羅隆基與《益世報》主戰社論

羅隆基（1896～1965），字努生，江西安福人，生於書香世家。1912 年考入清華留美預備學校，1919 年首次點燃了清華大學五四運動之火，為五四運動的學生領袖之一。1921 年官費留學美國威斯康辛大學，1926 年慕名前往倫敦經濟政治科學學院，師從哈羅德·拉斯基教授，研究政治學和近代史，1928 年獲博士學位後回國。羅隆基推崇英美尤其是美國政治制度，時人稱為「英美派」。

羅隆基回國後在上海吳淞中國公學、光華大學任教，兼任《新月》月刊主編，1929 年加入胡適為首的平社，並與胡適一起在《新月》上掀起「人權與約法」論戰，刊發《專家政治》《告壓迫言論自由者》《我對黨務上的盡情批評》《我們要什麼樣的政治制度》《對訓政時期約法的批評》《論中國共產》等文章，抨擊國民黨一黨獨裁，主張在中國實現英美式民主，遭致國民黨嫉恨。1930 年 11 月 4 日以「國家主義領袖，共產黨的嫌疑」罪名逮捕，後經多方營救獲釋。1931 年被國民黨當局責令解除光華大學教職，1932 年初被張伯苓聘請到南開大學任教同時兼任《益世報》社論主撰，主持該報筆政前後近 5 年（1932 年 1 月至 1937 年 8 月，曾因國民黨平津當局所逼短暫離職）。《益世報》在羅隆基主持下成為北方宣傳抗日的輿論重鎮，羅隆基也因之名噪天下。

在雷鳴遠、劉豁軒全力支持下，圍繞著如何抵抗日寇，挽救民族危亡這個中心，羅隆基為《益世報》撰寫了如《一國三公僵政局》《可以戰矣》《再論對日方針》《剿共不勝利不算光榮》《攘外即可安內》《犧牲到底！抵抗到底！》《前方士氣後方民氣》《妥協政策的危險》等大量抗日社論。羅隆基主張武力抗日，抨擊國民黨當局不抵抗政策，反對國民黨新軍閥內戰，反對國民黨圍剿紅軍，號召全民團結抗戰。其社評內容豐富多彩，上至內政外交要聞，下至日常生活無所不包，社評選題緊跟時局變化，觀點鮮明，論證縝密，善於說理，語言流暢、筆鋒犀利，形成了敢於直抒胸臆、獨陳管見的風格。

羅隆基濃厚愛國，筆鋒犀利的武力抗日社評，與新記《大公報》隱忍理性的「明恥教戰」社評，形成鮮明對比，使《益世報》抗戰報導勝於《大公報》吸引了眾多讀者，日銷量高達 4、5 萬份。

羅隆基的「出言不遜」招致國民黨對《益世報》和羅隆基懷恨在心，國民黨天津黨部多次出面要求《益世報》撤換社論主筆，被劉豁軒以聘約為由拒絕。1933 年秋羅隆基險遭暗殺，接著國民黨天津黨部「最後一次警告」《益世報》辭退羅隆基。劉豁軒為保全羅隆基生命安全及《益世報》辭退了羅隆基，《益世報》社論主筆在很長時間內空缺。1933 年 12 月 23 日，劉豁軒託請蔣廷黻推薦清華大教授錢端升出任社論主筆，「稍變」論調宣傳抗戰。錢端升「待了八個月寫了百七十篇社論」，因其犀利程度不遜羅隆基故也不為當局所容，只得去職走人。《益世報》因「屢教不改」被平津當局休刊三個月，後經多方疏通才得以復刊。

隨著華北局勢日益緊張，宋哲元逐漸控制平津。宋哲元主張抗日，《益世報》抓住時機再次聘任羅隆基為社論主筆，羅通過朋友疏通得到宋哲元諒解。再度出任後，羅隆基仍我行我素，積極呼籲抗日，抨擊國民黨當局。1937 年 8 月天津淪陷，《益世報》停刊。

三、北平《世界日報》的發展

北平是成舍我《世界日報》系統的「大本營」。為躲避奉魯軍閥迫害，成舍我 1926 年北遷南京，創辦南京《民生報》，1934 年後又被迫離寧到滬，創辦上海《立報》。儘管辦報活動重心轉向南京、上海，但並未忽略北平世界「日、晚、畫」三報。民國南京政府成立後，世界「日、晚、畫」漸成華北地區有影響的大報，日銷達 2 萬份，並為成舍我在南京、上海辦報提供人才、資金等方面支持。

東北易幟後，國民黨勢力滲入到平津地區，平津由閻、馮控制，中原大戰後由張學良管轄。此為《世界日報》復蘇與發展的重要政治背景。1928 年春，《世界日報》開始復蘇，此時北京新聞界呈混亂、凋零氣象。同年 3 月 17 日成舍我以「尊煊」筆名撰寫南京通信《南方政局之剖析》，打破了一年多的沉默。1928 年，該報連續報導「濟南慘案」，用大字標題呼籲「日人將為人類公敵」等。第三版闢「讀者論壇」欄大量刊登反日文章，「薔薇」週刊改出「國恥號」。教育版刊登各校師生聲討日軍侵略暴行的新聞。5 月 10 日，日報（《吾

人將何以自處？》）和晚報（《國人應速下決心》）同時刊發社論，譴責日本帝國主義暴行，全面進行抗日輿論動員。

蔣介石進駐北京後，《世界日報》自 6 月 11 日在第八版連續刊登孫中山《三民主義》《建國大綱》和國民黨政綱。1928 年 10 月 10 日辛亥革命紀念日四版印紅色並另出特刊一大張。1929 年元旦出新年特刊兩大張，刊有蔣介石、胡漢民、閻錫山、孫科等 40 餘位黨國要人的題詞或論文，爲《世界日報》空前絕後的大特刊，[1] 表明成舍我正式轉向了南京當局。中原大戰前的 1929 年 12 月 31 日，《世界日報》刊載國聞社「閻錫山赴鄭州督師」的消息，洩露了「閻出晉督師爲假，聯合馮玉祥是眞」的秘密，被閻錫山勒令停刊。經疏通次年 1 月 13 日復刊。《世界日報》由此提高聲譽，1930 年發行突破 1 萬大關。[2] 加之「在登載新聞和發布社論上，有時還敢於執言，確實能吸引讀者，而躍居北京新聞界首位」。[3]

「九一八」事變後，《世界日報》大量刊發社論，呼籲對日作戰、絕交，積極報導北平各界及留日學生界的反日救國運動，抨擊國民黨不抵抗政策，表現出強烈的愛國主義精神。1935 年後，《世界日報》基礎漸趨穩定，成舍我在《世界日報》推行「科學管理」制度，在總管理處下設總務、監核、擴充、倉庫四組，編輯、營業、印刷改稱處，連同會計處共爲四處」，[4] 換用新式薄記，建立新的人事管理制度。添置輪轉印刷機和萬能鑄字機，建立電務室，添置收報機，收聽天空中新聞電波，增闢新聞來源。將石駙馬大街原址作新聞學校校址外，另在西長安街 32 號租用原西安飯店舊址作新社址。[5]《世界日報》銷數也在「盧溝橋事變」前兩個月，曾超過兩萬份」。[6] 日軍 1937 年 8 月 8 日佔領北平。世界畫報 8 日出版 108 期後停刊，日晚報 9 日停刊，成舍我率大部分職工離平南去。

---

1 張友鸞等：《世界日報興衰史》，重慶出版社，1982 年版，第 79 頁。
2 張友鸞等：《世界日報興衰史》，重慶出版社，1982 年版，第 139 頁。
3 賀逸文、左笑鴻、夏方雅：《採納意見 改進版面——一九三一至一九三七年七月的世界日報》，《新聞研究資料》，1981 年版。
4 賀逸文、左笑鴻、夏方雅：《採納意見 改進版面——一九三一至一九三七年七月的世界日報》，《新聞研究資料》，1981 年版。
5 這所樓房當時是做過多年北寧鐵路管理局局長的奉系人物高紀毅的私產，1945 年日寇投降後《世界日報》復刊時，成舍我用三千塊「袁大頭」從高紀毅手裏買作他的私產。
6 張友鸞等：《世界日報興衰史》，重慶出版社，1982 年版，第 139 頁。

　　《世界日報》發展爲華北地區有影響力的大報，除成舍我的苦心經營外，主要原因有三：

　　首先是教育新聞明顯優於北平各報。「世界」報系與北平教育界、同李石曾等關係密切，成舍我和經理吳範寰曾在北京大學、北平大學區兼職，擁有更多的教育資源。世界日晚報率先創設「教育專欄」「教育界」，把教育新聞辦成報紙存在和發展的一大支柱。世界日晚報的教育新聞，特色有三，一是教育新聞靈確。報館重視教育新聞，除專門記者採訪外，還在各高校選大學生作特約記者，負責報導各校新聞。成舍我、吳範寰也能從教育界中獲得許多獨家新聞。二持論公正，敢於直言。北平教育界歷來問題多，學潮頻繁，世界報系敢於同情和支持學潮。1928 年 7 月北京各校師生反對設立中華大學及李石曾任校長，1932 年 6 月北平大學學生驅逐校長沈尹默。《世界日報》都不留情面地客觀報導。三形式多樣。除「教育專欄」「教育界」外，1930 年10 月增設了面向中學生的《春明週刊》，1934 年 9 月增設吸引學生投稿的《學生生活》專欄。1935 年初增闢《學人訪問記》專欄，先後報導了 56 名著名教授和專家學者。

　　其次是副刊、週刊多種多樣，特色鮮明。世界日晚報出版多種副刊、週刊。1926 年後，《世界日報》形成了每週七天定期出版週刊的版面格局。其中《世界晚報》的《夜光》、《世界日報》的《明珠》，出版時間最長，名重一時，爲世界日晚報立下汗馬功勞。兩副刊由張恨水創辦，以詩詞、掌故、隨筆爲主兼連載張恨水的長篇小說。張極富才華，是民國著名小說家，在報紙上連載了 40 多部中長篇小說，其中在世界日晚報連載的有：《世界晚報》的《春明外史》（1924.4.12～1929.1.24）、《戰地斜陽》（1929.1.25～2.8）、《斯人記》（1929.2.15～1930.11.19），《世界日報》的《新斬鬼傳》（1926.2.19～7.4）、《荊棘山河》（1926.7.5～9.12，未完）、《交際明星》（1926.9.3～10.4，未完）、《金粉世家》（1927.2.14～1932.5.22）、《第二皇后》（1932.6.25～，未完）等，[1]其中《春明外史》在《夜光》連載後，爲《世界晚報》打開了銷路，後出版單行本。《金粉世家》自 1927 年 2 月 13 日連載起，共刊登 2196 次，歷時 7 年之久，風靡京華。[2]張恨水集小說家與新

1　劉少文：《大眾媒體打造的神話：論張恨水的報人生活與報紙化文本》，中國社會科學出版社，2006 年版，第 225～233 頁。

2　方漢奇：《中國新聞事業通史》（第二卷），中國人民大學出版社，1996 年版，第 342頁。

聞記者於一身，他能以輕鬆、詼諧的筆法把社會新聞納入小說內，使零散、動態的社會新聞小說化，藝術化，是其小說文本脫離純文學的軌跡，而成為大眾化、通俗化的「新聞集裝箱」，深受都市市民階層喜歡。左笑鴻、萬枚子繼張恨水主編的《世界日報》副刊，內容豐富、新穎。劉半農、張友鸞先後主編的《世界日報副刊》發表了魯迅、沈尹默、張聞天等文章，為宣傳新文化作出了貢獻。《世界日報》週刊前後出版過幾十種，也印行合訂本出售，有的辦的很出色，因變換頻繁，除少數出版外，其他多則一二年，少則幾個月，影響較小。

再則是報館人才濟濟。成舍我是一個辦報多面手，自己當過校對、記者、編輯、主筆、經理、總經理、總編輯、社長乃至董事長。他以同鄉、同門、同事等關係為世界報系聚集了一批新聞人才，創辦了北平新聞專科學校，為報館輸送優秀員工。因成舍我「科學管理」對館員苛求較多，薪水又偏低，致使報館人才流動較為頻繁，流出的新聞人才支持了其他媒體。在世界日晚報供職的有吳範寰、張恨水、左笑鴻、萬枚子、羅敦偉、張友漁、金秉英、賀逸文、盛世強、羅介邱、陶鎔青、黃少谷、成濟安、周邦式等。吳範寰擔任《世界日報》經理前後 15 年，與成舍我合作達 30 年，為世界報系做出重大貢獻；龔德柏留學日本精通外語，先任《世界晚報》總編輯，後改任《世界日報》總編輯，「因為要求分給股權和成爭吵不歡而散」，[1] 1929 年末離開報社。張友鸞係總編輯全才，擅長採寫、編輯、評論、副刊，主編的報紙文章短小精悍，內容充實豐富，標題精練醒目，版面生動活潑，副刊引人入勝。張友漁則是中共地下黨員，在《世界日報》工作長達十年，擔任主筆、撰寫社論，主編《教育界》《社會科學副刊》《新聞學週刊》，有時通過《世界日報》巧妙地傳播中共的方針政策。

第三節　南京及其他城市的民營新聞報業

在民國南京政府前期，除了傳統的上海、北平、天津的民營新聞報業的得到較快發展外，作為民國首都的南京以及杭州等經濟較為發達省份的省會城市及地區的民營報業也有所發展。

1　張友鸞：《世界日報興衰史》，重慶出版社，1982 年版，第 35 頁。

一、南京的民營新聞報業

南京爲民國南京政府的首都。這一時期較爲重要的民營新聞報紙主要有成舍我的《民生報》、陳銘德等的《新民報》、張恨水主編的《南京人報》、王公弢的《朝報》、張友鶴主編的《南京晚報》和《救國日報》等。

（一）南京《民生報》創辦與夭折

《民生報》是成舍我南下尋找出路的產物。成舍我到南京後與李石曾、吳稚暉等往來密切，在南京辦報事宜與李石曾一拍即合。李石曾希望藉此拉攏成舍我，使成舍我爲自己效力。1927 年 10 月 21 日，《民生報》在南京問世，蔡元培題寫報名。社長成舍我，經理周邦式，總編輯張友鸞，後來陶鑄青、左笑鴻等先後接任總編輯。骨幹多來自《世界日報》，社址在南京漢西門石橋街公字 40 號。

《民生報》以「傳播新聞、馴養政令，開通文化，啓迪民智，繼承孫中山遺志，實現孫中山三民主義」爲宗旨，[1] 按照成舍我「小報大辦」原則「精選精編」，重視言論，競爭消息、廣用圖片，內容充實，編排印刷精緻，讀者耳目一新。該報初爲四開一張，一版廣告和社論，二、三版「世界新聞」四版副刊，後改出兩張，最多出過四張，版面調整爲一版廣告和社論，二、三版「世界新聞」，四版副刊「三眩」「星火」，五版本市新聞，六版社會寫生。

《民生報》標榜立場堅定、態度公正，獨立辦報。該報以消息靈通、批評時事尖銳著稱。從 1928 年 2 月至 1934 年 7 月共發表 688 篇社論，其中只有 1930 年 10 月 13 日《國民會議與黨治》和 10 月 15 日《怎樣才能刷新政治》兩篇爲民國南京政府唱讚歌，其餘都是對時事的批評，大部分直指民國南京政府的內外政策。[2]《民生報》甚受讀者歡迎，初時發行 3000 份，一年後達到 1.5 萬份，多時到 3 萬份，銷數超過南京《中央日報》，[3] 爲「當時南京最有影響的民營報紙」。[4] 成舍我對《民生報》寄託很大希望，曾計劃在南京組建中國報業公司。1934 年 5 月 24 日該報刊發《某院處長彭某辭職眞相》消息被罰停刊三日，並引發轟動一時的「彭成訴案」，觸怒與《民生報》早有間隙的汪精

---

1 盧立菊、付啓元編著：《南京新聞出版小史》，南京出版社，2013 年版，第 59 頁。

2 王麗娜：《南京〈民生報〉及其政治主張研究》，南京師範大學碩士論文，2008 年版，第 17 頁。

3 見賴光臨：《中國新聞傳播史》，三民書局，1978 年版，第 174 頁。

4 陳昌鳳：《從〈民生報〉停刊看國民黨民國南京政府控制下的民營報業》，《新聞研究資料》，1993 年版。

衛。7 月 20 日《民生報》刊發《蔣電汪於無勿走極端》，被汪精衛「密電」蔣介石。蔣即命令南京警備司令部於 7 月 23 日以洩露「軍事機密」為由拘捕成舍我並查封《民生報》。經多方疏通，同年 9 月 1 日記者節蔣才以五項命令釋放了成舍我[1]，永久查封《民生報》。事後，成舍我對勸降的汪精衛親信說「最後勝利，必屬於我。我可以做一輩子新聞記者，汪先生絕不能做一輩子行政院長。」[2]

（二）後起之秀南京《新民報》

《新民報》由「首都新民報社」出版，1929 年 9 月 9 日創刊，日報。社址在南京洪武路，1930 年遷估衣廊 73 號。由不滿國民黨背離孫中山三民主義的國民黨黨員：陳銘德、劉正華、吳竹似等發起。陳銘德（1897～1989），四川長壽縣人，家道清貧，北京法政大學畢業後回四川先後在成都法政專科學校教新聞學，任成都《新川報》總編輯和重慶《大中華日報》主筆。1928 年受同鄉余惟一邀請任中央通訊社編輯，因不滿中央社的刻板工作方式和國民黨鉗制輿論萌生辦報念頭，得到同鄉劉正華、吳竹似、余惟一的支持。報名取《新民報》意在「作育新民」，繼承和發揚同盟會機關報《民報》精神，9 月 9 日創刊是為了紀念孫中山領導的第一次武裝起義。「新民報」三字係綴集孫中山的墨蹟而成。[3]社長陳銘德，總編輯吳竹似。吳不久因肺疾離職後改由中央通訊社的陳正華兼任。1929 年冬改聘張友鸞任總編輯，1933 年後張友鸞離開《新民報》，謝崇周、崔心一、趙純繼等接任總編輯。

該報創刊初期由滬寧鐵路局印刷廠承印，質量差且拖延出報時間，日出四開一張，經營不善，發行量低。張友鸞任總編輯後確定報紙以青年為目標讀者，報紙才基本定型。1931 年得到重慶工商界李奎安、溫少鶴等資助，辦起「明明印刷廠」，除印報紙外還對外接納業務，《民生報》也由四開一張改為對開一張。1935 年經理、編輯兩部又遷至新街口北中山路 102 號，印刷廠仍在估衣廊。1936 年春發行量達 1.6 萬份左右。後在劉航琛資助下從東京《讀

---

1 五項命令是「一、民生報永遠停刊；二、不許再在南京用其他名義辦報；三、不得以本名或其他筆名發表批評政府的文字；四、不得在任何公共集會，作批評政府的演說；五、以後如離開南京，無論到達任何城市，應向當地最高軍警機關，報告行止。」見成舍我：《由小型報談到〈立報〉的創刊》，《報學雜著》，中央文物供應社，1957 年版，第 119 頁。

2 舍我：《由小型報談到〈立報〉的創刊》，成舍我：《報學雜著》，中央文物供應社，1957 年版，第 131 頁。

3 陽泓：《報刊的題簽》，《出版史料》，1986 年第 5 輯，第 6 頁。

賣新聞》購得舊輪轉印刷機並更換新字模，同年 8 月下旬改為輪印，成為南京報業中佼佼者，報紙也改出對開兩張，發行量上升到 2 萬份左右，步入民營大報行列。1937 年鄧季惺擔任副經理後，為該報建立了一套較為完整的制度，使報社走上企業化道路。同年 6 月 20 日新民報變更組織方式，成立南京新民股份有限公司。21 日舉行第一屆股東大會，選舉蕭同茲、方治、彭革陳、王漱芳、梁寒操、張廷休、盧作孚、李洴香、陳銘德、羅承烈、張君鼎、趙純繼、鄧季惺等 13 人為董事，蕭同茲為董事長，梁寒操、王漱芳、彭革陳為常務董事，羅承烈為董事會秘書，李秉中、董仲翔、沈輔彝，鄧建候、余致中等為董事會監察。陳銘德為總經理，鄧季惺為經理。1937 年 7 月 1 日正式刊出推盤和受盤啟事。自此走上企業化經營道路，建立了財務、發行、廣告、印刷、會計、稽校等制度，延請會計師，成為自稱資金 5 萬元的民營大報，為後來「五社八版」的《新民報》報系奠定了基礎。

《新民報》主張「為辦報而辦報，代民眾立言，超乎黨爭範圍之外」，[1]但該報在草創期也接受四川軍閥劉湘及國民黨津貼。四川軍閥劉湘每月補助 700 元；國民黨中宣部以代送《七項運動》週刊為名每月津貼 800 元；孫科從中山文化教育館經費中一次撥款 2000 元等，在不同程度上受各種勢力制約乃至成為劉湘在南京的代言人。「九一八」事變後，《新民報》轉向抗日宣傳，刊發評論與消息，譴責日本侵略，呼籲團結抗日。1935 年 6 月羅承烈任主筆後，該報宣傳抗戰的態度更為鮮明。

《新民報》講究版面編排、標題製作，副刊更富特色。該報第一個副刊是《葫蘆》[2]，金滿成主編，經常刊登揭批社會不良現象、嘲諷達官貴人的短文，受到讀者歡迎。1933 至 1934 年，《新民報》走上報紙雜誌化道路，副刊最為繁盛，出有「婦女」、「兒童」、「西醫」、「電影」、「藝術」等週刊，「國際」、「社會科學」、「國醫常識」、「度量衡漫畫」等半月刊，連同「新民副刊」、「南京」兩個綜合性副刊，共 11 種之多，各具特色，卻顯得龐雜。1934 年 8 月調整為 9 種，1935 年基本穩定在七種左右。其中 1935 年 12 月 1 日起創刊的《新園地》副刊是佼佼者，由總編輯趙純繼兼任主編，實由陽翰生、田漢主持。在陽翰生、田漢主持下，《新園地》得到左翼文化人士支持，郭沫若、田漢、

---

1 《新民報七週年紀念詞》，南京《新民報》，1936 年 9 月 9 日。
2 1933 年 5 月，《葫蘆》副刊由卜少夫接編，改為《最後版面》，同年 10 月 1 日又改為《新民副刊》，高植主編，特約沈從文、黎錦明、靳以等人為長期撰稿人。1935 年 9 月 9 日，金滿成接編。

馬彥祥、洪深、徐悲鴻、華君武等經常爲其撰稿。創刊後即配合全國戲劇公演，爲「中國舞臺協會」一連推出九期特刊，轟動了南京古城。1936 年 1 月初陽翰生以「子靜」筆名寫了《養狗篇》和《打狗篇》，發起打擊漢奸的「打狗」運動。2 月 1 日圍繞「國難藝術運動」展開討論，並在高爾基、魯迅、聶耳逝世週年等出版專刊。1937 年 5 月 3 日《新園地》出至第 761 號，次日「南京版」副刊合併爲綜合性的《新民副刊》。「七七」事變後《新民副刊》改爲《戰號》，示爲國家民族吹響抗戰的「戰號」。陽翰生、田漢在《新園地》刊發《洪水》《復活》等六七部長篇劇本及五六十篇短小精悍詩文，爲該報增色不少。此外，《新民副刊》《新婦女》《讀者呼聲》等也各具特色，它們相互配合，共同宣傳抗日，產生較大影響。戈公振讚譽《新民報》「紙張少、編輯精，最合時代需要，是日報改良之先趨。」[1] 1937 年 11 月 27 日南京陷落前 16 天，《新民報》出版完 2916 號後撤出南京西遷重慶。

二、其他主要城市的民營報業

杭州的主要大報是國民黨浙江省黨部的《杭州民國日報》及 1934 年該報改組後易名的《東南日報》。1934 年春《杭州民國日報》「現銷二萬餘份」。[2] 改組後在胡健中經營下，《東南日報》躋身於全國性大報之林，居東南（上海除外）各報之首。《東南日報》在杭州市區的影響，杭州民營報紙大都出現在郊縣，如蕭山地區有《蕭聲報》（1928）《蕭山日報》（1929 年 8 月 23 日）《蕭山商報》（1933 年 10 月 10 日）《浙東公報》（1933 年）等。餘杭地區有《新餘杭報》（1929 年 8 月）《餘杭民報》（1932 年 4 月 7 日）《餘杭商報》《餘杭新報》（1936 年）等，富陽地區有《富陽日報》（1927 年 10 月），建德地區有《建德旬刊》（1933 年 4 月）《嚴州民報》（1933 年 9 月 25 日）《壽昌民報》（1936）《艾潮週報》（1936）等，臨安地區有《青年導報》（1933 年 6 月）《武肅報》（1933 年 10 月），淳安地區有《新淳安報》（1933 年 12 月）等。[3] 這一階段較爲特色的民營報紙主要有《浙江商報》《中國兒童時報》等。《浙江商報》1921 年 10 月 10 日創刊，日刊。杭州市商會機關報。陸啓（祐之）創辦，許厪父長期主持社務。1934 年該報改組成立董事會，得到杭州市商會和各商業同業

1　趙純繼，《抗日戰爭前的新民報》，《新聞研究資料》，1981 年版。

2　《杭州民國日報改組爲東南日報》，《中央日報》，1934 年 6 月 16 日第 3 版。

3　何揚鳴：《民國杭州新聞史稿》，杭州出版社，2013 年版，第 147 頁。

公會支持，因刊登高質量的經濟論文聲譽大振。1937 年 11 日日寇進逼杭州，該報「暫時停刊」。抗戰勝利後復刊，1947 年 4 月 30 日停刊。《中國兒童時報》是少年兒童課外閱讀的報紙，全國第一張兒童報。[1]1930 年 6 月 1 日在紹興越王臺畔創刊，田錫安籌資創辦並自任社長。1931 年 9 月遷杭州出版更名《中國兒童時報》。四開四版，每週一、六出版。宗旨是「培養社會兒童與科學兒童相結合的新中國兒童」，希望把報紙辦成「小學時事教學的輔助教材，兒童課外閱讀的補充讀物」。該報語言通俗、版面安排有特色。發行量最高時達 2.5萬餘份[2]，遍及江浙滬地區，還有不少旅居日本、朝鮮、泰國及東南亞地區的華僑兒童也匯款訂閱。1932 年日本東京的一家刊物整版介紹了《中國兒童時報》的情況。1935 年，部分留日的中國學生組建了《中國兒童時報》東京分社。[3]杭州陷落後，該報停刊。

「九一八」事變前，東北地區的民營報紙多接受官方津貼。主要有《濱江日報》等。《濱江日報》1921 年 3 月 15 日創刊，范聘卿、范介卿兩兄弟創辦，以「倡導實業，研究工藝」文明。1932 年 2 月 5 日日本佔領哈爾濱，2月 6 日該報被迫停刊。2 月 19 日復刊，為哈爾濱民辦報紙中第一家自行復刊的報紙，然其宣傳由「抗日」轉為「擁日」，1937 年 10 月 31 日停刊。[4]

湖南主要有《湘潮日報》。1936 年 8 月 15 日創刊，四開一張。福州有《南方日報》。該報 1934 年 8 月 1 日創辦，吳玉衡、鄭積典、吳春晴等先後主持。

第四節　都市小報、晚報的發展

在政治局勢、新聞生態等多種因素影響下，都市小報迎來革新浪潮，出現了新舊文化兼容並存，內容由娛樂消遣轉向聯繫現實等現象。小報蛻變而成的小型報表現出有躋身民國新聞報業主流的趨勢。國難危亡的政治局勢催生了都市市民的新聞需求，晚報應時發展，在上海等地又出現了創辦晚報的高潮。

1　何揚鳴：《民國杭州新聞史稿》，杭州出版社，2013 年版，第 161 頁。
2　何揚鳴：《簡析 1927～1937 年的浙江新聞事業》，《浙江傳媒學院學報》，2016 年版。
3　何揚鳴：《民國杭州新聞史稿》，杭州出版社，2013 年版，第 161 頁。
4　張岩、曲曉範：《論哈爾濱近代民營報紙〈濱江日報〉的特點及其作用》，《黑龍江社會科學》，2010 年版。

一、都市小報的革新浪潮

（一）都市小報革新的基本特徵

都市小報在經 20 世紀 20 年代大發展後數量陡降。1931 年至 1937 年出版的小報約 100 種，與 20 年代的 700 多種相比減少許多。影響較大、出版時間較長的小報僅二三十種，如上海的《時代日報》《社會日報》《社會晚報》《小日報》《上海日報》《上海報》《辛報》等。都市小報革新以復刊的《社會日報》開始，至小型報《立報》問世達到頂峰。主要表現在：

1、內容由不問時政，偏重娛樂消遣或專門領域轉向關心時政或綜合性方向

過去小報以風花雪月、鴛鴦蝴蝶及專門信息爲生存之本，主要滿足城市小市民的新聞需求。九一八事變後，局部的日本侵華戰爭接連爆發，國民黨內部派系爭鬥不息、國共內戰走向不明，國家籠罩在國難危亡濃厚氛圍中，民眾生活在「不確定」的社會環境中，對時政信息需求與日俱增。國民黨卻不斷強化新聞統制，民營大報言說空間被進一步收緊。爲了生存與發展，許多民營大報紛紛熱衷社會新聞，熱衷知識性、服務性的副刊、專刊。小報因大報之「禍」而福，成爲國民黨新聞統制的薄弱環節，敢於登載「大報所不敢說」的新聞和評論，「不但做了社會大眾的讀物，且做了朝野黨人必要閱看的東西」。[1]通訊社的發達爲小報刊載重大時政新聞提供了可能；重大事件爲小報由逃避現實轉向聯繫社會實際提供了舞臺。許多小報開始轉向熔政治、經濟、文化和社會新聞於一爐的綜合性方向發展。除突出報導日本局部侵華戰爭外，小報還重視採寫獨家政治新聞，以客觀筆調對社會名流、重大事件做特稿、專訪、報導文學等形式的報導。前者如「李濟深幽禁湯山」、「大世界共和廳選舉中央委員」、「觀渡盧寧粵和議」等新聞，都是小報率先披露。後者如《文化日報》的《共黨主席毛澤東》，《社會日報》的《南北人物小誌》，《新春秋報》的《新黃陸案》、《社會日報胡雄飛案》等。

進步作家和中共地下黨員的加入進一步改變了小報的舊文化特徵。小報「言大報不敢言」是進步作家、中共地下黨員青睞小報的重要原因。爲多種小報編過副刊的曹聚仁稱小報文章是「爲人群而寫作報告——報告文學」。[2]鄒

1　《小報漫談》，《社會日報三週年紀念特刊》。
2　《報告文學》，《社會日報三週年紀念專刊》

韜奮稱讚「只有小報肯爲大眾說話」。魯迅注意閱讀小報，曾向林語堂和邵洵美建議要他們在合編的《論語》雜誌上摘登小報比較文雅而屬實生活的幽默潑辣的文章。[1]他們爲小報編副刊、投稿或創辦一批內容健康、格調清新的小報。如《今日之蘇聯》《文化日報》《南報》《新大陸等》，其中《今日之蘇聯》1933 年 5 月創辦，以介紹蘇聯建設爲宗旨，發表了《中蘇經濟關係進展的觀察》（章乃器）、《五年計劃的秘密是什麼》（胡愈之）等文章。成舍我、管翼賢等有抱負的民營報人也投身小報界，將小報改造成小型報，創辦了南京《民生報》、上海《立報》，北平《實報》等，他們採取「小報大辦」、精編主義方針經營報紙內容，使小報更緊密聯繫現實、貼近生活，進而將小報地位提升到大報位置。

各政治派系看到小報界是釋放流彈和匕首的藏匿之地，唆使親信創辦小報或供稿，謾罵、攻擊與造謠。1928 年 12 月 16 日，改組派李焰生在上海創辦《硬報》揭開了黨派小報的序幕。較有影響的黨派小報有改組派的《硬報》《革命日報》《上海民報》《上海鳴報》《單刀》《上海小報》《狂風》等；蔣介石派的《鋒報》《江南晚報》《精明報》等，第三黨的《行動日報》，桂系的《吼報》《響報》《衝鋒》等，醒獅派的《閒報》，國家主義派的《黑旋風》，中國青年黨的《潛水艇》等。一批與派系有關係的文人見黨派小報銷路好，專辦揭黨派內幕的小報。[2]增添了小報的時事政治濃厚色彩。

2、小報的刊期、版面趨於現代化，編排質量大幅提升

20 年代小報以三日刊爲主，不大注重時效。隨著小報轉向聯繫社會實際，因三日刊無法解決新聞時效問題，遂改爲日刊。1930 年 10 月《社會日報》復刊後改爲日刊，引起其他小報仿傚，《晶報》《金剛鑽》《羅賓漢》《福爾摩斯》等老牌小報也先後改爲日刊，《時代日報》《東方日報》《辛報》等新辦小報緊跟。日刊成了小報的主要形式，三日刊逐漸退出。陳靈犀、馮夢雲、胡雄飛、吳微雨、姚蘇鳳、吳農花等小報骨幹在厲行改革小報版面，朝精編主義方向發展。許多小報館加強了編輯力量，請專人分版編輯，改變採寫編一人負責到底的做法。如《時代日報》頭版分國內外要聞版，鍾吉宇主編；二版爲「假法庭」和「何麗英信箱」專欄，朱惺公主編；三版先後是「新陣地」「瀑布」

1　《魯迅與小報》，《光化日報》，1945 年 5 月 22 日。
2　馬光仁：《上海新聞史（1850～1949）》（修訂版），復旦大學出版社，2014 年版，第 700 頁。

專欄，徐大鳳主編，四版專刊社會趣事軼聞，盧溢芳主編。小型報非常注重報紙版面編排，其版面編排技術更高。小報版面編排的現代化，爲小報贏得社會讚譽。小報也傚仿大報創設副刊。如《上海報》有 36 種，《世界晨報》有 18 種，《社會日報》先後達 49 種。小報副刊內容多樣，新舊參半。影響較大的綜合性副刊有《社會日報》的「讀者茶座」、《時代日報》的「玫瑰花」、《上海報》的「花雨」、《鐵報》的「風景線」，《小日報》的「大都會」等。[1]

3、小報開始轉向綜合性的小型報

小型報是都市小報發展的質變。小型報實爲大報與小報結合後的變種，即以四開四版一張的小報容量精選精編高質量的新聞信息。小報轉向小型報，成舍我功不可沒。1917 年在北大讀書的成舍我，注意到北京《群強報》沒有什麼任何特色，新聞都剪自兩天的報紙，字體都是老四號，排版惡劣，一張四開紙，除廣告外，總共不到八千字，北京的「『引車買漿』之徒，眞幾乎人手一紙」[2]，其銷量比《順天時報》《益世報》等四家大報的總和還要多。成舍我發現新聞簡短、淺顯易懂、報價低廉，適合社會中下層讀者閱讀需要是《群強報》銷路好的原因。受其啓發，成舍我在南京創辦了小型報《民生報》，取大報小辦、精編主義方針大獲成功。《民生報》停刊後在上海創辦小型報《立報》又獲得成功，將小報革新推向了小型報的發展方向。

都市小報發生重要轉折主要受到五種力量的推動。一是民營大報紛紛出版副刊、專刊，特刊，其報紙雜誌化發展態勢大大擠壓了都市小報的市場空間，使都市小報依靠風花雪月、鴛鴦蝴蝶及報導行業信息獲取生存空間的門檻不斷提高。二是國難危亡，時政新聞旺盛，市民對時政信息需求與日劇增。三是國民黨加強民營大報監管，小報成爲國民黨新聞統制的死角、難點。四是進步人士、民營報人進軍小報界，改變了小報界以舊文人爲主的格局。五是國內造紙業不發達，新聞紙嚴重依賴進口，有新聞理想的報人取「大報小辦」方針，小型報由是脫穎而出，引領了都市小報的革新浪潮。

（二）上海《社會日報》

上海小報革新始於《社會日報》復刊。《社會日報》由胡雄飛、陳靈犀、姚吉光等 10 人集資 500 元，1929 年 11 月 1 日創刊。對開一大張，以本市新聞

1　方漢奇：《中國新聞事業通史》（第二卷），中國人民大學出版社，1996 年版，第 354
　　～356 頁。
2　成舍我：《由小型報談到立報的創刊》，《報學》，1955 年版。

爲主，副刊次之。因資金、印刷困難，出版 2 月即暫時停刊。胡雄飛不甘失敗，
購得其餘 9 人股權，1930 年 10 月 27 日復刊獨辦，聘陳靈犀爲主編，四開四版，
第一版新聞，其他三版都是副刊。針對烏煙瘴氣的小報界，《社會日報》復刊
後決定以「報格要力求正派」「理論要主持正義」辦報，[1]其復刊詞稱「兼顧政
治新聞，……使本報得發揮督促社會政治之本能」。[2]一是重視政治新聞和言
論。「九一八」事變後，該報闢「讀者茶室」專欄刊發請纓殺敵的讀者來信，
發表《清淡》《國民黨與國民》《四分五裂的國民黨》《民眾的力量》《丟了東北
還有西北》等抨擊國民黨不抵抗政策，爲抗日救亡呼號的文章。請赴日研究園
藝的卓呆撰寫《日本通》通訊。二是副刊、特刊、專輯五花八門，連載小說、
登載舊文藝，連載張恨水《春明外史》、漱六山房的《大刀王五》、何海明的《故
都殘夢》、汪優游的《歌場冶史》、陳君的《風塵奇女子》等長篇小說，還採取
連載多人執筆的「集錦小說」、精彩的小品等傳統小報常規做法。此外，該報
主動打破新舊文藝壁壘，主動向新文藝作家約稿，刊載新文藝作品，形成新、
舊文藝並存的副刊格局。曹聚仁、惲逸群、鄭伯奇、徐懋庸、周木齋、桑弧、
魯迅等爲該刊撰稿。其中，曹聚仁參與《社會日報》社論撰寫工作，爲該報寫
了 200 多篇文章，魯迅以「羅撫」筆名刊發《舊信新鈔之一》等雜感。此外該
報還參與「國防文學」和「民族的大眾的文學」，「大眾語討論」等文壇論爭。

　　《社會日報》革新獲得成功，該報銷數不斷上升，最高達 25000 份。1934
年 1 月該報紀念發行一千號，出版了《紀念專刊》。何香凝、林語堂、柳亞子
等爲之撰稿，讚譽《社會日報》。該紀念專刊有一定的歷史價值。《社會日報》
成功後，胡雄飛又創辦了《社會週報》《社會月報》。週報先後由李焰生、馮
若梅、鍾吉宇主持，發行近 100 期。月報由曹聚仁主編，出版一年。抗戰爆
發前夕，胡雄飛爲籌辦《文匯報》，總編輯陳靈犀在朋友資助下，盤進《社會
日報》。1937 年 8 月日寇入侵上海，《社會日報》在孤島維持三年多，1941 年
太平洋戰爭爆發，日軍開進租界，《社會日報》停刊。《社會日報》的革新，
開啓了上海小報革新之路，一些小報開始加大時事新聞的報導分量；改出日
刊，編排規範，各版內容相對固定，增設副刊，也刊登新文學作品等。

（三）北平《實報》

　　《實報》是北方小型報的先驅。1928 年 10 月 4 日發刊，四開小型報。社

1　陳靈犀：《社會日報雜憶》，《新聞研究資料》，1981 年版。
2　《重與讀者相見後之言》，《社會日報》，1930 年 10 月 27 日。

址初設在宣武門嘎哩胡同十四號，時聞通訊社幾乎與《實報》同時誕生，二者是一息共生關係。[1]該報系管翼賢從鄂籍軍人徐源泉、陝西督辦寇霞、方振武、白崇禧等處籌資一兩千大洋創辦。[2]管翼賢（1899～1951），生於湖北薪春，早年留學日本東京法政大學，20世紀20年代初任天津《益世報》駐京記者和神州通訊社記者，以善於「抓消息」聞名於平、津新聞界。管翼賢才華橫溢，看到了北平報業市場的空缺，決定將大報的新聞性與小報的趣味性結合起來辦報，獲得成功。日本侵佔北平後，管翼賢淪為漢奸報人並在偽機構任要職，抗戰勝利後被處決，那是後來的事。

　　《實報》初創時設備簡陋，組織相對簡單。社長管翼賢負報社全責，其妻邵挹芬任經理，綜理全社事務，設編輯、營業、工務三部，有蘇雨田、李誠毅、梁梓材、蔣天競、王柱宇、張醉丐、夏鐵漢等主要員工。常振春負責發行，通過派報社報夫販賣和發送報紙。[3]創刊號刊登發刊辭《實之第一聲》（署名管翼賢），以「實」字揭示該報的發行理想和目標。《實報》日出四版一張，頭版刊登時政新聞，二三版為副刊，初為「小實報」和「特別區」，專載各種小說、詩歌和雜文等，此後該報副刊名稱幾經變更，內容有所擴充；四版以刊登社會新聞為主。《實報》宣稱「以發揚黨義提倡民生為宗旨，記載力求詳實」為辦報宗旨，[4]呼應國民黨宣布進入訓政時期。創刊時僅發行八百份，後增至二千份，1929年4月漲至七千份，年底接近一萬份，編輯部因而擴充改組。報館1928年12月移至和平門內路新簾子胡同36號，1930年春添加機器實行自行印刷，遷往宣武門外大街路西56號。[5]

　　針對北平「大報之讀者，多為知識階層及中等以上之資產者，小報之讀者，則大部為勞動者」[6]的讀者結構，《實報》以平民階層為目標讀者，取「小報大辦」方針，「新聞消息，力求充實敏捷，文藝雜品，力求趣味藝術化」，

1　李傑瓊：《半殖民主義語境中的「斷裂」報格：北方小型報先驅〈實報〉與報人管翼賢》，中國社會科學出版社，2015年版，第36頁。
2　李誠毅：《三十年來家國》（再版），振華出版社，1962年版，第143頁。
3　李傑瓊：《半殖民主義語境中的「斷裂」報格：北方小型報先驅〈實報〉與報人管翼賢》，中國社會科學出版社，2015年版，第39頁。
4　蘇雨田、夏鐵漢：《實報之一年》，《實報增刊》（再版），1929年11月，「紀錄」部分，第1頁。
5　李傑瓊：《半殖民主義語境中的「斷裂」報格：北方小型報先驅〈實報〉與報人管翼賢》，中國社會科學出版社，2015年版，第39頁。
6　薩空了：《北平小報之研究》，《實報增刊》（再版），1929年11月，「論著」部分，第38頁。

以大報的新聞和小報的趣味最大程度地迎合目標讀者，兼顧編輯與營業。首先是「廣採精編」新聞。不同於《實事白話報》《群強報》等小報多剪自前一日大報或晚報新聞，《實報》要聞版大量登載時政新聞，且追求新聞的時效、準確。在讀者中獲得了「消息靈通，報導及時」的稱讚。該報對中原大戰、「九一八」事變等重大事件都予以大篇幅連續報導，其社會新聞多為搶劫、兇殺、吞毒等犯罪新聞或與風月場所有關的里巷新聞，刺激讀者讀報、購報的目的極為明顯。這種煽情手法被讀者稱為「實報者，一奸盜淫邪之印刷品也」。[1]《實報》「精編」新聞方法主要有三，一是依新聞價值大小安排消息的版面位置及內容詳簡。二是重要消息多行、大字標題處理，三是不重要消息以「要聞簡報」處理。這使版面清新簡潔，便於閱讀。日本外務省情報部 1929 年編纂的北平報紙調查中對該報評價道，「記者能夠掌握政治新聞和社會新聞兩方面的報導要領，因此受到各階級讀者歡迎」。[2]其次是重視副刊，《實報》闢有幾十種專版、專欄，三版經常連載武俠小說、社會小說及連環畫。如副刊「小實報」主要登載文人墨客撰寫的與戲劇劇本、演員相關的休閒小品，及與北平、清末之軼事有關的記述文字。「特別區」副刊主要刊載小說和雜文，連載多位當時的人氣作家的長篇通俗小說等。喻雪輪認為《實報》「以社會新聞見長，其副刊採綜合編輯法，凡小品、掌故、小說、文藝，包羅萬象，尤饒趣味，以是風行一時，膾炙人口，在北平小型報中，幾占首要位置」。[3]管翼賢「小報大辦」、「廣採精編」方針使《實報》大獲成功，到 1936 年《實報》發行達至 9 萬餘份，《實報半月刊》發行漲到三萬份以上，實報叢書出版了二十多種。先後購買了人力平板印刷機、電力捲筒機（每小時印六萬份）等設備。[4]另有說法稱，《實報》最高發行達到 14.8 萬份，居華北各報發行之首。[5]

1 蔣天競：《社會新聞與社會》，《實報增刊》（再版），1929 年 11 月，「紀錄」部分，第 5 頁。
2 轉自李傑瓊：《半殖民主義語境中的「斷裂」報格：北方小型報先驅〈實報〉與報人管翼賢》，中國社會科學出版社，2015 年版，第 41 頁。
3 喻雪輪（眉婕整理）：《綺情樓雜記——一位辛亥報人的民國記憶》，中國長安出版社，2010 年版，第 243 頁。
4 李傑瓊：《半殖民主義語境中的「斷裂」報格：北方小型報先驅〈實報〉與報人管翼賢》，中國社會科學出版社，2015 年版，第 157～159 頁。
5 姚福申、葉翠娣、辛曙民：《汪偽新聞界大事記》（下），《新聞研究資料》1990 年第 1 期。

　　管翼賢標榜「不祖不偏、不屈不撓」、「站在民眾的立場，探索民眾的眞意」[1]等，但政治投機動機很強。該報創刊初期是華北軍閥政策的代言機關，一年後宣告以「發揚黨義提倡民生爲宗旨」轉向南京蔣介石集團。中原大戰期間又偏袒北方反蔣聯盟，稱蔣介石「禍國」「簒黨」「賣國」「殃民」等。「九一八」事變後，該報積極宣傳抗日救亡運動，刊發社評和報導揭露日本侵華野心，不滿國民黨當局軟弱外交，要求速定對日方針，支持民眾抵制日貨，同情抗日武裝力量，號召打倒一切帝國主義，武力收復失地，陳豹隱、李達、張申府、張友漁、丁玲、沈從文、老舍、劉白羽等爲該報撰寫社論和文章，呼籲抗日救亡。管翼賢擁護國民黨，反對共產黨，多次刊發社評和報導支持國民黨「剿共」，並配合國民黨妖魔化中國共產黨，詆毀中國工農紅軍。1934年底華北危機後，該報言論由激進轉向緩和、保守。「何梅協定」簽字，鼓吹「互忍互讓、親善合作」、「共謀東亞和平」。北平淪陷《實報》資產即被日僞接管，管翼賢先是逃出北京，在和日本人達成協議後，返回北平淪爲公開的漢奸報人，最後得到自絕於民族的下場。

（四）其他主要都市的小報發展概況

　　1927 年後，杭州有形形色色休閒小報逐漸流行。如《杭州午報》《杭州晚報》《杭州人報》《小陽秋》《浙江潮》《間聞》《小花園》《大晚報》等，數量不少。存世較短的休閒小報更多了，如《杭州日報》《浙江晚報》《東南晚報》《杭州時事晚報》《西湖日報》《浙江地方新聞》等。休閒小報《浙江潮》1934年 12 月 1 日創刊，創刊詞稱「不帶任何色彩與背景」，「肩著宣揚救國主義（三民主義）及一切新政設施之使命，民眾之喉舌，替社會服務，不敢後人」。休閒小報的大量出現，在活躍市民生活的同時，也使大量失眞、誨淫誨盜社會新聞充斥著各報，實妨礙杭州「善良風俗」。[2]

　　在無錫，主要有《人報》《錫報》等。《人報》是政治性小報的代表，1932年 2 月 26 日創刊。由曾任國民革命軍總司令部政治部秘書長、國民政府立法委員的王崑崙及其好友孫翔鳳（時任《國民導報》總編輯）、華芳增等出資創辦，同時任該報主要撰稿人。《人報》初爲兩版，對開一張，後擴至 4 版。第一版廣告，二、三版主要是戰爭通訊、與政治、軍事、經濟相關的新聞，「社論」欄在第三版。第四版爲文藝「呼應」還曾不定期發行副刊《醫藥研究》。

1　《與國人共信共守》，《實報》，1932 年 10 月 4 日。
2　何揚鳴：《民國杭州新聞史稿》，杭州出版社，2013 年版，第 158～159 頁。

《人報》以復興中華民族、呼喚民族救亡爲宗旨，注重消息，在上海、南京等地設有辦事處。1937 年 11 月 14 日出自 2099 號之際，因日寇逼近無錫，報館被日軍焚毀而停刊。《錫報》是綜合性小報，1912 年 10 月創刊，日刊，1937 年無錫淪陷時停刊，出版歷時 23 年。

在成都，主要有《陽春小報》。該報 1935 年 9 月 13 日創辦，八開二張 4 版，日刊，終刊不詳。《陽春小報》爲綜合性刊物，以電影、戲劇文字研討和評述爲主，設有消息、川劇評述、舞臺美術、演員軼聞、演員小傳等欄目。

天津有《救市新報》（1928 年 7 月 10 日改爲《人言》）、《白話晨報》（1927 年 12 月 13 日至 1928 年 3 月 31 日）、《博陵日報》（1934 年 10 月）。其中《博陵日報》由劉震中創辦，四開四版小報。該報主要採用中央社和國聞社稿，本市新聞用大陸通訊社和國風通訊社稿，也自採新聞。設有《飲冰室》《娛樂園》副刊。「七七」事變後改爲《博陵報》。1950 年 8 月 2 日停刊。

此外，武漢有《壯報》，日刊，1933 年 2 月 5 日創辦，1935 年 5 月 6 日停刊。蘇州有《大光明》，該報 1929 年 8 月 23 日創刊，爲三日刊，1932 年 11 月 1 日改爲日刊，1936 年 12 月 31 日停刊。哈爾濱有《白話報》，1929 年 10 月創辦，爲中共秘密出版的面向工人的革命小報。

二、都市晚報的興起

晚報是在時政新聞異常豐富時期，因日報出版時差無法滿足讀者需要出現的報紙類型。「九一八」事變後，隨著日本局部侵華戰爭的推進，晚報在上海、北平等重要都市再次興起，晚報市場逐漸形成。

（一）上海都市晚報的興起

五四時期和 1924 年第二次直奉戰爭期間，上海曾出現兩次晚報熱潮，但沒出現較大影響的晚報。「一二八」事變後上海再次出現創辦晚報高潮，從 1932 年至 1937 年全面抗戰爆發前，上海出版了 60 餘家晚報，[1] 主要有《大滬晚報》《華美晚報》《華東晚報》《平民晚報》《中華晚報》《上海晚報》《民眾晚報》《生活晚報》等。上海主要大報也增出夕刊或晚報。1927 年至 1932 年間，上海主要有《中國晚報》（1921～1928）、《江南晚報》（1927 年 2 月）、《新中國晚報》（1927 年 2 月）、《民國日報晚刊》（1927 年 7 月）、英文《大晚報》（1929 年 1 月）、《東方晚報》（1929 年 3 月）、英文《大美晚報》（1929 年 4 月）《三

---

1 馬光仁：《上海新聞史》（修訂版），復旦大學出版社，2014 年版，第 784 頁。

民晚報》（1929 年 11 月）《中央晚報》（1929 年 12 月）《星報》（1930 年 4 月）、
《救國夜報》（1931 年 11 月）、《觀海晚報》（1931 年 12 月）等。但多虧耗不
支停刊，如《民生晚報》1927 年 5 月 11 日創刊，同年 10 月 20 日停刊，後遷
南京改《民生報》；《觀海晚報》1931 年 12 月 15 日創刊，同年 12 月 18 日停
刊。《中國晚報》更是賠累數十萬元之多。其中《大晚報》《大美晚報》是本
時期創辦最爲成功的兩家晚報。

　　《大晚報》創刊於 1932 年 2 月 12 日，初名《大晚報國難特刊》，下午 4
點出版發行。創辦人張竹平任社長兼總經理，總編輯汪倜然，總主筆曾虛白。
該報依照股份有限公司組織法組織，資本最初爲 5 萬元，1934 年增加爲 10
萬元。同年 4 月 14 日起簡稱《大晚報》，4 開 1 張。4 月 23 日發布公告正式
出版，宣稱銷量已達 5 萬份以上，自 5 月 1 日改爲一大張。[1]社址在四川路
63 號。當時晚報多是日報的晚刊。《大晚報》另走新路，創刊時宣布三大宗
旨：「① 注重白話，使報紙能普遍流行，成爲民眾的讀物，務求識字的人，
都能讀本報；② 注重編製，將同類新聞，彙集一處，標題力求醒目，寫述
使有系統，事情忙的人，只須一閱標題，即可明瞭大概，關心某一事件的人，
自可前後連貫，作有系統的研究；③ 注重趣味，將各種新聞的描寫、都用
有趣味的筆法，引人入勝」。[2]爲在「一二八」淞滬抗戰的新聞競爭中勝出，
《大晚報》全報各版一律全用白話文。二是本市新聞最優先，重要新聞不分
國際、國內，一律上頭版。三是新聞與言論並重，強調新聞評論的時效性。
四是建立自己的採訪網與發行網，外勤記者要求每天中午 12 點前用電報或
長途電話將重大新聞發過來，使讀者能看到當日發生、日報無法報導的重大
新聞。五是副刊既有文藝愛好者的嚴肅作品，也有市民欣賞玩味的輕鬆讀
物。六是重視地方通訊，《大晚報》利用「四社」新聞採訪網，採寫了大量
適合晚報刊登的地方通訊，如社會新聞、軼聞趣事、內幕新聞、文化體育消
息的小鏡頭、小特寫等。《大晚報》在「一二八」淞滬抗戰中確立了市場地
位，「銷數達到每天 8 萬份，創下了當時上海本市報紙銷數的最高紀錄」。[3]張
靜廬曾說「晚報在上海之成功，是《大晚報》努力所收得的效果」。[4]《大晚
報》的成功引起連鎖反應，《新夜報》《夜報》《新聞夜報》和中文《大美晚

1　《大晚報正式出版公告》，《申報》，1932 年 4 月 23 日 2 版。
2　《大晚報正式出版公告》，《申報》，1932 年 4 月 23 日 2 版。
3　閔大洪：《曾虛白與上海〈大晚報〉》，《新聞記者》，1987 年版，第 47～48 頁。
4　張靜廬：《中國的新聞紙》，光華書局，1928 年版，第 87 頁。

報》等一批晚報相繼創刊。幾經沉浮，晚報在 20 世紀 30 年代最終確立了自己的地位。「四社」劫收後，《大晚報》總經理職務由杜月笙接任，魏道明、董顯光、崔唯吾等先後接任，其他人事和編輯變動不大，但報紙編輯與言論無形中受到約束，報紙銷路逐漸下降到三四萬份。「八一三」事變後，《大晚報》留在孤島，初接受日方新聞檢查，後改洋旗報，用英商名義勉強維持。1941 年被日寇查封。

　　《大美晚報》中文版也是上海較為成功的一家。《大美晚報》是在美國政府註冊，1929 年 4 月在上海創刊的一家英文報紙。1933 年 1 月 16 日增出中文版。《大美晚報》中文版仍以美商大晚報公司名義出版，總經理兼總主筆張似旭，編輯、記者大都由中國人充任。創刊號採用小型報形式，4 開 4 欄橫向印刷，每份 16 頁，同年 9 月改為對開大報，社址在上海愛多亞路 19 號（今延安東路、四川南路口）。《大美晚報》中文版注重適合中國讀者閱讀習慣，每天刊載譯自英文版的大量國內外新聞，沒有社論，言論主要譯自上海各外報評論或中國報刊的文章社論等。譯稿重視中國抗日救亡方面的言論與報導。闢有商業、婦女、體育、電影、評論及讀者通信、交通表、漫畫等適合各層次讀者口味的欄目及各類專刊、副刊。如「商業欄」，刊載國外金融商業行情，「婦女欄」，介紹時裝、烹飪、保健等常識，副刊有文藝綜合性的「夜光」、「記者座談」週刊等。其中「記者座談」週刊辦得很有特色，引起上海新聞界同行的廣泛注意。「記者座談」週刊 1934 年 9 月 1 日創辦，自第 2 期起，每逢星期五出版，1935 年改為星期四出刊，1936 年 5 月 7 日終刊，共出 89 期。由惲逸群、陸詒、劉祖澄負責編輯，袁殊、杭石君、章先梅、吳半農等中共地下黨員或傾向進步的年輕新聞工作者為其撰稿。

　　《社會晚報》《華美晚報》出版時間較長，有一定社會影響。《社會晚報》1934 年 3 月 1 日創辦，社長兼總編輯蔡鈞徒，社址在四馬路東華里 559 號。豐富多彩的副刊是該報一大特點。《華美晚報》1936 年 8 月 18 日創刊，是《大美晚報》英文版一部分職工脫離該報後創辦的，該報在美國特拉華州註冊，實為掛洋旗的國人報紙，發行及董事會主席 H.P.Mills，總經理朱作同，總主筆石招太，社址在愛多亞路 172 號。這一時期的上海晚報辦報宗旨較為純正，內容較為健康，創辦人大多數是大報的主持人或參加者，且多關注社會實際，也有一批進步文化人士參與編輯工作。創辦者或主持人重視研究晚報業務，不斷根據晚報讀者的特點改進報紙業務，注意改進經營管理，真正把晚報作

爲一個報刊品種來辦，而不是日報的附庸，使晚報得以在上海競爭激烈的報界立足。

（二）其他城市的都市晚報

這一時期，南京、北平、天津、瀋陽等都市也出現了一些晚報。在北平，除成舍我的《世界晚報》外，還有《北京晚報》《大同晚報》《國民晚報》《華北日報晚報》。《北京晚報》1921 年 1 月 1 日創刊，是北平「老牌」晚報。創辦人是律師劉煌，社長季翅時，主筆薩空了、蔣龍超。該報社會新聞比其他晚報較多，多以法院新聞爲主，常有「法庭旁聽記」之類報導，很受市民歡迎。薩空了主編該報副刊，經常發表雜文。1937 年 2 月 24 日該報自第 5762 號改名爲《北平晚報》，報頭下注明「原名北京晚報」。社址遷到宣內絨線胡同中間 179 號，報紙編排沒有多大改動，副刊仍爲「餘霞」。同年 8 月 11 日該報刊登啓事「本報因紙源斷絕，自明日起停刊」。[1]《大同晚報》龔德柏主辦，日出四開一張。該報曾於《世界晚報》打筆墨官司，出版不久，因業務困難停刊。《國民晚報》原爲黃少谷創辦。1927 年黃少谷赴馮玉祥部隊後賣給張友漁、左笑鴻、張友鸞三人。後左笑鴻、張友鸞忙於《世界日報》退出《國民晚報》。張友漁約同武新宇、陳顯文接辦。1927 年 11 月張友漁被捕後停刊。[2]《華北日報晚報》是國民黨中央宣傳部直轄《華北日報》創辦的晚報，1932 年一二八上海抗戰期間創刊，日出四開一張，分第一、第二兩版。第一版爲要聞版。王文彬主編。第二版上半版爲副刊，林忌融主編。[3]

天津主要有《新天津晚報》《晚報》《華北晚報》《益世報晚刊》《天津日報晚刊》等。其中《新天津晚報》由報人劉髯公 1928 年創辦。爲擴大報紙銷路，劉髯公獨創了以劍俠評書代替武俠小說的報紙小說連載模式。[4]《益世報晚刊》爲《益世報》1930 年創辦，劉明泉負責，日發行量達到 7000 份。[5]《華北晚報》1927 年創辦，負責人周拂塵，發行量曾達 8000 份。《天津日報晚刊》1929 年創辦，在天津日租界福島街出版發行，發行量爲 2000 份。《新天津晚報》1928 年 6 月 1 日創刊，主要欄目：國內新聞、本市新聞、小說、遊藝。[6]

1　中國報業協會編：《中國集報精品》，人民日報出版社，2013 年版，第 82 頁。
2　王文彬：《中國現代報資料匯輯》，重慶出版社，1996 年版，第 163 頁。
3　王文彬：《中國現代報資料匯輯》，重慶出版社，1996 年版，第 163～164 頁。
4　倪斯霆：《舊報舊刊舊連載》，上海遠東出版社，2017 年版，第 197 頁。
5　羅文達著、王海譯：《在華天主教報刊》，暨南大學出版社，2013 年版，第 199 頁。
6　馬藝主編：《天津新聞傳播史綱要》，新華出版社，2005 年版，第 214 頁。

在南京，主要有《南京晚報》《人民晚報》《大華晚報》《大夏晚報》《南京夜報》《京華晚報》《正風晚報》《中國晚報》《新南京晚報》等 9 家晚報。其中《南京晚報》1929 年 5 月 16 日創刊，日刊，發行人張友鶴。《人民晚報》1932年 3 月創刊，四開一張，日刊。《大華晚報》1934 年 5 月 1 日創刊，對開一張，總編輯崔心一、編輯主任穆逸群，負責人殷再權。《大夏晚報》1936 年 7 月創刊，四開兩張，社長魯覺吾；《南京夜報》《京華晚報》創刊於 1936 年。[1]

武漢主要有《揚子江晚報》（1929 年 11 月）、《新漢口晚報》（1931 年 12月 1 日）、《國民晚報》（1932 年 1 月）、《武漢晚報》、《漢口晚報》、《武漢日報晚刊》（1933 年 6 月，1934 年 4 月停刊）、《救國晚報》（1937 年）等。其中《國民晚報》是對刊，社長李堯卿，總編輯壽轟癀。[2]

廣州主要有《大華晚報》《西南晚報》《時事晚報》《廣州大晚報》《自然晚報》《西南晚報》《民眾晚報》《中山夜報》等。《大華晚報》1929 年 8 月創刊，總編輯楊勁伯，經理麥乙樓，社址在廣州第七甫，日出紙兩張。1929 年7 月 26 日在《廣州民國日報》刊發宣言稱「廣州晚報事業之必能發展」。[3]1930年 5 月前停刊。《時事晚報》1933 年下半年創刊，1934 年 10 月停刊，社長關國豪。《廣州大晚報》1933 年下半年創刊，社長蔡向白。《自然晚報》1934 年4 月創刊，同年 10 月停刊。《西南晚報》1935 年創刊，社址在廣州上九路。《民眾晚報》1937 年創刊，《中山夜報》為《中山日報》所主辦，1937 年 8 月 15日創刊，社址廣州市光復中路 79 號。內容有時事，戰事專稿。社會服務欄為適應戰時需要，有防轟炸、防中毒、防毒氣、醫藥問答等項。

長沙主要有《湘江晚報》（1931 年，日刊）、《湖南晚報》（1930 年，三日刊）、《大晚報》（三日刊）、《晚晚報》（三日刊）、《天風晚報》（1928 年）、《長沙晚報》（1929 年）、《星光晚報》（1930 年）、《楚廣晚報》（1930 年）、《晚晚報》（1931 年）、《湘聲晚報》（1933 年）、《新聞夜報》（1933 年）、《晨報晚刊》（1933 年）、《長沙市晚報》（1933 年）、《晨光晚報》（1933 年）、《長沙夜報》（1933 年）、《大晚報》（1934 年）、《現代晚報》（1934 年）等。[4]

1 王文彬：《中國現代報資料匯輯》，重慶出版社，1996 年版，第 275 頁。
2 唐惠虎、朱英主編：《武漢近代新聞史》（下卷），2012 年版，第 612～617 頁。
3 廣東省地方史志編纂委員會編：《廣東省志 新聞志》，廣東人民出版社，2000 年版，第 75 頁。
4 長沙市志編纂委員會編：《長沙市志（第十三卷）》，湖南出版社，1996 年版，第 532頁；王文彬編著：《中國現代報史資料匯輯》，重慶出版社，第 410 頁。

成都主要有《西方晚報》《新聞夜報》《民聲晚報》《成都晚報》。《西方夜報》1933 年 7 月 4 日創刊，日出對開一張，曹仲英負責，出版不久因故停刊。《成都晚報》1934 年 5 月創刊，日出一小張，社長楊秀森，總編輯孫同甫，社址在成都正府街。《新聞夜報》1936 年前後創刊，日出四開一張，該報因經濟困難，多次停刊、復刊。《民聲晚報》1937 年 12 月 5 日申請備案，同年 12 月出版，4 開替班，社址在成都華興東街 56 號，發行人湯次莘，總編輯兼外勤記者徐仲林，編輯黃國玉，1938 年停刊。[1]

重慶主要有《渝州晚報》（1934 年 3 月）、《三江夜報》（1934 年 3 月）、《新生活晚報》《揚子江晚報》（1934 年 5 月）。其中《新生活晚報》1934 年在重慶創刊，社長陶冶民，同年 7 月因陶冶民離渝停刊。[2]

湖南有《瀟湘晚報》。《瀟湘晚報》1935 年秋在衡陽創辦，歐陽性初創辦，編輯彭墨安，記者劉公達，黃少松等。該報文字新穎，思想較進步，受到讀者歡迎，卻為國民黨衡陽縣黨部所記恨。不久，彭墨安被捕，劉公達逃出衡陽。報紙僅出版 3 個多月被迫停刊。

在濟南，主要有《濟南晚報》（1930 年）《商報晚報》（1931 年）《市民晚報》（1932 年）《大晚報》（1933 年）《晚報》（1936 年）等。

第五節　民營新聞報業的抗日救亡宣傳

面對國難危亡，在民族大義感召下，大多數民營報紙積極投身抗日救亡時代大潮，掀起大規模、持久的抗日新聞動員活動，在抗日救亡時代大潮中走向進步。較之政黨新聞報業，民營報業抗日救亡活動的訴求較為單一、較濃的情緒化色彩，主張對日開戰，批評當局軟弱誤國，表現了中國人民抗日救亡的心聲。在國民黨「攘外必先安內」輿論政策規制下，民營報刊、報人主張對日開戰和批評當局軟弱誤國的激烈言論，遭到國民黨當局封殺，《申報》《益世報》等宣傳抗日救亡的報刊被迫停刊或者轉向，史量才、鄒韜奮、杜重遠等愛國報人受到迫害。新記《大公報》主張緩抗，拋出「名恥教戰」論，

1　王綠萍編著：《四川報刊五十年集成 1897～1949》，四川大學出版社，2011 年版，第 407 頁；王文彬編著：《中國現代報史資料匯輯》，重慶出版社，1996 年版，第 459 頁。

2　王綠萍編著：《四川報刊五十年集成 1897～1949》，四川大學出版社，2011 年版，第 311 頁。

暗合蔣介石的抗日主張，一些民營報紙則散佈「抗日必亡」的消極論調。民營報業抗日救亡的新聞活動相當豐富，基本特色卻大致相同。因有些報刊的抗日救亡新聞活動已在上文中論述，本節重點選擇《申報》《大公報》及鄒韜奮的《生活》系列週刊做典型的介紹。

一、《申報》抗日救亡的新聞動員活動

「九一八」事件掀起的抗日救亡熱潮推動《申報》由謹慎保守轉向積極抗日。得知事變消息後，《申報》動員全部力量，通過北平、哈爾濱、東京、平壤等地的訪員採訪，搜集各國通訊社電信，9月20日以題「日軍大舉侵略東省」[1]等87條專電首次全方位報導了「九一八」事變，並刊發時評分析日本暴行「實為有計劃有準備之動作」，呼籲「停止內爭一致對外」，號召國民以「犧牲決死之精神共挽危局」。[2]21、22日《申報》時評揭露日本侵華目標是推行危害世界的「大陸政策」[3]。23日《申報》刊發時評《國人乎速猛醒奮起》表明「為維護國家維護民族，而做自衛之背城戰」[4]的立場。反對依賴國聯、責問國民黨軍隊妥協退讓，主張自救抵抗、作「背城戰」是《申報》九一八期間的抗日主張。

《申報》「九一八」事變期間的抗日救亡新聞活動主要有：一是揭露日軍侵略東北的野心、罪行。《申報》密切關注日本帝國主義的侵略動向與野心，給予快速、密集報導。1931年9月25日，日本內閣發表《日本政府關於滿洲事件之聲明書》、掩蓋侵佔東北事實，《申報》刊發時評《異哉日政府之聲明書（一）》《異哉日政府之聲明書（二）》等予以逐條駁斥；刊發《日人其自省（一）》《日人其自省（二）》等時評分析日本發動「九一八」事變的國內原因；刊發《關日人所謂「滿蒙特殊權益」（一）》《關日人所謂「滿蒙特殊權益」（二）》等時評揭露日本「滿蒙特殊權益」的侵略本質。二是力主武力抗戰。事變初期，《申報》持徘徊觀望態度，9月20日時評中的「鎮靜」立場與民國南京政府區別不大。隨著當局完全依賴國聯，日本咄咄逼人，國聯無法主持正義，《申報》力主抗戰的立場更為明顯。9月23日《申報》社評首提「作自

1　《日軍大舉侵略東省》，《申報》1931年9月20日第1張3版。

2　《日軍突然佔據瀋陽》，《申報》1931年9月20日第3張9、10版。

3　《迫害世界之日軍暴行》，《申報》1931年9月21日第3張9版；《世界列國其注意日人之暴行》，《申報》，1931年9月22日第2張7版。

4　《國人乎風猛醒奮起》，《申報》1932年9月23日第2張8版。

衛之背城戰」[1]的武力抗戰主張，9 月 28 日呼籲國人「勿徒依賴國聯」[2]，10 月 8 日社評呼籲國民「鎮靜」與準備「以生命維護祖國」[3]。11 月 3 日社評《和平解決滿洲問題方法已窮》，表明徹底放棄和平解決的最後幻想，全力主張武裝抗日。之後該報抗日言論日趨激進，抗日態度更爲堅決、急切。在力主抗戰主張下，《申報》斥責張學良「萬無可恕」，要求追究張學良的不抵抗責任；謳歌馬占山，關注和支持東北義勇軍抗日活動，主張武裝民眾，「惟眞正民眾之武力，乃能抗暴，乃能救國」；[4]報導和聲援南京「珍珠橋慘案」（12 月 17 日），刊發時評《學生愛國運動評議》等聲援民眾抗日運動；刊發《一致對外待何時》《請大家一致對外》《抗日救國運動中軍人之責任》《抗日救國運動中官吏之責任》《抗日救亡運動中教育界之責任》《抗日救亡運動中一般國民之責任》等時評，呼籲社會各階層各盡其責共同抗日。三是發動民眾抵制日貨，發展國貨，與日本打一場經濟戰。除刊發時評外，《申報》廣告、《讀者通訊》等欄目都提倡國貨、支持民眾抵制日貨。四是揭露日本外交伎倆和國際宣傳陰謀，呼籲當局加強外交力量。《申報》密切關注日本外交伎倆和國際宣傳陰謀，及時刊發時評、報導予以揭露，刊發多篇時評、報導反對中日直接交涉，呼籲中國加強外交力量，擊退日本的外交進攻態勢。

　　日本對上海的不宣而戰進一步強化了《申報》力主抗戰立場。「一二八」事變期間，《申報》用實際行動支持武力抗戰。一方面《申報》成爲上海淞滬抗戰重要的輿論指導機關。戰事一爆發《申報》即刊發《敬告國民》社評，指出上海之戰是「全民族生死之戰」，呼籲上海市民全力支持十九路軍抗戰，繼續昂揚抗日輿論。《申報》揭露日本侵略野心，分析「一二八」事變原因，動員民眾參戰、抵制日貨，爲十九路軍抗戰募捐軍械、藥品、糧食、交通工具等；呼籲「商界應即日開市，以安定人心」，爲穩定上海金融市場、穩定人心做輿論宣傳；發動和指導難民收容、救濟的社會運動；爲抗戰獻計獻策，如呼籲關內東北軍「急起反攻，力謀恢復失地」；呼籲穩定上海金融，抨擊當局錯誤的財政政策；募捐興國公債，發展民族工業；呼籲租界嚴守中立，呼籲當局加強國際宣傳；批評國民黨四屆二中全會宣言，呼籲國民黨「公開政權」，禦侮救國，刷新教育、澄清政治以禦侮。另一方面，《申報》和史量才

1　《國人乎速猛醒奮起》，《申報》，1931 年 9 月 23 日。

2　《國人勿徒依賴國聯》，《申報》，1931 年 9 月 28 日。

3　《鎮靜與準備》，《申報》，1931 年 10 月 8 日。

4　《從今年雙十節到明年雙十節──一年的計劃》，《申報》，1931 年 10 月 10 日。

以實際行動支持上海抗戰。上海戰事的一個月，《申報》全面壓縮版面減少商業廣告，多刊登上海市地方維持會救濟股等通告、救濟、募捐廣告、慰勞啓事等。自 2 月 2 起改爲臨時專刊，每日下午發行臨時夕刊 1 張，報導戰事進展情況，2 月 25 日恢復爲晨刊。派王小亭、李尊庸等攝影記者分赴抗戰前線，攝製抗戰影片，以影片鼓舞抗戰。《申報》還組織募捐、組織難民收容、救濟工作。史量才和上海工商文化界人士於 1 月 31 日成立「上海地方維持會」並被公推爲會長，成爲「一個積極參與抗日救國的社會活動家」。[1]2 月 1 日，上海地方維持會改名爲上海市民地方維持會，對維持上海秩序、支持十九路軍抗戰等起著重要的後勤保障、組織領導作用。這種作用甚至被稱作暗殺史量才的重要因素。[2]

《申報》力主抗戰，呼籲結束黨治，要求民主憲政及史量才轉向進步，受到了蔣介石密切關注。爲扭轉《申報》抗戰主張，1932 年 7 月 12 日，蔣介石親自下令《申報》「四省禁郵」長達三個多月，9 月 2 日才解禁。黃炎培、陶行知及總編輯陳彬龢被迫離館，《申報》時評言論方針趨於保守。禁郵事件後，《申報》抗日主張有所保守，要求民主憲政、呼籲結束黨治等進步聲音大大減弱。1933 年熱河事件後，《申報》的力主抗戰聲音再次響起。熱河事件期間，《申報》全力抨擊國民黨「攘外必先安內」政策，站在國家統一和抵禦外侮立場上反對軍閥混戰，刊發時評呼籲「以鐵血禦暴寇。乃能於百死之中，求一生路」。[3]呼籲全民團結抗日，痛批熱河當局者湯玉麟，爲長城抗戰呼籲吶喊，鼓舞各軍英勇殺敵，衛國守土，但對南京當局的批評由激烈轉向緩和。

1934 年 11 月史量才遇害後，《申報》言論立場重回持重保守，抗日救亡的言論基本沒有違背蔣介石的對日立場，實際上成了國民黨抗日救亡宣傳的外圍機構。這一階段，《申報》密切關注華北危局，揭露譴責日本分裂華北的陰謀、罪行，抨擊殷汝耕等漢奸，同情理解但卻不支持學生愛國運動。「七七」事變爆發前後，《申報》強化了力主抗戰輿論。具體做法是強化時評，要求國民黨改組政府，容納各黨各派，釋放愛國領袖「七君子」，停止內戰、一致抗

1　宋軍：《申報的興衰》，上海：上海社會科學出版社，1996 年版，第 146 頁。

2　戴笠在下他的手下布置暗殺史量才的任務時說：「史擔任上海市參議會會長後，曾陰謀搞上海市獨立運動，要使上海脫離國民黨的統治」。見沉醉：《楊杏佛、史量才被暗殺的經過》，中國人民政治協商會議全國委員文史和學習委員會：《文史資料選輯》合訂本，中國文史出版社，2011 年版，第 165 頁。

3　晦：《國聯調解熱河垂危》，《申報》，1933 年 1 月 22 日。

日；增設《星期論壇》和《專論》，增強抗戰輿論的宣傳力度，高舉抗戰旗幟，支持國民黨以民主為基礎集中全國抗日力量，為全民抗戰吶喊。

二、《大公報》在抗日救亡中「明恥教戰」

　　《大公報》主持人都是留日學生，對日本人民有感情卻有「恐日」心理，也憂慮日方從《大公報》報導上窺探情報。另一方面《大公報》將蔣介石視為「正統」，不願與蔣介石徹底決裂。面對日本局部侵華戰爭，有強烈民族主義情懷的《大公報》表現出於其他民營大報略有不同的抗日思想與主張。這一思想和主張可用宣傳「救亡圖存」，主張「明恥教戰」，譴責「上層誤國」概括，[1]對抗戰的另一支重要武裝力量，《大公報》刊登了范長江的「西北通訊」予以密切關注。

（一）主張誓死守護疆土

　　誓死守護疆土是《大公報》的一貫立場。「九一八」事變前，《大公報》連續著論，提醒國人注意東北危機。「五三」慘案時，該報多次發表社評強烈抗議日寇，「萬寶山事件」發生後，《大公報》7 月 5 日刊發社評《萬寶山事件之嚴重化》，8 日刊發社評《朝鮮之暴動慘案》，向日方提出強烈抗議。9 月中村事件發生後，該報刊發社評《中村事件》，質問日方「恃強凌弱」，提請政府和人民對日侵略動向不可掉以輕心。「九一八」事變中，9 月 19 日《大公報》就做了獨家報導，為關內報紙首家。在北平的胡政之 19 日晨即到協和醫院訪問張學良，係事變後第一個訪問張學良的新聞記者。20 日刊發《本報記者謁張談話》發表了張的談話並刊登 19 日張的通電：「日兵自昨晚十時開始向我北大營駐軍實行攻擊，我軍抱不抵抗主義，毫無反響」，正式揭示東北軍事當局的態度。23 日要聞版頭條報導的蔣介石演說揭出國民黨當局「暫不抵抗，訴諸國聯」的態度。24 日刊發社評《國聯發言後之遼吉被占事件》嘲諷國聯無能，日本無賴，對「暫不抵抗，訴諸國聯」政策提出異議，並建言政府「應有最後之決心，必要之準備」。[2]此後的社評、消息、通訊大都表達了該報主張誓死守護疆土的強烈意願。《大公報》高度讚揚英勇抗戰的馬占山，詳細報導馬占山嫩江抗戰事蹟，刊發社評《馬占山教忠》。刊發《警告溥儀藏式毅諸氏》（1932 年 1 月 19 日）《溥儀竟甘為傀儡？》（1932

1　方漢奇：《〈大公報〉百年史》，中國人民大學出版社，2004 年版，第 195 頁。
2　《國聯發言後之遼吉被占事件》，天津《大公報》，1931 年 9 月 24 日。

年 3 月 8 日）等社評警告、譴責民族敗類溥儀。同時不遺餘力揭露並譴責日本侵略中國的累累罪行。

（二）堅決主張「明恥教戰」

面對強日洶猛來勢，確定何種報導方針將影響事態發展，對民族存亡產生重大影響。9 月 20 日，《大公報》社評指出「中國夙無國防布置，東北素鮮自衛組織」的基本事實，[1] 同日召開全體編輯會議，張季鸞、胡政之研究確定了「明恥教戰」的編輯方針，主張緩抗，反對立即對日開戰。10 月 7 日《大公報》刊發社評《明恥教戰》正式揭載這一方針。「尤有一重要工作：謂宜由全國上下，澈底明夫國恥之由來，真切瞭解國家之環境，實際研討雪恥之方案。易言之；昔人所謂明恥教戰者，今則明恥更較教戰為尤亟」；「蓋能知新舊國家恥辱之癥結，洞察夫今昔彼我長短之所在，即可立雪恥之大志，定應敵之方策」；「故吾人主張張明恥較教戰尤亟，竊願我當局與國民，共趨於知恥立志之一途，則舊恥可懲，新恥不生，可斷言也。」[2] 1931 年 11 月 8 日發生天津事變，《大公報》毅然搬出日租界，仍堅持「明恥更較教戰為尤亟」立場。11 月 22 日社評說「今日而號召宣戰，卻適中日閥之陷阱」。[3] 面對讀者的投函抗議，《大公報》一方面予以刊登同時刊發社評《轉禍為福在共同努力》。確定「明恥教戰」方針實源於張、胡二人的「恐日」心理及對民眾力量的不信任，蔣介石通過于右任的請託電目前仍為孤證，是否存在尚需存疑。[4]

《大公報》宣傳「明恥教戰」主要採取三項措施。一是指派汪松年（後退出）、王芸生負責編纂甲午以來日本侵華史和中國對日屈辱史，讓民眾從近代史上瞭解外侮之由來，即「明恥」。1932 年 1 月 11 日起《大公報》第 3 版「本報特輯」欄連載王芸生整理的相關史料，後以《六十年來中國與日本》結集出版，張季鸞序言稱「撰輯中日通商以後之重要史實，載諸報端，欲使本報讀者撫今追昔，慨然生救國雪恥之決心」。二是增闢《軍事週刊》，請著名軍事家蔣百里編輯，專門刊登軍事知識，以向國民「教戰」。三是自 1931 年 12 月 4 日至 9 日在將本應在復刊連載的熊佛西劇本《臥薪嚐膽》提到 2、3 版的社評版、要聞版刊發，用心良苦。

1　《日軍佔領瀋陽長春營口等處》，天津《大公報》，1931 年 9 月 20 日。

2　《明恥教戰》，天津《大公報》，1931 年 10 月 7 日。

3　《國家真到了嚴重關頭》，天津《大公報》，1931 年 11 月 22 日。

4　俞凡：《「九一八」事變後新記〈大公報〉「名恥教戰」論考辯——以臺北「國史館」藏「蔣介石檔案」為中心的考察》，《國際新聞界》，2013 年版。

（三）強烈譴責「上層誤國」

「九一八」事變後，《大公報》雖然主張緩抗，但也對當局不抵抗和訴諸國聯有異見，只是批評不強烈。「一二八」事變後，蔣介石奉行「一面抵抗，一面交涉」方針，後正式將「攘外必先安內」定為「國策」。《大公報》一面鼓勵軍民「死裏求生」，一面譴責當局「上層誤國」。1932 年 2 月 1 日《大公報》刊發時評指出「我全國同胞從此只有一條——死裏求生！」[1]此後兩個月，《大公報》要聞版幾乎全部是淞滬抗戰的專電，同時配發社評、短評高度讚譽十九路軍。「淞滬停戰協定」簽訂的隔天，刊發長篇社評指出「夫中國應自問自責之點甚多，要之，可得一個總的答案曰：皆少數上層社會之罪」，[2]準確指出了問題癥結所在。1933 年元旦熱河危機之際，《大公報》又刊發社評強烈譴責誤戰誤國的當局「吾人只責問中央當局及北方地方當局，是如何抗戰？其他各方當局是如何接濟？」[3]1933 年 1 月，日本佔領山海關，《大公報》1 月 6 日刊發社評敦促政府表示最後決心，「存亡已迫眉睫，責任必須自負！」[4]3 月 5 日又刊發社評責問民國南京政府「熱河發動一星期，而承德失守，此暴露軍事腐敗至何種程度，不得諉責於國力問題」。[5]《塘沽協定》簽字第二天即 6 月 1 日，《大公報》又刊發社評表達強烈不滿。

但在華北危機中，《大公報》對整個「華北事變」淡化處理。1935 年 12 月 3 日刊發社評《勿自促國家之分裂》，嚴厲批評平津地區軍政長官宋哲元，遭到禁郵處分。西安事變中，《大公報》擁護蔣介石，把蔣捧為唯一的領袖，責備張學良、楊虎城，斥責中共，呼籲張、楊立即無條件釋放蔣介石。

（四）刊發范長江《西北通訊》

華北危機後，抗日大後方西北情況如何？作為中國抗日的一支重要力量，中國共產黨及工農紅軍的動向如何？為《大公報》及國統區人民所盼望知曉。國民黨在「圍剿」紅軍的同時在國統區全面封鎖紅軍的消息，並妖魔化中共及工農紅軍，國統區人民對西北以及工農紅軍知之甚少。

1935 年 5 月，時為青年學生的范長江想去西北旅行採訪探究中國西北，並請胡政之予以資助。范長江（1909～1970），原名范希天，生於四川內江市

1　《全國同胞只有一條路》，天津《大公報》，1932 年 2 月 1 日。
2　《願全體國人清夜自問》，天津《大公報》，1932 年 5 月 7 日。
3　《迎民國二十二年元旦》，天津《大公報》，1933 年 1 月 1 日
4　《政府示最後決心之時至矣》，天津《大公報》，1933 年 1 月 6 日。
5　《當局誤國至何地步！》，天津《大公報》，1933 年 3 月 5 日。

趙家壩村。在內江中學和四川省六中讀完初、高中後進入中法大學重慶分校
（吳玉章所辦），入校不久重慶發生「三三一」慘案學校被查封。范長江前往
武漢加入賀龍二十軍學生營，爾後隨軍進入南昌參加了「八一」起義。起義
失敗後，范長江為糊口和生機加入了國民黨軍隊。1928 年夏考入南京國民黨
中央政治學校，選學鄉村行政系，讀了有關三民主義和克魯泡特金、歐文、
傅里葉等著述。「九一八」事變後，范長江在校宣傳抗日救亡受到壓制，脫離
學校和國民黨秘密潛逃至北平。1932 年夏秋入北京大學哲學系。1933 年先後
給北平《晨報》《世界日報》和天津《益世報》投稿，並積極參加「遼吉黑抗
日義勇軍後援會」、長城抗日慰問團等抗日救亡活動。當時正掀起「西北開發
熱」浪潮，受其影響，范長江萌發了去西部考察的念頭，得到了胡政之的資
助。

1935 年 5 月，范長江開始其西北之行，至 1936 年 6 月結束，歷時 13 個
月，經過 48 個縣市，總行程 1.2 萬里以上。[1]塘沽到川南是序幕，成都到包頭
是正戲，序幕和正戲是連續的過程。[2]從 1935 年 5 月 10 日起，《大公報》在第
10 版刊登署名「長江」的旅行通訊，《編者按》稱「長江君由津赴川南旅行，
與本報約定沿途撰寫通訊，寄本報發表，自本日起繼續刊登」。

1935 年 5 月至 7 月是范長江從天津到成都的旅行採訪。《大公報》共刊發
21 篇通訊。主要反映了「正沉淪於破落與痛苦的階段」、到處充滿「無限的痛
苦與辛酸」的「現實的中國」。到西康時，范長江獲知有一個由成都經松潘北
上蘭州的旅行機會，誘發了范長江長期醞釀而一直未得實施的考察即將成為
抗戰大後方西北的計劃，遂改變原打算環四川旅行的想法。7 月 14 日至 9 月
2 日是范長江的成蘭之行。從成都出發，經江油、平武、松潘、南坪、西固、
岷縣、洮州、拉卜楞（夏河），臨夏各地，歷時 50 天到蘭州。《大公報》發表
了《岷山南北剿匪軍事之現勢》（1935 年 9 月 13 日 3 版）和《成蘭紀行》，其
中《成蘭紀行》為 18 篇文章組成的一組通訊，《大公報》自 1935 年 9 月 20
日至 11 月 2 日刊發。主要記敘了成都到蘭州的沿途見聞，報導了當地人民的
苦難生活和悲慘遭遇。9 月下旬到 12 月中旬，范長江從蘭州到西安，或經平
涼、慶陽，或經天水往來穿梭兩個來回，共寫了 11 篇通訊，共 3 萬字，直接

1　方漢奇：《中國新聞事業通史》（第二卷），中國人民大學出版社，1996 年版，第 427
　　頁。
2　方漢奇：《〈大公報〉百年史》，中國人民大學出版社，2004 年版，第 203 頁。

描述紅軍的共 2.2 萬字，專門直接寫紅軍的有 6 篇。[1]如《紅軍之分裂》（11月5日）、《毛澤東過甘入陝之經過》（11月6日）、《陝北共魁劉志丹的生平》（11月8日）、《徐海東果為蕭克第二乎》（9月30日）等。12月17日至3月11日為翻越祁連山階段。12月17日范長江從蘭州出發到西寧，越祁連，走酒泉，出嘉峪，至敦煌，又過張掖，走武威，歷時3個月回到蘭州。寫了《偉大的青海路，是中華民族的一個支撐點》、《弱水三千之「河西」》《祁連山的旅行》。後范長江到包頭，將搜集的材料寫成長篇通訊《祁連山北的旅行》。1936年4月20日至6月19日為范長江西北採訪的最後階段。4月20日范離開蘭州，縱橫蘭山，5月31日回到包頭。6月初到歸綏，隨即回天津到上海。6月19日完成西北採訪的最後一篇報導《賀蘭山的四邊》。記述了從蘭州到包頭的見聞。大公報到7月31日連載畢。

范長江西北採訪一結束，《大公報》就將已刊登的《成蘭紀行》《祁連山南北的旅行》《賀蘭山的四邊》等通訊結集，附上地圖、照片，以《中國的西北角》出版發行，十分暢銷，多次重印。范長江因此一舉成名。1936年春，范長江被《大公報》任命為特派員。6月回上海正式進入大公報館升為通信科主任。西北之行後，1936年8月，范長江前往內蒙古的額濟納旗和阿拉善旗，深入瞭解內蒙西部實情，當時恰值綏遠抗戰，范長江直奔百靈廟等地的抗日前線，寫了許多鼓舞士氣的戰地通訊。1936年12月，西安事變爆發，范長江繞過層層阻力，從寧夏飛蘭州，由蘭州進入西安。在西安，經周恩來介紹前往延安採訪。1937年2月9日晚，毛澤東與范長江徹夜長談，介紹了中共抗日民族統一戰線的方針政策，解釋了中國革命的性質、任務、兩個階段及中共抗日民族統一戰線的方針政策，這次談話使范長江開始建立對共產主義的信仰。范長江把西北採訪的見聞，寫成《動盪中之西北局》在《大公報》上發表，立即轟動上海。《動盪中之西北局》「十年來第一次打破了國民黨的新聞封鎖局面」，披露了西安事變真相，宣傳了中共抗日民族統一戰線的主張，使蔣介石大為不滿，並下令特務機關檢查范長江的信件。抗戰爆發後任通勤科主任，負責戰地採訪，1938年10月離開《大公報》。1939年5月，范長江加入中國共產黨。

---

1 方漢奇：《〈大公報〉百年史》，中國人民大學出版社，2004年版，第204頁。

在抗日救亡運動中，《大公報》基本採取了四部曲：事態將惡化而未惡化時，明察形勢，迭作危論，喚起國人注意。事態惡化而和平尚存一線希望之時，力主忍辱持重，爭取和平。和平無望，主張死裏求生。事態平息之時作根本性的反省，呼籲當局和國民猛省。「九一八」、「一二八」、長城抗戰、塘沽協定、何梅協定，《大公報》吹奏的正是這四部曲。[1]

三、鄒韜奮的抗日救亡報刊新聞活動

鄒韜奮（1895～1944），傑出的新聞記者、政論家、出版家。自 1926 年主編《生活》週刊至去世，鄒韜奮一直從事新聞出版工作，先後創辦《生活》《大眾生活》《生活日報》及《生活日報星期刊》《生活週刊》《抗戰》（曾改名《抵抗》）香港《大眾生活》《全民抗戰》等期刊，並創辦生活書店。鄒韜奮以讀者利益為中心辦報刊，他主編的雜誌或報紙個個受到讀者歡迎。鄒韜奮始終堅持辦「真正人民的報紙」，堅持「以改進社會為主旨」的宗旨，積極為抗日救亡、民族解放鼓吹，強烈抨擊國民黨腐敗統治，刺破了國民黨刻意營造的虛假意識形態，啟蒙了廣大青年讀者。毛澤東稱讚道「熱愛人民，真誠為人民服務，鞠躬盡瘁，死而後已，這就是鄒韜奮先生的精神，這就是他之所以感動人的地方」。鄒韜奮生前沒有加入中國共產黨，但他致力為人民大眾辦報的「韜奮精神」與中國共產黨為人民服務的根本宗旨一致。

（一）鄒韜奮的新聞活動

鄒韜奮，原名鄒恩潤，乳名蔭書，生於福建永安，原籍江西餘江，曾用筆名：谷僧、心水、孤峰、靜淵、奮奮等 20 餘個。少年時代在福州求學，1912年赴上海在南洋公學讀小學、中學後升入大學，攻讀機電科。他從小愛讀語文和歷史，立志要做新聞記者，讀初中時就開始向《申報》《學生雜誌》投稿，崇拜梁啟超，愛讀黃遠生、章士釗的文章，後因缺課太多轉入上海聖約翰大學主修西洋文學，副修教育學，開始在上海《學生雜誌》、聖約翰大學《約翰聲》《約翰年刊》等報刊發表文章。大學畢業後經黃炎培介紹參加中華職業教育社工作，任編輯股主任，主編《教育與職業》月刊，編輯《職業教育叢書》，半天去學校教書。

1　方漢奇：《中國新聞事業通史》（第二卷），中國人民大學出版社，1996 年版，第 469頁。

　　1926 年 10 月 24 日接編《生活》週刊（第 2 卷第 1 期）。該刊 1925 年 10 月 11 日創刊，是中華職業教育社進行職業教育的園地，以探討個人職業與生計問題爲主，王志莘主編。每期印 1000 份，大都贈送職教社成員。鄒韜奮接編之初還兼任上海《時事新報》秘書主任。1928 年鄒韜奮辭去《時事新報》兼職專心主編《生活》週刊。鄒韜奮極爲重視讀者，自接編 2 卷第 1 期起開闢「讀者信箱」，刊登讀者來信和編者答覆，辦成了編者與讀者之間交流的平臺。自 1927 年 9 月 25 日第 2 卷 47 期起開闢「小言論」專欄，每期一篇，議論明快。版面安排上「小言論」在前，「讀者信箱」在尾。這一頭一尾成爲《生活》週刊的顯著特色。1930 年鄒韜奮明確宣告《生活》週刊宗旨「暗示人生修養，喚起服務精神，力謀社會改造」。[1] 鄒韜奮主編下的《生活》週刊逐漸走出「職業教育」圈子，轉爲評述時事政治和社會問題爲主的新聞週刊。「九一八」後，國難危亡使鄒韜奮迅速走向抗日救亡前列。《生活》週刊緊密聯繫現實，刊載時事政治材料，積極宣傳抗日救亡，揭露國民黨腐敗統治與錯誤政策。1932 年 1 月鄒韜奮明確宣布「本刊最近已成爲新聞評述性質的週報」。[2]「一二八」上海抗戰爆發，自 1 月 29 日起，《生活》週刊每日編發一兩期「緊急號外」報導戰地消息，鼓舞軍民鬥志。30 日出版「臨時緊急增刊」發表《痛告全國同胞書》，提出「我們國民應全體動員以作後盾」。同時組織讀者支持前線。生活週刊社日夜電話不停，來訪者不斷，詢問戰局的電話晝夜不停。不僅成了新聞中心，也發揮了作戰部隊的後勤單位作用。[3] 1932 年，該刊發行量超過 15 萬份（155000 份），成爲當時全國銷路最大的雜誌。

　　《生活》週刊的抗日轉向日益遭致蔣介石集團不滿。1932 年 7 月蔣介石親自下令停止郵寄，《生活》週刊被迫自辦發行。鑒於《生活》週刊隨時可能被扼殺。鄒韜奮於 1932 年 7 月成立生活書店，使刊物與書店分開，以避免資產損失。1933 年 1 月，鄒韜奮加入中國民權保障同盟，不久被國民黨特務列入暗殺「黑名單」。6 月 18 日，中國民權保障同盟總幹事楊杏佛被害，7 月 14 日鄒韜奮被迫出國流亡，乘船離滬赴歐洲。《生活》週刊由胡愈之、艾寒松編輯。1933 年 12 月 8 日以「言論反動、思想過激、詆謗黨國」罪名查封了《生活》週刊。

1　鄒韜奮：《我們的立場》，《生活》週刊第 6 卷第 1 期，1930 年 12 月 13 日。
2　《我們最近的思想和態度》，《生活》週刊第 7 卷第 1 期，1932 年 1 月 9 日。
3　方漢奇：《中國新聞事業通史》（第二卷），中國人民大學出版社，1996 年版，第 576 頁。

　　鄒韜奮流亡歐洲後，「心目中卻常常湧現著兩個問題。第一是世界的大勢怎樣？第二是中華民族的出路怎樣？」[1]。為解決這兩個問題，鄒韜奮先後去過意大利、法國、英國、比利時、荷蘭、德國、蘇聯和美國作旅行採訪，並寄給《生活》週刊、《新生》週刊等先期發表（部分內容回國後整理交《世界知識》發表）。鄒韜奮的國外通訊共 159 篇，50 多萬字，彙集成《萍蹤寄語》《萍蹤憶語》兩書。其中《萍蹤寄語》分初集、二集、三集。初集、二集主要是訪問西歐各國見聞，三集是訪問蘇聯見聞。《萍蹤憶語》為訪問美國見聞，是鄒韜奮回國後根據美國採訪記錄材料整理成篇的。兩書回答了鄒韜奮當時關心的兩大問題，至今仍是有重要歷史價值的新聞作品。

　　1935 年 8 月 27 日鄒韜奮回到上海，立即著手創辦《大眾生活》週刊。11 月 16 日該刊發刊，鄒韜奮任主編兼發行人。《大眾生活》發刊詞《我們的燈塔》稱該刊以「力求民族解放的實現，封建殘餘的剷除，個人主義的克服」為奮鬥目標。《大眾生活》設有「大眾信箱」「星期評論」「社會漫畫」「時事在地圖中」「國難課程教材」等欄目。該刊努力將讀者注意力吸引到關心時局和社會問題上來，揭批國民黨「敦睦邦交」，揭露日本蠶食華北陰謀，聲援北平「一二九」學生運動，很快成為救亡運動的輿論機關。開始每期銷 15 萬份，很快增加到 20 萬份，再創當時雜誌發行最高紀錄。但卻在 1936 年 2 月 29 日《大眾生活》週刊出版第 1 卷 16 期時被當局封禁。

　　《大眾生活》被查禁後，鄒韜奮籌劃出版《永生》週刊。3 月 7 日《永生》在上海創刊，金仲華主編，5 月中旬金仲華赴港參加籌辦《生活日報》，《永生》週刊由錢俊瑞主編，6 月 27 日被查封，共出 17 期。鄒韜奮為避禍化名流亡香港，到香港籌辦《生活日報》。6 月 7 日《生活日報》創刊，略大於 4 開，每日出外埠二張（8 版），本埠加一張 4 版，星期日出《生活日報星期增刊》三張 12 版。鄒韜奮任社長兼主編。《生活日報》以「促進民族解放，積極推廣大眾文化」為宗旨，積極宣傳抗日民族統一戰線，在兩廣反蔣的「六一事件」中響亮喊出「全國一致對外」口號，刊發沈鈞儒、陶行知、章乃器、鄒韜奮聯署《團結禦侮的幾個基本條件與最低要求》的公開信，被許多報刊轉載。

　　《生活日報》在港出版 55 天後因印刷、資金、發行等問題擬由港遷滬出版，受到國民黨百般阻撓，被迫於 7 月 31 日自動停刊。《生活日報星期增刊》改《生活日報週刊》繼續在港出版。8 月 23 日《生活日報週刊》改名《生活

1　《萍蹤寄語初集弁言》，《韜奮文集》（第二卷），三聯書店，1955 年版，第 4 頁。

星期刊》在滬出版爲第 1 卷 17 期，鄒韜奮任主編兼發行人。《生活星期刊》原爲中型報格式，第 1 卷 22 期（11 月 1 日）起改爲 16 開本。11 月 22 日鄒韜奮被捕。12 月 13 日《生活星期刊》改由金仲華任主編兼發行人，因向國民黨當局申請更換登記未准，出自 1 卷 28 期被迫停刊。

（二）《生活》系列報刊的顯著特色

鄒韜奮主編的《生活》週刊、《大眾生活》、《生活日報》《生活星期刊》等生活系列報刊烙有顯著的「韜奮」特色，體現了鄒韜奮爲讀者辦報的思想：

一是切實服務於讀者／大眾的「現實利益」，爲改進社會、民族解放而辦報主旨。《生活》週刊、《大眾生活》等之所以能取得當時報刊最高發行量，在於它們道出了民營大報不敢說，國民黨黨報不會說，共產黨地下報刊說了廣大讀者聽不到的大眾心聲。《生活》週刊始終「是以讀者的利益爲中心，以社會的改造爲鵠的」辦報。「九一八」事變後，宣傳抗日救亡、民族解放成爲《生活》週刊的主要內容。《大眾生活》以「力求民族解放的實現，封建殘餘的剷除，個人主義的克服」爲奮鬥目標，繼承了《生活》週刊的優良傳統。《生活日報》兩大目的是「努力促進民族解放，積極推廣大眾文化」。也正因如此，《生活》週刊《大眾生活》《生活日報》《生活星期刊》成爲國民黨的眼中釘，先後被查禁。鄒韜奮兩次被迫流亡，1936 年 11 月又被捕入獄。

二是重視讀者來信與言論。《生活》週刊自第 2 卷第 1 期起就開闢「讀者信箱」專欄，刊發讀者意見、希望與編者的答覆，使「讀者信箱」既是編、讀往來平臺，也是提供消息、交流思想、討論問題的平臺，而多數刊物的讀者信箱多是編、讀往來的平臺。《生活》週刊自 1927 年 9 月 25 日 2 卷第 47 期起開闢「小言論」，放在期刊之首，以「最生動、最經濟的筆法」[1]寫作，議論明快。形成了「小言論」爲首，「讀者信箱」爲尾的版面編排風格。這一風格是《生活》系列報刊的顯著特色。鄒韜奮對讀者來信極爲重視，視報刊爲讀者的「好朋友」。他親自處理讀者來信，件件有著落，有些覆信長達 3000 多字。別人代拆代覆的信件，他也過目、簽名。此外，積極代讀者辦事、購物，其中委託代購書報的最多，組織讀者參加捐款捐物、開辦傷兵醫院等社會活動，使《生活》週刊成爲聯結編者與讀者，及讀者與讀者的重要紐帶。《大

1　《幾個原則》，《韜奮文集》（第三卷），三聯書店，1955 年版，第 80 頁。

眾生活》《生活日報》等均繼承了《生活》週刊的優良傳統，對讀者來信每信必覆。鄒韜奮多次強調讀者對報刊的重要性。他說，「要用敏銳的眼光、深切的注意和誠摯的同情研究當前一般大眾讀者所需要的是怎樣的『精神糧食』，這是主持大眾刊物的編者所必須負起的責任」。[1]「做編輯最快樂的一件事就是看讀者的來信，盡自己的心力，替讀者解決或商討種種問題，把讀者的事看作自己的事，與讀者的悲歡離合，甜酸苦辣，打成一片」[2]等。

　　三是切實為讀者利益著想。這使《生活》系列報刊擁有許多忠實讀者。《生活》週刊被查封後，忠實讀者、愛國人士杜重遠激於義憤，創辦《新生》週刊，繼承了《生活》週刊的傳統。《新生》週刊1934年2月10日創刊，因1935年5月4日《新生》第2卷第15期刊發易水（即艾寒松）的《閒話皇帝》一文，其中提到日本天皇「對於做皇帝，因為世襲的關係，他不得不做」等敘述，被伺機尋釁的日本媒體斷定為「侮辱天皇」，掀起《閒話皇帝》風波，於同年6月24日被查禁，杜重遠被判刑。再如《生活日報》登出公開招股後，一個月左右便徵集到股款15萬以上。《生活》系列報刊必備「讀者來信」、「小言論」，除此之外，《大眾生活》根據讀者需要調整欄目，設《大眾信箱》專門討論民族解放、大眾解放問題；設「星期評論」欄，及時評述國內外時事、鋒芒凌厲；設「時事在地圖中」欄、「社會漫畫」欄、「國難課程教材」欄，以多種形式刊發抗戰言論。《生活日報》《生活日報星期增刊》分別另闢有「讀者信箱」欄和「信箱」欄，前者主要供讀者報告事實、發表對時事問題的意見；後者主要供讀者討論現實問題或理論問題等。

　　四是《生活》系列報刊編排獨出心裁，文風「明顯暢快」。鄒韜奮很強調辦刊要有個性，內容追求趣味，作風和編排極力「獨出心裁」。如當時報界流行大報和小報，《生活日報》卻是介於大報與小報之間的中型報。鄒韜奮的文風特點是大眾化，用大眾語言說大眾心聲，所以《生活》系列報刊都採用「明顯暢快」的平民式文字，像老朋友談心，推心置腹、循循善誘，初識字的工人、農民、婦女、少年兒童、乃至「洋車夫和苦力、三家村的農夫」[3]等都能看懂、愛看。

1　《幾個原則》，《韜奮文集》（第三卷），三聯書店，1955年版，第80頁。
2　韜奮：《事業管理與職業修養》，三聯書店，1982年版，第154頁。
3　《銷數》，《生活星期刊》第1卷20號，1936年10月18日。